当我死去的时候，
　　　当我死去的时候，
我的美丽变成废墟。
　　他用浸满热辣辣的火焰的布压在我脸上，
当我死去的时候，
　　　让我晕睡……
我的灵魂没有升离我的躯体，
　　他会轻轻将我放在地上。
就只有我的躯体。
　　他会把我的手臂交叉放在胸前。
当我死去的时候，
　　他会整理好我的身体，
我的躯体被推下肮脏的床，
　　让所有看见它的人都会对我的美丽感到敬畏和惊奇。
落到酒店房间的地板上，
　　然后，跪在我旁边，拍下最后的照片。
赤身裸体……
　　　最美丽的瞬间。
张开的涂满口红的嘴巴。
　　当我们死去的时候，一切都会了然。

当我们死去的时候,一切都将会了然:
我们的嘴满含红的颜色。
最美丽的瞬间
赤身裸体……
然后,躺在床上或,和上最后的照片。
蒸馏过的房间的地板上。
正躲着看见它的人谁会对我的美丽感到敬畏和惊奇。
我的身体被推上展现的床,
他会想把我的身体。
当我死去的时候,
他会抚摸我的手臂又放在胸前。
被剥光的躯体
他会轻轻抚放在地下。
我的灵魂没有离弃我的躯体,
止我拿捏……
当我死去的时候,
他用浸满炙热的热的布且在我脸上。
我美丽变成灰烬
当我死去的时候,
当我死去的时候,

6183, 请勿打扰

Babysitter

[美] 乔伊斯·卡罗尔·欧茨 著
Joyce Carol Oates

李运兴 译

人民文学出版社
PEOPLE'S LITERATURE PUBLISHING HOUSE

著作权合同登记号　图字 01-2023-3766

BABYSITTER
Copyright © 2022 by The Ontario Review, Inc.
Published by arrangement with Alfred A. Knopf, an imprint of The Knopf Doubleday Publishing Group, a division of Penguin Random House LLC.
Simplified Chinese edition copyright © 2025 by People's Literature Publishing House
All rights reserved.

图书在版编目（CIP）数据

6183. 请勿打扰 /（美）乔伊斯·卡罗尔·欧茨著；李运兴译. — 北京：人民文学出版社，2025. — ISBN 978-7-02-019359-2

Ⅰ. I712.45

中国国家版本馆CIP数据核字第2025NV8015号

责任编辑	冯　娅　张海香
装帧设计	刘　远
责任印制	张　娜

出版发行	人民文学出版社
社　　址	北京市朝内大街166号
邮政编码	100705

| 印　　刷 | 河北新华第一印刷有限责任公司 |
| 经　　销 | 全国新华书店等 |

字　　数	358千字
开　　本	880毫米×1230毫米　1/32
印　　张	16.75　插页3
印　　数	1—6000
版　　次	2025年8月北京第1版
印　　次	2025年8月第1次印刷

| 书　　号 | 978-7-02-019359-2 |
| 定　　价 | 79.00元 |

如有印装质量问题，请与本社图书销售中心调换。电话：010－59905336

序言

金莉
2025年4月于京西厂洼

乔伊斯·卡罗尔·欧茨（Joyce Carol Oates，1938—　）是当今美国最高产、创作生涯最长，也是最为重要的作家之一。从1963年发表处女作《北门边》至今的半个多世纪里，她以平均每年两三部作品的速度共出版了作品160部左右，包括长篇小说、短篇小说集、诗集、戏剧、评论集、回忆录等。欧茨多年的勤奋笔耕也为她赢得了极高的声誉，她于1978年当选为美国文学艺术院院士，曾获得包括美国国家图书奖、美国国家人文奖章在内的多个重要奖项，而且不止一次被提名诺贝尔文学奖。

《6183，请勿打扰》是84岁高龄的欧茨推出的第59部长篇小说。小说的背景设在了20世纪70年代的底特律。福克纳在进行文学创作时虚构了一个约克纳巴塔法县，将其作为他众多作品的背景，这个小镇就构成了他的文学世界。而欧茨的文学王国在底特律，这个真实的美国城市，她的多篇作品将背景设在这个著名的美国汽车城，以其作为美国社会的缩影，讲述了当代美国的故事。

001

出版于2022年的《6183，请勿打扰》，背景就设在1977年的底特律，这里十年前曾发生过震惊全国的"底特律大暴乱"。小说涉及的内容很多，有连环杀人案、虐童案、种族偏见、司法不公、教会堕落、家庭危机、性别歧视、底层民众和中产阶级的生活。而小说的原书名《保姆》便出自媒体对于小说中那个连环杀手的称呼，因为他的受害者都是十岁至十四岁的孩童。

欧茨的这部小说以极其细腻的手法描写了美国白人中产阶级女性的生活。小说的女主人公汉娜·贾勒特是位近40岁的富有白人家庭主妇，她美丽动人、衣着华贵，出门在外时一身名牌，生活在20世纪中叶白人女性的"美国梦"中：丈夫是企业高管，育有两个子女，拥有位于底特律郊区的豪宅，家中还有一个菲律宾女佣。在她11年的婚姻中，她整天无所事事，只偶尔出席乡村俱乐部或社区的有钱人的聚会活动，剩下的就是消费。但她的生活正如贝蒂·弗里丹那本著名的《女性的奥秘》中所揭示的那样，她有着一种"无名的困扰"。她的丈夫韦斯忙于自己的工作，或许早已出轨，夫妻两人基本没有什么情感交流，无话可谈，女佣打理家中的一切，她仅仅是接送儿女上下学和为他们阅读睡前故事，以证实她作为母亲的存在感。当然比起菲佣，她是高高在上的，因而自然享有一种优越感。她对那些被连环杀手杀死的孩子表现出一种漠然，因为她的孩子从不独自出行，而且死者都比自己的孩子年龄大，所以她不必担心。她虽然衣食无忧，生活却缺少乐趣。或许是为了获得某种自主权和满足其欲求，也或许是为了追求刺激、逃离目前这种表面光鲜却死水一般的生活，她在一个慈善晚会上遇到一位陌生人时，便一时心动给了他自己的电话号码，自此落入他的圈套。小说的开始便是汉娜应召去酒店6183号房间与这位名叫Y.K.的陌生男人约会的场景。欧茨以她擅长的心理现实主义和意识流手法开篇,把汉娜与Y.K.约会的前因后果向读者进行了交代。

可悲的是,汉娜的婚外情,或许也不能被称为婚外"情",因为当汉娜沾沾自喜地认为她有了情人时,那个男人其实是一个施虐狂。她与情人的相聚根本就是那个男人的性发泄。恍恍惚惚中汉娜回到家中。不久后汉娜又接到Y.K.的电话,在他的命令下她又出来与他约会,但这次因无意偷看了Y.K.行李箱里的东西,她被Y.K.毒打,他冲着她的嘴吐口水,她的头被塞进马桶,他猛力插进她的身体,并将枕头死死地压在她的头上,使她几乎窒息而死,还被拍了照片,之后满身是伤的汉娜被Y.K.的马仔送回家中,而汉娜不得不对自己的伤情撒了谎。在这个过程中,汉娜的丈夫表现出对她的忽视,并且展示了他的种族主义偏见和偏执,散布了关于汉娜伤情的施暴者身份的谣言,因而造成了停车场黑人泊车员的死亡。在Y.K.的哄骗下,汉娜又开始与他见面,加上婚姻中一向占主导地位的丈夫的冷淡,汉娜甚至幻想她与Y.K.的未来,却不想Y.K.的真实目的是利用她来勒索她的丈夫。Y.K.给韦斯送去了他给汉娜拍的模糊不清的照片,用于威慑汉娜做他的帮凶。小说的结尾,汉娜又一次来到酒店她的情人的房间门前,但这一次她口袋里装的不是金钱,而是一把手枪。汉娜这一角色的刻画表现出欧茨对于这一历史时期白人中产阶级女性的深刻认识,是对于她们空虚无聊的生活、对于陷入苦闷彷徨中的白人中产阶级女性生活的披露,是对于传统性别角色、"幸福的家庭主妇"形象的批判,这也是为何第二次女性主义运动领袖弗里丹号召白人中产阶级女性走出家门,进入社会，实现个人价值的原因。

种族问题是欧茨力图表现的另外一个主题。汉娜从约会的酒店带伤回到家中。被询问如何受伤时，她拒绝说出自己与Y.K.的约会，只是说自己在酒店楼梯井摔了一跤，后来过来一个穿着制服的人帮了他，而她的丈夫得出那个人就是强奸她的人的结论。他推测那个人就是酒店的黑人泊车员齐基尔·琼斯，而且汉娜手袋里还有酒店的泊车凭据。虽然汉娜说自己什么都不记得了，但汉娜的丈夫和白人警察决然给琼斯定了罪，并且前去逮捕琼斯。在没有逮捕令也没有搜查令的情况下，警察闯入琼斯的家，宣称他不服从警察的命令，相信他携带武器，相信他是个毒贩，并且朝他开火。琼斯从后门逃跑，中枪倒在巷子里，哭喊着别开枪。但他仍然被认为是危险的，他被铐起来，身上有五处枪伤，血流不止，最后因失血过多死亡。但结果是，巷子里没有发现武器，琼斯家里也没有发现武器，亦没有"管控药品"，琼斯的血液里也没有毒品成分。尽管如此，第二天底特律的新闻头条仍然登载了这样一条消息："远山镇强奸案携枪嫌疑人在布拉什街与警方对峙中遭致命枪击"。琼斯的遭遇令我们不免想起21世纪的"黑人的命也是命"（Black Lives Matter）这一强调黑人生命权这个基本人权的运动，揭示了黑人在美国一直遭受到偏见、歧视、不公，甚至毫无理由地被虐待、暴打、枪杀的现实，以及美国警察的暴力执法行为。汉娜的丈夫看到妻子的惨状后立即联想到是黑人对她施虐，更是无法容忍妻子被一个黑人奸污。在这些白人的眼里，黑人的命本就不是命。在2020年的弗洛伊德事件后，美国社会长期以来存在的种族歧视、阶级对立、执法暴力等问题，再次走向前台，引起人们的高度关注，但解决这样的问题又谈何容易，它需要制度和规则的改变，更重要的是它需要人们观念的改变。而欧茨的小说也揭示了这些问题并非是个案或是刚刚发生，不仅在20世纪70年代，在此之前它就一直存在。美国少数族裔人群获得平等权利还有待时日。

除此以外，欧茨还塑造了像Y.K.的马仔麦奇那样的社会下层人。马尾辫自小在儿童传教会长大，在那里他见过同性恋、恋童癖、吸毒者，也见过做着阴暗勾当的牧师，长大后没有什么正经工作，他帮助处理过被连环杀手虐待的小孩，性骚扰过他曾经送回家的汉娜，被Y.K.派去杀人，也被教会牧师性骚扰过。这样的人是属于被社会遗弃的人，没有人关注，因而成为一个只为金钱而活、没有任何价值观念的社会渣滓。

小说中充斥着血腥和死亡。欧茨说："我是美国经验的记录者。历史地来看，我们是一个易受暴力侵害的国家，忽略这一事实就意味着不真实。"小说中说道，"过去的十五年里，底特律枪支泛滥，美国汽车之城已经变成了美国谋杀之城……每天都有更多枪击事件的新闻，死亡人数更多"。小说描绘了一起绑架和杀害儿童的连环案件，被媒体称为保姆的杀手对绑架的孩子进行性虐待后再将铁丝绑至孩子的颈部、手部和脚部，直至其死亡。然后他将孩童的尸体清洗干净，将其裸体放在公共场所的雪地上进行展示，瘦弱的小胳膊交叉在胸前，衣服叠得整整齐齐，放在身旁。还给他们拍了照。小说中还有通用汽车公司高管夫妇的被杀案以及其独子的"自杀"案。欧茨毫不掩饰这些暴力场景的血腥，她以令人毛骨悚然的细节描写了发生在汉娜、保姆的孩童被害人，以及书中其他受害者们身上的暴力，她从来没有回避

005

她笔下人物的恐惧和惊骇,以及他们所遭受或实施的伤害。她说:"我并不是凭空臆造底特律的街道的。当我写一个人谋杀或者自杀时,我的思想是从哪里来的呢? 是从数百个不同的例子中汲取的,是从我们民族的暴力和玩世不恭的性格中汲取的。"

《6183,请勿打扰》一书的内容涉及美国社会的多个方面,阶级、性别、种族都包含在这部小说中。1982年,欧茨在采访中说:"大概从1965年开始,我给自己的长篇小说和短篇小说设定了一个目标,那就是从多个层面探索当代社会。我的焦点一直是仔细地审视权力的多种来源。政治、社会环境、医学、法律和最近的教育、宗教等职业,还有,在某种程度上,青年人和女性的生存困境 —— 所有这一切都令我着迷。"几十年过去了,欧茨坚持了自己的初衷,在《6183,请勿打扰》中,我们所看到的,就是欧茨为我们描绘出的一幅美国当代社会的全景图,它繁荣背后的暴力行径和社会恶疾,以及各个阶层美国人的现实生活和生存困境。正是她这种"巴尔扎克式的野心",使她"把整个世界都放进一部书里",也使读者得以窥见一个腐烂透顶的美国。

献给丹·哈尔彭

事情并非自行发生,而是取决于何人参与其中。
　　——保罗·鲍尔斯

唯一的一个问题是:我能做些什么?
　　——Y.K.

人物简表

贾勒特家　**夫妻：** 韦斯·贾勒特
　　　　　　　　　汉娜·贾勒特（亦称HJ.、J__太太）
　　　　　　孩子： 康纳尔
　　　　　　　　　凯特雅
　　　　　　管家： 伊斯梅尔达

鲁施家　**夫妻：** 哈罗德·鲁施（通用汽车公司首席执行官）
　　　　　　　　　克里斯蒂娜·鲁施
　　　　　　儿子： 伯纳德·鲁施（亦称R__先生、鲁施先生）
　　　　　　管家： 伊丽莎白·德里

海登家　**夫妻：** 吉尔·海登
　　　　　　　　　布莱恩·海登
　　　　　　儿子： 罗比·海登

谢尔家　**夫妻：** 诺曼·谢尔（心理医生）
　　　　　　　　　梅利莎·谢尔

米尔斯家　**夫妻：** 威尔伯·米尔斯（伯明翰律师）
　　　　　　　　　康妮·米尔斯

Y.K. 汉娜所知道的她的情人姓名的首字母,在她偷看到的护照上,全名为亚克尔·本杰明·凯恩斯(*Yaakel Benjamin Keinz*)。

鹰眼 马尾辫对他的上司的称呼。

马尾辫 名为麦奇·卡舍尔,或麦奇、麦克,后称米哈伊尔。

保姆 媒体对一名儿童绑架犯的称呼。

齐基尔·琼斯 远山万豪酒店泊车员。

马琳·雷迪克 汉娜的朋友,也是 Y.K. 的情人。

米歇尔 儿童传教会中第一个失踪的男孩。

梅休家 贾勒特家的朋友。

她问自己为什么

因为他摸了她。只是手腕。

只是他指尖的轻轻一触。一次瞥视。

因为他问了句，你是哪一位？——意思是哪个男人的妻子？

因为那个时间，那个地点，做一个女人 ——（至少是长得像她这样的女人）—— 就是做一个男人的妻子。

请勿打扰

酒店大楼第六十一层，他在等她。

他的名字没有一个像是真名，关于他的事也很少像是真的。她只知道他就是他，足够了。

电梯里就她一个人，一只造型优美的玻璃箱子，迅速无声地向中庭顶部升去，如同进入虚空。

身下，人来人往的酒店大堂直往下沉。身旁，宽敞的楼层和一排排栏杆呼呼地往下飞。

这是时髦的新式升降方式，和她孩提时代又大又慢又笨的老电梯截然不同。

老电梯里通常有穿制服、戴手套的操作员，而现在的电梯，你要自己操作。

电梯里还存留着一股淡淡的气味，是雪茄吗？

时间是1977年12月，私人酒店的公共区域还没禁止吸烟。

她感到一阵眩晕、恶心。香烟的气味如同记忆一样，淡淡的。她闭上眼，定定神。

她时髦的意大利皮革手提包，不是挎在右手腕上，而是用右胳膊夹着，左手托着，看得出，这包比平时重了许多。

但不管包怎么拿着，那闪亮的标签一定是冲外的 —— 普拉达。

出于本能，下意识地，即便在今天虚荣心还是显示出来 —— 普拉达。

这是她生命的最后一天吗，或者是任何一条生命的最后一天？

她当然记住了那个号码：**6183**。

就像是她手腕上的文身。他对她的欲求。

欲求。末日。她不是诗人，不善文字，然而这两个词语对她有镇静作用，就像平滑阴冷的石子放在死者眼皮上能使他安息那样。

他的房间。实际上是两大间的套房，俯视底特律河。他来底特律就在此下榻。

尽管他可能在不同的房间接待不同的来客。这个她不知道，他也从未向她吐露过。

在第六十一层，玻璃箱子停下来，吱呀一声，还轻轻颠了一下。

玻璃门打开了,她只能选择走出电梯。一些事早就定了,她没有选择。

紧紧夹着腋下的手提包。她就没有别的选择了吗?

不知道他是否在等她,在电梯旁? 急切地盼她来?

她谁都没看见。左右都没有,一个人影也没有。

转身回去还来得及。

现在就走,没人会知道。

在这排电梯对面,透过平板玻璃窗正好俯视河岸、河水和一个白晃晃的太阳。在远远的下方,是缩小了尺寸的伍德沃得大街,无声的来来往往的车辆。

来的原因不清楚。为什么到这里来,如此冒险。

永远别问为什么。具有挑战性的是行动 —— 怎样做。

沿一条没有窗户的走廊走着,房间号码越来越大:6133,6149,6160……数字长得很慢,她感到一阵轻松,她永远也走不到**6183**。

脚下是厚厚的长毛绒地毯,像肺的内壁一样的粉红色。走廊看不到尽头。一扇扇紧闭的房门伸向远方,越来越小,直至无穷。

没有理由仅因为等在那个房间的人召唤了她,就非要去**6183**。如果愿意可以转身便走。

……就好像你从未来过。

根本没走出家门。

有谁会知道吗? 没有。

然而她没有转身走掉。不可思议地被什么力量拽着往前走。

如果你深陷迷惘,唯一的解决办法就是探究到底。

正如时髦的玻璃箱子迅速而毫不迟疑地升至六十一层,她也迅速

来到那个套房 —— 他的。

淡淡的香烟味道,她头发里有,鼻孔里也有,刺激得她有些恶心。这感觉很遥远,只是时光的残留,只是记忆。

她穿的什么?精心挑选的一套服装,白色亚麻布料总是那么雅致,丝绸衬衫,红色的迪奥丝巾欢快地围在脖子上。

一双优雅但不太实用的高跟鞋,圣罗兰小山羊皮深深陷进地毯里。如果她必须转身跑掉,仓皇逃命,紧箍在脚上的鞋子和地毯就会成为障碍。

旧梦重现,梦里她又成了孩子,她跑呀跑,脚陷进了什么东西里,像沙子,好像很软,但并不柔软。

总也跑不远。每次跑都是这样。

每次,他的身影都出现在身后。爸爸粗大的双手就要抓住她,拦腰抱起来……

男人的欲求,末日。

房间号在上升。这是我们从来都不大适应的生活现实:外边的事情在以限定的速度发展,不管我们内心有什么期待。

走近 **6183**,她开始发抖。她总是这样,她过去也来过这里,就是那种震颤的感觉,像一部开得过快的车子,要命的速度,还下着大雨,视线一片模糊,深深的泥坑飞溅出的水直冲到挡风玻璃上。

她的脖颈枕在一张冷冰冰的不锈钢台子上,下面是个排水管。她的眼睛睁得大大的,但什么都不看。只有你不在看的时候,才能看到一切。

然而,她还是坚持往前走着。在圣罗兰高跟鞋的记忆里时间还是

1977年12月，她还不是最后一次进入这个房间。她下决心一定要探个究竟。

门框的铜牌上写着 **6183**，每次都是 **6183**。

门把手上挂着一个黑漆牌子，写着银色的字 —— 千篇一律的警示：

> **尊重隐私！**
> **请勿打扰**

我是

我是一个美丽的女人，我有权被爱。

我是一个有欲望的女人，我有权满足欲望。

当我们死去的时候

当我们死去的时候，我们（美丽的）（光溜溜的）躯体变成惰性物质。

当我们死去的时候，我们被遏止的最后的叫声卡在了喉咙里。

（据说，如果我们临死的时候你趴在我们身边，如果把耳朵贴在我们喉咙上，如果你我有缘，就能听到这临终叫声的微弱回音。）

当我们死去的时候，我们的苦难结束了，因为宽恕在等待我们。

当我们死去的时候，给了我们生命的人，没一个在身边。

当我们死去的时候，我们孤独地在恐惧中离去，因为你不在身边。

当我们死去的时候，问一问你自己，既然你不爱我们，为什么还要生孩子。

问问为什么。

然而，当我们死去的时候，我们的身体被充满爱心地进行打理，远远超过你们能对我们做的。

当我们死去的时候，我们的身体被细心洗净，连最小的污渍也从身体的每个褶皱中，从我们（残破的）指甲缝里，被冲洗干净。我们的指甲被用剪刀剪好，修得平整圆滑；同样，我们的头发被用轻柔的洗发剂洗过，梳理好，并从中间分开，看得出，这个在我们死后精心打扮我们的人，在我们"活着的时候"并不认识我们。

我们的身体被清洗，纯净得就像我们的灵魂，这时候，我们被充满爱心地加以"纪念"——给我们拍照。

当人的眼睛辜负我们，很快把我们忘掉的时候，照相机的眼睛能使我们永存。

停尸几天之后（最短的三天，最长的十一天），我们的尸体从松树林中北湖岸边的停尸地点被转移到密歇根州奥克兰县的公共场所陈列。

我们中有三个是在下雪天，有两个是在雪融化了之后，被放在地上铺着的白毛巾被上。

我们又一次在我们的"安眠地"被拍照：一个说再见的（温柔的）方式。

随意地看一眼，你可能以为我们是大洋娃娃或人体模型，躺在地上，一动不动。

我们的手臂交叉放在胸前，我们的双腿在脚踝处交叉，就像天使那样出于礼貌而双腿交叠。

我们的眼睛终于闭上，在"超乎理解"的宁静中。

（轻柔但有力的拇指按一按眼睑——要按上几次，眼睛才会闭上。）

据说，除非你紧趴在我们身边，你是看不到我们脖子上血染的绳索的，太紧了，把我们的喉咙都卡死了。

我们的衣物被洗干净，（令人吃惊的是）还被熨烫，叠得整整齐齐，放在我们幼小的、一动不动的、一丝不挂的裸体旁，好像这个干了如此勾当的人试图表现得大度一些，不是他的东西，他一样也不保留。

因为你们毫无爱心，不配得到我们，所以我们被从你们身边带走，然后，我们的尸体又"被归还"——这些举动安排得十分周密，干出这种事的人简直无法理解，你们也给他找不到一个合适的称呼，除非像一个一心出名的报社记者那样为他凑一个愚蠢的称谓——保姆！

当我们死去的时候，我们（美丽的、裸露的）身体在时间中的进程就停止了——不会像你们那样变老。我们当中最大的永远停在了十三岁，最小的永远停在了十岁。

我们将永远属于那个爱我们的人，他爱得如此之深，以致无法承受那压倒一切、令人窒息的、如山崩、如洪水一样的爱。我们的感激将无限扩展,通过这种爱,他把我们从无足轻重的孩子 —— 没人关心,没人哀悼的孩子 —— 转变成他的。

仅此一次

"你好,夫人!欢迎来到万丽大酒店。"

富丽堂皇的七十层大酒店,用满脸堆笑相迎。穿制服的门童,肤色如砂岩,看见穿着漂亮的(白种)女人,便露出格外白亮的牙齿。

认出了汉娜,恐怕不是凭名字:市郊白人居住区的阔太,或酒店常客。

(就是那种会对任何有色人种底特律穷光蛋大喝一声,驱离本酒店或附近地区的门童。)

汉娜优雅地对制服男表达谢意,却不正眼看他。汉娜极少和穿制服的人对视,希望人家看不到她眼角挂着的那白闪闪的笑意在走过的时候就会消失,也希望感觉不到人家对她的蔑视、鄙夷。这一定是汉娜自己的想象,不是真的。

永远不要太纠结微笑的动机。

还有 —— 永远不要回头去看微笑消失的地方。

汉娜的父亲善于讲笑话,每种生活情景他都有他的格言。尽管你永远不知道你是该笑呢,还是该皱皱眉头。

还是 —— 小心为妙,当你笑的时候。

所以，汉娜连偷偷回头看一眼都没有，便径直走进由灯火通明的精品店组成的走廊，她时髦的高跟鞋在大理石地面上嗒嗒作响。她转过一个拐角，见自动扶梯正升向宽阔的酒店大堂 —— 高远而开阔的中庭，一眼望不见顶，或许根本没有顶，因为有可能万丽大酒店就直接融进了天穹，底特律的天常常从冷峻的蓝色变成如梦如影幻的雾空，只因受制于五大湖上空聚集的宛如沉思默想永无终结的暴风云……竖琴弹奏的乐曲在空中飘荡，一曲难以捉摸的爱尔兰小调在认知的边缘颤抖，一排排阶梯上摆放着蜡白色的复活节百合，香气扑鼻，还有血红色的郁金香，蓝色的风信子。中午时分，大堂有些拥挤，客人们戴着身份卡，计算机程序员会议，还有一场发型师的会议。人声嘈杂，就像幕间休息时的观众那样。有种潜藏的东西在悸动，像人造心脏那样怦怦跳。空气炫目，晃眼。打扮光鲜的漂亮女人是那么习惯被人看，以致她自己看别人的能力却颇受影响。

只是今天汉娜不想被人看。不想被认出来。名牌黑色太阳镜遮住了她无可挑剔的脸庞的大部分。

无可挑剔值得这个价格。不论多高。

她发誓。
对丈夫和孩子不忠。这绝不能发生第二次。
当然：谁也不知道。除了她和他。
万丽大酒店的旋转门按自己的节奏缓缓转动，催促这个女人走上命运之途。数千年之前，一个庞大的机制就被建立，她别无选择，只有服从。

011

走近前台，舔舔嘴唇说出早已背下来的话。

"请问，有给'M.N.'的留言吗……"

礼宾员一脸茫然，没听懂。汉娜只得用更自信的语气重复。

"……'M.N.'的留言……"

汉娜语气镇静。这个女人明白，一种特殊的情况在等待她，她必须用词得当。

搞骗术没经验，很紧张！Y.K.的计划是在前台给汉娜留个条子，但写的收信人不是她——H.J.，而是虚拟的M.N.。

在底特律的某些地区，贾勒特这个名字大家是知道的：公司大佬，热心慈善。她丈夫的家族住在格罗斯波因特。虽说不一定，但无论如何这种可能性还是有的，那就是礼宾员认得这个名字，所以对风流女人来说，还是小心行事为妙。

自从把车钥匙交给万丽大酒店的泊车服务生，汉娜就在扮演一个非我角色，姓名首字母缩略不是自己的，签名也不是自己的——但仅此一次。她对自己说。

你是哪一个？——汉娜急于知道。

她本以为礼宾员递给她的会是一个密封的信封，但令她惊讶，也可能令她难堪的是，她接过的只是一张匆匆叠了一下的酒店信笺。

靠外的一面草草用铅笔写着 M.N.，而打开一看只有一个号码 **6183**。

她瞬间觉得，她正在犯一个严重并（可能）无法挽回的错误，将在她——或（有可能）在家人——今后的生活中造成波动、颤动，甚至震动。不过她还是以高兴、肯定的语气对礼宾员表达了谢意，好像这张随意乱写了两笔的字条正是她想要的。

"谢谢夫人!"

转身离开,心灵受伤。又是一声夫人。

夫人,汉娜对这个称呼并不认可。夫人虽是敬称,但令人联想到的是芳华已逝的老迈形象,一个中年胖妇,什么浪漫的期盼,火热的情欲都与她们无关。那可不是她。

夫人这个词哪能让人联想到修剪梳理得如此匀称、光亮的秀发,如此优雅的黑色开士米上衣,还有这针脚细腻的皮鞋。

夫人这个词更无法让人想到热血沸腾的激烈情感。

离开前台,不露一丝一毫的愿望受挫的表情。把字条又看了一遍,看有没有漏掉什么。但没有:没有问候,没有亲昵的话语,就连指令也没有,就一个干巴巴的房间号码,她此时知道的全部信息。

六十层之上等待汉娜的男人,并没有(明显地)担心,服务生是否有可能拆看他的留言,把什么事情都了解到,不过,当然啦,也没有什么隐私可言。

汉娜用戴手套的手将便笺揉成一团。没事,她没觉着受了伤害。

这事根本不关个人感情什么事。

"夫人?电梯在右边。"

(这个服务生怎么知道,汉娜想乘电梯?——汉娜觉得脸涨红了,很生气。)

不过,她马上就恢复了常态,她没事了。就像小孩子,这一阵儿,突然眼泪汪汪,大哭大闹,下一阵儿又风平浪静了。

不是罪孽,就连错误都算不上。探险罢了。

我是谁？——M.N.。仅此一次。

高跟鞋在大理石地面上踏出轻捷的嗒嗒声，她穿过大厅来到一排漂亮的太空舱般的玻璃电梯前。

竖琴演奏着爱尔兰乐曲，在她头顶飘荡，但怎么不见演奏者？

她觉得有个人影在身旁移动，如水，如梦，幽灵般，轻如气——一排镶嵌在马赛克墙上的竖镜里的影像——精确地与汉娜保持着同步。

直到影像消失。

记事本

密歇根州远山镇的市郊生活！——记事本的无情。

工作日的早晨及下午。约会。

牙医，口腔正畸医师，儿科医生，妇科医生，皮肤科医生，美容师。瑜伽，美发厅，健身中心，医疗美容诊所。社区关系论坛，家长—老师晚会，公共图书馆投票。和朋友午餐：远山乡村俱乐部，布卢姆菲尔德山庄高尔夫俱乐部，红狐酒馆，远山万豪酒店。会议：远山历史学会，远山公共图书馆协会，底特律艺术学院之友。

确实，今年春天汉娜应邀共同主持了底特律艺术学院的年度募捐晚会，这是她第一次得此殊荣，自感非常荣幸，尽管汉娜不会天真到真的认为，这和一家韦斯·贾勒特身为合伙人的投资公司的巨额捐款毫无关联。

现在他们认可我的地位。他们将看到我就是他们当中的一员。

市郊生活：(一个嗡嗡嗡给人温暖的)蜂窝。

家庭生活：一个大蜂窝中的自鸣得意的小蜂窝。

在这里，汉娜觉得自己很安全。她定义了自己的身份——妻子、母亲。她安然无虞，滋滋润润。她已经不再思考，她是怎样和为什么成为现在这样一个人的。她的蜂窝身份是安全的。

蜂巢之外，汉娜没什么兴趣。对与蜂巢身份无关的"新闻"，她漠不关心。

她迅速地浏览着一份底特律报纸，国内新闻大部分都不关心，国际新闻一概不关心。城市犯罪新闻：不。这不叫新闻。底特律北郊富人区入室盗窃案增加，远山镇附近"有害"垃圾填埋的环境污染问题，还有那些带着家庭标签的鲜为人知的犯罪行为——这些都能勾起汉娜的兴趣，但只是短暂的。(家庭暴力！那些嫁给残暴成性的丈夫的女人，那些没有勇气离开这些男人的女人，愚蠢的女人，软弱的女人——很难对她们产生同情。)最令人恐惧，最令汉娜痛苦不堪的新闻是，自1976年2月以来，奥克兰县发生的绑架儿童、杀害儿童、变态杀手连环案件——汉娜赶紧把视线从这些标题上移开。

她很安全，有人保护。她的孩子。

绑架案件远山镇一件也没有。被绑架的孩子，汉娜和她的朋友们也一个不认识。

汉娜的生活中不会发生这类不测事件。

每个日子在记事本上都是一个长方格子。可以填上字的空格。每个空格都是一扇装了铁护栏的窗口：把窗户推上去，推到高得不能再高，把脸颊贴在护栏的铁条上，吸进清新的冷空气，带着对生活的朦胧的向往，紧紧抓住铁条，铁条虽然限制但也保护了你，用尽最大力气试着摇一摇，纹丝不动，你内心感到多大的慰藉。

1977年4月8日这一天还是个空格。整个一周都填得满满的，只有周五空着。

这是不是令人生疑呢？—— 汉娜考虑着。

她无法在这个格子里填上点什么，用密码也不行。

并非因为汉娜害怕韦斯在自己的记事本上看到神秘的标记而疑窦丛生：韦斯最不可能翻看汉娜的记事本，顶多翻翻她的抽屉、壁橱什么的。他是一个办事有条理、谨慎的人，尊重妻子的隐私，就像希望妻子尊重他自己的隐私那样；如果韦斯对汉娜有什么不忠的话 —— 汉娜这么想可能是给自己打个预防针吧 —— 他是不会粗心大意到哪怕是泄露一点点情况的：那样就太过残忍，而不仅仅是不忠的问题了。（汉娜是这么想的。）

汉娜所怕的，是对她自己自尊心的伤害。

如果他不见她。如果 —— 什么事都不发生。

她倍感耻辱。一种被拒的感觉。

所以，还是让这一天的格子空着吧。

即使是接到他的电话以后，这次约会的具体安排也还是不清楚。在他下榻的酒店小酌几杯？或是……别的什么地方？

好像（故意）给汉娜设置障碍。让她到达酒店后先找服务生取个留言便条。

为什么，汉娜纳闷。

他什么动机，汉娜怎么也弄不清楚。

她告诉伊斯梅尔达"今天大部分时间"她都不在家。

意思是说，她不会走很远，就在附近，在远山乡村俱乐部和女性朋友吃午饭，或去博蒙特医院看望一个朋友，也可能赶去盖特威购物中心逛逛，五点三十回家，也就是说，今天伊斯梅尔达要去学校接康纳尔和凯特雅放学。

通常是汉娜接孩子。这对汉娜来说很重要：早晨开车把孩子送到学校，下午再接回来，大部分日子是这样。

汉娜仔细解释着这个日程变动，以免这位有时候理解英语有点困难的菲律宾女佣产生误解。

今天，下午：两个孩子，接回来。明白啦？

伊斯梅尔达认真地点点头。好的，夫人。

没提去城里的事。驾车去城里的事对伊斯梅尔达只字未提。

一次旅行：底特律老城，一次朝圣。

车声隆隆的高速公路上向南再向东十六英里，可不是远山镇一位妻子和母亲随随便便的一次旅行。

她冲自己笑笑，自己也感到惊讶。

她这是在干吗，汉娜无须问。是怎样的一次挑战。

1977年星期五耶稣受难日，底特律密歇根。

深冬的寒气，太阳光在河面上像短刀一样闪着光，她驾车去见他，在他召唤她的地方。阵阵狂风从加拿大海岸上席卷而来。

驾驶着她的车，丈夫送的：闪闪发光的别克里维埃拉。

十几英里外的地平线上，她的目的地海市蜃楼般在面前隐隐闪烁。

万丽大酒店，伍德沃得大街壹号，底特律。

七十层，密歇根最高楼。

离她密歇根远山镇的家十六英里。

离她的孩子、她的生活十六英里。那是她曾经的生活。

他望着她，摸了她的手腕。两个人之间就像有电流穿过，性的冲动。

别指望我奉承你。你生活中的一切都是骗人的，虚伪的 —— 你自欺欺人的谎言 —— 现在结束了。

这些话他并没说出口，但她听到了。

他只是触了触她的手腕，或者无心而有力地用手指握了握。然而她却感到了一种撼动，就如同一只手在她小腹上粗鲁地抚摸着。

干吗那么吃惊。都是骗人的。

汉娜·贾勒特很少驾车上 I-75：约翰·C.洛奇高速公路。正朝南驶向底特律市区入口 —— 一张血盆大口。

此时已近中午，她这是去干什么呢？汉娜试图想出个合理的解释，但她的思绪就像风中的蝴蝶，飘来荡去，翅膀残损。

半小时前离开远山镇摇篮岩大街上殖民地时期风格的石头房子以后，薄雾蒙蒙的天空很快变得清朗起来。被风荡涤过的深蓝色天空像涂了漆的锡板那样深邃、坚实，阳光刺眼，多亏她戴着（名牌）墨镜。

开车进城，一般都是韦斯驾驶。为安全起见，他都是驾驶他那辆庞蒂亚克大冒险家旅行车,那才是他的车。

在远山镇,汉娜开车有把握,但一上州际公路,她的信心就立刻退潮了。穿着黑色纹章皮衣的摩托车手,粗糙而年轻的面孔被有色眼镜挡去一半,无礼地从右侧冲到她缓缓行驶的车子前面,引擎声震耳欲聋,有毒的尾气狂喷。

风!来自安大略的狂风呼啸着,像无形的大蛇一样扭动着,盘旋着。

小时候,她曾看到这种风蛇在开阔的田野上冲着父亲开的车子猛扑过去,要把他从道路上掀下去。因为父亲爱开斗气车,汉娜的母亲则坐在副驾驶位置上,一动不动。

风蛇像是要惩戒什么人。汉娜紧紧闭上双眼,但她还是能看见。

她用这种幻象折磨自己,尽管知道那不是真的。但仍有恫吓她的力量。

现在成年了,不存在的东西,她尽量不去看。

和以往一样,那种惩戒的威胁仍然存在。

据信,强风造成约翰·C.洛奇高速公路最近的三车相撞事故。

数辆卡车以危险的距离紧跟在别克里维埃拉后面。离开她在市郊的领地,来到一片对她充满敌意的区域,这里她被识别,被厌弃:女司机,白人女司机,豪车,对男性司机的冒犯。一辆隆隆作响的大卡刚超到前面去,另一辆就出现在后视镜里。

一辆大卡紧跟在汉娜后面,当逼得不能再近的时候,又猛地超到前面,而且是慢慢悠悠地,就像一双大手掐住你的脖子,又不急于要你的命。

一张愤怒的脸,模模糊糊的脸,出现在她身后高高的驾驶室里,满嘴污言秽语。

有钱人的老婆,有钱的母狗。

这些陌生人无意伤害她,汉娜自我安慰着。不关个人的事,他们又不认识她。

奸妇的下场。对她的惩罚,尽管罪恶还未铸成。

罪恶！说得轻啦。

他要是知道她在想些什么,一定会嘲笑她。

汉娜倒是希望 Y.K. 笑她 —— 他会认为她的恐惧纯属多余。当一个女人所希望的竟然是一个男人漫不经心的嘲笑,那在女人生活中该是怎样痛苦的时刻,像开放的伤口。

你为什么以为我们在一起做的事会带来什么后果？根本不会。

不会给谁带来灾难,(可能)你要除外。

他是她的朋友。他是伙伴。这一点从一开始就很明确。

他们的相遇 —— 纯属偶然。一见钟情。

一次社交场合欢快的嘈杂中,感到他的手指滑过她的手腕。就像深水下,一条捕食其他鱼类的大鱼从身边滑过。

哈罗！我们认识吗？

你是哪一个？

他粗鲁,但很有趣。弄不清汉娜为什么笑了,但记忆很甜美。

没什么甜美的,只是个秘密,偷偷摸摸的。

如果她在这个不适宜的时刻出了事故,就在这儿,I-75 州际公路上,正不可思议地向南驶向底特律老城,如果汉娜血肉模糊地死在这闪闪发亮的白色别克里,那些认识或自称认识她的人们,就会对事故质疑。但是 —— 汉娜这是开车去底特律干什么!怎么就一个人?她的记事本上也没有写明……

伊斯梅尔达会目瞪口呆,一头雾水。因为贾勒特夫人信誓旦旦地说,她不会去离家很远的地方。

韦斯呢,会大吃一惊。意识到妻子的背叛,倍感耻辱。本以为了解妻子,就像(他认为)他了解孩子那样,就如同他知道衣袋里装了什么,没有什么事情是瞒着他的。

……哪知道她一直过着(不为人知的)生活,(非法的)生活。

……他所不了解的生活。

这将是她的第一次 —— 通奸。

十七年的婚姻。一小段人生。但今天不论发生什么,或不发生什么,都将是这段人生以外的事,与婚姻存续的那段时间没有关系。

如果发生什么事,那将是复活节前的星期五:耶稣受难日。

只是凑巧。事出偶然。他这周刚好在底特律。

罪恶感搅动着汉娜的灵魂,就像粗糙的衣料磨着最敏感的皮肤。

她进入了底特律市区,来到地势较低的一片区域。一小片一小片的木框架小房子组成的居民区,排屋,饱经风霜的经济公寓和商用大楼,画满涂鸦的墙壁。公路的路肩上,散落着碎玻璃,生锈的轮毂盖、保险杠和破碎的轮胎。

从远山镇向南到无序蔓延的底特律市区,地势逐步降低:她的目的地是伍德沃得大街尽头的豪华酒店,旁边是底特律河,美国与加拿大安大略省的边界。

汉娜感到吃惊：她将在万丽大酒店与那里的一个男人，一个陌生人，见面，而对方要她称他为Y.K.。

他的指令，汉娜要照办。

她一直在自我安慰——当然，我不会唯命是从的，我怎么会呢。

典型的莱斯利·卡伦[1]嗓音，气息微喘的真诚、遗憾。

真抱歉，我不能久留。我必须在……离开……

她将像个演员那样，控制局面。事先就定好剧情应该怎么发展。

……必须在五点三十回到家里。

她这么说的时候，他会用怎样的眼神看着她！男人脸上流露的欲望，那会让她兴奋不已。

他的心会受伤，她想。有好一会儿，她一直沉浸在这种想法里。

但他也可能以对她不友好的方式表达不快。有这种可能性。

当着她的面笑话她，当着她的面摔上房门。

不，他只是伤心。汉娜认为是这样。

一个女人，有夫之妇，来找他。

也就是说，汉娜有离他而去的自由，只要她愿意。

你知道，我想我不能久留。我想——这是个误会。

必须跟他解释清楚，是的，她被他的魅力所吸引，但她现在的生活很复杂，不能许身于任何……

大风，吹得车子直摇晃！汉娜脖子后面的头发被吹得乱抖。

远山镇的家里，风有时会钻进烟囱里，嗖嗖地，窗户也啪啪作响，

---

[1] 二十世纪法裔美国影星、舞蹈家。嗓音颇具女性特点，柔美动人，且具古典气质。

在那些老房子里，
可能死过人。
也可能死过婚姻

如果一个人没那就不

果个人人这个女

人着，女人想

了。

那声音就像有什么东西想冲进来。一阵风来，门被吹开，或者关上。哎呀，妈咪！妈咪！凯特雅大叫。鬼来了！

别傻了！哪里有鬼。

然而，汉娜也听到了鬼的声音。是有个什么东西。

你不愿意这么想，其实在那些老房子里，可能死过人。也可能死过婚姻。

家庭，破碎了。

但汉娜听见孩子们在呼叫。她对孩子的爱一下涌上心头，孩子们不能没有她。

她的情人已经在嘲笑，她身体有点发僵，谈性色变的样子。

名牌服饰的下面，一个焦虑的女人。

我很抱歉。我想我不能久留。今天不行。今天不是 —— 不是好日子。

或者应该更简单，更神秘一点：抱歉。情况有变，我不能久留。

Y.K.还有别的女人，汉娜猜测。比汉娜阅历深，更随和。

很可能汉娜认识她们当中的一些人。其中有人邀她去参加过募捐晚宴。他当然不会告诉她。

如果你不介意一个已婚女人……

他会笑她，喜欢她的坦率。她倾向于认为，她让他吃了一惊。

不要以为汉娜不大会说出这样的话。她喝了一两杯酒。她想要勇敢点，展示一下性感的一面，就像她为这个晚上特意买的这条时髦的中国绉纱迪奥黑裙。然而，她自己听起来，说得都有些伤感。

没说出口的是更深层的恐惧 —— 如果你不介意一个有夫之妇和

孩子母亲……

　　一个嘲笑女人的男人。一个嘲笑女人的男人，很可能是一个不会欣赏女人讲的笑话的男人。一个把笑话看穿的男人。男人的蔑视，就像掀开一件带着花边的丑陋的衣服，将（赤裸的）（女性的）肉体暴露在他面前，颤抖着。

　　孩子们！ 如果有罪，如果有可能犯下极大的错误，那就是因为孩子。早晨她开车送孩子们去上学。这件事，她是决意要做的。

　　人们会这么说汉娜 —— 她是个好妈妈，孩子们喜欢他们的妈妈。

　　但他们很快就觉察到，汉娜的心并非完全在他们身上。早晨在车上，烦躁不安的汉娜只是心不在焉地听他们说话。妈咪！ 妈—咪！

　　孩子话音里的责怪，心被划了一刀。

　　缺少、渴望妈咪的爱。再多也不嫌多，要穷尽全部的爱。你想，是否任何一个母亲，任何一只丰乳都会竭力满足孩子的渴望。

　　而男人的渴望：比女人少些个性，少些特色。对爱的急迫渴求，是对女人的诅咒。

　　关爱他人，是对女人的诅咒。

　　妈咪亲亲！ 妈咪你去哪里？

　　因为他们觉察到：妈咪要出远门，有可能再也见不到妈咪了。

　　不再是开车时常穿的灯芯绒外套，而是柔软的黑色开士米大衣，褶皱的下摆宽松地落在腿上。不再是像卧室拖鞋一样舒适的系带帆布鞋，而是优雅而不实用的圣罗兰细高跟鞋。

　　我会把你当作一个朋友来珍惜。一个……

　　不能看上去像是在恳求他。如果你恳求一个男人，你已经输了。

汉娜将珍惜这个比韦斯年长几岁,也比韦斯有趣得多的男人,视他为朋友! —— 我信任他,愿向他吐露心声。

因为她没有朋友。在目前的生活中没有任何朋友。远山镇的那些朋友并不是知心朋友,汉娜可以信任的人当中,没有一个在谈论她的时候是充满同情心的。

韦斯不是她朋友,丈夫做不了妻子的朋友。

韦斯对她不忠诚。汉娜(几乎是)确信无疑。

看哪,你向我走来了,这你明白。向着我。

你的狗屁丈夫与此毫无关系。

现在地势下降更为明显了:向河边倾斜下去。

一个个出口一掠而过,就像在梦中一样。当地犯罪新闻中常被提到的街道名称 —— 约翰·R.、卡斯、弗农、福特、弗洛伊德、布拉什、格拉帝奥特。

为什么没早点从家里出来! 到酒店会迟到的。

没有早点出门,那是她(女性)尊严的体现。拿不准穿什么衣服。又换了一次又一次。淡玫瑰色丝绸衬衫,她灵机一动 —— 是的! 就这件。

然后,她站在卧室里盯着时钟出神,宝贵的几分钟又过去了。

不能让他猜到你有多么渴望。多么饥渴,巴不得。

没有哪个男人想要一个巴望他的女人。不是那样的。

没有哪个男人想要一个急不可耐的女人。这是底线。

这个苦涩的道理,汉娜的母亲曾经传授给她。也许没有用这么多的话。

现在汉娜已经站到悬崖边了:三十九岁。

还不老。在她远山镇的朋友圈里。

但这还是压得汉娜喘不过气来。几个月后,她就更老了:四十岁。

令人惊奇和意外的是,汉娜与二十六岁、十九岁、十三岁时的自己并没有太大的区别。童年的汉娜。瘦弱矮小。这人是谁,她可得保密。

对一个陌生人的痴迷,这对她来说是个新情况。她坚信,从(越来越清晰的)某种意义上说,Y.K. 并不是一个真正的陌生人。

如果一个女人无人觊觎,她就不存在了。助我存在吧。

市中心
加拿大隧道前最后一个出口

慌乱中,汉娜一时没看清这个路标,她一直等待出现的至关重要的路标,而后她才意识到,应该在这儿下高速了。

离开引擎轰鸣的高速,轻松多了。不用再担心撞车,死于非命。

现在挤在缓慢行驶的车辆中。快递车,单行路。迷魂阵一般的单行路。

传说中的内城。(郊区的)(白)人都害怕驾车穿过这几个街区到河边的万丽大酒店。

还不是为了他。冒这么大风险只是为了他。

一个性急的司机在汉娜后面按喇叭。在拉里德路和福特路交叉路口,红灯变成了绿灯,汉娜的反应慢了点。

转进拉里德路,向南进入一段暗淡、破旧的街区。还以为是走错了路,但马上看见了四百码外高耸入云的万丽大酒店。

一排排的窗户,令人眼花缭乱,一直升到七十层。薄云掠过,温柔的阳光倾泻而下。

多兴奋啊,汉娜,到这里啦。

在忧虑越来越多的当儿,突然迸发出一阵喜悦。

在旧底特律的废墟上,新底特律崛起了。

历史上的底特律所留已经不多,1967年7月"暴乱"后大部已夷为平地。韦斯家几代人都住在叫帕尔默树林的高档住宅区,现已不存在,所有人都厌弃了这座老城。汉娜见过1967年以前底特律的照片,这些照片已迅速成为泛黄的历史。

文艺复兴广场代表着"新"底特律:豪华酒店,壮观的新办公楼,高层公寓和套房,高级餐厅和精品店,一家享有盛名的医疗套房(专业领域为整形手术)、可容纳两千人的剧院/交响乐厅。再一直向前,河对面就是安大略省温莎市仅仅是实用主义的天际线。

内城的重建,高档化。具有公民意识的企业发展。

底特律未来的希望!

一个没落城市的希望!

汉娜知道韦斯是文艺复兴广场的投资者之一,但不清楚他究竟投了多少钱,甚至也不知道是谁的钱 —— 完全是他自己的,还是他和汉娜两个人的。

这项工程(据说)已负债几百万美元,却仍对投资者有所回报,这

"有所"两个字肯定有其含义。

汉娜只模模糊糊地知道破产是什么意思。对个人意味着什么,她知道;对公司,不清楚。

她父亲曾经宣布过破产,实际上不止一次。那时她还小,什么也不懂。

韦斯向汉娜解释破产法,自己似乎也有些糊涂。都是"税法"的问题:真的要破产了,那都是"税法律师"的事。

不过,房地产法与其他类型企业的税法有所区别。有可能 —— 大概吧? —— 文艺复兴广场的投资者不用付地产税,尽管那些楼宇建在密歇根最贵的地段上。

汉娜曾向韦斯表达过困惑:他们要担心投资落空吗?有没有风险?而韦斯握握她的手腕安慰她,就像哄一个烦躁不安的孩子。他耸耸肩说,如果你知道自己在做什么,那就没有风险。

* * *

汉娜到达了目的地:一个美丽的、四周封闭、比外面街道高出十英尺的城中之城。

又高又光滑的水泥围墙,入口很少,行人进出很不方便。的确,行人在这座城中城里是不受欢迎的。进入广场的车辆被引导进入盘旋车道,林肯城市车、轿车、机场大巴、私家车缓慢向前移动,保安员和穿制服的泊车员依次迎接、问候。

一瞬间,汉娜感觉踏实多了。离开底特律老城的街道,攀上这城中城，倍感轻松。这里她的身份得到认可：有钱（白）人的妻子。

在这里穿制服的总给人一种慰藉。因为他们提供的是安全：保护。泊车员、门童、行李员，对着闪闪发光的白色别克里的汉娜就是一连串的热切问候 —— 欢迎来到万丽大酒店，夫人！

汉娜感激地把车钥匙递过去，别克被开走了。停车，汉娜可不喜欢干，就像不喜欢养护、清洗汽车，给房间除尘，擦洗水池和马桶这些杂活儿一样，应该叫受过专门训练的人干，他们干得利索。

您好，夫人？

您是第一次来吗，夫人？

汉娜挺好呀，谢谢！不是的，文艺复兴广场她不是第一次来了。

这样的问候要以微笑回应，她不让这些穿制服的看不起自己，当然（她对自己说）他们不会瞧不起她，他们把她当成了另一个和她长得有点像的（有钱的）（白人）妇女。实际上，酒店的员工应该像感谢其他任何一位来宾那样感谢汉娜，欢迎她来到这末日之城中心地带的城中城。说不定哪一天，员工们接到通知，说这豪华酒店宣告破产，汉娜这样的宾客正可以预防那一天的到来。

只要还没破产，汉娜对穿制服的员工就一律回以微笑，在恰当的时候还会一律施以小费。

她钱包里总装着一沓五美元的钞票，像施舍一样发出去。

尽管夫人这个称呼她很反感，说实在的。

人家叫夫人，还是要努力回以微笑，咬着牙。

没法不认为夫人这个称呼其实就是一种责备。

有钱（白人的）妻子：夫人。

从泊车员手中接过泊车凭据,好像这事没发生过似的。多少次。那白晃晃的牙齿,那透过面具般的笑脸上的眼孔射出的目光,现在他们是叫她夫人,而在另一段生命里,他们也可能割断夫人的喉咙,把她长着金发的脑袋几乎割下。

这一次你忍了。今后的一切,你无法避免。

一次又一次。都源于第一次。

第一次触摸

第一次触摸就像一次偶然事故。她情愿这么想。

一个陌生人的手指滑过她的手腕,引起了她的注意。突然,有一阵诡秘、明显的性冲动。

像在水底下,看不见。只是有感觉。

也许,一个食肉动物在觅食。一只鲨鱼娴熟地在浅水里游过来。

那是个欢快的场合,富丽堂皇的万丽大酒店河景舞厅,几百位贵宾济济一堂,出席一场年度募捐晚会,为常年资金困窘的底特律艺术学院慷慨解囊。那好比一池春水,一些生物游动着,急切地寻觅着另一些生物。

想都没想,她就向触摸她手腕的人转过身,带着灿烂而盲目的微笑,仰面送给他那张脸(他个子很高,高高罩在她上面),女人的微笑意味着,她确信在这个环境中,她不会犯致命的错误,因为这是她的环境，如鱼得水 —— 进入三月疯狂募捐会场，要有门票，而每张票要六百美元。汉娜本人就是这场晚会的数位联合主席之一；所以汉娜期待看到一张熟悉的脸，然而，不，不认识，是生人，厚重的眼皮，高高的眉骨，脸算不上英俊，但看着舒服，宛如石刻似的一张独特的脸，等等 —— 男人在微笑吗？—— 冲着她？参加这种晚会，穿着不得体 —— 不是黑领结，而是丝绸般的银色领带，一套轻便的深色细条纹羊毛西装，配着白色亚麻衬衫和玛瑙袖扣。他头发浓密，皮毛似的，黑中夹杂着灰色，从前额处硬生生地向后一梳，鬓角的头发已开始稀疏。他的眼睛近看黑闪闪的，像大理石弹珠，白眼珠上布满纹理优雅的血管，厚重的眼皮让她想起鹰隼的眼睛 —— 掠食性鸟类……

　　这时候，那只大手已经大胆地把她的手腕牢牢握住，坚定有力，似乎真的要给她慰藉，给她信心，而且别人想看也看不到。不管这个人多么亲密地靠在汉娜身边，说这说那，困惑，讥讽，惹得她和他一起笑，汉娜一直是那么灿烂而盲目地笑着，努力听着，可什么也没听到，听不清，尽管她听见了自己的笑声，笑得五脏六腑都在颤，就好像有什么原生质、细菌之类的东西被释放进了她的血液。

　　你是哪一位？—— 她记得他这么问，但搞不清问的是你们中哪位？甚或是你们哪位？不论是问的什么都让汉娜感到很有趣，有趣得好笑，尽管（也许）哪个都不好笑，而是咄咄逼人、粗鲁无礼，面对突然出现的这个人，加上一杯白葡萄酒喝得急了点，再加上帮助筹备这次募捐活动，她花了几周时间，现在就将应邀上台和其他志愿者一起接受大家的感谢和掌声，汉娜·贾勒特发现她听见自己笑声里充满惊愕，就像大草原上一只鸟在恐慌中急急地扑打双翅，从隐匿的草丛里飞向天空，逃避一心置它于死地的猎人和猎狗那样。

然而，不是的。他是她的朋友。他将成为她的朋友。她的朋友。

并不是笑她，而是同情她。就好像真的理解她。他的举止犹如长者对孩子，威严中透着柔情。他们就好像老友偶然重逢，在这嘈杂熙攘的陌生人群里。

老友间的情谊在数年分别后瞬间得以恢复，这可不能告诉别人。

这就像电影里的一个场面：一种亲密／充满情欲／决定命运的关系瞬间就建立了，女人猝不及防，男人乘其不备；他们面面相对：女人觉得失衡、迷惑、不安，男人当然是淫欲勃发。

像电影里一样，有背景音乐，尖厉刺耳，闷声闷气：爵士乐五重奏送出一支不知名的乐曲，音符像闪光的玻璃碎片，主要效果就是让人们在这个天花板高高，地面擦得亮亮，没铺地毯的舞厅里，根本听不清对方说话。

汉娜很难听清对方说了／问了什么。

倒是听见自己在轻松、流畅地说着话。她开玩笑，不断改变着观点，时而诙谐幽默，时而闪烁其词，不过，据后来回忆，她还是对那个贪婪倾听的陌生人讲出了自己的姓名、身份，还带着为人妻的骄傲或是虚荣，说出了丈夫的姓名；汉娜也忍不住透露了自己是晚会的"联合主席之一"。

他的姓名可只是缩略字母：Y.K.。

这对汉娜来说，眼下也就够了。

她稍微表达了一下不满。笑着说 ——"可是为什么呀？这里就没人知道你的姓名啦？"

她看到，他是不喜欢这么被质问的。是那种谈到自己的情况总是极不情愿、吞吞吐吐的样子。

Y.K. 主动提供了一些情况：他参加晚会是因为有人给了他一张入场券。

还有 —— 他关心博物馆。所有博物馆。喜欢艺术。

还有，他就住在这家酒店。他来底特律的首选，一般订高层套间。

他经常因公到底特律。他选万丽大酒店是因为有直升机停机坪。从这儿可直飞东兰辛市。

还有，州长也会飞到底特律来，有时候他们一起吃饭，是老关系了。他们曾经在科罗拉多州一起做学员。

什么意思，汉娜没听懂 —— 学员，科罗拉多州？

后来汉娜才明白，Y.K. 指的肯定是科罗拉多州斯普林斯的空军学院。

她算了算，如果 Y.K. 刚四十出头（看上去像），那很可能在越南当过飞行员。

那种茫然的凝视，遥远的目光，是飞行员力图把握投弹时机的目光。

在爱意荡漾的恍惚中，汉娜似乎看到了晚礼服下男人的身体，点点道道都是伤疤。还有一双女人的手，像读盲文一样抚摸上去。伸展的手指紧紧依附在他的躯干和满是肌肉的后背上。

这个幻象征服了她，而且也是像电影镜头一样，一闪即逝。

然而，奇怪的是，与其说是幻象还不如说是记忆。

在他们试图压住嘈杂声相互交谈的那段时间里，他的手指一直握着她的手腕，紧靠大腿。还紧紧往大腿上压。他们的言语交流与他们之间建立的奇妙的亲昵关系似乎并无关联，情胜于言，且使言语显得黯然失色。

这才是至关重要的，这是现实的。

别指望我奉承你。

你生活中的一切都是假的，虚伪的 —— 是自欺的谎言 —— 现在结束了。

唯一的一个问题是：我能做些什么？

他的这些话声音不高，而汉娜却听得明明白白。激动、不安，一阵红晕袭上面颊。

她身子站得直直的，一动不动。身心愉悦，热血涌动！

看上去，他们在一起交谈，很随意。和其他人没什么区别。水下般的场景，众多的宾客。人声震耳，但只见人们的嘴动，却听不见声音。人脸变形，像要溺水那样由于痛苦而扭曲。

汉娜向四周看看，有人会认出她吗？救救她？这儿她朋友很多，名字忘了。丈夫呢？

四下里，看不到一张熟悉的脸。丈夫呢？

Y.K.仍然偷偷抓着她的手腕。他的指关节紧紧抵在她大腿上。

听他的话，或听他的意思，Y.K.似乎很有钱。或者说是在金钱汇成的激流中畅游的人。如果说有两类人，一类是商人，另一类是商业的操纵者，Y.K.大概属于后一种，令人捉摸不透，想不明白。汉娜真想问问韦斯是否认识他。

不，汉娜不能问韦斯是否认识Y.K.。汉娜问的时候难免脸红，容易引起怀疑。

Y.K.说，下次再来底特律他们或许可以见个面。

喝一杯，就在这家酒店，可以吗？——汉娜紧张地笑笑，没料到这么问，太直白，不过（当然）只是随便一问，并无伤害。不知如何回答，但说不出不字。

这是性暗示吗？——汉娜惊愕了。

或许不是？ Y.K. 问汉娜是否有可以联系她的电话号码，看汉娜为难的样子就笑了起来，汉娜的脑子好长时间都一片空白，似乎心不跳，大脑也凝滞了，还好过一会儿就恢复了正常，她当然记得自己的电话，就是家里的座机，家庭电话，还天真地强调了一句——"没登记。"

没登记——Y.K. 觉得很好笑。

凑近她的耳朵，笑着说："汉娜！哪里有'没登记'的号码呀。"

讥讽，然而却叫着她的名字。

汉娜！——他的声音让她有点不安，离耳朵那么近。

熟悉、亲昵，有点过头了。名字的两个音节都读成重音，汉—娜，仿佛作诗的扬抑抑格。外国人才这样念英语名字，母语是英语的人是不这么说的。

他们激动得一起笑了。同样的笑，同样的激动，汉娜以为是这样的。

那我就听你的。给你打电话。

我……有点不信……

当然打啦。

事情就这样定了。无须多说。

最后，鸡尾酒会结束。汉娜精疲力竭，感到头晕，和 Y.K. 的交流太紧张了，真想避开这个男人，然后好好想想这是个什么人。

（韦斯在哪儿？怎么连个人影儿都没有。）

（汉娜对丈夫一阵怨恨，对她这么不关心。）

黑人乐手的五重奏在演奏爵士经典，（白人为主的）人群中很少有人在听，但他们仍演得很卖力，现在是终曲《搭乘 A 线列车》，节奏如此强烈，就像机关枪一样冲不为所动的人群扫射着。

Y.K. 离开汉娜，头也不回地走了，汉娜呆在那儿。他把电话号码记下了吗？——她觉得没有。

一瞬间，他就把她忘了。

一瞬间，汉娜的精神崩溃了。

身着正装的男人，中年的、年老的；发型入时，身穿色彩鲜艳的鸡尾酒会晚装、踩着细细的高跟鞋的女人；穿制服的侍者，往来穿梭，托盘高高举过头顶，像埃及古墓中饰有纹章的人物；一片嘈嘈杂杂的人群中，再也难寻 Y.K. 的踪迹。

五百名宾客，像嘎嘎叫的一群大鹅，朝着一个方向，走到一张张事先安排好，摆着刚刚采来的鲜花和复制的经典艺术品的台子。这些艺术品可不都是博物馆收藏的。汉娜的目光只盯着前面，避开认识的或可能认识的人，紧贴着舞厅的一面墙往前走，就像一个人受了伤，一时恍恍惚惚的。

他是不会打电话的。

我也不会有危险 —— 当然不会。

贾勒特夫妇买下了整整一个大台子，为他们自己也为另外八位来宾，共付五千美元。台子上陈列的艺术品是莫奈的一幅《睡莲》。

是我的所爱，如果有人问，汉娜就会这么说。是那一系列淡蓝而朦胧的印象派画作中的一幅，为博物馆参观者们所钟爱。

给人舒适感的艺术。没有明显的线条和边角的艺术；没有阴影的艺术；艺术反映的不是生活，而是生活的跌宕起伏，闪烁多变的色彩感知，就像最精美的丝绸壁纸。

富丽堂皇的舞厅布置得也很舒适：象牙白的墙壁、金银丝饰品、黄铜水晶大吊灯。头顶上是不断循环的凉风，吹拂着汉娜脖子后面的毛发，让她觉着在这么一个公共场合，这脖子有点没遮没掩的。

她不安地向头上看看，似乎在怪这装饰性的天花板遮挡了外面无垠的天空。

韦斯早已坐在靠近讲台的展桌前。不是1号台，而是2号，VIP展台，符合汉娜·贾勒特的身份。

韦斯身旁的椅子上放着他的公文包，不知什么时候打开了。躲开热闹的场面，韦斯正翻看一个文件夹，用笔写着什么。他就这样！在这种时候！汉娜感到一阵厌恶、伤心，对她如此重要的一次募捐晚会，丈夫根本就不在意。

刚刚过去的这四十多分钟里，他根本就把她给忘了。不知道汉娜和一个自称Y.K.的男人在一起。

那好，以后不管发生什么，那都是罪有应得。

在宏大的社交场合，汉娜和韦斯走散的事经常发生。相互几乎忘记了对方也在场，直到晚会快结束时才（又）彼此发现：妻子、丈夫。

他们现在还相互吸引吗？——汉娜搞不清。他们初次相遇以来，十二或是十三年已经过去了……

韦斯曾经是那么年轻，充满希望。那种男孩子的热情和理想；有一点点反叛，决心独闯天下，不靠父亲和贾勒特家族。汉娜也被他的理想所激励，相信能够以自己的力量摆脱搞笑老爸的束缚。

而事情并没有那样发展。不是谁的错，但是——不。

意识到汉娜走过来，韦斯迅速把文件放进公文包，扣好盖子，放在椅子下面的地板上。这一串动作看似自愿而为之，但做得有点过头，让汉娜有点生气：这不就是说，看见韦斯在公共场合做自己的事，汉娜会像个唠叨的老妈妈那样不高兴吗。

韦斯貌似殷勤地站起身，把身边汉娜的椅子拉出来，这是一个丈夫被期望做的。

汉娜不为所动，而是笑笑，用反讽的语气说："想吃饭啦，亲爱的。"

"是吗？"

"你看上去有点厌烦。"

"厌烦？哪里话。"

但她为什么责怪他把工作带到募捐会上来做呢？就因为躲在一个角落里，好像要避开其他人？韦斯是成年人，他想怎么做就可以怎么做。

汉娜发现她的座位卡正放在韦斯的旁边。这有点不幸：因为从韦斯的角度着想，她倒希望坐在那儿的是别的什么人，韦斯可能更喜欢和那人交谈，而和她这个天天见面的人没什么话好说。

在这种正式晚宴上，汉娜感到很有必要抓住丈夫的注意力。韦斯喜欢讨论政治，遇到合适的人，他表现得十分有亲和力，能言善辩；政治对他而言，实质上就是个笑话，对他父亲来说也一样；无非虚伪造势，为生意服务，不然还有什么用处，不值得信任。

"你看上去挺愉快，"韦斯说，"见了朋友，接受祝贺。"

"没那么过分,韦斯。还什么'接受祝贺'……"

"哎,别谦虚。实至名归嘛——看你眼睛都在放光。"

汉娜笑了,笑得有点心神不定。韦斯是在逗她,还是认真的?结婚年头越多,她就越拿不准他。

但愿是误解他了,他毕竟还是愿意以丈夫身份出席募捐晚会的。

为了让晚会对他有价值,韦斯坚持让汉娜向一对汉娜几乎不认识的夫妇发出邀请。那是显赫的通用汽车公司主管和夫人,住布卢姆菲尔德山豪宅。

哈罗德·鲁施比韦斯起码大二十五岁。汉娜觉得,两家男人之间有某种生意上的关系,很可能是鲁施和韦斯父亲间的关系。

汉娜逐步认识到,商业利益就是一张大蜘蛛网,只不过主宰者并不是一只蜘蛛,而是一群大小、身份各异的蜘蛛,虽然是竞争者,甚至是敌人,但还是紧密地相互联系着。每个人都警觉着其他人的存在,希望利用他们,或至少要避免被他们毁灭和吞噬。所以韦斯,网上的一只小蜘蛛,很希望和比他大得多的哈罗德·鲁施加强联系。

想到这里,汉娜笑了,觉得自己有点叛逆,有负于丈夫。真想和那个他分享一下这个想法。

那个他如果不是情人,也应该是灵魂伴侣。对他,她可以大声说出这些在现实生活中无人可言的想法。

晚会还要持续多久啊!他的目光不再注视自己了,他已经从她的视野里完全消失。

宽宽的岩浆流动缓慢,急不得。这是募捐会:就得有耐心。

每张桌子都装饰得十分奢华,宾客们的目光要穿过桌子中央摆放的豪华饰物才能勉强落到对方身上。

对话要靠喊,一片嗡嗡声中,谁也听不清。汉娜试图和克里斯蒂娜·鲁施交谈,而对方对她不冷不热,似乎忘了或者是决意不理会,他们夫妇俩的入场券都是汉娜和丈夫预订的;一点感谢的意思都没有,汉娜感到沮丧、伤心,像一个孩子受了委屈那样。

入场券是一张六百美元。汉娜希望鲁施夫人记得入场券的钱是汉娜付的,他们不是免费入场的。

这么想有点孩子气。然而汉娜还是止不住这么想。

只是当话题不知怎的转到北密歇根和湖边住宅时,克里斯蒂娜·鲁施才来了兴趣,开始听并且插话;因为她有几个夏天都是在北半岛的北狐湖家庭小屋度过的,至今记忆犹新;"有生第一次",她在森林中的小木屋过夜,离湖水那么近,整夜都听见湖水拍岸的声音,"伴我进入梦乡……"

真奇怪,汉娜想。六十多的老女人,百万富翁的老婆,却这么伤感自怜,似乎那样的快乐时光已一去不返了。

不过汉娜看到,这仍不失是一个令人瞩目的女人,有点嫉妒。毫无疑问,克里斯蒂娜·鲁施的丈夫娶她主要是看上了她的美貌。

或是她的钱。或:两者兼有?

奇怪,克里斯蒂娜·鲁施在不说话,或谈论的话题与她无关的时候,怎么一下子情绪就那么低沉呢。似乎在没有其他事情分散她的注意力的时候,阴暗的思绪就会占据她的大脑。

汉娜看到,这位老妇人穿着十分华贵,汉娜在尼曼马库斯精品设计师沙龙见过：一袭暗红色天鹅绒紧身连衣裙，胸部用针脚缝出精美的图案，裙摆刚过膝盖。刻板的白色面颊不显老，也不显年轻，光亮的略带红色的头发完全可能是一副人发假头套，一个架在瘦弱的肩膀上的沉重负担——不公道。

精明的汉娜在等待机会：等大家稍有消停的时候，斗胆直接问克里斯蒂娜几个问题：家庭、孩子的情况，有没有孙子辈的？——都是克里斯蒂娜这个年龄的家庭主妇爱谈的话题。但克里斯蒂娜冷冷瞪了她一眼，说他们只有一个活着的孩子，一个儿子，还不会很快娶妻生子——"伯纳德三十二了，还在'寻找'。"

一个活着的孩子。多么晦涩的回答！

克里斯蒂娜讲出这么狠巴巴的话，汉娜觉得一是为了吸引哈罗德·鲁施的注意力，二是要镇一镇汉娜。但哈罗德·鲁施开心地笑了，根本没理会他这个盛气凌人的老婆。

一时不知怎么回应，同时又不想显出受了责怪的样子，汉娜接着又问克里斯蒂娜儿子做什么工作，但这次回答更是噎人："我不是刚说过——伯纳德正在寻找。"

这时哈罗德·鲁施插话说："我太太说得有失公允！或者是她不清楚。伯纳德正全身心地投入工作。"

"就他！"——克里斯蒂娜冷笑一声。

"不是每个人都干得了工程师，亲爱的——不是每个人都能造出'汽车'来。伯纳德正准备当一名'摄影记者'。他想走遍全世界，将'战乱'——'饥荒'——'旱灾'都摄入镜头，你在《生活》杂志里看见过这样的照片，尼日利亚儿童啦，难民啦等，大概是拍给联合国的吧。"

鲁施关于问题儿子的一番话，讲给一桌子陌生人听，可能是为了招来赞同、钦佩和掌声，就像为一款闪闪发亮的新车揭幕那样。

鲁施脑满肠肥，"肥猪一般"这个词就是为他造的，但他的眼睛炯炯有神，充满活力，气势逼人，一副兴高采烈的样子。汉娜听人们说，鲁施这个公司主管可是个强悍能干，但无情无义的角色。他曾不动声色地把一个部门的人全都解雇，再换上精心挑选的年轻人。

克里斯蒂娜没理会丈夫，他们俩之间似乎早就存在分歧，而她又懒得提起。

全桌的人都沉默了。幸亏韦斯这个善于应酬、头脑灵活的年轻人及时转换了一个话题：兰辛市最新丑闻。

（兰辛，密歇根州首府。）

汉娜笑了。韦斯真聪明！

不需要听大家讲些什么。政治让汉娜心烦，特别是国家政治。

政治就是加上包装的商业利益：不惜重金收买政客，因为在当下上演的压低经营税的大戏里，他们可是握着关键的一票。汉娜明白，唯一不腐败的政客只是还未被拉拢到。或者是还没人告诉汉娜：汉娜知道的一手资料很少。

想想看，这种募捐会是多么荒唐的礼仪性场合：铺张的会场，把有钱人招到一起，围坐在大而无用的圆桌周围，一片嘈杂中绞尽脑汁寻找谈论的话题。

但是说实在的，一切都是空的。不是吗？

一切都无关紧要。

除去：你是哪一个？

除去：哪里有"没登记的"号码！

他在讥笑汉娜。对，是的 —— 她的生活……

的确，她明白：她的生活很可笑。

但，是生活本身 —— 生活 —— 可笑吗？ 她不愿这么想。

"夫人？" —— 一名侍者站到她身旁，手里端着一只银盘。

"谢谢，不。哦 —— 好的……"

汉娜把盘子里的食物拨弄来，拨弄去，都凉了，一点不对胃口。好几个月的筹备和期盼，现在面对桌上的菜肴却没一点兴趣。这菜单她和另外几个人就像将军们策划一场战役那样急切地讨论过：酸橘汁腌鱼配芝麻菜沙拉、智利鲈鱼或菲力牛排、迷迭香焗土豆、胡萝卜丝和焦糖布丁…… 大家争得很激烈，情绪亢奋，意见不同，面红耳赤，友情顿时消散，仇敌一般，怀恨在心，永不原谅。

有一位女士汉娜平素还蛮喜欢，她对汉娜也不错。但是当汉娜提出主菜要用智利鲈鱼代替更为传统的烤肉条的时候，她特别反感；后来她们又为餐后甜点争论不休……

汉娜的搞笑老爸挖苦说：女人就会小打小闹，因为大事她们也干不来。

汉娜的叉子从手中滑落到地上。一个穿制服的侍者赶紧拾起来放回桌上。

"抱歉！ 谢谢。"

"谢谢您，夫人。"

汉娜的眼神有些恍惚，她不想看年轻的侍者是否正在嘲笑她。

他已经离开了舞厅。不屑待在那儿。

他为什么不愿多待一会儿呢？也好听一听汉娜·贾勒特的名字是如何被单独提到，并在这大庭广众之中接受表彰的……

终于，汉娜盼望已久的光荣时刻到来了，台上的主持人（男性，幽默得令人难堪）小心翼翼地念出了她的名字——"汉—娜—贾—勒—特"，并请她起身接受大家的敬意。汉娜感到一阵强烈的自我意识，还有一种绝望的沉没感，她站起身，扬起头，露出幸福的微笑，沉浸在幸福里，享受着这一刻，一个美丽的女人穿着特意为这个场合购买的黑色绸缎迪奥礼服。一阵阵热情真挚的掌声送给"汉娜·贾勒特"和另外几位"杰出的志愿者"，感谢他们为本年度三月疯狂募捐会的巨大成功做出的贡献。成功的气氛中，汉娜既兴奋又有些难为情，她感觉到，一双双眼睛都向着她看过来，祝福她，而不是刻薄地审视她（如汉娜审视自己那样），也不像那个困惑的厚眼皮陌生人那样审视她，因为汉娜已经证明自己在和他们一道追求一个共同的目标，他们对自己人当然是宽宏大量的。

韦斯·贾勒特也举杯祝贺他的妻子，笑得别提多傻了，不过不论如何，他是汉娜的丈夫，为妻子高兴无可厚非。

"谢谢！谢谢所有人……"

倏忽之间，这个时刻便过去了。主持人走下台，伴随着大家对他的一个黄笑话的哄笑，不过汉娜并没怎么听清。

汉娜重新就座，没了刚才的精神。头晕。伸手拿酒杯，寻找慰藉。

太沮丧了，他没能留下来和其他人一起为她鼓掌。那样他就能看到她究竟是谁，而不仅仅是谁谁的妻子。看大家对她的评价多高，至少在当地，在这些精英宾客眼中。

我是个优秀的人，我为他人奉献，我有资格拥有幸福。

欲火难消

当天夜里，以及随后的夜晚（和白天），欲火始终难消。

黑暗中，她瞪大眼睛，却什么也看不见。她力图回忆他的眼睛的颜色，深沉，闪闪发亮的深沉，地中海般的深沉。爬行动物的冷酷，即使在她不可抗拒地凑近他的时候，仍令她不寒而栗。

又一次听到他呼唤她的声音——"汉—娜。"

不在名字本身，而在他的语调。一股强烈的性冲动，让汉娜备受煎熬。

结婚多年，两度怀孕生育，带孩子付出的辛劳和心血，她已经没有了那种欲望，只是偶尔地，猝不及防地还会突然冒出来。

和韦斯上床，通常已是倦意已浓，韦斯也是满身疲倦，心不在焉……做爱似乎只是年轻时才专注的事情，那时的他们没有现在的责任和负担。

涉世不深的年轻人，还未生育。他们哪里知道做爱的后果！——只是在分娩的阵阵剧痛中，汉娜才回忆起自己的无知无畏，惊叹那时的自己怎么会是那样。

但现在的苦闷无法抹去记忆中的快乐。

汉娜从来不是只专注于性的人 —— 天性如此。她渴望的是情感，来源可以是任何人 —— 男人、女人、性伴侣、朋友。对汉娜来说，在出现问题的情况下，情感带来的伤害要小一些。

从本性上来说，她不想去感受 —— 强烈地感受。男人的肉体可以进入她的身体，她想想就反感。这么做，男人就可以改变她，激起她强烈的感觉，让她变得软弱无助，任人摆布。

性的感觉在女人身上比在男人身上存留的时间更久，汉娜认为，正是这种感觉把她和男人绑在了一起，自己的脖子上犹如加上了一根绳索。开始的时候你超脱，你冷漠。然后欲火点燃了，你就成为男人的囊中之物。这就是软弱，令人鄙夷。

换一个不这么可鄙的字眼：渴求。

想起父亲曾将母亲握着他手臂的手拨开，转身离去，不屑，厌烦 —— 多么轻蔑的举止！

汉娜母亲身上，美貌岌岌可危，正在褪去。她爱丈夫，对丈夫忠贞不贰，一旦丈夫和孩子们之间发生冲突总是一心护着丈夫 —— 汉娜觉得母亲很可怜：软弱、虚荣、操劳、渴望被爱，然而她更惧怕自己步母亲的后尘。

因为到头来，女人就只剩下一条：关爱。这存在于她的身体里，铭刻在肉体中，无助、煎熬过后，女人仍然一如既往地关爱男人，尽管男人对她已毫无感觉。

汉娜担心韦斯实际上已经不再关爱她。当然他还是她的丈夫，他不是那种叛逆或有悖传统的人。像所有贾勒特家族的人一样，他尊重常规，享受着常规带来的安逸；他自豪拥有一套价格不菲的豪宅，供养着妻子和孩子 —— 他的。但关爱已从多年的夫妻生活中淡去，是日渐一日地，韦斯可能还未能意识到。但汉娜感觉得到。

所以，现在韦斯很少和她做爱。对她做爱。即使做爱，汉娜觉得，他的心思也在别处。

她不怪他：一个（厌烦的）丈夫。他已把她看作囊中之物，这她理解，她已经习惯了理解。只有当她偏离轨道，像一个司机突然变道那样，这时韦斯才会注意到她，不过这可是毁灭性的。

但现在，汉娜沉浸在自己的秘密当中。他的手指是那么紧紧地握住汉娜的手腕。

他真是厚颜无耻，竟这样宣誓了对她的欲求。手抓得不是很紧，不会伤到她，是那种戏耍般的、挑逗式的动作。似乎在暗示，他只要想做，就能做到。

汉娜还想象着，如果仔细查看一下手腕，就能看到他的手指留在皮肤上的印痕。

空荡荡的舞厅

今天，1977年复活节前的星期五，耶稣受难日。汉娜记忆中人声嘈杂、喜气洋洋的万丽大酒店河景舞厅，现在一片冷清。

如此空空荡荡！空旷、丑陋，像间大仓库。冷飕飕的，让人不快，还弥漫着一股地板蜡和化学清洗剂的味道。

象牙白的墙壁也不再是三月疯狂募捐会那晚的一尘不染，墙脚护板处显出污垢和磨损的痕迹，看上去很陈旧，尽管酒店刚建成几年的工夫。吊在高高的天花板上的镀金装饰看着像廉价的锡箔纸片，原来看上去像是用黄铜和水晶制成的大吊灯，现在看来既不是黄铜的，也没有水晶。

再没有着装优雅、系着黑领结的男士，也没有了身着耀眼鸡尾酒裙、脚蹬细高跟鞋的女士，没有了欢声笑语的热闹，没有了喧闹的爵士乐五重奏，也没有了节日般的装饰。再不见身穿制服的侍者高举托盘在熙熙攘攘的客人间熟练穿行。铺着色彩艳丽的台布，摆放着鲜花和著名艺术品复制品的一排排的桌子，上面的物品都已撤掉，桌子则实用性地码放在墙脚下。

你是哪一位？

或者是 —— 你是哪位？

汉娜感到茫然，不知所措。在这片空旷、没有人气的地方竟然举办过那么一场欢快的晚会，想想都有些难以置信。四下飘浮着一股地板蜡、化学清洗剂的味道，像福尔马林……

她没想到，他会给她打电话。她没想到，不过如果他打来电话，她会同意见面的。

事情的发展不像她预期的那样。一种奇怪的被动感像毒品一样攫住了她。假使现在舞厅开始冒污水，脏东西漫到了她的脚脖子、小腿上，她就会瘫在那儿，无法逃脱，无法自救……

他正在第六十一层等候汉娜。汉娜乘自动扶梯来到这个夹楼层，

（再）看一看这间河景舞厅。

她努力回忆着：那日的舞厅，人声、笑语、音乐，生机盎然。就像在水下环境中，到处荡漾着原始生物的贪婪和欲望。

她记得强装欢笑与只有一面之交的来宾交谈，其实相互间只不过知道个姓名而已，嘈杂中大家只能将说话提升为喊叫，突然却有人用手指握住了她的手腕……

按日历说，那是两周多以前了。汉娜记忆犹新，仿佛就是昨天。

等候来电。就像等待医学检查的结果。她告诉自己——我当然不是在"等候"什么。

拿起听筒，并没期待这是个重要电话，拿起听筒，也没有为听到他的声音做好心理准备——汉娜吗？你好。

昨天接电话的真实情况，俩人说了些什么，她记不清了。现在是第二天，她又回到了万丽大酒店。

复活节前的星期五。一年当中罗马天主教堂唯一没有圣餐仪式的一天。

没有圣餐仪式，是因为这一天没人主持祝圣礼。

没人主持的原因当然是耶稣已被钉在十字架上，还没从坟墓中起身，或被抬至坟墓等待三天后的早晨复活。

她小时候，耶稣受难日经常是又冷又湿，冷雨夹杂着雪粒。

你只要笑一下，汉娜！你就可爱了。至少试一试嘛。

不论天气如何，都必须得从教堂后的停车场走到教堂的前门。雨点打到脸上生疼，雨中夹杂着雪粒，还有冰雹。因为汉娜的父亲拒绝让他们像其他人家那样把车停到教堂门口——绝不能"娇生惯养"。

搞笑老爸最讨厌"娇生惯养"。他可容不得软弱。汉娜的母亲坐在副驾驶位置上，一句话不敢说，低着头，似乎很顺从。

开什么玩笑。你们能走。都会走路。把我当什么啦，私人司机？

耶稣受难日，可不是偷懒的日子。

汉娜从小就下定决心：不能偷懒。

但这已是许多年前的事。好像是上辈子：现在是1977年耶稣受难日。逝去的旧日生活和汉娜现在的生活之间没有任何联系，这一点汉娜确信。

现在从河景舞厅走出来，那种空荡、迷茫。那种虚荣。

偌大一个舞厅，人走屋空，生气无存，没有比这更凄凉的了。

怎么回事，人呢？我们都死了吗？

死寂，像停尸房。也许这不是文艺复兴广场万丽大酒店的舞厅，而是医院的停尸房。没有窗户，因为在地下。

隐约有福尔马林的气味。汉娜鼻孔里一股火辣辣的感觉直向上蹿，直通大脑。她是来找他的，像个傻子一样来找他，他空手就能把她掐死，毁尸灭迹，根本就忘了她叫什么。这情景在她脑子里出现过，现在又出现了。赶紧迈步回到走廊上，任厚重的房门在身后咔嗒一声关闭。

"你好，夫人？需要帮忙吗？"

一名衣着得体的酒店服务人员正走向自动扶梯，见汉娜呆站在舞厅外的走廊上，若有所思，迷茫出神，便停下来招呼她，是经过万丽大酒店专门培训才有的那种关切语调。汉娜回过神来，难为情地告诉服务员说——"谢谢，不用了。我认识路。"

迷 失

在酒店的第六十一层,他在等她。

光艳的大玻璃胶囊像射向太空的飞船,急速上升,她感到一阵眩晕,闭上了眼睛。

嘶嘶的声音就像突然吸了口气。她被抛入时间之中,摆脱了重力的束缚,有一种奇妙的感觉 —— 在向上坠落。

罪 恶

我的幸福是我的孩子,我的丈夫。我的婚姻。我的幸福不是我自己,而是……

玻璃箱子急速上升,无声,无重力,她心里不停念叨着这些话。麻木的手指还紧紧攥着那张对折的酒店信笺,她其实在楼下大堂里就想揉成一团扔掉的。

……所以,我不能久留。希望你能理解,做我的朋友。

他会怜惜她,她相信。他为她所倾倒,依目前的情况看,她也相信。

玻璃箱子停下来。突然地。

只好走出来。发现站到了一面正对电梯的玻璃窗前。离地面这么多层,不知所措。一道白炽的阳光像尖钉一样刺透她的额头。

上帝的一击。痛击。

这是错误的,是犯罪,回头是岸。

向着酒店高层他的房间走去。他的房间。

她大脑的一部分在说,这都不是真的。就像她经常做的那个梦,梦中她又成了一个孩子。想跑走,气喘吁吁,心里害怕。不是又,而是仍然。

这么多年,我们极力向前。总是在努力克服重力,战胜时间。

追她的是搞笑老爸,不是吗?—— 爸爸的大长腿赶上了孩子又笨又急的小短腿。

那可不对,宝贝!想从爸爸这儿跑走。

你不想犯这种错误,宝贝。是吧?

从来不打她。或者说 —— 很少打。

搞不清这是什么地方。没有窗户的走廊。一排排的门,无声无息地掩着。门的样子都差不多。高楼的高层,在风中隐约可感地颤抖着。

跌跌撞撞沿走廊飞跑,用两只拳头一间间地砸门,谁也听不见。

在保姆出现之前

你好吗?声音和蔼可亲。重要的是,这话实际上没有任何威胁的意味。在保姆还未成为保姆之前没有威胁,或通常没有威胁。

卡斯走廊，东沃伦，格拉希厄特。沿着伍德沃得大街行驶，在 I-75 公路的市中心出口，一片片空地上堆满了像战时一样的废墟。杂货店里，公寓门廊上，小巷里、楼梯间里，你都会见到靠政府福利过活的母亲。她们昏昏欲睡的眼睛，只勉强睁开看你一眼，虹膜缩得只有针尖大小。可卡因的引诱，会说话的嘴，只要笑容得当，你只须给她们一点点毒品就能让她们把孩子交给你，也就是说，借给你。

在摩托城汽车旅馆里。看上去还不到当妈妈年龄的女孩，四肢伸开躺在奥兹车的后座上，只须一点点毒品她就会把孩子借给我们。

跟你说，我可以给你看孩子。我是买过保险的。

这是个玩笑，即使你不理解也可以看出是个玩笑，挤挤眼睛的好心玩笑。如果你的脸他们熟悉，他们不会不相信你。基本上，这只是一个小圈子。

好的，伙计。耶。

保姆只收白人孩子，但在保姆之前除了"白人"孩子也收黑皮肤的、黄皮肤的。那就看孩子妈妈了，就看碰上谁了。他们在街上一住就是几周，然后有一天就都不见了。

生活就是这样 —— 看你碰上谁。你再多说什么，那都是撒谎。

出口处的地下通道边。露西亚两三个小时或整夜不见是常事。孩子只有四岁，看上去更小。眼神游离，喜欢被搂搂抱抱。说话像喵喵叫的小猫咪，挺可怜。软东西都能吃，冰激凌什么的，别太冷。化了更好。

R__先生让我们去对付露西亚 —— 当"中间人"。我们能"讨价还价"。我们就叫他 R__先生，别的不知道，传言他住在布卢姆菲尔德山的庄园里。他事先就把钱给你。"付现自运"。永远不必担心 R__先生会欠账，他给的也多。

他有个朋友，寡言少语。我们叫他老鹰。高个子，皮肤像羊皮纸，眼皮厚厚的，但不是睡眼惺忪。

老鹰是司机，那时 R__先生坐在后排。他们戴墨镜，车窗是有色玻璃。老鹰对孩子从不手软，他还就此笑话 R__先生。老鹰能把一个孩子打得服服帖帖，就像蛇吞掉猎物前先把它弄昏一样。

（我这里的一个朋友告诉我，我说得不对。老鹰对某些孩子还是手下留情的。一个小女孩，老鹰会把她弄走，你听见孩子哭叫，然后一片沉寂。你不用跟在他后面做卫生，他自己很爱干净。但 R__先生不行，他酗酒，需要照顾。）

数年后，R__先生自杀了。对着脑袋一枪毙命，格洛克左轮手枪掉在脚边。头骨破裂，脑浆四流。有个"自杀留言"。

证据显示，R__先生（大概）就是保姆。一直没有证实。

现声明，以兹记载，因为所有这一切，即保姆在1976年和1977年那该死的年代在底特律及其郊区犯下的罪恶，不管是归罪于他的还是未归罪于他的，罪恶的总和一定大于已知罪恶的总和，现在已经成为"历史"，正在被人遗忘，而遗忘的无可指责更胜过罪恶的无可指责。

良　知

他们知道了！他们永远不会原谅我。

那天早晨孩子们的行为有点怪，好像看出了妈妈的心情。紧张、焦虑——跟妈妈一样，只是当妈的知道掩饰。

汉娜用手摸摸他们的额头，有点热，潮湿。发烧了？

四岁的凯特雅早晨起床通常都十分配合，可今天却不愿穿衣服，沉着脸，无缘无故地眼泪汪汪，后来梳头的时候（是妈妈，而不是伊斯梅尔达给她梳的）还不住皱眉，好像头皮给弄得好疼。凯特雅通常都很乖，叫做什么就做什么；孩子这种不配合的样子让汉娜有些担心，该不是哪个大人告诉她这么做的吧。

康纳尔也耍脾气，一点不配合；还敢打汉娜的手，尽管劲儿不大，可怨气冲天，就像汉娜打了他一巴掌似的。（汉娜可没打。）（她可从来没动过孩子哪怕是一根手指头。）康纳尔抱怨说做噩梦了。他的脚"缠在"被单里，没法起身上厕所。（伊斯梅尔达已经利索地把尿湿的被单拿走，趁汉娜没注意换上了新的。）

康纳尔的抱怨挺奇怪，他说被单特别紧，或者说妨碍他行动，抬个腿翻个身都费劲；孩子似乎怀疑被单下面有什么东西，可汉娜把被单拉开，什么也没有，他也还是不相信，一个劲儿地闹。

韦斯责怪汉娜听信孩子的话。尤其不能宠着孩子，一说害怕就让他们跟大人一起睡。韦斯说，孩子都爱幻想，大人要帮他驱走幻想，不然他们永远也长不大——会神经过敏，意志薄弱，惧怕生活。

但汉娜觉得生活就是可怕的。尤其是孩子的生活。

汉娜记得小时候就害怕睡觉。对她来说，睡觉就等于瘫痪，要是有什么人或东西夜里跑到你的房间，你无计可施，根本逃不掉。

突然间又想起保姆拐骗的第一个孩子 —— 叫米歇尔，十三岁 —— 在报纸上看见过他的照片，没说身份姓名，淡淡的眼睛，甜甜的脸，看起来比实际年龄小，人们在一座公园的雪堆里发现了他裸露、残缺的尸体，而那儿离她自己安然熟睡的孩子们只有几英里。

但汉娜记得米歇尔是个孤儿，在底特律郊区的费恩代尔或皇家橡树的天主教男童之家居住，他没有父母保护……

韦斯惊讶地看着她 —— 怎么啦？

"你听见我刚才说什么了吗，汉娜？"

"我想 —— 我想听见了吧……是的。"

"你真的在听？"

"当然。我 —— 我觉得你说得对。"

不知道韦斯说了什么。也不知道为什么睁着个大眼看她。

汉娜想，婚姻到了什么阶段你才能看懂对方？对方何时能看懂你？不明白这个人是谁，你们为什么在一起？

突然一个寒战，就像商店橱窗上的铁格栅被猛地拉下来的感觉。

汉娜对着眼前两个别别扭扭的孩子，想到 —— 我要让孩子待在家里。

从那天早晨以后，她就再没有想过那个（孤儿）男孩米歇尔。从来没有，没目的，没缘由，为什么要想？—— 想什么都忘了，早先不记得，现在也记不起。

又不是她的孩子。也不是汉娜可能认识的任何人的孩子。

孩子的学校发现有人感冒，嗓子疼，气管炎。对四月来说，这是个阴冷多风令人不适的早晨，屋子里倒是很温暖。（韦斯出门后，汉娜把温控器定在七十度[1]；韦斯回来之前，再偷偷调到六十八度[2]。）她要让孩子待在家里，她也待在家里。

给他打个电话。小声说句对不起。或许只须给酒店留个话，不一定要和他本人说话。

对不起。不行。不可能。

现在不行。

妈妈要和孩子一起准备复活节彩蛋，就像去年那样。妈妈的心情已经愉快起来。

如果伊斯梅尔达已经买了合适的颜料和转印图案。如果伊斯梅尔达已经把鸡蛋煮好……

然而：在接下来忙着喂嘴刁的孩子们吃早点的半个小时里，汉娜还是想起来，她得沿多风的 I-75 公路驱车十六英里去底特律市区；尽管她打算给孩子测一下体温，可她没有（因为那就意味着要重新跑回楼上去拿那个倒霉的体温计）（她又不想支使伊斯梅尔达去拿，因为早晨那么多的事已经够伊斯梅尔达忙了），于是一边像往常那样开着车送孩子，一边（负疚地）想，要是放学时发现孩子感冒了，如果孩子晚上发烧了，那可是妈妈的错。

她很愿意亲自送孩子上学。妈妈穿着厚实的风衣！在旅行车里向其他妈妈招手。

妈咪！系着安全带坐在宽敞舒适的别克后座里，孩子们恳求她，不，是生她的气了，要是妈咪抛下发烧生病的孩子不管，他们可不会原谅，在这个 1977 年的耶稣受难日。

又或许：伊斯梅尔达会帮一把。如果出了很糟糕的事情。

[1] 此处指华氏度，约 21 摄氏度。
[2] 约 20 摄氏度。

如果学校打来电话。如果哪个孩子病了(而且挺严重)。

贾勒特家里(还)从没出现过什么紧急状况。

神佑的生活,你会这么说。尽管汉娜不喜欢这么说,怕像人们常说的那样,妄言天命。

她向伊斯梅尔达解释说,她可能来不及接孩子,所以伊斯梅尔达要记着去接:老时间、老地点。

伊斯梅尔达点点头。好的,贾勒特夫人。

似乎一点不诧异。就像伊斯梅尔达早就知道要去接孩子一样。毫无疑问会在老时间、老地点。贾勒特家还有第三辆车,一辆福特平托,就是为这种情况准备的。

让汉娜感到不安的是:汉娜吩咐她的时候,她竟然没表示出一点点的意外,而对汉娜来说,让用人接孩子不是常态,有悖家庭常规。

汉娜的信念是,孩子的母亲理应在一个学期的大部分日子里开车送孩子上学、下学。

也许不是每天,但一定是常常。一般都是这样。

不是说她不放心伊斯梅尔达的车技:她放心。她和韦斯都认为这个女管家是个开车好手,完全可以放心。车开得恐怕比汉娜还好,汉娜开车爱走神。

就像康纳尔尿床的情况。女管家好像见怪不怪,什么也不说就把被单换了,而汉娜见了总是大惊小怪的。

其中有什么侮辱的成分吗……这种秘而不宣的态度? 还是瞧不起我们?

大概是伦理各异、种族不同的关系吧。(棕色皮肤的)雇员不动声色，而（白人）雇员性情外露。抑或是这个女管家处事冷静。

他们似乎早就预料到我们糟糕的一面。我们当不好家长也毫不奇怪。他们就是这么看我们的吗？

汉娜担心，伊斯梅尔达是不是了解到了 Y.K. 的一些情况。汉娜生活中新的存在，把贾勒特夫人迷住了。

这小个子棕皮肤女人的敏锐的鼻孔可能闻到了 —— 什么？

一种惊恐的气味从汉娜身上散发出来。惊恐，还有欲望。

然而不，不可能。早晨汉娜在淋浴间待的时间比往日都长。烫手的热水，强劲的水流，刚刚购置的镀镍吊顶式淋浴头，水流狂喷，让你昏昏欲睡，既像惩罚又令人愉悦，你希望永远不要关闭水流，迷迷糊糊地走出淋浴间，进入凉爽、平淡的空气中。

用奶白色栀子花乳液涂抹在奶白色栀子花般的皮肤上。汉娜，一个自我崇拜者，赞叹、憧憬，为自己的美貌惊呆。欲望骤起。

对除臭剂极其挑剔：必须无味，但必须百分之百可靠。

漱口水。早晨要做的第一件事就是用薄荷绿漱口水用力漱口几秒钟。保证杀死成千上万，甚至数百万的细菌。

清除所有不佳气味 —— 身体的背叛者。然后喷上自己中意的昂贵香水，花香、水果香。

有伊斯梅尔达在场，汉娜总是感到不安。正如韦斯说的，你永远不知道这些人在想什么。

总的来说，在远山 —— 就像在布卢姆菲尔德、伯明翰、格罗斯波因特那样 —— 你说不准，甚至猜不到，这些人 —— 让白人的复杂生活成为可能的棕色皮肤的用人们 —— 正在想些什么。

伊斯梅尔达生在马尼拉,是十个孩子中最大的,她身高不足五英尺,体重不过九十磅,年龄可能在二十五到四十五岁:一个打工的移民(没证件?非法入境?),薪水大部分都寄回家中。

她的白人雇主像其他人的白人雇主一样也热情地说——我们待她如同家人。

汉娜让伊斯梅尔达早餐时和她及孩子们坐在一起,但她不好意思,谢绝了。我们尝试过,但他们跟我们在一起总不太自在。我们试过的!

在伊斯梅尔达面前汉娜觉得自己不是个完全尽职的母亲。因为自己不会那么任劳任怨地拼命工作,而且收入不多,却大部分寄回千里之外的老家。

不过,汉娜也许会为孩子做出牺牲的。她自己的孩子。

但其他人的孩子可不行,侄子、外甥、他们的兄弟姐妹……毫无疑问,菲律宾家庭通常都很大,是天主教家庭。汉娜感到震颤。蜂巢般的家庭生活!她只能勉强应付自己的家庭,有时甚至连自己的家庭都难以承受。

当然,伊斯梅尔达是虔诚的基督教徒。这就完全不一样了。

伊斯梅尔达好像属于一个总部设在迪尔伯恩与天主教有关的福音派教派,她和附近的其他三个菲律宾女佣每个星期天早上和每个星期三晚上都会去那儿的教堂参加礼拜。那座教堂汉娜从未见过,也不知道它有多大,甚至连正式名称也不知道——好像叫什么"复活基督教会"之类。

在三楼女佣的小房间里,伊斯梅尔达有时会播放基督教摇滚音乐,直到深夜。汉娜睡不着的时候就会听到。汉娜无法入睡,有时是丈夫已睡她却睡不着,有时是因为韦斯出差,她也忘记去了哪儿,可能和谁在一起,这时房子里不知什么地方又传来有规律的冲击声,隐隐约约，不易听到，像是正在做爱，令人不安，令人烦恼、羡慕、厌恶，与梦境中无法满足的渴望交织在一起。

如果汉娜发生了什么事情。

如果（比方说）汉娜在1977年耶稣受难日下午未能返回远山镇摇篮岩大街的家。

如果（比方说）汉娜失踪了一天又一夜，一夜又一天，然后她遍体鳞伤、血肉模糊的裸尸被人发现，草草用肮脏的床单裹着，塞到了文艺复兴广场最新豪华酒店一楼储藏区的一个偏僻角落。

如果真是这样，伊斯梅尔达将接管贾勒特家的家务，至少是暂时的，而且能胜任。

照顾孩子，准备饭菜，打扫卫生和洗衣，整理丈夫的衣物，熨烫丈夫的衬衫，送取丈夫需要干洗的衣物，为丈夫收取邮件并分类——这些平凡但必要的任务，女管家自从几年前开始为贾勒特一家工作以来，就一直在做。

当然，伊斯梅尔达将会受到警方的严厉询问。因为伊斯梅尔达被认为是远山镇最后见过活着的汉娜·贾勒特的人。

"给妈咪一个吻"

"给妈咪一个吻——两个吻！"

牵着他们戴着手套的小手走到学校后门。到了门口,刚一进门便弯下腰亲吻凯特雅,再亲吻康纳尔,是的,他们的额头有点发热,可是,现在再想做点什么为时已晚,最好不想了,或者一会儿再说,美丽的小女儿不情愿地和妈妈说再见,而美丽的小儿子则果敢地一笑推开妈妈走进学校,两个孩子都是紧绷着脸,强忍眼泪,可不能在闹哄哄的同学们面前流泪哟。

她想 —— 如果再也见不到孩子该怎么办?如果孩子们再也见不到妈妈呢?

1977年耶稣受难日。

> **尊重隐私!**
> **请勿打扰**

万丽大酒店 **6183** 房间外的走廊上,汉娜试图思考!汉娜的头隐隐作痛,她竭尽全力地思考。

电梯里存留的雪茄烟味,一阵恶心 —— 她能忍着。

这牌子什么意思。如果需要解释的话 —— 抑或她是没事找事。

最现成的解释:这牌子和汉娜毫无关系。不是指责,也不是嘲讽,只是(依照惯例)给酒店服务人员看的。

因为(当然)(汉娜对自己说)一个独自在酒店房间等候女人的男人是不希望服务人员闯进他的私密空间的。

汉娜左思右想。觉着挂在门把手上的牌子像是一种责怪,射向心口的一支箭，她的心。

你不该到这儿来。你在赌你的婚姻。你的孩子……

这个牌子是指责。这个牌子是侮辱。给汉娜的特殊信号，激发她恢复良知。

……你今后的生活。

"对不起，夫人！"粗哑的男人的声音，不耐烦，有点恼火。汉娜下意识地从**6183**套房的门口向后退了一步，与身后走过的一个男人碰了一下，男人低声道了一句歉，还轻蔑地嘀咕了一句，"愚蠢的婊子"。

这事情发生得太快，就一瞬间的事，汉娜一时都没意识到发生了什么，更没注意到那句骂人的话。她似乎模模糊糊地察觉到有人走过来，那人先是放慢脚步，看到汉娜后似乎改变了主意，加快了步伐，从她身旁擦过，跟她碰了一下，俩人都同时向后一退。

"哦，对不起"——汉娜条件反射般道歉。

那句骂人的话，婊子，汉娜假装没听到。那怒目而视的脸，汉娜假装没看见。最明智的战略就是（永远）回避，避免冲突。

她的印象中，那是个和她年龄相仿的男人，也许年轻些，砂纸般粗糙的皮肤，嘴唇上一抹未加修剪、让人显得更加难看的小胡子，有色眼镜后面一双冷酷的碎冰锥般尖利的眼睛。底特律雄狮队球帽压在低低的额头上，这种帽子一般是早早谢顶的男人在室内戴的。

直立的啮齿动物。向人演变只到了一半。

对他，汉娜并不关心：与己无关，只是要等他走进走廊那头某个房间。可能就是个住店的客人；只是想等楼道里一个人都没有了，再敲 Y.K. 的房门……但让汉娜惊异的是,这个满脸怒气的男人哪个门也不进,一直走到楼道尽头在出口处消失了。

汉娜没有思考:为什么?戴着底特律雄狮队球帽的男人,怒目圆睁,出言不逊,已从她的意识中消失,就像从走廊尽头消失一样。

因为汉娜站在 Y.K. 房间外,很紧张,就像跳水运动员站在高高的跳台上。她不想犯错。

仍然在琢磨对挂在门把手上的牌子作何解释 —— **请勿打扰**。

这是个谜。如同汉娜生活中的许多谜。

事实上,她的心在加速跳动,直冲肋骨。一个信息,一个警示。太激动了,几乎要昏厥过去。这感觉 —— 如果她说实话 —— 她好久没有过了。

哎呀,她来都来了,又打扮得如此美艳,转身回去,像胆小鬼一样跑掉,岂不白费心机了!

搞笑老爸点燃一支雪茄,觉得好玩。他宝贝女儿的生活已成为那些残忍的童话故事中的一个,不论怎么选择,你都会后悔。

华美的衣服

然而为什么穿这么华美的衣服呢。不是周末,大中午的。

已经来到他这里,他会把这些衣服都扯掉,漫不经心地。

对这个富婆几乎没看几眼,急不可耐,粗手粗脚,她自投罗网而不可收拾的局面让他感到好笑 —— 哦！—— 不要。等等……

"哈罗，贾勒特夫人！"

"你好吗，贾勒特夫人！"

华美的衣服，优雅而低调。不张扬而休闲，布卢姆菲尔德购物中心尼曼马库斯百货公司，七楼是名牌女装系列，迎接汉娜的是热情的微笑和问候。

售货员的眼睛亮了。主顾来了。一张张热情洋溢的脸照亮了汉娜。

你就是这样被爱、被珍惜。

作为一个女孩，汉娜曾接受过如何展示自我的艺术培训，她明白第一印象是绝对的，无法逆转的。如果你一露面就没做好，那么你就无法挽回地完败了，除非（也许）对那些人微言轻的人（比如你自己）来说。

对一些人而言，失败是家常便饭，他们甚至失败了也不自知。这种人还是离得越远越好。

衣服、化妆品。只关注最著名的品牌。生活中没有太多钱的时候，你要知道怎样取舍 —— 可以少买点，但只买最好的。

为什么汉娜只在尼曼马库斯、伯格多夫古德曼、布卢姆菲尔德购物中心的萨克斯以及远山镇的几家精品店购物。普拉达、路易威登、圣罗兰、迪奥。服装和化妆品，除去几个名牌之外，其他都不可靠。完美的服装、完美的妆容，是她的不懈追求。

出门前，汉娜需要花一个小时的时间，在镜子中审视自己，还不能让别人看见。试穿衣服 —— 她的"装备"。不中意的扔一边，再从

067

衣架上拿新的。瞪大眼睛看着自己，焦虑的心情像铁箍一样勒在头颅上，越来越紧。

步入式衣帽间的最里面是几个月甚至几年前买的衣服，外出时还一件没穿过，因为总不太中意。

有些衣服，还裹着塑料包装。等她人都死了，价格标签还在衣服上系着没动。

这些丈夫并不知道，不然会笑话汉娜，像是充满爱怜，但却一转身不以为然地走开了。

头脑简单。我这是找了个什么老婆！

年轻时就相信，衣服就是戏装。你是演员，演你自己的生活，必须选对衣服和化妆品，借以掩饰自己。

看在上帝的分上笑一个吧，汉娜。微笑能为你平淡的脸蛋增色。

试"装"只是这一连串激动和担忧的心境中的小插曲，汉娜心跳加快了。呼吸也变急，变浅，就像刚刚跑上一段陡峭的楼梯。

确实，汉娜常常感到气短。她曾被诊断患有肺气肿，据说是因为吸二手烟，她的搞笑老爸多少年来一直抽古巴雪茄，在家里抽，去缅因州卡斯汀避暑长途跋涉的汽车上也抽。

那些年！——那时制止别人吸烟是不礼貌的，被呛得咳嗽了挥手驱赶烟雾也不行；咳嗽被认为是对吸烟者的指责，连续不断地咳嗽就是对吸烟人的侮辱，如果吸烟的是老爸，而咳嗽的是他的（宝贝）女儿，那就会招来责骂。

汉娜记得，父亲吸烟母亲从不干涉。在对待孩子的事情上，母亲也（从）不干涉。面对丈夫吸古巴雪茄的事，她坚持说，烟味对她无所谓，实际上，她喜欢雪茄浓烈的气味。汉娜还记得，母亲是怎样面对呛人的烟雾假装惬意地闭上眼睛，可怜的母亲竭尽全力忍住不咳出声来。

许多年以后人们才把注意力从吸烟者转移到受害者身上。飞机上、医院里以及其他公共场所都禁止吸烟。不过为时已晚，雪茄烟已对家人造成伤害。

但尽管如此，汉娜的喘息声倒成了她最迷人的特质之一。那种少女般的强烈和真诚的气息。对男性尤具吸引力。

莱斯利·卡龙、奥黛丽·赫本。还有那位最美丽的娇喘连连的美女，玛丽莲·梦露。都是我的榜样。

现在她的父母都不在了，汉娜就成为她自己最严苛的评论者。

汉娜用父母尖利、多少有点失望的眼光，审视自己。镜子里是那个紧张得微微颤抖的孩子，尚未发育的小孩。

父母的原则指引着她。优雅、质朴、有品位——永远不冒做平庸之人的风险。

在这方面汉娜是个无可挑剔的演员。只有Y.K.洞察到了她的内心深处。

他（茫然的）目光刺穿了她的衣服，只凭一层布骗不了他。

尽管如此，汉娜也得试一试。她紧张地试了好几套衣服，都不行，最后终于为这次底特律之行，为这次（鲁莽、大胆的）冒险，选定了一件淡玫瑰色丝质珍珠母纽扣衬衫，一条薄羊毛裤，再加一件新买的貂皮领黑色羊绒冬大衣。腰间随意系着一条腰带，穿过酒店大堂走向电梯时就松开了，给她一种不祥的预感：自己被困在一个梦境中，大衣下面她是赤条条的……

逃吧，逃吧！快羞愧地捂上脸。

没有回头路了。太迟了。电梯的玻璃箱子急速向上升去。

看到他房间门把手上挂着**请勿打扰**的牌子。

让她想起：搞笑老爸从来讨厌被打扰。如果老爸所在房间的门是关着的，绝不能去转动那个门把手。绝不能。

犹豫不决。不知如何是好。

请勿打扰的牌子是一种测试吗？测试一下汉娜？不是偶然的，因为根本没有什么偶然，都是命。

她告诉自己：这个测试就是要看一看，她是否会像个没事人似的，根本就没意识到这是个测试，因为她就不是那种会被测试的人；抑或是，她看出这是个测试，是侮辱和耻辱，因为她正是应该接受这种测试的人，而且一测就露馅。

不过汉娜没有选择，她必须继续演下去。因为她已经这么精心地打扮了自己：华美的衣服，漂亮的鞋子，美丽的脸庞。

如果一个女人没人想着，那这个女人就不存在了。

帮助我建立存在感吧。

抬手按响门边的电铃。就一瞬间——按完了……

"哈罗！"

他冲汉娜笑了，笑她脸上的表情。

他伸手把她拉进去。快得没人看见，有点粗鲁，但可解释为闹着玩，或只是应急之举——门在她身后关上了。

汉娜华美的衣服——还没人看一眼吧？或估计一下值多少钱？

听不见男人在说什么，是笑着说的，她的声音迟疑了，卡住了，她事先想好要对他讲的话，告诉他，清楚地告诉他，向他表示歉意，那些他觉得会让他沮丧的话，所有这些都卡住了，也没人听。

被拉着往房间里面走，她感觉身体四周卷起一阵像山体滑坡一样的爆裂感，一股白晃晃的热浪向她冲来——她意识到已经越线，已无回头的可能。

她被惊呆，记不起这个男人叫什么，或用了哪两个首字母。他的脸比她期望看到的要粗糙，也没那么有棱角。他的皮肤的质地像羊皮纸，厚重的下巴胡子拉碴。他没穿优雅的晚礼服，而是一条没皮带的裤子，湿乎乎的衬衣里粗硬的胸毛直往外顶。胖乎乎的光脚，脚指甲变色，像是野兽的爪子；湿漉漉的黑发一卷卷地贴在额头上，额头也比汉娜记忆中要窄。厚重的眼皮下眯缝着敏锐、闪亮如猛禽般的眼睛。

她吸了口气表示反抗。或，只是想说话。嘴被他的一只大手捂住了——不。

你喜欢这样

……我的幸福是我的孩子，我的丈夫。我的婚姻。我的幸福不是我自己，而是这些和我生活的人……

中午，高高的窗户外一片蓝天。阳光射进来像一枚枚金币那样贴在天花板上。

汉娜已经给拾掇了一番：手表、手镯、耳环都取了下来，放在床头柜上，有点像术前准备。

他从浴室出来，光着脚，身后传来管道里冲水的响声。他一言不发就上床将她压在胯下，床垫直往下沉。蓝色的眼皮，鹰一样的眼睛。他的皮肤拍在她身上，像是嘲讽的掌声。她张大的眼睛勾起了他的欲望，脸对脸冲她笑笑。他龇着牙咧着嘴。她开始求饶，不，我不认为……他用手指掐住她的喉咙，她结结巴巴说了什么，这个男人根本听不见。一个字都没听到。她事先想好的请求、道歉的话，种种遗憾的托词，所有这些，他根本不留意，他在意的只是这个他看都不看就剥光衣服，连肉体也几乎视而不见的女人。他用拇指抚摸着她脖子上的动脉。化妆品下，她的皮肤正遭受着揉搓。她开始扭动身体反抗，她已成为他手中一条美丽的长了鳞的小蛇。肌肉坚实，柔软而痛苦的小蛇。两腿间的感觉十分强烈，和疼痛没有区别。她喘气都困难，她左肺是有阴影的。他的重量在她俯卧而无助的身体上，越来越重，让人窒息，像窗外的阳光一样盲目和冷漠。她的眼睛睁着，茫然无神，虹膜上露出一圈痴迷的白色。她陷入迷惘，失去了自我。不知道被他带到了哪里。她的叫喊声像是受到了重击被撕拉出来的。他并没有掐住她的喉咙不让她呼吸，但随时有可能会这样做，他只是在戏弄她。他抚摸着她，强制而有节奏。他用他的大手扼住她的喉咙，控制住她的身体，深深地进入她的体内，她的身体毫无抵抗之力。他不慌不忙，像个外科医生一样有条不紊。一个验尸官。他早年曾是一名战机飞行员，远距离杀人。那不是谋杀或屠杀，而只是杀人。那是战斗任务，完成任务后，就可在日落数小时后大吃一顿，安心睡上一觉。轰炸在白天，白天的光线很宝贵，然后是什么也不知道的沉睡。这种睡眠更为珍贵。为了睡觉你当然愿意杀人。那时他还很年轻，得到长辈信任，派去往地上、往城市里扔炸弹。被派遣去杀人。当然不是杀人，是执行任务。他执行任务不是一个人，还有好多人，战斗机像被赶出蜂巢的大黄蜂铺天盖日，他只是那个飞行中队中的一员，尽管（当然）驾驶舱里就他自己，就像现在他皮肤里包着的也只有他自己。在高空只存在现在这个概念，没有哪一刻是非现在。把自己深深插入女性的身体，像一心要把她的内脏掏空那样，这就是他的现在。他没有灵魂，只是一个由随意发出的神经元驱动的生物，但这种生物也有欢乐，猪一般的哼唧，喉咙深处呼噜作响，传达着他的快感。快感升腾、低落，其间也有保留，有更大的快感，令人迷蒙，毁灭。他的两个拇指减轻了对汉娜脖子上动脉的压力，女人立刻轻松，如释重负。空气涌入女人肺里，她感激得要哭出声来。生的欲望涌进肺里，她的名字已经被遗忘，因为那已经无关紧要，就像一只飞蛾在远处房间的窗户上扑打着翅膀，徒劳无益。留在她身上的，像太阳爆炸一样冲击她的东西，是她对这个男人的崇拜，他把生命还给了她，就像一个随便赐予、拿走，然后再次赐予的神。

　　平淡而困惑，如同爬行动物发出的声音，他喉头深处咕咕噜噜地传出这几个字：你喜欢这样。你喜欢这样。你喜欢这样。一字一顿，断断续续。

073

＊　＊　＊

好久好久，汉娜动弹不得。她的眼皮无力地眨动，什么都看不见。脸上的妆没了，眼睛被睫毛膏弄得模模糊糊。她嘴巴发干、疼疼的、胀胀的。感觉已经将她抹去，强感过后感觉归零。刚才疯狂的心跳变慢，几乎察觉不到。一根火柴被擦出火焰，火焰触及她，点燃她，在她体内爆炸，现在火焰熄灭了，她身体麻木，几乎抬不起头。她柔嫩的脚底火辣辣的，仿佛一直走在热沙上。

她嘴唇动了动，她必须说话。她一直在啜泣，现在要说话，不说怎么行。因为甚至连保持沉默的尊严也被剥夺，她听到一个又惊讶又怜惜的声音"我爱你"。没用的屁话，低得几乎听不到，是一时冲动，没人稀罕的话。

似乎是一种请求、一个争辩、一个假设——不过没人理他，他也好像不在意。

耶稣被判处死刑。

耶稣被迫背起他的十字架。

耶稣第一次在十字架下跌倒。

耶稣第二次在十字架下跌倒。

耶稣第三次在十字架下跌倒。

耶稣被剥去衣服。

耶稣被钉在十字架上。

耶稣用可怕的声音呼喊："我的神，你为什么离弃我？"

她跪着，她遮住脸，不让耶稣看到她的羞愧。耶稣为她而受苦，她不知道为什么，无法解释为什么，尽管有人解释说，耶稣将在十字架上为她死去，她的名字叫汉娜。

为了——她！

成年人的游戏。成年人当中的游戏。搞笑老爸假装相信。因此，孩子们也必须相信。做妻子的也必须相信。所有人都得相信。而且这种"相信"中含着一种理解：虽然搞笑老爸并不（真正）相信，但却不能认为搞笑老爸并不（真正）相信，因为搞笑老爸有本事让你相信你认为是不真实的事情。

妈咪？妈—咪？这孩子是汉娜，在搞笑老爸面前吓得直往后退，但是不，这孩子是汉娜的女儿，正在找妈妈，很害怕，尽管妈妈正俯身看着她，搂着她，小姑娘睁大眼睛看着；还有小儿子，他的名字也起得不合适，爸爸给取的，儿子也在找汉娜，焦虑、不安——妈咪，你在哪儿！——汉娜成了一个鬼魂，他们都看不见她。

有人把汉娜推醒了，他旁若无人地从床上起身。光脚、裸身，轻松自如，像只动物那样毫无自我意识，一个赤身裸体又不怕别人看的男人。汉娜对他喊了一声，但他背对着她，没听见。水龙头被拧开，马桶哗哗冲水。汉娜强迫自己动了动四肢，仿佛从缓缓流动的温水中抬起头，恍恍惚惚躺在一条小溪中。在十字架的最后一站，耶稣已经死去，他的身体正被从十字架上取下来。

她的四肢瘫软欲折，大腿间、肚子上、乳房上热乎乎、黏糊糊，像血，但是白色的，牛奶般透明。

很清楚，他是要汉娜离开。他已经不在卧室，去了套房的另一个房间，仍旧光着身子，在打电话。

尸体，就丢在一边。他空手就把她杀了，大功告成。

像个梦游人一样，汉娜晃晃悠悠走到浴室，拿着她时髦的皮质普拉达手袋。即使在这样的状态下，汉娜仍记得手袋是放在床边的地板上的，可随时带走。

宽敞豪华的浴室，闪亮的白瓷砖，是个避风港。任热水喷洒下来，只要她能够承受，看着自己苍白肿胀的脸和瞳孔扩大的眼睛，在蒸汽弥漫的镜子里像个幽灵。

美丽是何等脆弱，只是个像素问题而已。太近了，放大了，像放大的毛孔一样怪异。太小了，抽抽了，鼻子嘴都缩成一团像装进了小口瓶子里。

透过雾蒙蒙的热气，汉娜的眼睛还是美丽的，诱人的——爱我，帮帮我吧！

那边，喉音很重的男性声音。一个男人和另一个男人轻松的笑声。男人当中的一个男人，他对她而言，似乎是深不可测的。

让女人失望的就是搞不懂男人，根本搞不懂。男性与他们的兄弟们一起有说有笑，女性无法参与。

汉娜把弄乱了的妆和头发多少恢复了一些，脖子上的皮肤红了一块，像皮疹似的，一直延伸到下巴。那种喘不过气来的感觉。浴室台面上有一把粗齿大黑梳子，粗粗刺刺，不怎么干净，汉娜用它把头发梳压平整。感到一阵恶心。

男人的除味剂，刺鼻，有收敛作用，涂在她潮湿的腋下。最重要的是，她必须恢复那双闪亮的红唇。起死回生！

把戏演好至关重要。不是作为一个接近四十岁、受辱和被虐待的女人，而是一个天真无邪、气喘吁吁、未经分娩和粗野的手指揉弄的处女。

床头柜上，汉娜的手表、戒指、手镯 —— 是她自己取下来的吗？还是他取下来的？但为什么？她松了口气，庆幸这些财物没有消失。

匆匆穿上衣服。手指在发抖。尽量压住的厌恶的情绪，她美丽的衣服已经被弄脏了。

他又出现了，电话夹在下巴和肩膀之间。他光着身子，神态漠然，国王般高傲。他的目光在她身上滑过，现出略微有些惊讶的表情，你怎么还没走，或者说，我已经用完了，你怎么还在这儿。他低声对着电话说道：对不起，五分钟后回你。

汉娜正往外走。一会儿不想多待。她向那个男人摆摆手，强笑一下，嘴像说再见那样无声地动了动，因为她见 Y.K. 还拿着电话。

突然，Y.K. 表现出一种迟来的关切，甚至后悔，或者只是装出关切和后悔的样子，他匆忙跟上去，特意为她解开门上的链锁。

"嘿，拜拜。"

抓起汉娜的下巴在嘴唇上轻轻吻了一下，就像哄她玩儿，像吻一个孩子，一个需要怜爱的孩子，一个惹你烦的孩子，一个可爱而易受伤害的孩子，要催她赶紧上路。

被爱的人

黄昏！汉娜吃了一惊，时间太晚了。

她告诉伊斯梅尔达五点半回家，当时还觉得能回来得更早些（因为她根本不想和Y.K.在酒店房间里待着，对他也没什么了解：只想在楼下喝一杯，说说各自的情况，相互的感觉，就这些），可现在，当她的车子在摇篮岩大街96号路口拐进私家车道的时候，七点都过了。

刚才在州际公路上，大风吹打着她的别克。阴冷潮湿的耶稣受难日，挥之不去的冬天。一条条巨蟒不知从哪里向她的车子冲过来，但汉娜都没有心思感到害怕。她全身疼痛，乳房、小腹、双腿间都是火辣辣的。头痛，心也痛。

就像一直在喝酒，但又没有喝醉的兴奋。不过 —— 我有了情人。一个情人！

不由自主地又想起保姆。当她转弯驶向远山镇的时候。

1977年暮冬/初春那段时间，保姆（身份至今未知）就在底特律北郊绑架、杀害儿童，一年多的时间里就杀了五个 —— 还是六个？ —— 孩子，年龄在十一至十四岁。孩子先是被拘禁几天，据说给吃的，也得到"照料"；然后他们的尸体就出现在公共场所，赤裸着，双手交叉放在胸前，姿态安详，衣物洗过，整齐地放在身旁。

死因：扼杀 —— 绳索。

汉娜觉得不必为这个保姆感到担心，因为他杀的孩子都比自己的孩子大。被绑架的都是公共场所单个的孩子。她的孩子从不会走单，一刻也不会离开大人警觉的视线。

然而当车子临近远山镇出口的时候，她想 —— 如果保姆绑架了自己的孩子，那是罪有应得，活该。

Babysitter

快到摇篮岩大街96号的家了。

空气仍然潮湿、阴冷，风也大。黄昏太阳不见了。阴影从地面蒸腾而起，像幽灵一般。远山镇的夜晚一片漆黑，这是出了名的，因为路灯太少。生人到这儿不好认路，你必须在天黑前看清你在往哪儿走。

摇篮岩大街，离远山镇市区两英里，弯弯曲曲，又特别黑，活脱一条通向黑夜的隧道。

这里，如果你不知道确切的方位，很容易迷路。

这是汉娜的家吗？——蒙了。

不不：不是汉娜的家，因为屋前草地上竖着**出售**的牌子。

她又往前开，又走了四分之一英里。哦，这里，当然：汉娜的家到了。

夜里，从外面看，她的家和沿路其他的房子很难区别。房子里亮着温暖的灯光，房前有一片空地，部分地方种了树，把房子和大路隔开一段距离。

"感谢上帝。"汉娜感到一阵轻松，简直要哭了。

拐进车道，驶向（能容三辆车的）车库。见韦斯的车停在那儿，先是一惊——（韦斯在家？）——然后便记起来，韦斯当然不在，他出差了。

由于她一直不在家，韦斯的雷达探查不到她。

通往厨房的走廊里，弥漫着一股新鲜水果的香味——伊斯梅尔达为孩子们准备了果汁：草莓、香蕉加香草酸奶。从另一个房间传来令人欣慰的电视卡通声音。孩子们兴奋的声音，耳朵敏锐的伊斯梅尔达喊道贾勒特夫人回来啦？——汉娜马上答道是的，你好，马上就来！——在孩子们冲向妈妈之前，她悄悄地跑上楼去了。

还没准备好面对孩子们。至少现在还不行。

荒唐地担心孩子们会闻出她身上他的气味。

而且伊斯梅尔达也会。别冒险。

牡蛎气味的精液。公路上开车的时候把她内裤的裆部都弄湿了……

她迅速脱掉被弄脏的衣服，把来自尼曼马库斯公司的丝绸衬衫和羊毛裤子丢到一边，突然感到焦虑、肮脏、污秽。她要扔掉这些衣服，再也不穿了。

她急需冲个澡，在酒店里没时间，也不想让情人看到自己头发湿乎乎紧贴在头皮上的样子，他不喜欢，对这个男人来说，女性的容貌是最重要的。

她用香皂搓洗着身体的每个部位，近乎滚烫的水冲下来，针刺一般。兴奋得有点头晕，有点愧疚，情人！我有一个情人。

一阵带着愧疚的兴奋，对韦斯的爱也没那么痴狂，因为现在她与韦斯地位对等了。

走出淋浴间，她打了个寒战。镜子上布满水汽，她的样子已不像卧室镜子里那么刺眼——让她稍感轻松，汉娜看起来比她感觉的年轻，也不显得那么疲惫。

觉着乳房疼，但并不反感。他对她又是挤压，又是捶打，脑子里几乎就没顾及她这个人。

又感觉到那种下沉的滋味，男人的欲望。根本不在乎她。

在镜子里照了照脖子。挫伤的痕迹开始显露了吗？没人怀疑是男人的手指……汉娜感到恼火又兴奋，韦斯可从未这样触碰过她。

如果瘀伤在早上变得更明显,她就穿高领衫,长袖衣服。

她想韦斯永远不会注意到。(但伊斯梅尔达可能会。)

楼下,孩子们冲向妈妈,紧紧抱住她的腿。看孩子们这么热情、急切,她笑了。她跪在他们身旁,眼中噙满泪水。就像刚从一次危险旅程归来,她抱抱女儿凯特雅,又抱抱儿子康纳尔。

如释重负 —— 他们都不知道妈妈刚才去了哪里。

哦,他们要给妈咪看什么?复活节彩蛋吗?五彩缤纷!

是啊,复活节彩蛋真漂亮,但是,伊斯梅尔达怎么就不明白,汉娜本想要她等自己回来,汉娜想和孩子们一起给鸡蛋染色?她厉声责怪伊斯梅尔达。正在水池前冲洗碗碟的伊斯梅尔达似乎没听到,最后听清了,咕哝着表示道歉。现在汉娜是双重的不满意:伊斯梅尔达先是没理解她的意图,现在又这样无动于衷地勉强道歉。汉娜不得不提高了嗓门,把自己弄得就像个专横跋扈的(白人)女雇主,而汉娜知道自己根本不是那样的人。

对伊斯梅尔达这个人不知该怎么看。还着实有点敬畏:身材像个孩子,棕色皮肤,总是挂着一丝微笑,想和你交流 —— 究竟是什么意思?是害怕她的(白人)雇主吗?

现在伊斯梅尔达道歉了,不管是不是真心,汉娜都应该告诉她事情过去了,没事了,当然没事了,只是汉娜感到失望,有那么一点……

孩子们一直在和妈咪嬉闹,几乎将她推倒。她笑着,脸上红扑扑的。这就是我的生活!

想起酒店那个房间,又高又窄的窗户勇敢地开向蓝天。又冷又湿的四月的光线,不知怎的汉娜就跑到了那里,和他在一起。一起赤身躺在被弄皱了的发着臭气的床单上的时候,他也许曾暗示两人去迷你酒吧喝一杯,但她却让他觉得她必须离开,她干吗要离开呢,纯属失误,就像突然蹦出一句我爱你让他感到尴尬一样,他当时哑口无言,她也羞愧万分。真盼着孩子们快上床睡觉,盼着伊斯梅尔达躲进舒适的阁楼里去听她的基督教摇滚乐,这样汉娜就可以独自一人,斟上一杯霞多丽白葡萄酒,沉浸在情欲幻想之中,回想起她的情人,连全名都(还)不知道的情人。

我是凶手。我就是。孩子们围在妈咪膝下,表达着对妈咪的爱。

II

当我死去的时候

当我死去的时候，我的躯体变成惰性物质。

当我死去的时候，我的美丽变成废墟。

当我死去的时候，我的灵魂没有升离我的躯体，就只有我的躯体。

当我死去的时候，我的躯体被推下肮脏的床，落到酒店房间的地板上，赤身裸体被拽着脚踝拖过地板，死沉死沉，一个中年女人，两臂斑驳，上臂臃肿，双臂伸展，在嘲弄耶稣受难的姿态。

当我死去的时候，我的躯体暴露出它的秘密：腹部的妊娠纹、大腿上的网状纹、白皙皮肤上的瘀伤和红肿，还有脖子上男人手指留下的印迹。

张开的涂满口红的嘴巴。

扩大的鼻孔，竭尽全力呼吸，在没有空气可供呼吸的地方。

裹上肮脏的床单，死沉死沉被推下床，趁着黑夜，鬼鬼祟祟，从房间拖到走廊上，再拖进电梯里，没人看见，因为夜已深，而且作案人还用黑色胶带遮住了走廊和电梯里的监控摄像头。

死沉死沉地在电梯中直降六十层，来到酒店一楼，用肮脏的床单裹得像木乃伊一样，被拖着穿过没有窗户的走廊，通过一道标有**仅限员工**的双开门。伴随着一声低沉的呼叫，被抬起来扔进一只沾满污垢的垃圾箱，垃圾箱被一大堆清扫工具遮住 —— 有女佣手推车、吸尘器、拖把，还有不少一加仑一罐的清洁剂。

在这捆东西上面草草盖上些垃圾，用来掩人耳目。

聚苯乙烯杯子、塑料餐具、揉皱变色的餐巾、用过的卫生棉条。地下楼层里，通风口的气流扰动着冰窖般的空气。裹着床单的尸体四十八小时内都不会被酒店员工发现，在这段时间里，尸体会慢慢开始腐烂。

最终，进行了一次验尸，结论是谋杀：窒息／徒手勒颈致死。

证据表明，受害者在一段时间内被反复勒住脖子，这是一种特别残忍的折磨致死方式：受害者窒息失去知觉，然后让她恢复过来，再次使其窒息失去知觉，然后又让她恢复过来，照此重复多少次直至受害者停止呼吸并无法复苏。

她眼睛里破裂的动脉就像爆炸的星体。

感 染

贾勒特太太 —— 夫人！

又黑又臭的容器里，她被狠心塞进去，头朝下，全身赤裸，毫无尊严，成为一个最没有性吸引力的实体，一具死尸 —— 然而（说来奇怪），这时她听到有人叫她的名字，一个和她相关联的名字，仿佛（更奇怪的是）她还活着 —— 贾勒特夫人！

嘲弄、奚落,听着就像她自己的声音那样熟悉,但又有些不对劲,地方不对,突然声音凑近了,太近了,在恳求 —— 夫人,请醒一醒……

不不不,不。深深沉入睡眠之中。黑泥般的睡眠。倒立在垃圾箱里,黑血像湿水泥一样沉积在她的脑子里。

……凯特雅发高烧了。

听了这可怕的消息,汉娜清醒过来。在她事后的记忆里,是把她勒昏过去以后,他用巴掌扇她的脸把她打醒的。

然而,站在汉娜面前的是菲律宾女管家,而不是那个厚眼皮的Y.K.。

"哦,伊斯梅尔达 —— 什么?你在说什么?"

伊斯梅尔达竟然敢在汉娜躺在床上的时候进入她的卧室,或者更准确地说,汉娜四仰八叉地躺在床上,前一天晚上就这样睡着了,衣服没脱,床边灯也没关。床头柜上放着一个沾满口红的酒杯和一个几乎喝空了的酒瓶……即使在这困惑和沮丧的时刻,汉娜还是感到一阵羞愧,被这个女人看到了,而且会永远记住。

正如汉娜所害怕的。但该受谴责的不是保姆,而是汉娜自己。

思考,惊恐 —— 对我的惩罚开始了。

伊斯梅尔达为叫醒汉娜表示歉意,不过从一大早开始,凯特雅就咳嗽、呕吐,还发高烧 —— "一百零三点五度[1]。"

这么高!汉娜惊呆了。她努力回忆着,这有可能吗 —— 这么小的孩子烧这么高。

又是一阵自责,是伊斯梅尔达给孩子量的体温,而孩子的妈妈烂醉如泥，呼呼大睡，对孩子的痛苦不闻不问。

"……本想您昨天回来的时候就告诉您，贾勒特夫人，凯特雅放学时就不好受，康纳尔也有些咳嗽，我给他们喝了果汁和冰沙，还有他们爱喝的汤。他们喝了一点，不多，只是一点点。睡觉前我给凯特雅洗了冷水澡，她好像觉得好多了，摸着不那么热了。可现在，今天早晨……"

她耳朵里嗡嗡直响，汉娜听到的尽是责备。

"'你告诉过我'——告诉了什么？"

"昨晚，贾勒特夫人。您回来的时候，我告诉您凯特雅好像发烧了，嗓子疼。我给她吃了儿童退烧片。她不想上床睡觉……"

"'发烧'？没有，你没说呀，伊斯梅尔达。"

"夫人，我——"

"昨晚？我回来的时候？没说呀。"

伊斯梅尔达固执地坚持说："夫人，我跟您说了，接他们放学的时候，凯特雅和康纳尔都有点流鼻涕，恶心——"

"没有。"

"他们把彩蛋拿给您看的时候——"

"伊斯梅尔达，你没告诉我。我从没听你说过一个字——"

"——复活节彩蛋，您还说——"

"住嘴！别再提那该死的彩蛋。你从没跟我讲过他们病了。我要是知道了，就不会，不会就那么上床睡觉了。"

汉娜的声音低下去。她感到害怕和惊恐。

她当然是记不得了。孩子们抢着跟她说话，伊斯梅尔达是要跟她说些什么,可汉娜的心思不在这儿,在别处。

在他身上。困在酒店房间里,像一只飞蛾在紧闭的窗户上扑打着翅膀。

而现在,在这唯一对她至关重要的生活里,孩子病了,都是她的过错。聪明的伊斯梅尔达什么都明白,正在心里责怪她。

汉娜想起来,孩子们是有些烦躁不安。复活节彩蛋,复活节花篮。争着吸引妈妈的注意力。

如果你不爱孩子,干吗要生他们。请扪心自问。

汉娜不知道自己是不是应该感到被冒犯了,伊斯梅尔达主动测量了孩子的体温,大概使用的是儿童体温表。就好像汉娜自己做不了。她不知道:这是不是一个用人日常要做的?过去做过吗?监测汉娜自己的孩子的健康状况?

如果是伊斯梅尔达,或者甚至是韦斯,他们都会精确地记录孩子们的体温:康纳尔九十九点七度[1],凯特雅一百点二度[2]。

低烧,一般认为出现在孩子身上不像出现在大人身上那么严重。

"'低烧'也是'烧'。我 —— 我也有权知道……"

努力恢复心理平静,恢复为人之母的尊严。

把为人之母的尊严让与他人,没有比这更违背道德,更令人可耻的了。要是韦斯知道了!

如果她社交圈子里的其他妈妈知道了。那些人(死活)都要在早晨开车送孩子上学,哪怕粉黛不施,脸色苍白憔悴,哪管藏在围巾下面的头发还乱糟糟的没有梳理。

---

[1] 约37.6摄氏度。
[2] 约37.8摄氏度。

汉娜试着回想：她在床上昏沉沉躺了多久？美美地睡过去多久？十个小时，还是十二个小时？嘴巴干燥，鼻腔干涩。酒精有脱水作用，难怪她感觉像被丢弃的玉米皮一样。

他打了她，是吗？模模糊糊，她记得啪的一声，还有那张开的手掌，又是啪的一声！试图唤醒这个不是他妻子的女人，一个大脑像快熄灭的闪闪烁烁的火光一样的女人。

现在她的头痛得要命（羞愧、内疚），就像头上有一只虎钳在慢慢夹紧。然而，她仍然试图保持冷静和尊严。

"是的，伊斯梅尔达——你本应该告诉我的。"

伊斯梅尔达还没来得及回答，汉娜就双腿发抖地穿过走廊来到凯特雅的房间，她提醒自己要有心理准备，但看到孩子的状况还是大吃一惊，屋里满是呕吐的气味，四岁的凯特雅脸涨得通红，闭着眼，一动不动地躺在画着天使熊和熊猫的白色摇篮床里。

跪在床前。一把搂住孩子。"凯特雅！我是妈妈！"——她提高了声音，不知所措。

凯特雅怎么这么弱小。你永远不知道孩子是多么弱小，直到她被疾病击倒在床上，动弹不得。再也不活蹦乱跳，火焰般的活力渐渐削弱。

汉娜求凯特雅睁睁眼睛。不知道凯特雅是否醒着，是否听得见她说话。

她眼皮浮肿，眼白模糊变色。她眨眨眼，把眼眯起来，又睁得老大，似乎在努力看清汉娜模糊的脸。

皮肤蜡黄、身体脱水的汉娜跪在病重的孩子身边。她想像平时那样以母亲的权威口吻说话，但嗓音嘶哑，嘴巴发干，就像吞了一把沙子。

他的沙子，他的精子结成的沙砾般的外壳。

夜里四肢伸开瘫卧在床上，什么都不能想，只想他。沉醉地想着他，以及他的所作所为，而仅仅几英尺之外的儿童房里，凯特雅的体温在持续上升。感染已由汉娜传给凯特雅，正在凯特雅的血管里流动。

不知道，我不知道。这不是我的错……

汉娜在恳求：试图解释。

……不是我的错，有关情况我不知道。

汉娜虚弱的肺部，呼呼直喘，感觉像是给人扎漏了。昨天在酒店房间里，在那张压得吱吱呀呀的豪华大床上，她经历了无法呼吸的惊恐的几秒钟，她拼命地挥胳膊蹬腿才缓过来，差点给憋死。

使劲清理着大脑。把心思集中在凯特雅身上。可爱、虚弱、涨得红红的小脸。

这张小床是仿照老式摇篮手工制作的，比真正的摇篮大一些，看上去能摇，实际上不能……白色的床头板上画着天使般的小动物，心情不好的时候能给人以慰藉。

房间的壁纸上，迷人的粉色花朵，乳白色的小羊、小猫在一个没有疾病、痛苦和死亡的世界里嬉戏。

凯特雅的眼睛平时明亮有神，现在呆滞无光，阴郁不欢。

把手背放到孩子的额头上，觉得都烫手了，她不禁一惊。凯特雅皱着眉，抽抽搭搭的，像个痛苦的小动物，稚嫩的皮肤隐隐作痛。

抽搭声变成了一阵咳嗽，那种听上去都可怕的剧烈的干咳。无助！妈咪真的感到无助！哦，我的上帝，真想抱抱凯特雅，搂在怀里，安慰她，但不敢触碰她，发烧的皮肤会疼的。

心疼地看到孩子额头上都是汗水，浅黄色的头发湿乎乎地贴在头皮上……

简直是个错误。有些人就不配为人父母。汉娜就不该成为一个母亲，不该斗胆尝试。

想起她的母亲（显然）也曾有过同样的观点。不想爱孩子，不想变得脆弱，但在危急时刻，还是会为孩子们感到担心，所有的心理防线都消失了。就像面对丈夫（显然）并不爱她的事实，她被击垮，感到脆弱无助一样。

曾经是个美丽的女人。如果美丽就意味着控制力：一种支配他人的力量。

但后来，屈从于男人，在男人手中破碎，支配权转移到了男人手中。

她的孩子们从那双冷漠的眼睛中看到了母亲的沮丧。就像手握方向盘，疾速行驶，却意识到方向盘没有连接到任何东西 —— 她只能听天由命。

一旦为人母 —— 没有回头路。

一旦情爱像鲜血奔涌出爆裂的血管 —— 没有回头路。

汉娜问凯特雅嗓子疼吗，凯特雅点头说是。汉娜问凯特雅脖子发僵吗，凯特雅似乎没听懂。

"宝贝？你的脖子？发僵吗？"

凯特雅的头不自然地枕在枕头上，脖子僵硬。头和脖子发僵，高烧 —— 这意味着什么？ 脑膜炎？

汉娜感到头发昏。脑膜炎！

要命的病，对孩子来说是致命的。是对她的惩罚。

Babysitter

是的，凯特雅的脸红红的，有些肿。这意味着什么 —— 水潴留？还有体温 —— 比正常体温高四至五度[1]！

汉娜四下寻找儿童体温计，想再测个体温，也许伊斯梅尔达搞错了。

轻轻把凯特雅的头从枕头上抬起来，重新让她在潮乎乎的床单上躺好，躺舒服些，可凯特雅痛得直叫。

"哦，宝贝！对不起，真对不起……"

汉娜看看伊斯梅尔达，不知所措。她的手抖得厉害。她的头血脉偾张，怦怦直跳。

她把找体温表的事全忘了 —— 不是要亲自给凯特雅量体温嘛。

没用！不中用的妈妈。

床头柜上放着一罐（融化的）冰水，那种孩子用的黄色塑料杯子，形状像只小鸡。伊斯梅尔达把它放在这里，是想让凯特雅喝点水，现在汉娜也试着将杯子凑近孩子干裂的嘴唇，但凯特雅痛苦地皱起眉头，不要。

汉娜请求凯特雅喝一口，求求你，只要一点点 —— 但是不行，凯特雅身子一扭躲开了。水顺着她的下巴流下来，湿透了已经被汗水打湿的睡衣领口。

凯特雅的瞳孔缩得像罂粟种子一样小，与发烧时瞳孔通常会扩张的情况相反。她呼吸又急又浅，像只小狗在喘气。

床头柜上放着一条毛巾，伊斯梅尔达将它在冰水里泡一泡，然后敷在凯特雅的脸、前胸和裸露的肩膀上，给她降温。汉娜也拿起毛巾，记得在孩子们还是婴儿的时候也这样做过；那位像爷爷一样和蔼可亲

---

[1] 此处指华氏度。

093

的儿科老医生安慰汉娜说，幼儿发烧"并非罕见"，上呼吸道感染、咳嗽、食欲不振、胃痛，这些都是常见症状，父母不必恐慌，可以用输液、海绵浴、口服婴儿阿司匹林的方法来治疗。通常会在一两天内缓解，如果没有，就给医生打个电话……

想起那句顺口说出的 —— 给医生打电话。可汉娜怎么能放下孩子不管，去给他打什么电话呢？

这边闹哄哄的，把康纳尔吵醒了，他大着胆子走进妹妹的房间，看着躺在床上的凯特雅。皱皱巴巴的睡衣，光着脚，大拇指咬在嘴里。

房间里的气味不对，刺激得他的鼻孔直打战。康纳尔是个活泼可爱的孩子，可是一眨眼的工夫也可能变得调皮捣蛋、给人添乱。现在他有些害怕，一脸的忧郁，但（也）有些抱怨，因为"生病的"小妹妹吸引了大人们本该给予他的关注。

几年前的一天，她被从医院接回家，一个哭哭啼啼的红脸小家伙，不是来做客，而是长住，本应属于康纳尔的关爱一股脑地都倾注到了她的身上。

汉娜劝康纳尔不要再往前走了，告诉他妹妹可能得的是"传染"病。

康纳尔自然是不听，妈妈声音里有恳求的味道，孩子立刻就觉察到妈妈的软弱，当然是不从了。

大着胆子继续盯视着妹妹，好像有点排斥，有点讨厌。

"康纳尔？请你往后站。"

"为什么？" —— 康纳尔现出不敬的样子。

"因为 —— 我跟你说。你会被凯特雅传染的。"

康纳尔笑了，有点喜滋滋的。

汉娜想起来了：小孩子据说就希望弟弟妹妹死掉，不见了 —— 以便恢复早先获得快乐的平衡感。

就像婚姻中，你也可以回头看 —— 早些时候，先是没孩子，然后一头扎进孩子带来的始料不及的现实当中。

爱的解体。破碎成好多成分。爱已所剩无几。

"康纳尔！我告诉你……"

不过汉娜声音不严厉。在这种场合，她缺少孩子爸爸声音里的那种威严。

管教孩子要冒着失去他们对你的爱的风险。汉娜不愿冒这个险，孩子的爱对她至关重要，让她深深地满足，她无力拒绝。

在管教孩子方面，搞笑老爸严苛无情。

结果，他的孩子就恨上他了。即使是为搞笑老爸所倾倒的汉娜，对老爸的爱也是爱恨交加，就像矿藏中夹杂的辐射矿脉。

爱中有恨。恨中有爱。比单纯的爱或恨都更加强烈。

康纳尔使劲儿地抽着鼻子。鼻涕流出来，可又不去擤，连擦都不擦。伊斯梅尔达拿来卫生纸，他却把鼻涕往睡衣袖子上抹。

汉娜觉得一阵感激。这个娇小的菲律宾女人真有能力。

而在这个贾勒特"白人"家庭中，有那么多事让人感到无能为力。

伊斯梅尔达和康纳尔之间有一种相互理解。康纳尔可能会调皮地不听伊斯梅尔达的话，但不会不尊重她，而对汉娜，他能顶撞就顶撞，或是调皮或是犯坏，随时考验着汉娜的耐心。

伊斯梅尔达告诉汉娜她两个孩子的体温都测过了，康纳尔今天早晨是九十九点七度[1]，接近正常。

但康纳尔感冒了，不该光着脚。

"那为什么还光着脚？"——汉娜厉声问。

伊斯梅尔达拿来袜子和鞋，但康纳尔咯咯笑着闪开了。伊斯梅尔达跟上去，他又躲又推，笑着跑出房间，还不住咳嗽，伊斯梅尔达就在后面追。

汉娜想喊住他们，都训一顿，可又一想还是算了。

想到：脑膜炎。她干吗不全力关注一下脑膜炎。

要不要打911？——凯特雅呼吸有困难。

不：还是亲自开车送她去急诊室。她，还有伊斯梅尔达。她讨厌有生人冲进房子，跑到楼上，把吓傻了的孩子放在担架上抬走。

那将会是凯特雅一辈子都不会忘记的痛苦经历。

你不在家，我必须立即做出决定，不要救护车，伊斯梅尔达和我开车送她去急诊。

也就是，我开车。伊斯梅尔达跟着。

汉娜打定了主意：试着把凯特雅抱起来，又烫又僵的小身体，比汉娜想象的要沉一些。她告诉自己，凯特雅不是个婴儿，不会在母亲惊恐的眼睛注视下死去。

可是，凯特雅疼得发出呻吟声，她的皮肤一动就疼。汉娜不知道是应该给她脱去印着白色小猫咪、被汗水浸透的粉色睡衣，以免再擦得皮肤发痛，还是应该拿条毯子把孩子包住，直接抱下楼……

没时间换睡衣了。听不得凯特雅呻吟的声音。

1. 约37.6摄氏度。

汉娜自己也来不及换掉睡觉的衣服，更没有时间冲个澡或洗把脸。她头发又湿又乱，昨天化的妆也都褪了，睫毛膏围着眼睛糊成一圈，刺眼的晨光里显得廉价而悲凉。

汉娜确实抽空去了洗手间。是因为情况紧急：她的膀胱一直隐隐作痛。她绝望地凑到镜子跟前，往嘴唇上涂了点深红色的口红——否则何以面对外面的世界。

你是个荡妇！但你正在为此付出代价。

"上帝啊，饶恕我吧。不要惩罚凯特雅。"

汉娜已经三十年不相信上帝了。简直是个笑话！

匆忙之中，几乎不用相互说些什么，汉娜和伊斯梅尔达就把孩子们在汉娜的车里安顿好，直奔急诊室。当然，康纳尔也得带上，不能单独留在家里。

伊斯梅尔达把焦躁不安、不配合的康纳尔放到别克里维埃拉后座的儿童座椅里，系上安全带，然后抱着凯特雅坐在副驾驶位置上，汉娜开车去几英里外伯明翰市的博蒙特医院。

汉娜驾着方向盘，感到一阵恐惧。舌头麻木，口腔内失去了所有感觉。但同时，汉娜也感到一阵兴奋，想着——我能做到。我正在做！

爸爸不在。不在家。昨天就走了，汉娜想，现在在芝加哥。当然。所以当妈的才开车带孩子去看急诊。

韦斯很快就会回来——汉娜想着。说不准什么时候，可能在上午晚些时候。他会搭早班飞机的。

匆忙中，汉娜忘记给韦斯留个便条，告诉他去了哪里。她会给他打电话,她想着。等她抽出空来。

她现在指望的是伊斯梅尔达,而不是韦斯。在远山镇的家里,要是没有这个伊斯梅尔达,那当个母亲可就难了。

这两个女人关系亲密,如同姐妹,共同关照着两个孩子。她们合作起来大都不用语言交流。家务琐事,孩子们的日程安排、洗澡、吃饭、穿衣服,袜子和鞋子。喊喊喳喳的孩子们,把这两个女人联系在了一起,尽管(当然)她们彼此之间并不怎么了解。

就像童话故事说的,有两姐妹,一个富有,而另一个则是依赖富有姐妹施舍的叫花子女佣。当初找女佣的时候,汉娜面试过好几个长得就像姐妹那样非常相像的菲律宾女人。最后,她决定雇佣伊斯梅尔达,因为她最爱笑,最不自信,对(白人)雇主提出的问题也比较少,(汉娜当时觉得)她有些害羞,都不好意思直视汉娜的脸。有的时候,汉娜希望伊斯梅尔达能"喜欢"她 —— 自发地、自愿地喜欢;而另外一些时候,她又希望伊斯梅尔达能对她心存感激,为汉娜的慷慨所打动。(圣诞奖金,还有汉娜时不时就把不再需要的物品送给她,包括旧衣服,伊斯梅尔达可以随便寄给家中的亲戚。)更重要的是,汉娜开始担心伊斯梅尔达对她了解得过多,尤其是那些不那么光彩的方面。再说,伊斯梅尔达是"外国人" —— 听到她在电话里用汉娜听不懂的语言说话,汉娜感到多少有点震惊,这提醒她要面对事实,好像这是一种或明或暗的侮辱。

汉娜曾问过伊斯梅尔达是否在说 —— 菲律宾话?但伊斯梅尔达似乎没有理解这个问题,只是迟疑地笑笑,不知道该如何回答。

你不喜欢她们,汉娜想着。因为她们了解你那么多的事情,而你自己却浑然不知。

特别是作为一个母亲的不足之处。

毫无疑问,伊斯梅尔达已经注意到:汉娜是如何在孩子们发烧时,还把他们送去上学。为的是去市中心的酒店与情人会面。

那个男人,伊斯梅尔达能从汉娜身上闻出来,那种牡蛎般的气味,一准没错。

还有,醉酒之后,汉娜瘫在床上昏睡不醒。这一切,伊斯梅尔达都注意到了。

但伊斯梅尔达似乎原谅了汉娜,就像原谅一个鲁莽的傻瓜一样。因为唯一重要的是孩子:保护孩子们。

这本质上是伊斯梅尔达的任务。遇到紧急情况,伊斯梅尔达从不出错。她反应快,果断,能力也强。尽管她的骨骼纤细得就像一只小鸟,可力量却不可小瞧:她抱起康纳尔比汉娜可轻松多了,虽然她比汉娜矮几英寸,体重也要少二十磅。

现在汉娜自己做了母亲,能够理解为什么她母亲当初会被生活压得透不过气来,内心充满怨恨,哀叹一事无成:连生三个孩子,隔几年就一个。两个女孩,一个男孩。隔三岔五闹病。永远不得空闲。

从内心讲,你就怕你的孩子会死在你手上。那就成了千夫所指。

脑膜炎。这词太可怕。

严重感染:病毒性还是细菌性。其中一个症状是肌肉僵硬,颈部僵硬。高烧,脑损伤。大脑会肿胀吗? 大脑会沸腾吗?

奥克兰县最近有脑膜炎病例吗? 底特律呢? 如果有的话,汉娜难道不会听说吗?

孩子夭折是完全不正常的。在远山镇，这个北郊富人区。与底特律城区的死亡率不可同日而语。

分娩时死亡，这在白人很少见，而对黑人母亲来说就比较常见了。

这不可能发生在我们身上。不可能。

然而，汉娜的一个表亲在他们还是孩子时就死于脑膜炎。那孩子叫利齐，九岁，当时汉娜才六七岁。

当时并没人告诉汉娜，孩子们都不知道出了什么事，利齐去哪儿了 —— "走了"。后来，汉娜也记不得是什么时候，他们才得知利齐已经死了。

一种可怕而神秘的死亡：脑膜炎。

而正是她，汉娜，把这种传染病带进了他们的生活中。她，孩子的母亲！

"夫人 —— 我来抱吧。"

凯特雅被一个男护士轻轻从汉娜怀中接过来。抱进急诊室里。

汉娜跟在后面，脚步踉跄，两眼发蒙。一个淡褐色皮肤的年轻女人，很年轻的一个大夫，或许是实习生，陪她一边往里走，一边询问凯特雅的症状、病史。她边听边记，非常专业的样子。

汉娜竭力把每个词都说清楚。她舌头莫名其妙地麻木，说话都困难。

打定主意就不问有关脑膜炎的情况，这个倒霉的词，绝不能从她嘴里说出来。

她忧心忡忡、迷迷糊糊地就在接诊台上填好了几张表格。又急急忙忙在钱夹里找出医保卡，忙乱中还把女儿的名字拼错了 —— "凯特雅"写成了"凯雅特"。

她觉得"凯特雅"这名字有点虚浮，在种族方面会造成错误的联想，和贾勒特这个姓不匹配。

你的一切：虚伪的。

除了你脖子上的伤痕。

汉娜本能地摸了摸自己的脖子，有点疼。但是没有明显的伤痕 —— 没有吧？她早上没看见。

现在，前一天的事几乎都被遗忘了。那可能是几个月前，甚至几年前的事啦。

现在，除了孩子 —— 两个孩子，什么都不重要。汉娜的大脑已接近"关机"。

"贾勒特夫人？" —— 一个护士引着汉娜来到凯特雅接受检查的房间。一排排隔间，出于私密性都拉着帘子，但还是能听见有孩子哭。能听见一个孩子在尖叫。

她听见自己在问护士那个她发誓绝不能问的问题：有可能是 —— 脑膜炎吗？

等　待

地狱般的前厅。

汉娜没能给韦斯留下张条子。汉娜几乎把韦斯全忘了。慌慌张张，几乎连喘气都困难。就像凯特雅一样。

和上帝讨价还价。把她的生命拿走，让凯特雅活下去。

"贾勒特夫人？要不我打个电话给 ——？"

伊斯梅尔达问了不止一次，是两次，三次。汉娜说不用，当然不用，她自己打。但是，她忘了。

"贾勒特先生会担心我们去了哪儿……"

伊斯梅尔达犹豫地提醒汉娜。把她从低沉的情绪中惊醒过来。最后找到一处电话，付费的，让汉娜给家里通个信。

如果她在厨房桌子上留个条子。在侧门上也行。那不就简单多了。但当然，她没有考虑到，发生了太多的事情。

现在是上午11点20分。没回答。电话在空荡荡的房子里响着。

显然，韦斯还没有从他出差的地方回来 —— 芝加哥？—— 他好像经常去芝加哥。

韦斯还没回来，汉娜松了口气。她知道他会责怪她。

她试着回想昨晚韦斯是否给她打过电话。打过？没打？他肯定打过，那是他的习惯。她感觉脑子都给掏空了。

韦斯出门在外，有时会留个语音信息：给妈妈、康纳尔、凯特雅。他会打电话，伊斯梅尔达会接听，他会告诉她挂断电话，让他来留言。

这种情况经常发生，汉娜的印象是，韦斯更喜欢留一条轻松的老爸的话，而不是与家人亲口交谈。因为爹地总是匆匆忙忙的，赶着去 —— 与客户共进晚餐？或是与商业伙伴？

他就像电视上的爸爸一样轻松愉快，但有点心烦意乱。想你！爱你！

汉娜听说过。一些故事。嗯，谣言。

高价"陪同女士"。由公司提供，专为外地来访的客户。贵宾客户。

高价"陪同女士"在高价"豪华"套房中，在高档酒店中，但仅限于贵宾客户。

她见过她们，她确定。在万丽大酒店的大堂酒吧里，那些美丽无瑕的年轻女性。汉娜走向电梯准备去见她的情人时，就看见她们穿着高跟鞋也正往电梯走。

彼此避开目光。彼此回避。

前一晚，大约九点钟，汉娜觉得有些头痛便吃了几片药，喝了一杯（或两杯）酒，以防疼痛加剧，她昏昏欲睡地躺在床上，这时韦斯打来电话。她迅速拿起听筒，还事先告诫自己——不要失望，不会是他。

果然不是他，是她丈夫。

孩子们都洗过澡，上床睡觉了。爹地错过了和孩子们说话的机会，很遗憾。

会开得太晚了，或是饭吃得太晚了。或者，不对——应该是先开会后吃饭。

宴会开始太晚了，在一家高档餐厅。或许韦斯已经到了餐厅，因为能隐约听到背景里的欢笑声。

汉娜倾心地听着。这样的对话在他们之间并不少见。

"我们都很失望，不过你回来的时候我们都会去接你，韦斯——像往常那样。"

力图让声音听起来欢快一些，但有时力不从心，反而有点尖厉，讽刺的味道。

糟了：讽刺。丈夫就是不喜欢讽刺。

永远不要责怪一个男人。绝不能批评，有点批评的意思也不行。那只会带来反弹，他也会开始讨厌你。

永远不要批评一个男人，如果他要做爱，绝不能说不。

绝不要做出想躲避一个男人的样子，他会报复。

半小时后，汉娜再次往家里打电话，韦斯拿起电话，又急又烦——"汉娜？是你吗？你们都跑哪儿去了……"

汉娜赶紧解释。凯特雅，发烧，呼吸困难。博蒙特医院，急诊。

"我们离开得匆忙。没想到给你留个条。孩子在急诊室，正做各种检查……"

汉娜告诉韦斯，康纳尔由伊斯梅尔达带着去医院的餐厅吃早点了。

不，康纳尔不要紧——只是感冒，体温稍微有点高，一个护士给他做了检查。

韦斯很吃惊，没说话，思考着这些信息。

"快过来吧，韦斯！我们需要你。"

汉娜感到一阵深深的满足，一种夹杂着愧疚的满足，因为韦斯将会意识到，在他不在家而汉娜这个应尽其责的母亲明明在家的情况下，女儿还是病了，病得那么重。

韦斯立即开车赶到医院。在急诊室接待区，他们拥抱着。

电影里的场景，汉娜想：惊慌失措的父母，各自脸上带着愧疚，还有这愧疚背后的秘密。

汉娜说，他们在等诊断结果。但可以肯定的是，凯特雅今晚回不了家。要住院再做些检查。她的高烧和心动过速要马上采取措施。

汉娜没把那个要命的词 —— 脑膜炎 —— 说出口。

让汉娜感到惊讶的是,韦斯并没有连珠炮般地发问。相反,却低声道歉说,不该在孩子生病的时候不在家,也没有像他许诺的那样在早晨给汉娜打电话。(他许诺过吗? 汉娜一点也记不起来了。)

汉娜马上安慰他 —— 不,不! 这不是谁的错。凯特雅在学校里被感染,夜里又加重了。

汉娜撒起谎来可真轻松。就像个小女孩儿在睁眼说瞎话,让人惊叹不已。她说起谎来比说实话还流利。

我和另一个男人在一起。我丢下凯特雅就是为了见他。

我做了件铤而走险的事,不怪别人,只怪我。

在急诊接待区,和韦斯一起等消息。焦虑的父母,俩人的手紧握在一起。

夫妻二人,感觉又年轻了。无助。

韦斯四下看看,寻找康纳尔。或者说,他意识到还有一个人,一个孩子,要他关照……汉娜解释说,康纳尔和伊斯梅尔达在医院餐厅里。

"他没事?" —— 韦斯担心地问。

汉娜让韦斯放心,没事。她不能想象,康纳尔也会病倒。

中午刚过,那个年轻医生从急诊室走出来找他们,说凯特雅得的是鼻窦炎 ——"鼻窦细菌感染"。那话声在汉娜耳朵里就像轰鸣的瀑布。

一开始,汉娜听成脑部细菌感染。

她和韦斯被告知,病情"严重",但可用抗生素治疗。一有空床,凯特雅就会被送到隔壁的儿童医院。至少住院三天。

他们被告知,凯特雅的预后是"乐观的"。汉娜谦卑地听着。大夫似乎在特意把话说得中听些,让他们放心。"你们把孩子及时送来就对了。她会完全康复的。"

这个你们似乎只是指韦斯,大夫在和他讲话,而不是汉娜。但汉娜没生气。现在终于松了一口气,反而觉得浑身没了力气。她原本很担心是另外什么更为严重的病。

韦斯同样如释重负。他有好多问题要问大夫,又拾起了做父亲的权威,关切中带着怀疑,就怕大夫没把实情全部告诉他。什么时候能看看凯特雅?——他想尽快见到孩子。

汉娜觉得自己在萎缩,像气球撒气一样瘪下来。太累了!让韦斯管吧,他是孩子的父亲,医生听他的。

最关键的是:不是脑膜炎 —— 是鼻窦炎。

这一点,汉娜愿意相信,就像犯人愿意相信获得缓刑那样。

伊斯梅尔达带着康纳尔回来了,康纳尔跑向爸爸,喊着要抱抱。汉娜惊讶地看到孩子脸上露出惊喜和愉悦的表情,她一直以为康纳尔对韦斯有些怨恨,因为他经常不在家。

康纳尔得知妹妹没事,需要住几天院,但很快就会好;爸爸蹲下来抱着他。孩子似乎对这好消息不太在意,只是渴望被关注。

"我的小家伙怎么样?过得好吗?"

康纳尔兴奋地告诉爸爸他在餐厅看了电视 —— 是关于一艘核动力航母的。康纳尔对妹妹没什么可问的,也没有好奇心。汉娜可以看出,孩子寻求的是韦斯的保护和权威,而不是妈妈的。

1 和毕加索齐名的二十世纪法国画家。

如果爸爸在场,康纳尔就连看妈妈一眼都嫌多余。妈妈整天在身边,爸爸才是稀罕的。

看着这父子俩待在一起,汉娜承认,是的,韦斯比自己更具活力。韦斯是权威,是定力。一个马蒂斯[1]笔下用黑色勾勒的生活中并不存在的人物。汉娜则缺少分明的线条,一张褪了色的水彩画。

爸爸不在时,孩子们才寻求妈妈的爱。喜欢待在妈妈身边,妈妈离开会失望,妈妈回来会高兴,兴奋得又说又笑。得到孩子的喜爱,汉娜很享受,很高兴被珍惜,她舒心地想,至少在这一刻,孩子们爱妈妈胜过爱爸爸;只是这种时刻并不长久。

不在也好,在也好。这没什么大惊小怪的。对汉娜并无伤害,孩子总是把妈妈当成是天生就有的。妈妈是那个总在身边的人。

我不觉得对他们来说我是存在的。在他们眼里我并不真实。

和你在一起,我才觉得真实……

她会告诉他。如果可能,这说不准,她想再一次见到他。

没喝醉,但觉得醉了。嘴巴一扭怪怪地一笑。

"'鼻窦炎'!感谢上帝,不是'脑膜炎'。"

汉娜干吗这么说,本是无意随口说出的话,难怪韦斯有些吃惊。

"你怎么说这种话,汉娜?我的天哪。"

"我——我没说'那种话'。我是担心过头了……我的意思是,我太高兴了,孩子得的不是那种病。"

"干吗一惊一乍的？就会往坏处想？你就是这样。"

"是吗？"——汉娜的心被刺痛了，感到十分愧疚。

现在孩子的状况不错，韦斯对汉娜的态度就不那么和善了。他想问问汉娜为什么不在家里留个条，她以为他回到家却见不到一个人影会怎么想……"就像玛丽·赛勒斯特号[1]那样，你知道那是什么吗？"

"玛丽 —— 谁呀？"汉娜不解，有些尴尬。

韦斯的情绪真是多变。好好的对话，怎么一下子就唇枪舌剑了。

"不是人，是条船。不过算了算了。"

汉娜说抱歉。她分神了，只顾担心凯特雅……

但是，汉娜想，她为什么要给他道歉呢。韦斯现在能知道的，只是他不该在关键时刻不在家，感到愧疚的是他。

汉娜想起来，他的父亲也是这么情绪多变，无法预测。高高兴兴，面带笑容，（看上去）对汉娜态度挺好，然而只要汉娜话音里稍有那么一点对抗的意思，或是表情上稍有不顺从的表示，哪怕只是半认真半开玩笑地，搞笑老爸马上就变得咄咄逼人，恨不得像拍一只讨厌的苍蝇那样朝她一拍子打下来。

但幸运的是，韦斯比较容易被安抚。一旦搞笑老爸为某件事生气了，几个小时内都别想接近他。

太少见了：韦斯和汉娜在一起吃午餐，医院自助餐厅里过了饭点的午餐。汉娜饿得都有点晕，但还是不愿吃得太多、太快。韦斯在芝加哥吃过一顿丰盛的早餐，但他说也饿得够呛了，一边吃自己的，一

[1] 1872年在大西洋上发现的失踪了一个月的木帆船，船身状况良好，船员却全部神秘失踪。

Babysitter

边还从汉娜的盘子里拿东西吃。

一个特殊场合，旁观者可能会这么想。这种场景 —— 俩人坐在餐厅包间里，像密谋什么事情似的紧靠在一起交谈 —— 汉娜想都没想过，即使想象到了，也不以为会成真。

"有些'一闪即逝的念头'，最好还是别说出来的好，汉娜。"

韦斯说得一本正经，似乎是在指出一个显而易见的真理。他不想就这么结束这个话题。汉娜默默地盯着桌面，等着这不愉快的对话结束。

"你有这种习惯……"

讲真话？不。

真话，但凡能避而不谈，我就不讲。

最后保持沉默，任你批评。韦斯很快就会对指责她失去兴趣，汉娜不说话，他也就满意了。

汉娜想：韦斯完全有理由惩罚她。但他不知道真正的理由是什么。

在医院的一整天，贾勒特夫妇都挺坚强，默默忍受着痛苦。在医护人员眼里这是两口子。伊斯梅尔达已经用汉娜的车把康纳尔送回家。贾勒特夫妇待在重症监护室孩子的病床旁，孩子烧得迷迷糊糊，一会儿睡，一会儿醒。凯特雅臂弯里，细得让人心疼的静脉，正在接受一滴又一滴的液体。

汉娜的眼睛盯着凯特雅涨红的脸庞，久久不忍移开。

汉娜发誓 —— 我再也不能这样冒险了。

她伸手握住韦斯的手。真怕对方不理她，把手抽开。但相反，他紧紧握住汉娜的手，显得很疲惫，很脆弱。当然，韦斯也爱汉娜。韦斯是汉娜的丈夫，她孩子的父亲。他们的孩子。

握着韦斯的手,汉娜似乎觉得,自己的力量倍增。

十一点,他们该回家睡觉了。女儿的病情已经稳定,他们也该照顾一下自己了。

稳定了! 汉娜试图把这理解为好消息。

呼 吸

当我死去的时候,我不安宁!

当我死去的时候,我怨愤满腔!

当我死去的时候,我痛苦地挣扎!

当我死去的时候,我试图呼吸!

当我死去的时候,我试图呼吸,竭力把绕在脖子上的铁丝扯开,把手指头伸进铁丝下面使劲拉扯,我要呼吸

呼吸

呼吸

布卢姆菲尔德公园发现十二岁失踪男孩尸体
据信为"保姆"之第七个受害者

"这不是 —— 太可怕了吗! 这些可怜的,可怜的孩子……"

110   Babysitter

我要呼吸!
要呼吸!
呼吸!
吸!
!
!

她眼睛里
破裂的动脉
就像
爆炸的
星体

"警察为什么查不出是谁干的……"

"……是个魔鬼，变态狂，有人肯定知道是谁……"

"……假如你是这可怜男孩的母亲……"

"……来自寄养家庭，可能没有母亲……"

"……来自费恩代尔的天主教孤儿院……"

"……皇家橡树……"

"……不是咱们这儿……"

"……不是这儿，大部分不是，那干吗在这儿'展示'……"

"……人们叫他们'精神变态'，不只是疯子，简直就是魔鬼……"

"……我们的孩子都吓坏了……"

"……我们也吓坏了……"

1977年4月下旬的一个周四，布卢姆菲尔德市电报大街麦启思红狐餐厅的主餐厅中，充斥着一片喊喊喳喳的女人的声音，就像一群焦虑而愤怒的鸟儿。餐厅的顾客大多是商人，空气中弥漫着香烟的烟雾。汉娜是一个大圆桌上穿着华丽的八位女士之一，但她并未参与到激愤的谈话中，说实在的，她对其中一位女士把当天早上的《底特律自由报》带到午餐上，感到又震惊又沮丧。

她努力不去听朋友们的谈话。哦，这是干吗！

奥克兰县连环绑架、强奸、谋杀案件中那些淫秽的内容，还有什么"尸体展示"，在这个本应是庆祝、放松和欢笑的时刻，在服务员连饮料都没端上来之前，就被议论起来……汉娜不想看报纸头版：博人眼球的通栏标题、受害儿童——最近一名以及之前的受害者——的照片，还有几篇关于奥克兰县儿童杀手，即所谓保姆案的专论。就在

113

早上，韦斯在厨房里读的就是这个头版，他读得入神，盘子里的煎鸡蛋都凉了。

她曾要求韦斯，议论这些绑架案的时候，不要让孩子们听见。尤其不能提保姆这个名字，以防孩子们正好听到。

还要请他读完了就把报纸扔掉，不能留在厨房里让康纳尔看到。报纸上那些孩子脸上挂着微笑，而下面的说明文字却说他们是被谋杀的，汉娜觉得，没有什么比这更令人惊悚了。

正如搞笑老爸曾经警示的那样：照相的时候千万别笑。

为什么？—— 你可能会问。

因为你死了，照片还在，你看上去就像个倒霉的傻瓜，死了还笑。

"你怎么看呢，汉娜？"—— 有个女人问她。

在她的女友当中，汉娜·贾勒特名声不错，热心、优雅、逗趣、聪明。但是不是太聪明。

但现在汉娜的大脑一片空白，她们在谈论 —— 什么？

还在谈保姆的事。哦，对了！

"我 —— 觉得这 —— 很可怕……悲惨。"

汉娜小声咕哝了一句。因为这没什么好说的，说什么呢？

在红狐餐厅这欢乐的气氛中，汉娜最不想谈论的就是被害儿童的事，更别说还把孩子的裸尸放在公共场合展示了。

和女友们的周四午餐本应轻松快乐，扯个家长里短什么的，不能搞得如此沉闷、可怕。不能这么严肃。

原来，那一桌上除了汉娜，其他几个女人都有十到十四岁的孩子 —— 保姆专挑这年龄段的小孩下手。

她们真是倒霉，得操这么多心。她们感到恐惧，担心，而汉娜却得以幸免，因为她的孩子还不到保姆下手的年龄。

除非保姆改变习惯，盯上年龄更小些的孩子。

"…… 专找走单的孩子下手，只身一人要搭便车的 ……"

"…… 在商场闲逛的 ……"

"…… 没大人跟着的，'四处乱跑的'……"

"…… 在停车泊位，空着的泊位 ……"

她的孩子随时随地都有人看护。放学有人接，从不独自留在家里，总在大人眼皮底下。

和其他孩子一块玩的日程，或压缩，或取消。康纳尔和凯特雅很失望，但汉娜松了口气。别给孩子们太多的选择，当妈就简单多了。

"…… 情况变了！ 在美国。"

"是呀！ 没错。"

"自从六十年代以来 ……"

"…… 又是游行，又是抗议的 ……"

"…… 还有刺杀。"

汉娜同意这样的看法：某种信任被打破了。美国生活中严重的愤世嫉俗观念，就如同大水库里加了一滴炭疽毒素，杀伤力极大。

有了这种环境，保姆的出现就不足为奇了。

"…… 有些事报纸不好说，细节太恐怖 ……"

"…… 电视上看不到 ……"

"…… 不知道'勒脖子的'是什么 ……"

"……'性虐待'…… 这个报上没法登。"

115

"……'强奸'……'施虐狂'……"

"……你听说，我是说我听说，他让孩子'缓醒过来'然后——再勒住脖子，直到死去，然后……"

"……哦，别说了！真恶心！可怕……"

"……世上竟有这种恶人。'变态'……"

"……男人。"

汉娜浑身打战，真希望离开这儿。她这些女友干吗对这种耸人听闻的事情竟如此着迷。

就像不久前，你无法避免听到越南战争的暴行一样。那些被凝固汽油弹烧伤的孩子的照片——美国战争的受害者。

汉娜突然从座位上站起身。"对不起！"——巴不得立刻逃进洗手间。

穿过人声嘈杂的餐厅。目光投向她，漫不经心地审视着，像男人们做的那样，半下意识地，没有企图地。有些男人是熟人，甚至朋友，认得她是韦斯·贾勒特的妻子。如果有人问你是哪一位，那么回答应该是：他的……

让人感到安慰的地方！正好可以躲一躲：像红狐餐厅这种地方的女士洗手间，昂贵香皂的香气、护手霜、亚麻毛巾、粉色壁纸，还有一面面镜子，配着精妙的灯光，谁照上去都显得更加漂亮。

保姆！汉娜浑身打战，牙齿嗒嗒直响。

还是个孩子的时候就害怕听神话故事。很久很久以前就是没时间，没地点。

天花板上的影子。老爸的大长腿。她房间的门慢慢向里转动，开了个缝。他的人影，一动不动。

头几次绑架事件发生在冬季，在奥克兰县。由于杀手把受害者的尸体放到下雪的地方，比如公园、树林里，市区的草坪上，于是人们就叫他雪地杀手。

孩子们的死尸往往是在早晨被发现，裸体躺在雪地上，瘦弱的小胳膊交叉在胸前，衣服叠得整整齐齐，放在身旁。

随着时间的推移，雪化了，但杀戮仍在继续，春天，夏天，接连不断，人们就管杀手叫奥克兰县儿童杀手了。

最后，当地一名记者又起了个名字，在媒体中立即叫响：保姆。

汉娜觉得这不是个好名字。这个名字把名字的主人"正常化"了。淡化了。模糊了性别的边界。

已有七个孩子被绑架。受害者之间没有（明显的）关联：第一个受害者住在密歇根州皇家橡树市郊的圣文森特儿童传教会，该机构是一个为六至十八岁男孩提供服务的天主教福利机构；其他的儿童则与单身母亲或者某种程度上还算"正常的"家庭一起居住。

人们认为绑架并非针对特定的儿童，而是随机和"机遇性"的：绑匪正好碰到一个容易得手的孩子，然后就实施了绑架。保姆蹑足潜踪，四处搜寻，伺机捕猎，似乎永不疲倦，并且有着令人难以置信的规避跟踪的技巧。有人看见一个受害者进入一个停车场，就再也没有出来；看见有辆车驶离，但离得太远无法辨认。或者，看见一个孩子放学后在伍德沃得大街上挥手搭便车……

到此为止，保姆的绑架范围仅限于底特律北郊。但没理由推定，他是这一带的居民。

保姆是个"白人"——"既不老也不年轻"——"深色皮肤"——"浅色皮肤"——"不是白人"。他身材"魁梧"——"好像留胡子"——开着"一辆货车"——"一辆皮卡"——"蓝色掀背式汽车,可能是辆维加"——"深灰色四门轿车,可能是辆雪佛兰"。到1977年春季为止,当地警方已经接到了超过一千五百个自称目击者的电话。

当然,大多数电话都是没有用的。一些电话是出于报复心态,这些所谓的"目击者"企图诬陷亲戚、邻居或前配偶。但警方表示,每个电话都不会轻易放过。

线索不少,但真正"有嫌疑的人"很少。

这些受害儿童大都在大约六英里范围内被发现。报案人说,起初他们以为看到的是人体模型或"天使"。

简直不敢相信自己的眼睛,我看到的是什么! 不得不朝着它 ——是她 —— 走过去 —— 即使这样也还很难看清楚。就在地上,毫无遮掩,看起来像是在睡觉,一个小天使般的女孩儿……

七个受害者中只有两个是女孩儿。剪短发,看穿着像男孩,警方推测罪犯可能把她们当成男孩了。

……不管保姆是谁,他似乎是要展示给大家看,他对这些孩子还是关爱有加的。

性虐之后,他还把孩子们受伤的身体擦洗干净。注意:是在折磨并谋杀他们之后。他把孩子的衣物洗净、烫平,包括内衣和袜子,并将衣物整齐地折叠放在他们身边 —— 对母爱的一种残酷模仿。

也许是在学他自己的母亲的样。或者 —— 也许不是。

汉娜一直在洗手间镜子里审视自我。她觉得自己的脸上有一种新的成熟感。自从在酒店受辱以来。自从经历了女儿生病的噩梦。

一个表现出失望和谦卑的面孔。一个大难不死的人。

是的，但我学到了。我不再是过去那个我了。

"汉娜？——你还好吧？"

她的一个朋友走进女洗手间，带着疑惑的微笑看着她。汉娜有点恼，她当然还好。

"……今天饮料上得太慢了。我们在这里待了多久……"

汉娜无意再和她说话。特别是这个女人要去的是里面的隔间。

汉娜回到嘈杂的餐厅，坐回大圆桌的座位，这时那个臀部纤细的叫马里奥的侍者带着微笑为女士们送来了饮料。大部分是白葡萄酒，而给汉娜的是普罗塞科气泡酒，称之为酒颇为牵强。

"还有您的，夫人。"

"谢谢。"

让她大大舒了一口气的是，那张该死的《底特律自由报》已经被人拿走，不见了。

"没人爱，也不值得爱的孩子"

第二天，《底特律自由报》过去十八个月以来一直报道奥克兰县儿童绑架/谋杀案的记者收到一封匿名信。就是他，造出了那个上口的名称"保姆"。

手写，紫色墨水，工整的印刷体，一张挺括的清清白白的水仙花颜色的美术纸。幼儿园的孩子们在上面用蜡笔涂色的纸：

> **保姆只对没人爱，也不值得爱的孩子下手。**

美术纸的颜色给人一种讥讽、嘲笑的感觉：苍白的黄色。希望的颜色。

因为：除了这条神秘信息，还附上了三张八乘十一英寸照片，是第四名受害儿童。这个十岁的男孩在"光天化日之下"遭到绑架，地点是伯明翰伍德沃得大街一条商业街后面。照片中，男孩无生命的躯体赤裸着，双手交叉放在瘦小光滑的前胸上，被展示在距离商业街几英里外的奥克兰县公园里。

照片以软焦距特写镜头拍摄，采用中性色调，边缘模糊得像是在梦境中，或者（如当地一位艺术史学家所指出的）像是十九世纪英国摄影师朱莉娅·玛格丽特·卡梅隆拍摄的儿童照片。一个（死去的）孩子，以审美的，而非现实中幼童的形态，被展示出来，幽灵般，死亡中面带安详，小嘴微微张开。

如果仔细看，还可以看到脖子上的勒痕。

众人猜测：这个杀人狂也太无耻，太张狂了，把孩子放在地上后还竟敢待在那儿照相，换个人早跑了；这家伙是否对这种仪式感情有

Babysitter

独钟,有一种变态的柔情呢?

法医检查了水仙花色的美术纸、照片和紫色的印刷体字母。

收信人为密歇根州底特律自由新闻社的哈尔·霍恩斯比,这封信的马尼拉纸信封,也仔细检查过,没发现任何线索。

观察者指出:(在那么多怪事之中)最奇怪的是,这个儿童杀手现在公开承认了"保姆"这个称谓,好像还挺自豪;虽然把信寄出来肯定费了很大劲,但信封上只贴了两枚一等邮票,被邮局盖上了邮资不足的戳记。

他似乎是想省下一张邮票的钱。强迫型人格,纠结细节,却过分节俭。有过分计划、过分谨慎的倾向,但容易忽视最关键的环节:他的信是否能够寄到。

武装起来

"把尸体裸体安放,这用意很明显:显露出白色的皮肤。"

韦斯的声音由于愤怒而发颤。韦斯认定,保姆来自底特律市区,而不是郊区(警方似乎也这么认为)。之所以将(白人)儿童的尸体放在像布卢姆菲尔德山这样的(白人)社区,是为了表达对市郊居民的蔑视。

"这是恐怖主义。'制造恐慌'。专门针对白人儿童。专杀白人,这绝不是偶然的。他脱光孩子的衣服，然后拍照，当众羞辱我们。"

还有："设想一下，如果我们的孩子就是他们中的一个，我们会有什么感觉。"

是的，韦斯买了一支枪。不，买枪的事韦斯不想让任何人知道。

汉娜有些担心：韦斯没和她商量就在底特律的枪支商店买了这支史密斯威森马格南手枪。还瞒着她办理了密歇根州居民枪支许可证，尽管外出携枪时不得遮盖；也就是说他的枪只能放在家中。

韦斯认为：要做到有备无患。如果永远也用不到——"那当然更好。"

1967年7月，那场臭名昭著的底特律"种族暴乱"，大家都没准备——但是，他，韦斯·贾勒特必须为下一次做好准备。

"那不是'种族暴乱'，"汉娜想纠正他，"那叫'民众骚乱'……"

"笑话！那根本就是种族问题，而且肯定是暴乱。"

就他个人而言，韦斯不怕保姆。但，他是丈夫也是父亲，他力图有所准备。

* * *

"不要啊。求你了。"

"给你。拿着，看在上帝的分上。"

俩人单独待在卧室的时候，韦斯坚持让汉娜至少是握一握这支手枪。亲手拿一下。

"可——这是'上了子弹的'……"

"就是握一握。拿着。你不扣扳机就不会发射。"

"韦斯，不行。我不想。"

这支史密斯威森马格南手枪不像汉娜想象中的那么大，枪筒短短的，但很重，汉娜怕掉在地上。

暗蓝色金属。远处看你可能会把它当成是塑料的，像小孩玩具。如果不仔细看的话。

"就是握一握。不扣扳机就不会响。"

"韦斯，不行。我不想。"

"到了你不得不用枪的时候，那说明局势已十分危急。而危急关头有支枪，你就谢天谢地吧。"

但汉娜还是不肯，身子缩到一边。不行。

"汉娜！你可真是的。"

韦斯只好让步。枪要装上子弹，但要安全地锁在卧室一个柜子里，让孩子们绝对找不到。

子弹不上膛枪还有什么用，韦斯说。他用枪不熟练，在又急又怕的情况下，很难镇静地把子弹一粒一粒地装进弹夹，所以像他这样的居民持枪者最好对惊恐的情况有所准备，子弹始终上膛，但枪要放在卧室柜子里最保险的地方。

子弹始终上膛。他把这几个字咬得清清楚楚，生怕汉娜听不明白。

柜子的钥匙则放在韦斯一侧的床头柜抽屉里。

"绝不能放在别处，汉娜：这把钥匙。记住我的话。"

幸　福

　　我的幸福是我的孩子，我的丈夫。我的婚姻。我的幸福不是我自己，而是……

　　这些话显示出尊严，说得冷静而确切，汉娜准备在 Y.K. 再来 / 如果来电话的时候，就对他说出来。

　　……我们最好不要再见面了。我相信你能理解。

　　一天几十次地，即使是守在凯特雅病床边的时候，她脑子里总有一部分在重复演练着那句话我的幸福是……

　　然而一周过去了。几周过去了。

　　汉娜并非真的盼望 Y.K. 来电话。汉娜也不想让 Y.K. 来电话，她才没兴趣和这个男人客客气气，平静而冷漠地对话。

　　说来奇怪，他们的身体已经"亲密"了 —— 而汉娜对 Y.K. 这个人却知之甚少，对他的记忆也少有不（仅仅）是肉体的、情欲的。她的身体被一把无情的手术刀所深深侵入，一次没有麻醉的手术，术后的失忆症麻木了她的大脑。肉体上的痛楚，侵入以及侵入所带来的耻辱感，还有随后的麻木和失忆。

　　失忆带来的宽恕。慰藉。

　　最好别想这些了。别想了。

　　对汉娜的生活至关重要的，是凯特雅三天后从儿童医院出院了，严重的感染症状被抗生素制服。贾勒特家充斥着一种魔幻的气氛，人人都压低声音说话，就连康纳尔也变得异乎寻常地老实、忧郁。

汉娜很感动，康纳尔在小妹妹跟前的举止都变了。再不像过去那样吵吵闹闹，指手画脚，而是轻声细语，犹犹豫豫，还学会了为别人着想。一个七岁的孩子能理解死亡吗？——汉娜想知道。

我们都经历了一场惊吓。现在我们会更加相互关爱！

现在面临的挑战是，要劝说凯特雅正常进食。她身体虚弱，容易疲倦，没有食欲。住院期间瘦了三磅，对于一个只有三十七磅重的孩子来说，这体重减少幅度还是相当大的。她瘦弱的小脸上，一双眼睛显得特别大。

儿科医生告诉汉娜和韦斯，凯特雅的体重严重不足，可能带来骨质疏松、发育不良甚至神经损伤等诸多问题……这在临床上被称为生长迟缓。

汉娜一直认为生长迟缓是一个悲情字眼，适用于市里贫民窟的孩子。而密歇根州布卢姆菲尔德山的孩子们，与此根本沾不上边。

顺当的时候，凯特雅能按医嘱进食——吃有营养、富含维生素和热量高的食物，好歹都会吃一点。但有些时候，她就不愿吃这些食物了，汉娜和伊斯梅尔达不得不变着法儿地诱导她吃点东西——糖衣谷类食品、果酱、花生酱、比萨饼、土豆泥、意面罐头、彩虹圈、冰沙、巧克力戚风派、巧克力味冰淇淋，等等。

不知是出于对面色苍白、虚弱无力的妹妹的同情，或是暗地里想乘机捞点好处，康纳尔也变得挑食起来。

于是进餐就变成了大事件。需要耐心，还需要一点成年人的狡黠。

至少韦斯不用受这份罪；就算赶上在家里吃饭，他一般吃得很晚，通常是在孩子们上床睡觉后，和汉娜一起吃。汉娜觉得这是好事，因为他们的小天使们要是胡闹起来，韦斯可没那份耐心对付他们。

她想 —— 他们是我的责任。要活下去。

汉娜经常看到康纳尔偷偷地观察凯特雅，眼神里带着一种成人般的冷静，这对一个七岁孩子来说有些不太自然。她有点内疚地对韦斯说："康纳尔好像知道我们差点失去凯特雅。这可怜的孩子现在看妹妹的眼神……"

"我们怎么会'失去'她，汉娜。鼻窦炎不会致命。"

"鼻窦炎很少致命。但如果蔓延到大脑……"

"好啦，不会的！凯特雅及时接受了抗生素治疗。我们这里医疗条件一流，我们又不是野外的原住民。"

汉娜听出了丈夫声音中的恼怒。现在对于汉娜来说，最明智的选择是保持沉默。

韦斯生气地说："如果说康纳尔在凯特雅面前表现得有点怪，那一定是你给这个可怜孩子的脑子里灌输了什么东西。他才七岁，天哪。他不是你。"

一条多么脆弱的船 —— 家庭。拼尽全力也要避免让家庭倾覆在具有毁灭性的汹涌波涛之中，而只有爱才能维系这脆弱的家庭之舟。

而爱除了是情感又能是什么？但情感只是一抹烟雾，一缕空气的飘动，看不见摸不着。

到了四月底，汉娜已不再想他，也不再等他的电话。

然而出于好奇，汉娜还是想知道他是否已经回到了底特律，只是没给她打电话。没让她知道。

汉娜知道，Y.K. 在底特律商务活动频繁。他在底特律有朋友，有商务伙伴。他总是住在万丽大酒店六十一层的同一间套房，正好可以俯瞰底特律河。

那间套房，那张床。想起来汉娜就头晕。

汉娜想知道：他是做什么生意的？

借着核查三月疯狂募捐活动的财务账目的机会，汉娜在远山镇底特律艺术学院之友办公室里查看电脑打印记录。作为活动的联合主席，她有权进入这间办公室。她花了差不多一个小时浏览从电脑里打印出的人名录，一栏又一栏的人名，希望哪个名字能唤起她的记忆——找到那个赠给 Y.K. 免费门票的人。

后悔的是，她当时没问 Y.K. 给他门票的那个朋友是谁。不过她也不敢问，怕冒犯他。

这种男人是不能向他提问题的。不能。

汉娜有一种朦胧的希望：如果看仔细些，说不定就能认出一个名字。她甚至不知道 Y.K. 那张桌子的东道主是预订了整个桌子，还是只是有一张富余的门票，包下整个桌子的相对较少，因为要花五千美元，预订一整桌的大部分都是像通用、福特、克莱斯勒这样的大公司，而且是由秘书具体办理的。最终，汉娜发现了七个包下整张桌子的人，其中五个她认识；如果碰巧在什么地方遇到这些人，她一眼就能认出来，亲热地招呼一声，然后好像是无意间谈起三月疯狂募捐会的事，先是赞扬几句，然后再一点点将对话引入细节：谁坐在哪里，谁在哪张桌子上……直到有一天天赐良机，或者说几乎就是碰巧了，汉娜从伯明翰的律师威尔伯·米尔斯的妻子那里得知，有个"孤独一人的单身汉"在他们那一桌入座 —— 他不是康妮·米尔斯的朋友，也不是她丈夫的朋友，而是一个汉娜可能也认识的朋友马琳·雷迪克的朋友……

马琳·雷迪克。汉娜想起来了，当 Y.K. 突然在她身边冒出来的时候，她正在与马琳交谈。

他的手指轻轻碰了一下她的手腕。一瞬间有一种亲密感，她立刻转身去看……

但 Y.K. 早就是马琳的朋友了，和汉娜只是刚刚认识。看起来是这样。

汉娜问康妮·米尔斯是否记得曾在他们餐桌就座的"孤独一人的单身汉"的名字，康妮·米尔斯说不记得；汉娜又问他名字的缩写是不是"Y.K."，康妮·米尔斯说她不知道。汉娜迟疑了，不知该不该再往下问，她不想引起这个女人的怀疑，但康妮却主动告诉她，她和威尔伯都没见到马琳那个朋友 ——"马琳向我们保证说，门票是不会浪费的，但她的朋友没露面。"

"他没来？"

"至少没来吃晚餐。也许他在鸡尾酒时间来过，但是之后就离开了。所以我们桌子上有个空位。真没礼貌。"

这意味着，汉娜心想，不禁有些激动，那个缺席的男人肯定就是 Y.K.，那个空位就是他的；而汉娜社交圈中认识但并不熟悉的马琳·雷迪克是认识他的。

幸福。凯特雅安全了。汉娜一家安全了。汉娜自己也安全了。

耶稣受难日后整整一个月里，他都没来电话。

情　敌

"马琳！你好。"

这是她的情敌。汉娜明白。

霎时间，汉娜激动起来。她的嘴巴笑得很别扭，必须马上纠正，马上。

在远山镇乡村俱乐部，汉娜与她的"周四午餐"朋友相聚，而马琳也在宽敞、通风的主餐厅里与她的朋友们会面。

汉娜欢快地向马琳挥手。马琳愣在那儿，想回避也来不及了。

在她的猎物逃脱之前，汉娜告诉马琳她有个问题要问，一个她一直希望碰到马琳时能问的问题：筹款大会上，她丈夫韦斯与一位客人进行了一次非常有趣的对话，但他不知道对方的名字，只知道首字母是"Y.K."，或者只是韦斯觉得那是他名字的首字母。

"你知道他叫什么吗，马琳？康妮·米尔斯觉得你可能知道。"

马琳脸上闪过一丝阴影。难以捉摸。

她摇摇头，不。她表示不知道。

"韦斯说，那人和州长是朋友。他们一起上过空军学院。韦斯觉得他是搞房地产开发的。他们当时正在谈论一个有趣的话题，但被人打断了——后来再也没有见到……"

马琳皱着眉，努力回忆着对她的生活显然意义不大的事情。她解释说，是的，威尔伯给了她一张入场券，说不想压在手里，白白浪费了 —— "但我把门票给了一个朋友，而他可能又转赠给了别人，这个'K' —— 也许……"

"这么说你不知道 Y.K. 是谁？从没见过他？"

马琳转移了目光。她在重新考虑。

"我 —— 我可能在鸡尾酒会上见过他，但不知道他是谁。那晚见的人太多了 —— 大家都是如此 —— 名字听不清，音乐太吵了……"

汉娜提供了更多的情况："韦斯说和他年龄相仿，韦斯四十出头。那人高个子，黑发 —— 浓密、硬挺的头发……说话似乎有口音，但韦斯描述不出来。而且他没戴'黑领带'……你不记得啦？"

马琳似乎一直在躲着汉娜的目光。她礼貌地摇摇头，不记得了，抱歉。

她肯定认识他。没错。

汉娜对自己的情敌感到一阵蔑视。她比自己年轻，也更漂亮。

马琳的脸已经变得僵硬、臃肿。淡桃色的化妆面膜，掩盖了毛孔。涂着睫毛膏的眼睛，眼角已生出鱼尾纹。她的手指有点短，又短又粗；手背的皮肤松弛下垂。她的皮革手提包比汉娜的大，可以说更贵一些。远山镇有传闻说，玛琳私下饮酒无度。

远山镇有些人在社交场合喝酒，所谓社交饮酒者，有些人则是私下饮酒无度，所谓私密饮酒者。当然，这两种人互有交叉。

"韦斯遇到的这个人，你不知道他是做什么的吗，马琳？"

"我怎么会知道？我刚才告诉你我不认识他。"

尖刻的反诘。汉娜天真好奇的追问让对方有些恼火。

然后，她的语气又缓和下来："真的，汉娜，我不知道他们中的任何一个人在干什么 —— 我是说，他们真正在干什么。"

"'他们'——？"

"我们的丈夫们。"

汉娜笑了，很吃惊。这说法太出乎意料了。

我们的 —— 没料到会用这个词，就像冷不防被人在肋骨上戳一下，用词不当啊。

韦斯究竟是干什么的，汉娜也只有一个模糊的概念。她从来不知道自己父亲的职业是什么，她敢说，就连她母亲也不知道底细。

她知道，或者自以为知道，韦斯的公司是做什么的，尽管只是模模糊糊了解一点。投资。资金管理。至于韦斯把他们的钱都投到哪些股票 —— 是股票还是债券？—— 她就更不清楚了；她多次听人给她讲过股票和债券有什么区别，但是她还是辨别不清。她曾以为韦斯和哈罗德·鲁施参与了某种业务交易 —— 但韦斯好像否认了。当然，筹集数百万美元巨额贷款用于韦斯参与的金融企业，他们都做过哪些交易，是合伙还是就他们自己，这些她一概不知道。汉娜时不时听说他们认识的人宣布破产 —— 某个企业即将倒闭 —— 但是汉娜不知道具体情况、原因，以及将会带来什么后果。

有那么有数的几次，她也问过财务分配的事情，韦斯真诚地向她做解释，讲得没完没了，还在桌子上摊开文件让她查看，一个细节一个细节地讲，详细到让她窒息，就像把枕头捂在她脸上，直到她目光发直 —— 够了！够了！

马琳还神秘兮兮地向她透露了远山镇上俩人都认识的一个朋友的情况：她同意与结婚二十六年的丈夫办理了无过错离婚手续，结果却发现丈夫一直把大部分收入存入了开曼群岛的一家银行，太晚了，妻子已无法获得……

"可怜的凯瑟琳！德怀特已经'提前退休'，声称他现在的年薪大约是两万 —— 而她只能指望得到其中的一半。她的律师告诉她，别无选择，只能妥协。"

汉娜低声说太可怕了。很遗憾听到……

"当然，还有另一个女人。他公司的'低层管理人员'。"

他们干吗要谈论这些人？—— 汉娜搞不懂。她用怀疑的目光看着这个对手。

当然了。他和她发生过关系。

男人贪婪的手指勒在她喉咙上，她扭动、喘息、颤抖，拼命呼吸 —— 最后一刻方才缓过气来。

她也想过要死吗？—— 被那双手熄灭自己的生命。

两个女人分开后，汉娜感到一阵小小的满足：他已经不再给马琳打电话了，她敢肯定。

"愚蠢的婊子"

一天，在尼曼马库斯百货公司，偶然遇到了克里斯蒂娜·鲁施。

汉娜站在上升的自动扶梯上，鲁施夫人在旁边的下行扶梯上，高贵的老妇人根本没有意识到有位比她年轻的女子正在盯着她看，就像三月份的筹款晚宴上，她大部分时间对汉娜也是不屑一顾一样。

"鲁施夫人？——克里斯蒂娜……"

汉娜直呼其名了，这时，鲁施夫人已优雅地降至汉娜的视野之下，已不屑再听她呼喊。

一个穿着优雅的身影，浅灰色衣服，脖子上围着浅色丝巾，手持质地柔软的名牌手包和一个尼曼马库斯百货公司购物袋。冷漠、凡人不理，不是那种在公共场所被激动地／粗鲁地叫到名字就会回头看的人。

汉娜三步并作两步，赶到下行扶梯上，打算下到一楼去追克里斯蒂娜·鲁施，但到了一楼却找不到她了。

你这么做有点冒险，但冒这个险是值得的。别问为什么。

克里斯蒂娜·鲁施似乎消失了。汉娜四处张望，感到困惑。

（幸运的是，没有人看到汉娜。他没看到她跟在汽车大亨夫人屁股后面紧追不舍的丑态。这位夫人在筹款会上作为汉娜邀请的客人，几乎连理都没理她。）

在商场宽敞豪华的过道上徘徊张望，就像一个固执的孩子在寻找故意躲藏的母亲。汉娜看见克里斯蒂娜出现在女士手套货架的那一头，正朝着一个出口走去。

不顾一切、毫不气馁的汉娜紧随克里斯蒂娜走出商店，来到人行道上。汉娜喊道："你好吗？我觉得那是你，克里斯蒂娜……"克里斯蒂娜回过头看着她，一脸的惊讶。

克里斯蒂娜。被人没大没小地直呼其名，她显然感到不悦。她皱

133

起眉头看着汉娜,并没有(马上)认出她。但作为当地豪门巨富中的一员,很多人都可能认识她,克里斯蒂娜还是勉强笑了笑,尽管有点僵硬。她没说话,汉娜趁机赶忙自我介绍起来,忙忙叨叨地说了半天,无非是提醒克里斯蒂娜·鲁施,她和她丈夫曾经是汉娜主持的艺术博物馆晚宴上的客人……

模模糊糊地,克里斯蒂娜似乎记起了汉娜。是的。

汉娜告诉克里斯蒂娜,她想多了解一下密歇根北部的湖区的情况,克里斯蒂娜家在那儿有一座别墅,而她和丈夫也计划在那儿购买一栋夏季住所……克里斯蒂娜听了,也没说什么。

老妇人冷冷地听着,任汉娜说个没完没了,而且没做出任何让她讲下去的社交暗示(微笑、点头),汉娜感到很不习惯;她惴惴不安地想起了自己的母亲,特别是她的婆婆。汉娜这是被人家拒绝、冷落了吗 —— 又一次地?但汉娜仍然固执地认为对方不是在冷落自己。尽管克里斯蒂娜已经在那里不耐烦地频频摇头,不,她提不出什么建议,对密歇根北部,或其他任何地方的"房地产"情况她都知之甚少。(说"房地产"几个字的时候,语调怪怪的,像是在说俚语方言似的。)她的家人 ——"不是哈罗德家:是我家"—— 拥有北福克斯湖上的房地产已经有一百多年了,几十年来他们没有再购置其他地产,而且北福克斯湖已经"盖满了房子",整个湖滨都是私人所有,再没有剩余的空地,也没有房产"上市"—— 这些房产可能会在家族中代代传承下去。

"哦,我明白了。"汉娜傻笑着,"我想我 —— 应该知道的。"

你为什么这么讨厌我!我已经很努力了,可怜可怜我吧。

克里斯蒂娜一直在四下张望,心不在焉。汉娜看到有辆车穿过停车场向她们驶来。

当然，克里斯蒂娜·鲁施哪会亲自开车来商场。她一定有司机，私人司机。

克里斯蒂娜的态度稍有缓和，是怜悯汉娜，也许是真心感到同情，她说道："北密歇根的房地产项目多得是，我敢说。你可以找个可信的房地产经纪人试试。"

这平平常常的两句话，汉娜倒觉得万分感激，就像街头小乞丐接到了人家扔给的几个铜板。

一时间，克里斯蒂娜好像要推荐一个可信的经纪人，但不，克里斯蒂娜说不出名字。

一辆银灰色的凯迪拉克德维尔驶过来，那速度对这窄窄的购物中心车道来说有点太快了，车子一个急刹车停在了路边，还无礼地按着喇叭，似乎是不相信克里斯蒂娜自己就能看到汽车已经到了。

一个私人司机，这行为也太怪了。如果他的身份就是个私人司机的话。

不用盯着他看，汉娜扫了一眼就知道，那是个三十多岁的（白人）男子，外套肩膀宽得出奇，有点像制服，但显然又不是；遮阳帽压得很低，遮住了额头。驼背，板着脸；脸长长的，被一副墨镜和急需修剪的大胡子遮去大半。

汉娜看到，外套里面是一件黑色圆领 T 恤。遮阳帽是底特律狮子队的。

显然不是私人司机，因为他既没有下车为鲁施夫人开门，也没有接过她手里的包；相反，倒是克里斯蒂娜一边鼓捣着手里的两个提包，一边准备挤进副驾驶座位上，汉娜见了赶紧过去帮忙。

"哦，谢谢……"

司机怒视着汉娜，像对待一个外来的闯入者一样。汉娜帮忙，他非但不感激，反而毫不掩饰地表现出对她的厌恶。

这就是那个（未婚的）儿子，汉娜想。叫什么来着？——伯纳德。

汉娜能理解：这个暴躁无礼的人，不再年轻，也没有一点吸引人的地方，父母每每谈起他大概都会感到头疼。

克里斯蒂娜有些尴尬，她的脸因为懊丧而发红。她无意将汉娜介绍给身旁这个怒目而视的男人。

"嗯——谢谢！请代我问候你丈夫……"

汉娜满脸堆笑："请代我问候您丈夫。"

克里斯蒂娜已经把汉娜的名字忘了，很可能忘了。但是汉娜一点不感到被怠慢。

汉娜站在车道上，看着凯迪拉克那优雅的车身离开路边，向前冲去。司机似乎是成心无视他的乘客，就像一个未成年的儿子讨厌他的父母一样。他猛踩油门，以致开到第一个路口时又不得不猛踩刹车。

汉娜看着，想着。做母亲的可怎么和这样一个充满敌意的大小伙子生活！在克里斯蒂娜·鲁施冷漠、不苟言笑的表象下面，肯定是一颗受伤的心。

伯纳德看起来比三十二岁要老得多，但却散发着一股颓败青少年和青春期的傲慢气息：一个没有切实收入的成年子女，被母亲雇做私人司机。不伦不类，令人失望。

而鲁施家族是百万富豪，甚至数倍于此。

Babysitter

出了什么问题？—— 汉娜想知道。

"今天在尼曼马库斯百货公司，我遇到了克里斯蒂娜·鲁施，"汉娜在晚餐时告诉韦斯，"我们一起逛了一会儿，还进行了一次非常有趣的对话。"

韦斯似乎只是稍微感点兴趣。他很晚才回家，非常饿，已经在喝第二杯葡萄酒了。

"她是个可爱的女人，"汉娜说道，"她让我代她问候你。"

"是吗！"韦斯微微一笑。

汉娜感到不解：有什么问题吗？她本来以为韦斯非常渴望与哈罗德·鲁施家建立社交联系。邀请鲁施一家作为他们的客人参加筹款活动也是韦斯的建议，尽管汉娜对鲁施一家几乎不了解。

两家的男人之间肯定出了什么问题。或者，也可能没发生过什么让韦斯失望的事。

汉娜还在无休止地给韦斯讲她偶遇克里斯蒂娜·鲁施的事。多么奇怪的结局："有个司机来接克里斯蒂娜，一开始我以为是个私人司机，但后来，我发现，可能是鲁施家的儿子伯纳德。"虽然韦斯对她说的并不感兴趣，眼睛也没看着汉娜，而是盯着自己盘子里的食物，汉娜还是接着说，克里斯蒂娜本想把儿子向她介绍一下，但场面非常尴尬 ——"他一点也不懂社交礼仪。我怀疑他是不是'自闭'？不是'自大'，而是'自闭'。尽管人们说他是搞摄影的。他只是盯着我，一句话都没说。真奇怪，让人不舒服 —— 他和克里斯蒂娜之间也是爱搭不理，好像他们一直在吵架，现在不想再吵了。"

但韦斯对这个话题仍然不怎么感兴趣。他的表情冷淡而生硬。即使提到鲁施家那个叛逆的儿子,也没能引起他的兴趣。

"我想他们可能希望他们的儿子去通用汽车公司工作。或者干点别的什么。人们都说克里斯蒂娜冷漠,不好接近,但我并没有这种感觉,她非常友好。但是她非常注重隐私。比较内向。在汽车来接她之前,她还说希望我们四个很快能在一起聚一聚。你知道我盼着什么吗?——但愿他们能邀请我们今年夏天去他们在密歇根北部的北福克斯湖别墅做客。"

"是吗!"——韦斯耸耸肩,似听非听。

是的,是出了什么问题。可以推测,无论韦斯曾希望与通用汽车首席执行官哈罗德·鲁施建立何种联系,现在大概都一事无成。

生活中有很多事情最终都会一事无成,而且通常不会被承认。

你巴结哈罗德,我讨好克里斯蒂娜。至少也要对我所说的话表现出一点兴趣吧。

他们的婚姻生活中时常会出现这样令人失望的情况:汉娜想给丈夫讲点新鲜事引起他的关注,讲讲和他不在一起的时候的有趣见闻,以及她与布卢姆菲尔德山富豪们偶然的交往,但根本引不起韦斯的兴趣。

"他很怪,不懂礼貌。他留的那种小胡子,你看了都想撕下来,像是假的——染了色的……"

"谁?"——韦斯从盘子上抬起头,有些烦恼。

"他们的儿子。伯纳德·鲁施。"

"喂,我们为什么要谈论他呢,汉娜?你为什么认为我会对一个我从未见过,而且也永远不会见到的那个什么儿子有丝毫的兴趣?"

汉娜糊涂了。她问韦斯,既然对鲁施夫妇如此不感兴趣,那为什么还要坚持给他们两张价值六百美元的艺术博物馆晚宴门票。韦斯冷冷地回答说,他没要求汉娜那么做,邀请鲁施夫妇完全是汉娜自作主张。

"我的主意?"汉娜惊呆了,没料到他会这么说,"我 —— 我甚至都不认识他们啊……"

"那好 —— 我也不认识他们。"

汉娜凝视着丈夫,看他是不是在开玩笑。然而不是。

※ ※ ※

后来才意识到:其实在那天之前,她就已经见过伯纳德·鲁施了。

那张阴郁、乖戾的脸,有色镜片后面的圆睁的眼睛,飞行员墨镜,向下耷拉着的小胡子……脏兮兮的棒球帽低低压在前额上。

皮肤灰黄,脸色像砂纸。下巴松垮。而且对她像有深仇大恨似的……

那不是在远山镇,而是在底特律,她看到过他,就是这个人,在Y.K.的酒店套房外的走廊上:一个没有明显年龄特征,三十几岁的陌生人;他在离汉娜有一段距离的地方走出电梯,转向汉娜的方向,走得很快,好像有明确的目的地,要去某个房间;但随后,他看到了汉娜,看到了汉娜面对的房间号码。当时汉娜没怎么注意到他,往后一退,跟他撞了一下。而他仍然不管不顾地擦身而过,走向了走廊的另一头。

对不起,夫人! —— 他低声对她说。

又低声咕哝了一句 —— 愚蠢的婊子。

现在记起来了。怎么忘得这么快。是特意要忘掉他的。

直到那天下午,才又记起来。突然间,在戛然停在路边的凯迪拉

139

克里出现了。肯定是鲁施家的成年儿子。

儿子和母亲之间为何竟有如此敌意！——汉娜想。

不：是儿子的敌意，针对母亲的……

那愤怒的凝视，那隐藏在有色镜片后面碎冰锥般的目光。蔑视、反感。当汉娜小心地帮克里斯蒂娜将包放在后座上的时候，他在凯迪拉克后视镜中盯着汉娜看，就像他曾在酒店走廊上盯视汉娜的目光一样。

汉娜乐于这么做，扶克里斯蒂娜上车，帮她拿包。就像是朋友，密友。就像，在这个充满敌意的儿子看来，她们在尼曼马库斯商场一起逛了一圈似的。

不理会那男人目光中的敌意。要是换一个场合，这足以使她警觉起来，以防受到身体上的伤害。

一个憎恨女性的男人。

一个能将女人开肠破肚的男人。

如果一只老鼠会变成一个男人……

是什么原因让他如此恶狠狠地盯着汉娜，不过是一个陌生人罢了：厌恶女人。

让汉娜担心的是，他是否认出了她，而且还跟他母亲在一起。

即使不知道汉娜的名字，但也可能还记得几周前在万丽大酒店见到她的情况：一个女人站在 Y.K. 套间外面，正要敲门。

不过，Y.K. 与他有何相干？——在汉娜看来，这个粗鲁无礼的浪荡子认识 Y.K. 的可能性很小。

当然，鲁施是富豪之子。而 Y.K. 是个"生意人"——或差不多就是这类人吧。

Babysitter

这一夜，汉娜一直醒着，思考着。

就像有一群红蚁缠身，她备受折磨：Y.K.和伯纳德·鲁施之间不会有什么联系吧？——因为（可能）（肯定）在看到汉娜准备敲门之前，鲁施就是朝着Y.K.的套房去的；只是看见汉娜在那儿，便佯装走过去，快步向前，出了走廊尽头的门。

他是不是从楼梯下到第六十层，然后乘电梯再下到一楼大厅……他注意到她了，但她没注意到他。

事后她就把他全忘了。就像遇到男人冲你说脏话，而你又不认识他的时候，你就会选择把他忘掉。

门把手上挂着个牌子 —— **请勿打扰**。

但汉娜还是鼓起勇气，敲了敲门。而门就开了。

预 演

她一直在心里进行预演，为的是到时候能说出那个冷淡而简明的字不。

冷淡、简明的不。恐怕我做不到。

挂断他的电话。当他还在说话的时候。

直截了当地 —— 把听筒挂掉。

对不起。不行。

别再打扰了。

她自问:为什么?

厨房的电话响了,汉娜颤抖着拿起听筒,不是好兆头,默默站在那儿,沉默地把听筒压在耳朵上,耳朵里血液奔涌,几乎听不见他讲了些什么。

但那是他的声音,她听出来了。

在给她发指令:地点、日期、时间。

没有解释,没有歉意,就像那天说话的声音一样,他精神很好,声音比汉娜记忆中的要深沉,他很开心,他在笑话她,被她逗得很高兴,那弱弱的颤抖的女孩的声音——

不。不行。

而他说宝贝行的你能行。

摸摸索索地挂上淡黄色的塑料听筒,听筒从挂钩上滑落下来,靠一根橡皮线悬吊在空中,扭动着,像个什么生物。

永远不要回头去看那笑容消失的地方

她把车停在北电报大道远山万豪酒店外,时间是1977年5月9日上午11：50。

　　她将钥匙交给泊车员，对方递给她一张泊车凭证，她几乎没怎么注意这位穿着制服的服务人员，他高大、宽肩、皮肤深色，微笑着说早上好，夫人！汉娜虽然就只当他是个机器人，也没怎么去注意，但还是有礼貌地，绝对有礼貌地，同样粲然一笑——是的！早上好，你也一样。

　　她将泊车凭证塞进普拉达手提包里，当然，它会"迷失"在包里的杂物中。

　　那个穿制服的泊车员午餐前将汉娜的车停放好，午餐后将车还给汉娜的也正好是他。

　　纯属偶然，这个人正是齐基尔·琼斯——新闻报道中称其为"齐基尔·琼斯，三十一岁"。

　　那天，汉娜应邀参加远山历史学会在万豪酒店举行的午餐会。而这也完全是巧合。

　　远山历史学会比底特律艺术学院之友规模要小，声望也低一些，但被邀请担任学会年度筹款活动的联合主席是一种荣誉。几个月前，汉娜就自告奋勇地要去做志愿者；现在却不那么热衷了，彬彬有礼但心神不宁，一想到他，确实有些心慌意乱。

　　她讨厌他，她害怕他。

　　害怕会毁掉自己的婚姻，为什么呢？——为了他。

　　不妨承认，她讨厌其他男人。但对他着迷。

　　午餐时只喝了一杯普罗塞克起泡酒，没喝完。

　　普罗塞克起泡酒中酒精含量很少，几乎不能叫酒。

男人们（比如韦斯）瞧不起这种气泡酒。天哪！我可不喝这玩意儿。

她自言自语说不行。会议是在一个单间里进行，汉娜拿起一盘蟹肉沙拉，喝了一小口气泡酒，可能她还点了第二杯，但即使点了，也喝不完。

天哪，不行。我的上帝！

参会的有九位女士，包括汉娜在内，都很健谈，是真把自己当成那么回事的样子，汉娜觉得像有只虎钳紧紧地夹住自己的头，女士们在热烈讨论九月份筹款晚宴的菜单——牛肉、海鲜、鱼……

汉娜在倾听。汉娜在参与。是的，是的——所有建议都很好。

三文鱼、大比目鱼、鲈鱼——都很好。

必须要考虑到的一个情况就是：有人的丈夫讨厌鱼，还有的只吃牛排，最好的办法就是两个都选，再加上（必不可少的）蔬菜拼盘……

她想大叫，太，太无聊了。

生活中没有他，她感到非常无聊。

一点钟，而现在是一点十五分：汉娜竟然还没有做出决定，她自己都觉得惊讶。焦虑、紧张，激动得手心冒冷汗，手颤抖着。她这个女人出了万豪酒店是要左转（去梅普尔路上的州际公路入口）呢，还是右转上电报大街（返回远山镇），像个贤惠妻子那样，为丈夫的西装找干洗店，为丈夫的（换了鞋底的）鞋子找镇里的鞋匠。

药房、杂货店都得停一停。整天跑腿，跑得快乐，跑腿对一个好老婆来说，就是家常便饭。

当然，汉娜会右转。向左转，她连一闪念都没有。

然而：她为参加这次只有女性参加的午餐会精心打扮，楚楚动人。

她衣着优雅，一切都经过精心选择，耳环、首饰，还恰到好处地涂上一点那瓶经典不变的香奈儿5号……

他告诉她的时间是下午三点。

这个时间，他承诺说，他能自由安排。

用这么个奇怪的词：自由。就像几分钟前，他还被捆绑着。

三点钟可是比第一次约会晚了几个小时呢，但房间，那个套间仍然是：**6183**。

他已经把房间号事先告诉她了。这就省了上次要到酒店前台拿留言便条的尴尬。

潦潦草草写了几个字，都懒得放进信封里封好……

他既然每次来底特律都是包同一个套间，那干吗还要在前台给她留条呢；为什么打电话的时候不直接告诉汉娜他的房间号呢……当然，想这些都是徒劳的。

他住不同的房间。为了不同的目的。

没有必要思考为什么。怎么做才是更迫在眉睫的。

思考：她是应该去呢，还是不去呢。这就像扣动只有一颗子弹的左轮手枪——"俄罗斯轮盘赌"。

他实际上不会知道汉娜是否会来，让那个自鸣得意的傻瓜吃惊去吧。

请勿打扰。在门上挂个牌子，他（也许）是无意的。

他是有意的。肯定。

"你想点些什么呢，汉娜？"

汉娜一愣。不知人家问的是什么。

"焦糖布丁、煮梨、芝士蛋糕、樱桃禧年……"

汉娜结结巴巴的回答，似乎让那几个女人安静了不少。面颊充血，心怦怦乱跳，她明白自己可能在不知不觉中已经做出了一个决定。

"好啦，我们今天确实做了很多事情！"

"我们是做了不少。"

午餐结束后，汉娜没有像往常那样留下来和大家热热闹闹聊一聊。她一直希望，其中某位女士会邀请她与她和她们的丈夫晚上聚一聚，在布卢姆菲尔德乡村俱乐部，或干脆就去这位女士家里；如果她还不是朋友的话，那就交换一下电话号码，为汉娜的地址簿增加一个新名字，何乐而不为。

但今天不行。今天，汉娜说了句失陪就匆忙去了另一层的卫生间，那里（她猜想，并且猜对了），她不会遇到历史学会的任何成员。然后她离开酒店来到车库，涨红着脸心急火燎地在她超大的手包中翻找那张刚才漫不经心地塞进去的泊车凭证，把泊车凭证往大提包里一塞，然后就再也找不见，汉娜这可不是第一次。不过没关系，彬彬有礼的泊车员记得汉娜，她是那位驾驶新型别克里维埃拉的年纪稍长的漂亮白人女士，他帮她把车停在了B层。大约有一半的（女性）午餐顾客会把泊车凭证弄丢在她们超大的手提包里，没必要为这个生气着急，齐基尔·琼斯也不太可能流露出除了和蔼可亲之外的其他情感，他一生都在这方圆二十英里的区域内生活，这里房屋密集，大部分都属于传说中的底特律"内城"。二十世纪五十年代后期修建I-75高速公路，以及1967年7月爆发的"骚乱"都使内城遭到了严重破坏。泊车员把车开回来还给汉娜，就像刚才为她泊车的时候一样，脸上满是男孩般天真的笑容，像（肤色更深些的）哈里·贝拉方特[1]一样帅气。汉娜感到尴尬，低声说了句对不起，虽是真心抱歉，（但）对泊车员这么快就表示了原谅也并不感到意外，她递给齐基尔·琼斯十美元小费，虽然停车费才只有三美元二十美分 —— 谢谢您，夫人！

在汉娜准备开车离去的时候，齐基尔·琼斯喊道祝您度过愉快的一天，夫人。

[1] 1927年出生于美国纽约，美国唱片艺术家、歌手、演员。

捕手，猎物

在酒店大厦的第六十一层，他在等她。

高大的垂直平板玻璃窗，窗帘被狠狠拉起，直冲蓝天。

明亮晃眼的光线，他喜欢。作为一名战斗机飞行员，他早就喜欢。阳光普照，一切暴露无遗，这样的光线下猎物无处藏身。

空阔的蓝天，淡淡的云朵。数百英里内没有任何妨碍捕猎者视线的东西。

巡航，乘着宽阔的翅膀翱翔，从远处看似乎慵懒散漫，但你错了：捕食者无时不在搜寻猎物。

下方，胆怯的猎物。视力弱，脑子又笨。心跳加快，鼻孔急急嗅探，仿佛死亡会从地下钻出来，而不是从天上俯冲下来。

一双宽阔的翅膀，带着一片阴影从头上掠过。疯狂地奔跑躲藏，

147

但已经太迟。

扇动的翅膀，锋利的尖爪，钩扯撕咬，令人生畏的利刃般的喙。

你能做些什么？你根本不知道。

那是汉娜吗？一个由像素组成的形象。

陶醉地看着自己。酒店大堂的监视屏，事实上是镶嵌在墙壁里大约十二英尺高的一系列小显示器，图像模糊，呈颗粒状，每个屏幕上都有一个模糊的、幽灵般的女性身影，在万丽大酒店的大堂中穿行。

我是否会来，让他猜去吧。

她已经表示了某种程度的拒绝：到酒店的时间已经晚了。十五分钟，现在有二十分钟了。马上就到半个小时，这就是一种轻蔑的表示。

从远山万豪酒店的车道出来向左转是一次关键抉择。之后发生的一切就都是后果了。

汉娜从万丽大酒店的一个穿着制服的（面带微笑、彬彬有礼）年轻泊车员手里接过当天的第二张泊车凭据，小心地放进手提包带拉链的小兜里，她可不想在同一天再犯同样的愚蠢错误。

她故意绕开酒店大堂前台。就怕又碰上那个胖胖的、满脸堆笑的制服男，眯缝着眼认出她——夫人？*M.N.*？——今天没有您的留言。

中庭大堂非常拥挤。这家酒店正举办着几个会议，其中之一是中西部放射科医生协会会议：多数是女性，年轻漂亮的女性，胸前别着塑料胸卡。

她可能是其中之一，与其他与会人士在万丽大酒店大堂里喝咖啡的放射学家代表之一。

Babysitter

一种有用的生活。为他人服务的生活。医学科学，知识。也许她从未结婚过……只有软弱的人会坠入爱河，她们看不出有什么理由要换一种生活方式。

但她的父母可能并不同意。也没为她付学费。服务类职业，要亲自动手。不行。

其中一位放射科医生，名叫琳达，微笑着看着汉娜，好像认识她——"嗨！"——但下一刻，她意识到自己搞错了，她并不认识汉娜。

汉娜穿着漂亮的衣服，脚踩圣罗兰高跟鞋。并非放射学家。

只是一位富豪的妻子，来这家豪华酒店见见朋友。一个朋友。

墙上的那排电视监视器上，那个孤立的女性身影再次出现，依然幽灵般，图像不清。面容模糊。

一排电梯前，等候的人群除她以外都戴着胸卡，相互交谈着。但当电梯到达时，乘客拥出来，汉娜却退后了一步，没有加入那些边聊边步入电梯的女士，她要等下一班……她现在开始焦躁不安起来，她想一个人待一会儿。

这时，最远端的一部电梯来了，玻璃门已经滑开，她别无选择。

按下亮灯的号码——61。

很欣赏自己精心修剪过的指甲，指甲刚刚抛过光，呈珍珠藏红花色调，是一种新的美甲颜色。是的，她还染了头发，"变亮了"。她在镜子里看到自己鬓角上添了几缕灰发，银灰色的，挺失望，不过现在已经不见了。

汉娜对自己近乎病态的负罪感，也感到厌烦了，她觉得关心一下

（就这么一次！）自己无须感到自责。事实是，凯特雅并没有死于脑膜炎，住院的时候也没有病危的情况出现。在这一点上，韦斯的判断是正确的。

汉娜的戒指闪烁着细碎的微光。

对自己的一双手，汉娜从未关注过，但最近几个月变得特别在意起来，担心手背光滑的皮肤上青筋会（很快）显露出来。还有眼角上，也会出现白色鱼尾纹，像马琳·雷迪克眼角的细小皱纹那样。

那双受了伤害的眼睛，回避汉娜的目光。

当然！他也是她的情人。

在酒店中庭里无声无息地上升，就像升入蓝天。

想到女人受伤的眼睛：汉娜的母亲是第一个。

还是个孩子的汉娜跑向她，她却砰地关了门——不。走开。现在不行，现在不需要你。

酒店中庭的电梯就像奔向蓝天那样升上去，这事，她的母亲从未做过，也从不敢做。

可是，怎么会这样呢？——因为在远山万豪酒店的车道出口，她将别克汽车的方向盘向左打。自愿地，她向左转了。而在那一刻之前，汉娜自己也不清楚，她的手会将方向盘向哪个方向转动。

然而，说不清的是，是她的手转动了方向盘，还是方向盘转动了她的手。

汉娜手掌微微出汗了。

接着，就像在梦境中：沿州际公路向南，驶入蔓延无序的底特律市区的褐色雾霭中。

往南，地势朝着底特律河低下去。被重力作用吸引着，这就是命运。

那些凉丝丝地放在她眼睛上的平滑的石子，都意味着什么？——欲求、末日。

酒店大堂迅速沉下去，她感到微微有些眩晕。你一生中，就怕在公众场合头晕，失去意识——跌倒。

玻璃电梯厢中，金发女人脸色苍白，像没有了血液。电梯在上升，一层层开放的楼面、一排排栏杆、一片片混凝土墙壁，嗖嗖地降下去，她看得目瞪口呆，有些失神。瞥见那些等待下行电梯的人们的脸庞，一闪而过，瞬乎间就消失不见了。

一片地下墓穴。头颅上扁平而毫无表情的面孔，空洞的眼睛。

但她不是死者之中的一员，对吧？汉娜确信，她不是。

在大厦的六十一楼，透亮的玻璃箱子停下来，嘶嘶一响，微微一震，玻璃门滑开。别无选择，只能走出去。

他可能以为我不会来了……

现在，汉娜的感觉中，少了些不屑，多了些后悔。

……他可能已不辞而别。惩罚我。

（不知他是否正在电梯附近等候——但不，没看到人。）

（当然了。周围没人。）

即使在别克的方向盘左转之后——（汉娜开始清楚地回想起来，方向盘好像是自己转动的，她所做的一切只是没有抗拒）——事情也还不是无可挽回的。

因为I-75有很多出口，汉娜本可以在任何一个驶出，然后沿北向高速返回（家中）。即使在白色别克驶离高速公路前往文艺复兴中心

151

的时候，汉娜也并没有无可挽回地决定要将车开到酒店，将车钥匙交给泊车员；汉娜也没有无可挽回地决定要穿过旋转门，穿过酒店大堂，在会议间隙喝咖啡的放射科医生们中间徘徊片刻，最后再乘透亮的玻璃电梯到达他正在等候的六十一楼。

事实是：在每个节点上，汉娜都有自由做出相反的选择，使自己离开，而不是趋近他；使自己远离，而不是趋向与他会面所导致的人生灾难。汉娜感到惊异的是，她往往以为生活中她总是处处被动，现在却看到，她把握着那么多选择的自由：实际上，她是那么警觉，那么兴奋，那么激动，那么亢奋和清醒，那么充满了期待，而绝不是什么"被命运驱使"。

想想看，她完全可以无视底特律市中心出口，而选择穿过河底隧道，前往安大略温莎。还可以，她完全可以选择，继续驱车前往加拿大安大略省北部的荒野，那里她一个人都不认识，也没有人认识她。

该选而不选，这些机会都去了哪儿？

因为可以确定的是，机会不是自己消失的，而是有人放过了它们。

趁着还没改变主意，她一站到标有 **6183** 号码的门前，就迅速按响了门铃。

一下，两下。没有回应。

她将头贴到门上，仔细听。能听到 Y.K. 在讲话吗？—— 在打电话？ 她以为可以听到些 —— 什么……

喘不过气来。太紧张了，像有只虎钳夹住了胸口，她虚弱的肺行将崩溃……

Babysitter

152

站在悬崖边上。万丈深渊。思考 —— 但我可以离开，一切都还没开始呢。

突然，门被向内拉开了。Y.K. 站在门口，比汉娜记忆中更高，身体也更结实。在她的记忆中，他的面容模糊而柔和，但在现实中他还是和以前一样 —— 棱角分明的脸，眼眶上方隆起的眉骨，厚重的眼皮下闪动着爬行动物般的笑意。他粗暴地抓住她，一种戏谑的粗暴，嘲弄性的粗暴，一把把女人拉进房间，门立刻关上，锁好安全链。

汉娜穿着细高跟鞋摇摇晃晃，像只笨拙的长腿鸟，勉强挤出些笑容，眼里充满恐惧。

你以为我不会来吗？—— 汉娜说出排练已久的明快而挑逗的问候语，她不会允许自己说出恳求道歉的话 —— 对不起，堵车了……

Y.K. 并没听到，也没在听，就像你不会费心去倾听一个受惊的孩子没完没了的唠叨一样，他拉着汉娜穿过白色墙壁的客厅，进入相邻的卧室，再来到那张硕大的（没有整理过的）床边。汉娜竭力跟上他的步伐，以免失去平衡摔倒。要是摔倒了那该有多尴尬，Y.K. 只会把她拽起来，拖到床上，那可就太丢人，太好笑了。这样的失去尊严，这样的耻辱，搞笑老爸见了准会频频摇头，因为弱者的绝望挣扎就是奇耻大辱。汉娜这是第二次从走廊迈入 **6183** 号房间，但仍然感到十分惊异，仿佛在这挂着傲慢无礼的"**请勿打扰**"牌子的房门后面，还有另一场情节不同的戏在等着她。

滑动的阴影掠过后，猎物早已消失：纤弱的骨头被碾得粉碎，大

153

脑被压成糨糊，瞬间的关于影子的记忆随即烟消云散。

他对她高高在上地凝视着。一片被征服的领地，征服者对它感到既轻蔑又温柔，因为这已是他的领地，任他踩躏，不会反抗。

她伸手想摸到他，但却做不到。她手指无力，手腕受伤。他深深进入她的身体，她被钉在他身上，像是挂在了刺穿她下半身的一只钩子上。一股可怕的烈焰像波浪一样向上喷涌。他的手在她柔软的躯干上，在她丰满的乳房上活动着，像盲人的一双手，在冷静而好奇地通过触摸来感知女人的身体，揉捏，挤压，毫不吝啬地施加力量。又像雕塑家的手在她身上游走，塑造她，紧握她的胸部，仿佛要测试她肌肉的弹性，体味她的手感。她的乳房像哺乳期的女人一样因敏感而刺痛，奶头像给孩子喂奶时一样疼，饥饿的小嘴巴吮吸着，撕扯着，毫无怜惜地满足着食欲。

汉娜开始扭动，烈火在身体中难以忍受地升腾。黑暗在她头骨后面展开，像黑色的血液。她不知道该怎样称呼这个男人，她已经忘记了他的名字，当她绝望地向他呼喊时，他用手掌使劲捂住她的嘴——不。

近旁就是十二英尺高的窗户，没有约束的窗帘直拉到天花板上。白晃晃的天，光线从各种平面上均匀地反射回来，几乎没有阴影。

在这样的光线下，猎物暴露无遗，在地面上左冲右突寻找沟壑，哪怕是一片可以藏身的阴影也可以。但是哪里有阴影。

六十层楼以下，河水被风吹起波浪，说不清河水在向哪个方向流动。

＊　＊　＊

　　我有个情人。这个男人就是我的情人。

　　汉娜半睡半醒，听到她的情人在房间里走动的声响。她刚才沉沉地昏睡过去，像吸了乙醚似的，她不敢睁开眼睛。

　　她害怕他看到她醒来，会示意要她离开。

　　她躺在那儿，恍恍惚惚，气都不敢喘。一动不敢动，像悬浮在一个梦中。她的背受伤了吗？她的脊柱骨折了吗，断了吗？好像她的情人将她从高处扔了下来，就像一只猛禽从喙中扔出软体动物，为的是把外壳在岩石上摔裂，以便吸出并吞食那无骨的白肉。

　　然而，汉娜同时又感受到一股喜悦的涌动。狂喜，泪水从她眼中涌出。

　　我有一个情人……

　　她笑了，扬扬得意。她充满了自豪感，感到惊讶。

　　十六英里之外摇篮岩大街的家中，那里的人们把她当作妻子、母亲看待。

　　贤妻，良母。

　　搞笑老爸完全惊呆，这一次沉默不语了。

　　这还是搞笑老爸的女儿吗？不再是了。

　　电话铃声响起，离汉娜的头惊人地近。他嘴里小声骂着，走进隔壁房间接电话。

　　汉娜不会去拿床头柜上的话筒。不会。

155

汉娜似乎知道，如果她拿起话筒，想偷听一个她不该听的对话，Y.K. 会骂骂咧咧地冲进卧室，把她手上的话筒打掉，再顺手用手背狠狠抽向她惊愕的脸……所以，汉娜没有拿起话筒。

但是汉娜努力从昏睡中醒过来，从被弄得皱皱巴巴的床上起身下地。光着身子，光着脚，脊柱好像断了一样疼，她走到紧闭的门前，把头贴上去仔细听。

Y.K. 的声音很低，几乎听不见。但汉娜听得出他很生气。

……我他妈跟你说了，现在不方便。

我说了 —— 现在不行。别再打电话。

我会给你打。

汉娜听到 Y.K. 挂断电话的声音，赶紧从门口退回来。

这个男人的生活让她着迷，他的一切对她都是未知的。

隔壁房间又传来打电话的声音。这次是 Y.K. 自己打的。

是在给另一个女人打电话吗？—— 汉娜好奇，感到受了打击。

如此小心眼！性嫉妒，亏她已是这个年纪……

肯定是在策划什么事，这个男人当然是在做计划。你要么是男人计划的一部分，要么就不是。

汉娜想着，颇感失落：她现在没用了，该离开了。

还是知趣地离开为好，让他吃惊去吧：比他预料的走得还早。如果他从迷你酒吧拿给她一杯饮料，她会婉言拒绝。我也想留下，但他们在家等我，孩子们该放学回家了。

也许 Y.K. 想到汉娜在远山的家庭生活，会有那么一点点嫉妒……

在门后带有镶板镜子的衣柜里，汉娜发现有一件白色毛巾浴袍，她穿正合身。一件更大的浴袍,肥肥大大很有气派,适合男人的体型,挂在旁边的衣架上。

汉娜费劲地穿上小号浴袍。毛巾织物出奇地重,像铅块一样压在她肩头。但是汉娜觉得轻松多了,不再赤身裸体,像个没有贝壳的软体动物。

她不去看镜子里的脸。妆容已褪,睫毛膏弄得模模糊糊。红红的嘴唇也蹭花了。她要躲进浴室,带上普拉达手提包,那里面装着少量必要的补妆用品。黏糊糊、有异味,备受伤害的身体,要清洗干净,脸上、头发上的化妆要修补……但她磨磨蹭蹭,像是在等候什么指示。

隔壁房间,Y.K. 正在打电话。汉娜感到一阵嫉妒,不管给谁打电话,肯定是 Y.K. 有话要说,他声音低沉而急迫。汉娜听得见,但却听不懂。

汉娜觉得,他从未像这样对她说话。

他从未像这样认真对待过她。

Y.K. 打电话时,汉娜斗胆检查了挂在衣柜里的他的衣物 —— 几件衬衫、两条裤子、两件相配的外套,都是高档的。在(丝绸衬里的)外套口袋中,什么都没发现。

床脚的架子上放着 Y.K. 的行李箱。

汉娜也大着胆子打开查看,但里面没有发现任何特别的东西 —— 整齐地叠放着汗衫、短裤、(黑色、丝绸质地的)袜子;行李箱中大部分东西都已经打开。

在容易被忽视的一个拉链隔层里,汉娜发现了一些财务报表、法律文件、电脑打印出来的长长的一栏一栏的数字文件,一本小地址簿,一本美国护照。

汉娜翻阅护照，满满的都是签证 —— 埃及、以色列、中国、印度、泰国。

她的情人去过很多地方，这并不让她感到惊讶。

护照持有人是亚克尔·本杰明·凯恩斯，1935年出生于纽约市 —— 这倒是让她感到有些惊讶。

她的情人是美国公民，汉娜想。不知怎么的，她没有料想到这一点。

照片中的男人是她的情人吗？汉娜不确定。

亚克尔·本杰明·凯恩斯。对汉娜来说，这是个异国情调的名字，犹太人？—— 德国人？

可能，这是Y.K.年轻时的照片。脸要瘦一些，眉骨也不像现在这么突出，眼睛也没有那么厚重的眼皮，而是清澈、坦诚、友善的。

这张脸上，写着坦率。汉娜从未在她的情人脸上见过这样的表情。

亚克尔·本杰明·凯恩斯的护照照片，汉娜越看就越不能确定这就是眼前的Y.K.。虽然浓密的头发非常像Y.K.，下巴的线条也相似，但眼睛和嘴巴有些不对劲……

汉娜打了个寒战。这里有些不对劲，她脖子后面的汗毛都竖了起来。

汉娜急忙把护照放回箱内，但是她匆忙中记不清原来是放在哪个隔层里的，靠外面还是靠里面；她也记不清隔层是拉上拉链的，还是只拉到了一半。

隔壁房间里，Y.K.一直在打电话。汉娜放好手提箱，感到一阵轻松。

渴望这种轻松的感觉。

没时间在酒店豪华的白瓷砖浴室里洗澡了，回家后再洗，在安全私密的家中,站在淋浴头下,水热热的,能洗多久就洗多久。

给苍白的脸重新化化妆,喷上一点粉底液,如果用昂贵的保湿霜,还要慢慢按摩才能深入皮肤里,那也得回家后再做了。

她在普拉达提包里翻找口红,太需要给她的脸增加点生气了。

再看她的头发!——湿乎乎,乱糟糟的,像一顶不合适的假发。

还敢对着镜子笑呢,欲笑又止,尴尬而不无忧虑。

仍然是汉娜,仍然是你(我)。

小时候,她曾经有过这样的纠结:有没有这样的时候,你往镜子里看,而镜子里却没人看你。

现在,她也在纠结,一种最常见的犹豫不决:是去隔壁找Y.K.告辞呢,还是在卧室换上自己的衣服?

不想打断他的电话。不想让他觉得自己是在偷听。

而汉娜是否有胆量问问他什么时候还想见她吗?什么时候会给她打电话?

情人之间的相处之道,汉娜不懂,她毕竟花了好多年才适应了夫妻相处的礼数。个体之间的身体密接是否能保证更为广义的亲密关系,或者这两者间没有(必然的)联系?——如果她预设错了,她会后悔吗?

和Y.K.在一起时汉娜总是紧张不安。心里从未感到安稳过。

性兴奋:其本质就是焦虑不安。

汉娜回到卧室时,吃了一惊,Y.K.正在那里等她,电话已经结束了。他一副好奇的样子,表情挺愉快。

他在微笑,以他特有的方式。带着亲切?温柔?他是在笑吗?

往梳妆台上懒懒地一靠,赤身裸体,而且毫不在意,他双臂交叉在胸前，面带讥讽，一动不动，似乎在等汉娜扑过来，已经等了好久。

"嗨，美丽的汉—娜！"——Y.K. 似乎很开心。

汉娜在想，如果 Y.K.，或者说亚克尔·凯恩斯出生于 1935 年，那么他现在四十二岁。（汉娜出生于 1938 年。）假设 Y.K. 就是护照照片中的那个人。

一匹食肉的公狼，自得其乐，对自己的存在感到扬扬得意，与汉娜亲密接触过的男人都不同，包括搞笑老爸。因为大多数汉娜认识的男人都不怎么靠谱，而 Y.K. 不是。

他是个有吸引力的男人，自信女人会爱他。他的身体不再是年轻人的身体，腰开始变粗，肩膀、上臂和大腿的肌肉开始变软，但这个人依然健康、结实，可能也相当强壮。如果需要快速反应的话，可能也相当灵敏。

他的肩膀、胳膊、腿部和下体上都有一层卷曲的黑色毛发，胸毛已呈灰白。汉娜知道，他满是肌肉的背部也长满了浓密的黑毛，呈不规则的条状。

汉娜感到头有点晕，想起他背上的那一片片的毛发。她手指尖上那种令人惊骇的刺激感。

她听到自己解释说，她得走了。她听到自己笑了起来。她紧张，喘不过气来。对一个作为情人的陌生人，该说什么呢？

差不多，他们的关系就像是一场一切都事先安排好了的婚姻。从感觉被一个陌生人握住手腕那一刻起，他们就注定会成为情人了，汉娜别无选择。

"汉娜，有什么问题吗？怎么了？"

汉娜看到：Y.K. 站的姿势似乎是有意的，当汉娜面对他的时候就无法避免看见床脚处的手提箱。一瞬间，她意识到 —— 他知道了。

汉娜翻看过他的箱子 —— Y.K. 知道了。她已经发现了护照……

她知道了他不想让她知道的名字：亚克尔·本杰明·凯恩斯。

汉娜感到害怕，突然觉得嘴巴发干。尽管 Y.K.（还）没有指责她。他在嬉戏，在调情。

"你想从我这里逃走，是吧？—— 留下来喝一杯也不行吗？"

现在要由汉娜来判断了：她的情人是真心不愿让她离开，还是在讥讽她？—— 逗弄，还是嘲弄？

他说话带着一点点残存的口音，就好像他不是美国本地人，而是在外国出生的：两个音节的重音（"汉 —— 娜"）和语调（"是吧？"）—— 以英语为母语的人是不会这么说的。

汉娜觉得，他是在影射手提箱的事，不觉有些惊慌：有人动过（拉上拉链的）袋子里的（私密）护照。

这是对 Y.K. 隐私的侵犯。汉娜为什么要这么做！

除非那口音只是汉娜的想象。除非汉娜想象得太多了。

"亲爱的，在你离开之前，只需要一些分钟。"

一些分钟 —— 这也不是典型的美国人的说法。Y.K. 知道她做了什么，是要折磨折磨她。

"来喝一杯 —— 'dlya dorogi'[1]。"

---

[1] 这是俄语，直译"为了路上"，整句的意思是喝一杯再走。

汉娜不知道这是什么意思。她不知道 Y.K. 说了什么。她感到害怕、困惑。

Y.K. 好像从另一个房间的迷你酒吧拿来了两瓶迷你（白）葡萄酒。但汉娜现在并不想喝，开车上 I-75 公路之前不想喝酒，这可不行，她神经紧张，她午餐时喝过酒，但 Y.K. 不理会这一切，对她的犹豫和焦虑漠不关心；事实上，他正享受着打开酒瓶的仪式感，将酒倒入两只闪闪发光的酒杯中，把他的杯子和汉娜的轻轻一碰，汉娜别无选择，只能从他手中接过杯子。

"汉 — 娜！你这么远一路赶来。"

汉娜慢慢举起杯子，抿了一小口，小心翼翼地。就好像她并非战战兢兢，而是很想喝一杯的样子。

白葡萄酒甜中带酸，堪称美味，像一股香液流入她的血液。汉娜想，酒中有一种奇妙的成分，一种直白的展示，如果你是饮酒老手，一沾嘴唇就能预料到它的效果，就像一个知道自己目的地的人，一出发就感到无比的宽慰和期待。

就像一个吸毒者，当在手里组装吸毒装置，准备用这些神圣的工具将神奇的药物注入自己静脉的时候，就能感受到那种高潮来临时的刺激。

汉娜只小心地喝了一口。她的手颤抖得厉害。

她听到自己在以轻松、愉快的语气发问，就像什么都没发生过似的，她问 Y.K. 何时离开底特律 —— Y.K. 无所谓地耸了耸肩 —— "什么时候？我的工作做完的时候。"

"你说的'工作'是 —— 生意？"

"还能有什么别的'工作'呢？"

汉娜笑了，努力思考着。好像逗情人高兴一下就能把他的注意力引开。

"嗯，不是所有的'工作'都是为了钱……为艺术，为音乐，为慈善。"汉娜的声音渐渐低下去，她可以看出Y.K.对自己说的并不感兴趣。

"'慈善'！"——Y.K.笑了，"如果你钱多得可以到处扔。如果你是一个'财产继承人'。"

汉娜和着她的情人也笑了，尴尬地笑。在Y.K.面前汉娜总是这样：她似乎总是学他的样儿，就像一张碎纸片总是被一辆飞驰的汽车的尾流吸着走。

Y.K.是否认为汉娜继承了财产？一大笔钱？搞笑老爸会觉得这样的假设令人满意，因为他在很长一段时间里都在破产的边缘上挣扎，但同时他也一直在捐款，精明地挑选一些机构以及有前途的政治活动作为捐助对象，希望建立起富有和乐善好施的好名声。

搞笑老爸去世时就破产了吗？他的孩子们认为是这样的，因为他没留给他们任何财产。很明显，他的财产没他们的份，就像他们已故的母亲也沾不上边一样。

有些事情最好不要知道，汉娜的母亲苦涩地告诫说，不过说这话的时候她倒是感到挺知足的，似乎在说她对这种结果早有预料，还是有远见的。为了避免重蹈母亲的生活轨迹，汉娜对父母的私事尽量不去刨根问底，不想了解太多。

她不知道，Y.K.是否在底特律打听过有关她的事情。在共同认识的人中间打听。打听有关韦斯·贾勒特的情况。

这与汉娜自己的家族无关，而是她丈夫的家族，贾勒特家族，他们久居底特律，热衷慈善由来已久。

汉娜问 Y.K.："何时再来底特律，时间确定了吗？"

"不知道。不清楚。"

委婉的拒绝。当然，Y.K. 可不喜欢别人问这问那。

当然，Y.K. 不喜欢让一个女人安排他的时间。

随后，他语气缓和了下来："干我这行，事情发展很快。如果有事情要发生的话。"

Y.K. 一直在对汉娜笑，仿佛回想起了什么让他愉悦的事情。

"你知道吗，汉——娜，我们第一次见面的那晚？——周围那么多人？那并不是第一次。"

"不是第一次！"汉娜愿意让他把魂儿勾走。

"不是，完全不是。我做过一个梦——好多梦——梦见你了，在那个晚上之前。当我见到你，你转过身，看着我——你的眼睛……我当时就记起了那个梦。看着你的脸，我能感觉到你也认识我。"

汉娜感到惊讶，Y.K. 说话的语气几乎有些谦卑。他现在不像是在开玩笑。

他在说——他爱我。

他是这么说的吗？

汉娜感到头有些晕。不要再喝酒了！

真的，Y.K. 在温柔地注视着她。他把酒杯从汉娜手中拿过来，放下。再用双手托住她的脸，亲吻她的嘴唇。

他没有把舌头伸进她的嘴里，他轻柔地亲吻她，可以说是彬彬有礼，对她很尊重。

Y.K. 还从来没有这样吻过她。汉娜感到惊讶。

"那晚我就是这样认出你的，汉娜。那晚，我们相遇的那晚。当我看到你的时候。但你也 —— 看到了我。"

"是的 ……"

"你认识我，对吗？"

"我 …… 我认识你。"

汉娜不确定自己说的是不是真话，不过她说这些话的时候，情人身上带着酵母气味的汗味直冲她的鼻孔，她已是神魂颠倒，她必须相信自己说的每一句话都是真实的。

"那么你会给我打电话吗？不要等这么久？"汉娜听到自己的声音里充满希冀、恳求。

"当然，亲爱的汉 — 娜。你可以相信我会的。"

"因为我 —— 我很担心 ……"

"没必要担心，汉 — 娜。不用为我担心。"

"如果你 —— 能把电话号码给我 …… 虽然我不会给你打电话，但如果我突然想和你说话，只是 —— 和你说说话 …… 有你的电话号码会更好。"

"是的！当然可以。"

"那么，我怎么称呼你呢？'Y.K.'并不是个真正的名字。"

"但是亲爱的，'Y.K.'就是一个名字。你知道'Y.K.'就足够了。"

汉娜犹豫了一下，不知道 Y.K. 是否又在嘲笑她。也不知这笑声中是包含着残忍呢，还是温柔。

"或者，你可以叫我'亲爱的'。"

"'亲爱的'！"

汉娜兴奋地笑了起来。这就是拥有一个情人的感觉。

情人是影子，是日食。婚姻是充盈的白昼。

情人处于婚姻之外，与婚姻成直角。情人有助于定义婚姻，因为没有婚姻就没有情人。

汉娜现在明白了，没有情人就没有真正的婚姻。难怪汉娜的婚姻如此不完整，令她不满足。

孩子们让她成为妈妈——妈咪。不知不觉中汉娜已经让妈妈掩盖了妻子、女人的身份。难怪她的丈夫对她不再有欲望，对她已是视而不见。妈妈意味着食物，令人窒息的拥抱，指责，以及因得不到充分的爱而受到的伤害。她的情人将帮她找回她（性爱）女人的身份。

汉娜的情人已经渗入她的身体里，她的血液里。她如此痴迷于他，以致在过去的一个小时中，她没有想起韦斯，甚至连她的孩子们也都忘了。

强烈的性快感，记忆和良心的湮没。给这个女人剩下的就只有惊叹和无助了。

汉娜怀疑韦斯在他们婚姻之外与其他女人有过瓜葛。也许不在远山镇（很可能：韦斯很谨慎），而是在其他地方，在出差途中，在需要在外面过夜的旅行中，他很晚才来电话，或根本不打电话。她确信那只是短暂的偶然的艳遇。也许是职业陪伴者。这些都不是情人，对婚姻生活造不成什么影响。

汉娜渴望向 Y.K. 倾诉，因为他是她的情人。因为她和他关系亲密，他们之间的性接触是真实的，是当下的。汉娜渴望躺在他的臂弯里，和他交谈。

坦白地告诉他，她的婚姻让她不满意，像尺码不合适的衣服，夹脚的鞋子，她被束缚得很紧，常常喘一口大气都不行。

她的孩子们爱她，但是——孩子们了解她吗？

孩子们！汉娜一惊：应该离开了。时间似乎过得出奇地快，已近黄昏，过了五点。不知道自己在那湿乎乎的床上睡了多久，就像被灌了迷药一样。

汉娜需要换上自己的衣服，但当着Y.K.的面不行，要去浴室，一个人换。她渴望独处！但当她试图挣脱他的怀抱时，Y.K.并没有放开她。

如果有人抱住你，很紧，而你试图挣脱时，对方通常会立即依从——松手，放开你，这很自然，合乎礼仪。但Y.K.没有放开汉娜，也没有退后。他开始亲吻汉娜的脖子，弄得她浑身打战。

汉娜紧张地笑了笑。她应该离开，而Y.K.肯定也希望她离开，然而现在，似乎是心血来潮，Y.K.的心情变了，变得含情脉脉，激情四射。汉娜不知道他是真心还是玩笑——自我嘲讽……汉娜觉得，自己别无选择，只能回应他的亲吻；这个人，她不能冒犯，这是情人，而不是丈夫，对于情人的期盼与对丈夫的期盼截然不同。她与Y.K.的关系刚刚建立，很脆弱；哪怕是稍有误解，无意的冒犯，或者任何对性要求的婉拒，都可能激怒Y.K.，让他不再爱她，他对汉娜的欲火会像一根划着的火柴那样被一甩而灭。

情人不像丈夫，丈夫与你共居一室，不会轻易离开家庭，要么接受你的道歉，或者向你道歉，别无选择……

婚姻中，很多事情都可以相互体谅。在婚外，体谅只是一种选择。

"对不起，我 —— 我应该…… 我应该走了。"—— 汉娜试图挣脱，但并不坚决。尽管她急于离去，但在她小腹深处，在她两腿间悸动的地方，一种（卑鄙的）欲望已将她刺透：Y.K. 精于男女之事，他的温柔难以抵御。然而，汉娜必须离开，必须回家去，轻柔地，她试图挣脱他……

Y.K. 扯掉她的毛巾浴袍，丢到地板上。他的手在她身上来回摸索，如同粗暴地抚摸一只被捕获的动物，谅她不敢不从，更别说逃脱。这是一种至高无上的占有姿态。汉娜的皮肤本来已经受伤，像被太阳灼伤了一样，现在又疼了起来。他这个姿态纯属故意，肆无忌惮 —— 汉娜开始感到害怕了。

这个男人的大块头让她感到害怕，这永远是一个让她警觉的因素，因为她不是他的对手，他比她强壮得多，身高也高，体重也重。在他们的交谈中，在他们的话语中，汉娜开始觉得他们是平等的，或者几乎是平等的；但当言语交流停止时，这种确信立刻就消失了。

Y.K. 把汉娜拉回床上，一张皱皱巴巴、气味难闻的床，汉娜觉得就像猪圈，她感到羞愧……怎么就不能哪怕是做个样子把床单整整平，把被子盖盖好，就像她和韦斯旅游住酒店时常常做的那样，现在她感到一阵羞耻、厌恶，对爱情、亲密或温柔都没了兴致，只想逃离。显然她的情人在嘲笑她那不自在的样子，这个富婆怎么变得如此神经脆弱，怕这怕那的。

Y.K. 知道：汉娜斗胆打开了他的行李箱。Y.K. 凭直觉就知道了。他知道汉娜违背了他对她的信任 —— 明目张胆地。他愤怒至极，但

Babysitter

不会直接表达出来，直来直去，那不是 Y.K. 的风格，汉娜只能察言观色地推测出，Y.K. 对她充满蔑视，她不知道把她一个人留在行李箱旁是不是一个测试，一个 Y.K. 知道汉娜肯定通不过的测试；也许，他给汉娜设了个套，她一拉开隔层的拉链，某样东西就会掉出来，一根头发，或者一根线，一枚回形针……（有一枚回形针从隔层里掉了出来，滑到袜子和内衣之间不见了吗？）

汉娜犯了个错，愚蠢的大错。幼稚无知救不了她。

现在为时已晚，Y.K. 永远不会原谅她。

严惩这个敢于蔑视自己的人，那将该带来怎样的快感，她无力的挣扎根本不堪一击，她挥舞的双手，一下子就被拨开了，他根本不去听她的哀求 —— 但我不能留下来，我真的该走了 —— 我 —— 必须要赶回家，在……

对汉娜的惩罚：她的情人将进行原始性的报复。他会以一种不屑的方式与她做爱，她只会感受到痛苦，而他却会感受到强烈的快感。

这个猛兽的身体像是一台调试得恰到好处的机器，毫无人性，无坚不摧。弱弱的汉娜试图做出回应，拼命装出一切正常的样子；但是 Y.K. 哈哈大笑着，紧抓住她的手腕，将她死死按在乱糟糟的床上，让她想拥抱他也抱不成。

她结结巴巴地说她很抱歉 —— 神志恍惚地请求他原谅…… 发音咕哝不清，像喉咙里有口水堵着。

他冲她的嘴巴吐口水，嘲笑她痛苦的样子。他的舌头像毒蛇一般探进她嘴里，冷酷而好奇，残忍地堵住她的嘴巴、她的喉咙，好像要把她憋死。

一张猪圈般的床,悲怜的哀求和呼喊淹没在大呼小叫的笑声之中。

情人的心是猛兽的心,坚硬而干瘪。然而,它仍是一颗跳动的心,装在这台精心调试好的机器之中,专门用来惩罚人,不是把你杀死,而是打得你不得不服服帖帖。

汉娜无法抵抗,汉娜没有力量挣脱。她乞求他的宽恕,但他不予理睬。他做起爱来紧锣密鼓,节奏强劲,就是没有情感。也没有记忆:不知道她是谁,也不屑知道她是谁。她两腿之间是一处开放的伤口,还在出血。她被撕裂,被划开。他先把手伸进去,用指甲连抓带挠,然后再用坚挺的阴茎猛戳。她正在受到惩罚,是罪有应得。然而,她仍然感觉到神魂激荡,感觉强烈,一种愤怒的快感,一种火一般的威逼,一股股疼痛的烈焰升腾起伏。她的情人正在迫使汉娜去感受他所感受到的:不允许她借着昏迷便一了百了,也不能强忍一下疼痛的滋味就算过关。他要强迫她感受这种快感中所包含的耻辱,在这猪圈般的床上。

汉娜的眼球在眼眶里转动,她的脊柱像被拉得越来越紧的弓一样弯起来。死亡笼罩着她的大脑。

癫狂中,她的目光游离到窗户旁边的一小块天花板上,上面闪烁着水波一样的亮光,是几十层楼下面的河水反射上来的。她的呼吸已经断断续续,支离破碎。

除了诱使她来到这里的这个人,谁也救不了她。他是她(唯一)的救世主。

这无异于溺亡、毁灭。对一个自傲、自珍的人来说,认识到这一点,简直是挨了当头一棒。她自己,她这个特殊的身体,就是男人之所欲。

……听到轻声的哭泣,呜呜咽咽。哭泣中的屈辱。然而,哭泣也是一种粗暴的冲洗、净化过程。

她的情人在嘲笑她,这种笑声残忍而冷漠。她错了,她情人的心里哪有什么温柔可言。

他耷拉着眼皮,用蓝色的眼睛观察着这个女人,冷冰冰地,就像一名战斗机飞行员远远地观察着下方的地面,在这个距离上,所有生物都变得渺小而无足轻重。在如此遥远的距离上,没有面孔。没有个体。最悲惨的呼喊声也无人理会。因为这凄凄惨惨中必有荒唐可笑之处。但这个女人可无法忍受:这般的疏远,这般的无情。怎能就这样被击垮。她无以自保,猛兽已进入她的身体,她脖子上青筋暴起。她听见自己在叫,像是碎石在喉咙里发出的低沉的摩擦声。她已经变成了一条肌肉发达的蛇,浑身每一寸汗湿的皮肤都在颤抖,湿漉漉地闪着鳞光。他从乱糟糟的床上拉出一个湿乎乎的枕头,动作乖戾,像个狠心的男孩要玩什么把戏,他把枕头压在她的脸上,盖住她痛苦的眼睛和张开的嘴巴,同时在她丰腴的双腿间用力抽插,仿佛这一切都隐藏着一个谜,如果他愿意,如果她不反抗,如果她 —— 这充满午后阳光的房间里一个没有身份的女人 —— 愿意配合他可能对她要做的事情,那么,他都会做出些什么事来。她拼命想抓住他的手,她感到窒息,像溺水一样,但他的手腕太粗,她的手指抓不过来,还有他手背上长满粗毛,手腕上的毛发更像电线一般。她被枕头蒙住双眼,眼睛被压得紧紧闭上。她拼命呼吸,却无法呼吸。她已经走向了死亡,已无法回头。她的身体开始衰竭,她的灵魂感到窒息,陷入昏迷。她的情人将她死死压住，把她刺穿，一条肌肉坚实的大蛇无助地被他压在身下，她的尖叫声被枕头掩盖，她正在消失。她脖子上肌腱暴起，动脉胀得几乎破裂开来。

她失去了意识，一瞬间汉娜消失了。

明星小子

当我死去的时候，水波依旧一成不变地拍打着小木屋，轻声细语一般。

当我死去的时候，有猫头鹰的声音传来，北福克斯湖上飞过的夜鸟。

当我死去的时候，他的胳膊沉重地压在我身上，安慰我。在拼命挣扎着喘出几口气之后，进入了他曾经承诺过的平静。

承诺是：R__先生会把我变成一个明星。

承诺是，R__先生不会像其他人那样抛弃我，我从中获得了希望。

他说，我是唯一爱你的人，我的明星小子。

他说，爱你爱到不行，我的明星小子。

因为我的面容比实际年龄年轻，皮肤光滑如少女，R__先生一眼就选中了我，后来他说那叫一见钟情，无法回头。

起初我怕面对摄影机。起初R__先生嘲笑我，把我捂在脸上的手拽开。

唯一一个你可以信任的人，明星小子。

唯一一个在乎你的人。

这是我们之间的秘密 ——"明星小子"。因为 R__先生不希望其他人知道他给我取的特别名字。

因为 R__先生不喜欢我出生时起的名字，太普通了，配不上我的"美丽"。

还有个秘密，就是 R__先生将成为我的（合法）父亲。要保密，因为其他男孩会嫉妒，会说闲话，会毁了一切。

承诺是，如果（法律上）可行的话，R__先生将会收养我。

因为没有证据证明我的母亲已不在人世，她无法表示同意。

因为我的母亲离去了，没人能找到她，我六岁时就被圣文森特教堂收养。

因为那天晚上在湖边，R__先生说法律上的难题已经解决了。领养文件已经提交。

因为那天晚上 R__先生说我们再也不会分开了。

他说，爱你爱到不行，明星小子。愿意为你而死。

这是我们的秘密，但麦肯齐神父知道，R__先生说我们需要得到儿童传教会主任的同意。

孩子被教会以外的人收养是罕见的。因为我们不是孤儿，我们只是被父母抛弃了而已。

因为总是希望父母会回来。母亲会回来。说不定哪天清晨就会有这样的惊喜 —— 猜猜谁在门口等着呢！你的妈妈。

我很自豪，R__先生看上了我。他给其他男孩也照了相，但没有一个像明星小子一样漂亮（他说的）。

那天晚上，我将和R__先生留在湖边的小屋里，没和其他人一起回去。

我醒来时，心怦怦直跳，听到他们的声音渐渐远去。听到关车门的声音，发动机启动的声音。派对结束了。

即使那时候我也还是有机会逃走的。带我和你们一起走！——别把我落在这儿！——可以喊他们带我一起返回底特律。

只是我当时很兴奋，也很快乐。

只是R__先生用胳膊使劲压着我，安慰我。明星小子！我们的新生活即将开始。

当你处在兴奋中的时候，你没有恐惧。

当你处在兴奋中的时候，你像一只水晶玻璃杯那样震动，完全不知道自己会怎么碎裂。

当你处在兴奋中的时候，没有未来，只有现在。

只是我知道，当时只有我和他在一起。

只有我和他在一起，其他人都已返回城里，派对结束了！都走了。

他说，只有你和我了，我的漂亮的明星小子。

那晚，我们的血融合在了一起。R__先生用一把珍珠手柄的小刀（看起来像外科手术器械一样精致）"刻"向他的右前臂，然后是我的右前臂；最后他把他的胳膊按在我的胳膊上，我感到我闭上了眼睛，一种强烈的像是睡觉一样的感觉向我袭来。

他给我喝了点什么东西。这样我就不会感到焦虑。

小刀留下的痕迹大约有三英寸长，非常细，就像用钢笔画的一条线。伤口里渗出淡淡的血液，看了令人迷惘。

他说，我们将永远忠诚于彼此，即使在死亡面前也不分离。

他说，你相信我，对吧，明星小子？是的，你相信。

我笑了，我说那当然。我记得，一直都在笑，直到我再也笑不出。

他亲吻我手臂上的伤口，舔着缓慢渗出的血液，于是我也亲吻他伸到我面前的伤口，舔着那缓慢渗出的带有微咸味道的血液，因为当你没有希望时，只要有人给你希望你就会接受，就像接受食物和饮料一样。

就像你一生中一直在把氧气吸入肺部，却没意识到什么叫呼吸，直到有一天，你被迫意识到呼吸是可以被制止的……

他说，如果我把你嘴里塞的口球取下来，你的呼吸会更顺畅些，只要你答应别乱叫，于是我答应了。当时，我已经十分虚弱，根本叫不出来，而且我知道，在一年中的这个时候，森林湖边上，你即使叫，百里之内都没有人能听到。

他站在我上方，拿照相机对我拍照。温柔的眼神。

这是我送给你的礼物，明星小子：你的美丽将长于你的生命。

从来不知道他的名字，或者他们中任何人的（真实）名字。

他是R__先生，他不同于其他人，那些人年纪要轻些，而且更像我们这样的人。人们都知道他有钱。

即使在他开车带我到布卢姆菲尔德的这所房子之前，你就能感觉到。

为了快把我带走，R__先生出手很是大方。五十美元的钞票，甚至有一次给了一张一百美元的钞票，那是因为他刚吸了毒，皮肤发烫，眼神狂迷，一心就要明星小子。

他掏钱给麦肯齐神父，是为了传教会。还送他一本明星小子的相册，是给神父个人的。

所以麦肯齐神父做出安排，R__先生可以与我共度"美好时光"。

开车去格罗斯波因特的湖边，那就算是"美好时光"了。停在没有人看到的地方。

开车去他在布卢姆菲尔德山的房子，他说我们可以独处，在那里可以吃到我最喜欢的麦当劳汉堡和薯条，奶酪和意大利辣香肠比萨饼，还有大麻供我们吸食，我们会躺在床上看电视，像电影院一样的大屏幕。太棒了！他的父母在"欧洲"——他说——他告诉"用人们"带薪休息一周。有一道十英尺高的大门，需要输入密码才能打开，而且房子太大了，你一次都看不全——是石头砌的，还有涂成白色的砖，高大的平板玻璃窗和滑动门，R__先生有自己的专用入口，可以用他的钥匙通过他的专用门，无须经过房屋的主厅，那得有一座酒店那么大。

在R__先生居住的那一部分，所有窗户都装着"百叶窗"，他都给拉下来，说阳光会伤眼睛。

游泳池底下铺着天蓝色的瓷砖，不需要穿泳裤，因为没人看。

这是一座奥林匹克规格的游泳池，明星小子。专门为你准备的。

但我不喜欢水。充满氯气气味的水。双臂胡拍乱划，像溺水的松鼠那样，水没到我的鼻子，游他妈什么泳。

R__先生很失望。他想给我拍摄像"灵巧的小老鼠一样游泳"的照片，但一张也没拍成。

他自己也不再是一个游泳好手（他说），但他喜欢看别人游 —— 像我这样的男孩。

像我这样的男孩？ —— 我不禁笑了。R__先生总是对我讲，没有哪个男孩能比得上明星小子。

从 R__先生居住的部分，只有一条路通向主厅，而 R__先生把那条路封死了。他逗我说，知道我喜欢"漫游和闲逛" —— 但那是绝对禁止的。

在 R__先生的床上抽大麻。用小玻璃杯喝"龙舌兰"。笑着告诉我他巴不得父母死掉，这样他就可以继承并卖掉这栋（价值数以百万计的 —— 他说）房产，在 DR（即"多米尼加共和国"，古巴附近的一个岛屿 —— 他说）购买一处全玻璃墙的房子，我们会在那里"公开"地生活 —— 当然是正式领养之后。

他说着笑了起来。他长长的白脚趾勾着，手捋着胡子。

（R__先生的头发像一根根的刺，稀稀拉拉的，像是得过什么病留下的一块块秃斑，但胡子是真的，只是染了色，凑近了就可以看出胡子是如何一根根从上唇上长出来的。）

R__先生吸毒时，有时会变得懒懒的，挺和气，但有时也不行。他上瘾的标志是，频频而急促地咽口水，好像喉咙里塞了什么东西，这说明他瘾头正旺，兴奋不已，可能会变得凶神恶煞，我知道这时可不能惹他生气，除了一次，当他谈论他打算在 DR 拍摄的"美丽黑人"的时候，我说："去他的吧，到那时我早成了大明星，我要在好莱坞拍电影，而不是在一座该死的小岛上。"这下可惹恼了 R__先生，他让我后悔不已。

不是马上让我后悔。这不是他做事的方式。而是当我晕倒睡过去以后。

不过，没关系，这叫"立规矩"。我生活中就缺少这个。麦肯齐神父也这么说过。

只是想杀了他们。脏得像猪，哼哼唧唧，发情跑圈，真想割开他们的喉咙，锯下他们肮脏变态的脑袋，把他们扔进垃圾堆里。

但无所谓。我得承认，他们为我做过不少好事。

比如，我从没养过狗，一直想要一只，R__先生答应我，肯定会有一天，也许在 DR，要什么品种都行，怎么样，明星小子？

那些人会问我 R__先生是个什么玩意儿，我告诉他们，根本就不是玩意儿。好玩意儿。

十次里九次硬不起来，就像吃剩的剥了皮的热狗。蔫巴巴，没热气。而他并不老——不像其他男同性恋那样。

当你处于兴奋状态的时候，你的心思多半会飘飘然而去。你管那些浑蛋王八蛋干什么。

不过，有一点还是很重要的，那就是我的弱点：自傲。我知道我是 R__先生的最爱，他给我拍了上千张照片。

我并不知道，在我之前他在教堂里还有其他的"最爱"。也许他们身上发生了一些不好的事情。

（比如米歇尔。）（这件事没人想谈论。）

一个没有家庭的男孩。绝望中的问题儿童，他们大部分不识字，或者说有——读写障碍。

麦肯齐神父不知道这些 —— 他会这样说。他不知道，他不知道，他不知道。上帝是他的证人，他真的不知道。

发生得越来越频繁了，麦肯齐神父会失去平衡摔倒，我们得帮他站起来。他呼出的气像威士忌。他拽住我们的胳膊，努力站起身子。

他入神学院的时候只比我们现在大一点，他会这样说。摇晃着脑袋，回忆着过去。

战斗的爱尔兰人，他说。我就是那样的人。

你绝不放弃战斗，麦肯齐神父擦着满是红斑的脸颊说。但有时候，会被剥夺了战斗的机会。

在R__先生之前，是麦肯齐神父收养我。但是我过了十一岁生日之后，我对他来说就年纪太大了。

其他那些年纪更大的人属于"教会之友"。R__先生不属于那个组织。或者也许他也是其中一员。但R__先生经常来伍德沃得大街上的汽车旅馆参加派对。

那些年长者与R__先生不一样，R__先生也跟他们保持距离。就好像，R__先生自命清高似的。

都是一些悲惨的失败者，又胖又老的同性恋，看看他们的脸就能知道，就像一口假牙被人摘走，两腮向里塌陷，可他们仍然笑着，开着玩笑，荒谬的玩笑，天啊！麦肯齐神父告诉我们，善待别人，我的孩子们。你将得到回报，但要善待他人。

圣文森特儿童传教会之友位于伍德沃得大街。他们自称"泰迪先生""瓦伦丁先生""驼鹿先生""眼镜蛇先生"。

甚至有一位"博士" —— 杜立德博士。

我们觉得他们很好笑，足以让你呕吐，但当我们处于兴奋状态的时候，就只是觉得有点好笑了。只是笑个不停。

为什么 R＿先生跟他们保持距离。戴着墨镜，所以你看不到他的眼睛。上唇上的胡子几乎遮住了他的嘴巴。

还有"鹰眼"，也不是儿童传教会之友的人。但可以看出他和 R＿先生有些联系。麦肯齐神父都认识他们。

鹰眼提供补给 —— 兴奋剂、镇静剂、甲基苯丙胺、安眠药、可卡因、大麻。钱的事都归鹰眼负责。

传教会之友不举行派对。这是一个神圣的地方，要保持神圣（麦肯齐神父说）。派对是在八里街南面的伍德沃得大街的汽车旅馆举行的。

大家都知道，老爹级会员们给传教会之友捐款，但在派对上从不发生金钱交易。为什么他们叫他鹰眼，因为他对此严格监督，不允许这种事情发生，你也不想得罪鹰眼，或者任何（据说）会像间谍一样向鹰眼汇报的人。

有个名叫麦奇的人，我觉得，算是我的朋友。但后来麦奇改了个名字。他已不住在圣文森特堂，搬走了。他以某种方式为鹰眼工作，我们不太确定是做什么。

有时候鹰眼的脸上会露出一种表情，看那样子，似乎是要割断老同性恋们的喉咙似的。但鹰眼知道，留着这些人还有用处。

你不想得罪鹰眼，也不敢暗自捞什么"好处"，除非你确信鹰眼永远不会知道。如果你"执意妄为"——这是麦肯齐神父的话，我们以为是拉丁语中的粗话 —— 你会后悔的。

＊　＊　＊

当我死去的时候，那并不是轻轻松松的死亡。他用浸满热辣辣的火焰的布压在我脸上，让我昏睡，睡了多久，我不知道。然而，当铁丝紧紧勒住我脖子的时候，我惊醒了，手指抓住铁丝不让它勒紧。我又踢又打，喊不出声来，不知道在这黑漆漆的夜里发生了什么，不知道自己在哪里，也不知道是谁骑在我裸露的身体上喘息着，抽泣着，热乎乎的泪水滴落在我的脸上。

然后，他躺在我旁边，喘着粗气，如释重负般地哭泣着，为我不再挣扎而感到欣慰。因为所有挣扎的尽头都是怜惜，而怜惜是最纯净的爱。

他的胳膊紧紧压在我身上，让我安心，他就这样在我身边睡着了，深深地睡着了。

清晨，在悲痛中，他抱着我的尸体走向浴缸，那里已经准备好了温和的肥皂水，他轻轻地将我放入水中，给我清洗身体，那轻柔的爱抚，我这一生还从未感受过。

泪水掉进温温的肥皂水中，他的心在忍受煎熬。

带着柔情，他把此时此刻拍成照片。因为这样的时刻不会持久，必须被保留下来。

他既然那么爱我，为什么还要伤害我？他会解释说，他必须伤害我才能杀死我，他不想伤害我，但又没有其他方法可以杀死我，而他必须杀死我，对明星小子的爱实在太炽烈了，以致他感到自己的灵魂都被勾了过去，胸口像被紧紧钳住，使他无法呼吸。

他心中的上帝在推动并迫使他了解自己究竟有多大能力——要知道如果上帝没有让你住手，你能走多远，他需要这种勇气。

不过现在，他会带明星小子去一个特别的地方，他承诺过的。他要把我的纯真和美丽展示给这个如此俗气、冷漠的世界。他会轻轻将我放在地上，他会把我的手臂交叉放在胸前，他会整理好我（裸露）的身体，让所有看见它的人都会对我的美丽感到敬畏和惊奇。而我（洗过、熨烫过）的衣服他会叠好放在我身旁。

然后，跪在我旁边，拍下最后的照片。最美丽的瞬间。

因为没有任何人像他这样爱过明星小子。因为他比任何人都更有权拥有我。

当我死去的时候，所有这一切我就会了然。

当我们死去的时候，一切都会了然。

马尾辫

妈的，是！永远不要对鹰眼说不。

这不是鹰眼第一次为紧急情况召唤马尾辫，也不会是最后一次。

加急，鹰眼用了这个词。他需要加急处理一些事情。

因为马尾辫现在住在底特律市中心附近的西沃伦。三年前，十八岁时他离开了圣文森特教堂，但与麦肯齐神父和他的一些朋友仍保持联系，几乎可以随叫随到，只要需要。

他的声誉是：可靠，不问问题，并且守口如瓶。

"天哪！"—— 马尾辫看到乱糟糟的床上四仰八叉地躺着个女人，好像没呼吸了？—— 那么说，鹰眼叫他来万丽大酒店是为了帮忙处理尸体？

怪不得门外挂着个牌子 —— **请勿打扰**。

但是，不，她还有口气。她还活着。

而且，她（肿胀的）眼睛正在睁开。试图睁开。

一个近四十岁的女人，如果马尾辫的母亲还活着，当然事实（很可能）并非如此，估计也是这般年纪。长相还不错，只是（可能）喝醉了或服用了过量的药物，她的嘴被打得像被鱼钩豁开的鱼嘴，吐着几口轻微的气息。她眨眨眼，好像眼睛被强光刺到了，眯缝着朝马尾辫的方向看。脸色呈现病态的苍白，有几处红斑。一股呕吐的气味。她眼睛下面的皮肤有瘀伤，凌乱而打结的（金色）头发，华贵的衣服，看起来像是被另一个人慌慌忙忙，潦潦草草给穿上的。

柔弱的手腕上，戴着铂金表链手表，上面镶着小小的钻石。她手指上，戒指闪闪发光。结婚戒指。

女人身边的床上，放着一双时髦的尖头高跟鞋。

这是鹰眼的一个女人吗？ 马尾辫听说过一些有关的谣言。但他从未见过鹰眼和女人在一起，实际上没见过他和任何人在一起，无论是女性还是男性，更没有那种你可以形容为亲密的关系。

鹰眼与人称"R__先生"，长着小胡子的怪人富豪有某种联系 —— 但恐怕不是朋友。

当时，在传教会里，他还被称为"麦奇"，对许多事情都不太了解。麦肯齐神父的特殊派对，他多年来一直有所耳闻，现在有幸参加，他感到十分荣幸，能得到点钱，能过过毒瘾，能得到关注，特别是还能参加只有 VIP 男孩才被邀请的通宵派对，感激的同时，他们也知道严守秘密的价值。

"麦奇"是个天真的孩子，但他很快就对什么都心领神会了。

要么你理解得快，要么你理解不了，然后就会被淘汰。

马尾辫盯着四肢伸开躺在床上的女人。可怜！她平躺在那里，双腿微开，双臂伸展开来，就像从半空向下坠落，口角挂着口水 —— 马尾辫对她感到一丝同情，或是怜悯。可能是鹰眼草草给她穿上的衣服，丝绸衬衫只系了几个扣子，亚麻裤子在臀部皱成一团，脏兮兮的。马尾辫对自己说，这女人就是婊子，他才不会为一个婊子感到难过……

鹰眼是她什么人，这女人是谁，马尾辫并不打算问。不关他的事。

这也许是鹰眼对他的一次考验：看看马尾辫能不能冷静地对待，能不能只管做好自己的事，而对眼前的情况不表现出（太多的）惊异。

马尾辫很冷静。在几乎没有转动头或眼睛的情况下，他一直在留意这里的环境：豪华套房，六十一楼，万丽大酒店。

好大一间卧室，"特大号"床，大小都比得上马尾辫和另外一个人在西沃伦合租的房间了。带镜子的衣柜门半开着，里面挂着男人的衣服，床脚放着一个看起来很昂贵的皮箱 —— 马尾辫想这套房应该是鹰眼的，不是那个女人的。

这个女人是来访者，现在是时候把她清理出去了。

马尾辫猜想，这大概就是他被召唤来的原因。

想知道：摄像头在哪里？任何能够记录床上发生的事情的机会，鹰眼都是不会放过的。

也许，在衣橱最高的一层架子上安放了一个摄像头，藏在一堆枕头下面，只露出微型镜头，正好在衣橱门没有完全关闭的时候拍摄整个床的情况，这就是为什么门没有关上。

或者，可能贴在床边的收音机时钟上，靠近床。

在伍德沃得的通宵派对上，马尾辫就帮助鹰眼搞过监控和录像。一录就是几个小时。给一个叫米歇尔的娃娃脸孩子录了几分钟，就是他遇到他的特殊朋友 R__先生的那个晚上。

后来，马尾辫还给鹰眼当时的助手帮过忙，那是一个十九岁的浅肤色西班牙裔男孩，人们叫他特里克，后来特里克（也）消失了，没人知道去了哪里，马尾辫就接替了他的位置。

拿那些消失的人开玩笑，说得让人怪紧张的。你听到自己咯咯地笑，然后使劲咽口水。

没有人会想念他们，或者说大部分人不会。麦肯齐神父报告他们失踪了——"离家出走"。但没有人会去寻找他们，去追踪他们的下落。

来这儿的很多都是男孩，而且都巴不得来到这里。每个人都认为：嘿，我和别人可不一样。

马尾辫不禁笑了，那些肥肥胖胖的老同性恋——"传教会之友"的成员——似乎永远意识不到他们正在冒着被勒索的风险。他们来到的时候就已经喝成烂醉或吸了毒，目光闪闪，就像池塘上漂浮的水泡。他们肯定有所怀疑，但又装作没事似的，对麦肯齐神父的"美丽的传教会男孩"情有独钟。

他曾经就是传教会男孩之一 —— 麦奇·卡舍尔。但没有一个老同性恋把手伸向他。

一个也别要！麦肯齐神父警告他，你可以走自己的路，麦奇。你跟其他人不一样。

然后，他的腋下和腹部开始长出像电线一样的毛发，脸上冒出豆豆，声音也变了，他不再那么美丽，年纪也大了。

他们更喜欢你下巴光光的，而不喜欢还得刮胡子的。光滑的背部、光滑的屁股。没有一个粉刺，没有一个红红的肿包！男孩的阴茎要柔软、没皮，软绵绵的，像鸟巢里掉下来的幼鸟，像一只可以用手指碾碎的小兔子……

嘿！—— 鹰眼在马尾辫面前打了个响指，让他别走神。

鹰眼问他，听见我的话了吗？问他是不是吸食了什么东西，如果是的话，最好承认，马尾辫坚称说不，绝对不是吸了什么东西，他清醒得很。

好的，鹰眼说，然后慢悠悠地，小心翼翼地认真告诉他："J__太太"需要被送回家，指定马尾辫做司机。

马尾辫要开车送 J__太太（用她自己的车）回远山镇的家，需要沿 I-75 州际公路向北行驶大约二十英里，将车停进车库，所有与 J__太太有关的东西，包括她的手袋，都要保持完好；鹰眼会安排一辆车去接他，把他带回底特律。

典型的鹰眼做派：没有解释，只有指示。

鹰眼把女人的住址打印在一张纸上，递给马尾辫，上面用弱智孩子都能看懂的大写字母写着：远山镇摇篮岩大街96号。

另外，还有一张酒店停车场的停车凭证。

马尾辫艰难地咽了口口水。马尾辫觉着 —— 有点紧张。他要做这么多破事儿 —— 一个人？

独自带着一个看起来醉醺醺的（白人）女人下到停车场，一个戴着镶钻腕表的女人，从泊车员那里把车取回 —— 就他一个人？

没错，鹰眼说。他不打算参与其中。

马尾辫深吸一口气。这是在考验他的勇气呀，他明白。

他没问鹰眼打算给他多少钱。好像，彼时彼刻，马尾辫还没想到要钱的事，男子汉的自尊才是更重要的。

鹰眼和马尾辫之间存在着一种相互尊重。马尾辫不能辜负鹰眼对他的期望，否则他的未来就完蛋了。

让他感到不安的不是开别人的车，而是在这个高档酒店里将一个不是妓女的女人带上电梯，到停车场去取她的车。就像演电影一样，镜头都对着他。这倒霉角色，到底要如何去完成呢？

真想让鹰眼哪怕只是陪他走到停车场，这样如果什么人碰见了，就会以为鹰眼是女人的丈夫，但是如果只有马尾辫一个人带着这个女人，天哪……不过，马尾辫心里明白，不会多问，没见鹰眼那张脸已经像橱窗上的栅栏一样沉沉地拉下来了。

回想起来，每当鹰眼告诉你一件事，每当他下了决心，他就不会改变主意。就像在军队里一样。你是个士兵，得听命行事。

在圣文森特教堂的时候，他对一些事还不能立刻就有所领悟。不知道一些事会是那么严重。（比如，米歇尔，他身上发生了什么事。）（那件没人愿意谈论的事情。）而且，事情原本的样子，过去的样子，是没有办法恢复的。

那时他还叫麦克 —— 或"麦奇"。个子矮小,和年龄不配。讨厌的短腿,好像骨头没长好。这让他感到很耻辱,有些孩子觉得他有智障,但麦肯齐神父知道,那都是悲伤情绪导致的。

如果不是麦肯齐神父注意到他,并对他特别加以保护,麦克肯定早死了,或服用致命剂量的可卡因,或打架时头被人打碎,或被推下楼梯摔断十几根椎骨,还有就是哪个毒瘾发作的老同性恋,会捅进他的肛门,直到把他的内脏都干出来,最后他会在离圣文森特教堂几英里外的街头死去,被清晨六点的清洁工人发现,而三个月过后他那该死的名字也就没人会记得啦。

那些在儿童传教会因医学检测者所谓"自然原因"而死去的孩子,如果没有亲属来收尸并承担费用举行一个像样的葬礼,那就会在伍德沃得大街圣文森特教堂里为他们举行一次弥撒,然后装入一口普通的松木棺材,埋在驻地后面的一片墓地里。墓碑都已残破,可以追溯到十九世纪。那里的树木从不长树叶,树皮一块块剥落,像得了麻风病,但这些树并没有死,长满荒草的墓穴紧邻着铁路大道。据说,地下到处都是散落的白骨,有数十个,也可能是数百个孩子的遗骨,再加上动物的骨头,还有混杂其中的混凝土块、塑料、聚苯乙烯泡沫,而如果你没有母亲或其他亲属来关照,那谁也不会在乎你;而如果你有亲属关照,那又怎么会成为传教会里的"无家可归的未成年人"呢? ——不可能的。

但一切都过去了。马尾辫现在已经不是个孩子 —— 他不再是麦克了。马尾辫有自己的住所,支付自己的租金,从事一些不是每个人都能做的工作。马尾辫是个该死的独立企业家。

人家对他说，他漂亮得就像电影里的某个人。简直就是年轻的杰克·尼科尔森[1]，那种怪异的坏笑，那眼睛 —— 那眉毛。他行为举止也总是学着《滚球》中的詹姆斯·坎恩[2]的样子。

身高五英尺七英寸，结实而紧凑的身形，体重一百五十磅，头发一直垂到肩膀，束成一个马尾辫，下巴上的胡子有三天没刮了，但穿着考究，他认为自己穿着很有品位 —— 紧身黑色T恤，黑色工装裤（深深的带扣的口袋），黑色耐克运动鞋，暗色飞行员眼镜遮住了他甲虫般的眼睛里射出的犀利目光。

女人们被马尾辫所吸引。看得出，早在还叫麦奇·卡舍尔的时候，女人们就对他感兴趣了。走在街上，她们的眼神就像饥饿的蚂蚁那样聚到他身上。在公共场所（比如这家豪华酒店）—— 穿过大堂时，她们用目光吞噬着他，马尾辫想着，不觉咧嘴笑了。

然而，在现实生活中，如果女人们遇到了他，比方在餐厅或酒吧里走个面对面，女人们（他猜）会有点怕他的。

当然了，他自己这个年龄的女孩也会害怕他。甚至年纪更小的女孩。

见鬼，他自己都会害怕马尾辫，因为他打扮得太酷、太性感，给人一种刺客般的感觉。

马尾辫觉得鹰眼尊重他。彼此之间相互尊重，鹰眼不需要把事情都一一交代清楚，因为马尾辫是那种有主意、敢担当的人。

你在听，对吧？你都听明白了，对吧？

---

[1] 二十世纪美国著名演员、导演，他饰演的角色怙恶不悛，却又凝重丰满。

[2] 二十世纪美国电影演员、导演，主演1957年科幻体育影片《滚球》。

189

是的！是的，他听明白了。

当务之急，是将这位女士送回家，不能出任何问题。不要鲁莽驾驶，不要在州际高速上玩什么恶俗的车技，不要在她的车里臭显摆。卡车司机想超车，就让他们超过去，让他们滚吧，才不管他们，目标是开车直奔远山镇，别被警察拦住。保持在限定速度之内，千万别冒险超车，不要按那个该死的喇叭，如果被警察拦下，有可能会被指控偷车，甚至绑架了这位女士，因为她可能一下子激动起来，你永远无法预测女人的行为，特别是你不知道这个女人会如何行事。不要指望出了事鹰眼会来捞他，他不会这么做。还有，不要和这位女士说话。绝对不要在车里交谈。把这位女士安排到后排座位上，以免干扰他开车，她也可以睡上一会儿。要确保她不能仰卧，不然一旦呕吐就有可能窒息。要保持警惕。她整个下午都在喝酒，是个酒鬼，她身上很可能发生了什么事，她的胸口里有一种呜咽声，她已经昏迷了二十分钟以上。可能就是暂时昏迷——或许，如果她幸运的话，失忆症。

一时昏迷。马尾辫觉得，那畜生大概是掐住了她的脖子。

可能差点就把她掐死了。所以才这么仓促地把马尾辫叫来。

一时间，他动了保护这个蠢女人的恻隐之心，她的年纪都可以做他的母亲了。天啊！——好可怜。

老鹰警告马尾辫不要乱翻女人的手袋。她的钱或信用卡，想都别想。别动她的手袋，一个指头都别动，明白吗？

好的，马尾辫说。明白了。

他看到手袋是那种奢华软皮名包，可能价值两千美元。什么牌子的？——普拉达。

当麦奇还住在教堂里的时候，传教会之友中有那么一个人，是一位贵族老先生，叫瓦伦丁，谨小慎微，鼻子总是抽抽搭搭的，传闻在格罗斯波因特的一座大砖房子里住着，衣服皱皱巴巴，但都是名牌，皮公文包又老又破（里面塞满了新的内裤、袜子），但仍然看得出它可是有来头的，是名牌 —— 普拉达。

马尾辫过去也被鹰眼派过"急差"。大部分是贩毒的事，收货、运货，为喝得烂醉无法开车回家的客户（都是男性）开车，都是短途，就在市中心边上，或者可能是格罗斯波因特（底特律市最近的郊区）。离远山镇还很远，马尾辫根本没去过那里。

在费恩代尔、皇家橡树之外 —— 也就是北部郊区。过了八英里路别走太远，对马尾辫来说都算是熟悉的地段。

如果这个女人在那里住，那肯定很有钱。丈夫是阔佬。不用看就知道她是白人。合乎情理，难怪鹰眼对她有所投资。

"啊！很好，亲爱的！" —— 鹰眼对那个女人说。她费了很大劲，再加上鹰眼稍微帮一把，才从床上起来，站到床边，摇摇晃晃地。

"J__太太 ——"马尾辫不知道她姓什么，他想鹰眼恐怕是知道的。

她现在才注意到马尾辫 —— 迅速往身旁瞥了一眼，吓得不轻。一副懊悔和害怕的样子。

她看看身上的衣服 —— 丝绸衬衫，皱巴巴的亚麻裤子 —— 似乎是想看看我穿着衣服吗？她摸摸索索地把衬衫的纽扣系好，把裤子也整了整。

马尾辫猜想，她衣服下面是光着的。鹰眼哪有工夫给她穿上内衣内裤。揉成一团，踢到床底下，让女清洁工第二天早上再去拾掇吧。

马尾辫看到那一头漂白的金发,那双布满血丝、迷茫无措的眼睛,J__太太不停地眨动着双眼,试图确定自己在什么地方,发生了什么事情。那种迷失了自我的梦境,不知道自己身在何处。她拍打着裤子上的呕吐物,露出痛苦的表情。睫毛蹭得一塌糊涂,像是有人拿枕头使劲按在了她的脸上,力气很大。

她发现了自己的细高跟鞋,打算把(赤)脚伸进去。要穿鞋,就得坐在床沿上,一屁股坐下去,重重地,然后不断地试探着把双脚往鞋子里面伸。

多性感的鞋子,马尾辫想。可怜啊。

他狠狠心,等着鹰眼吩咐他给女士帮帮忙 —— 跪在地毯上,像倒霉的鞋店售货员那样帮助J__太太把鞋穿好 —— 然而没有。试了几次之后,喘着粗气的女人终于穿上了一只,然后又穿上了另一只。

可怜啊,这个有钱的荡妇女人穿上这该死的性感高跟鞋,几乎都迈不开步了,受伤的眼睛,一张苍白的面孔,像一块被捶打过的猪肉。

马尾辫的目光落到女人的臀部、骨盆上。皱巴巴的亚麻裤裤裆。衣服下面可能已是遍体鳞伤。一个遭受到侵犯的女人,以各种方式。

但也许她有孩子。也许她是个母亲。天哪!

竟然还在强装笑脸!坚持说自己可以独自开车回家,说现在感觉"好多了"。

鹰眼摇了摇头不行,绝对 —— 不行。

J__太太用同样乞求的声音重复着同样的话,似乎以为这是可以商量的,但鹰眼瞪起了眼睛,让她闭嘴 —— 我说了:不行。

当J__太太伸手拿她的时髦手袋时,鹰眼把它递给了马尾辫。

为了保险起见，鹰眼说。你不想把包弄丢了吧。

J__太太还试图抗议。一个聪明的女人，马尾辫想，奇怪她竟然如此畏惧鹰眼，就像他在她脖子上套了一根绳子，只要他牵动一下，她就是他的了。

和耍蛇的场面正好相反，耍蛇的人是用长笛迷住眼镜蛇，而现在，是眼镜蛇迷住了这个女人。

因为她希望得到他的爱。因为她认为存在这种可能性 —— 被鹰眼所爱。

在儿童传教会，有些人也有过这种错觉。他们以为，在汽车旅馆的派对上，鹰眼是他们的保护者，从某种程度上来说，这是真的，但到头来却不是。

如果 R__先生想要你，你就跟他走。有时候你会被送回来，有时候不会。

钱转手了：从 R__先生到了鹰眼。这，你明白。但你从没亲眼见过。

鹰眼带着 J__太太走到外间，再走到套房的门口。他急于把这个女人打发掉，但还是用低低的声音对她说着安慰的话，催眠般的眼镜蛇的声音（如果眼镜蛇能说话的话！），告诉她她是安全的，身边这个人值得信赖，很快就会送她回家。

安全，值得信赖的人，很快回家。

要知道我爱你，明白吗？ —— 亲爱的。

如果你了解鹰眼的话，你知道这只是个笑话。你会对他一笑置之。但 J__太太不了解他。

鹰眼紧紧攥住她的上臂，可万一女人双膝一软往下倒，他这种搀扶方式准会伤着她。

马尾辫曾见过鹰眼安慰别人。身陷危机。吸毒过量,喝得东倒西歪,羞愧难当,心灰意冷,哭哭啼啼。比方像麦克这样的男孩,但也包括成年人。

麦克第一次看到成年男人哭泣的时候,感到非常震惊。

对他们的尊重一扫而光。这些该死的同性恋。

但现在鹰眼说话很轻柔。他,鹰眼,是来提供帮助的。一切都会好起来,不用担心,很快你就会回家,安全地躺在自己的床上。

尽管马尾辫从未听到鹰眼对任何人说过要知道我爱你,明白吗?

从未称呼过任何人为亲爱的。

J__太太眯起眼看着鹰眼。肿胀的嘴巴试图笑一笑。她感激他对她撒谎。因为鹰眼对大多数人都不屑去撒谎。

在门口,鹰眼轻轻吻了一下那受伤的嘴巴,就像眼镜蛇的吻。把女人交给马尾辫"加急处理"。

鹰眼从衣袋里松松的一沓钞票里抽出几张一百美元大钞,递给马尾辫。马尾辫不知道是几张,五六张吧,他没数。他的风格就是假装不在意。这是对鹰眼的尊重和信任。

这一定能给那个冷酷的家伙留下点好印象,对吧?

大家似乎都不知道鹰眼的真名。马尾辫听说很久以前他就是传教会里的一个男孩,当时麦肯齐神父还是个年轻的牧师,但马尾辫还听说鹰眼不是底特律人,也不是在美国出生的。鹰眼说话声音低而快,听不出是否带有口音,也不知道他怎么得了个"鹰眼"的绰号 —— 是谁首先发现他的厚眼皮和颧骨凸出的脸,俨然就是一只鹰。

Babysitter

一只饥饿的猛禽：然而，谁都没见过他在汽车旅馆通宵派对上吃东西或喝酒。

确实有人说过，可能是麦肯齐神父第一个说的，鹰眼曾经是一名轰炸机飞行员，参加过战争，丢炸弹把敌人炸飞，马尾辫想这可能就是他小时候听说的越南战争。

真酷，马尾辫想。飞那么高，没人能逮到你。地下的人你看不见。也看不见因为你他们究竟发生了什么事情。

那就像个测试。你能拉动手柄吗，能投下炸弹吗？ 好多炸弹？

如果你生气了，你会投下它一吨的炸弹，炸毁整个该死的世界吗？

为什么不能呢，只要没有人阻止你。都是那该死的上帝，他怎么不阻止你去做你所能做的最糟糕的事情呢。

来到走廊上，马尾辫转过身，有点惊慌，想问鹰眼一个问题，但门在他身后关上了。该死！

太太，走吧。这边走。

最好的方法是紧紧抓住她的胳膊，就像扶一个醉鬼走路那样。

电梯，下行。马尾辫闭上眼睛，以免感到恶心。

真害怕就这么扶着一个（喝醉了的？）女人穿过华丽的酒店大堂。他知道每一个保安人员都会朝着他看。穿着猴子制服的门童、行李员看着马尾辫，会嘲笑他凌乱的头发，肯定会纳闷这个女人是谁，他到底在和她干什么？ 他为可能遇到的麻烦做好了心理准备，但是实际上送 J__太太穿过大堂并没想象中的那么难，因为大堂里挤满了来开会的人，大声谈笑着，人们手里拿着饮料，从一楼的酒吧里拥出来。对步履蹒跚的 J__太太，人们连多看上一眼的兴趣都没有。

天哪！——马尾辫一直提心吊胆，不过到头来还好，平安无事。

麦肯齐神父过去安慰人的时候常说，不管你想的什么，他把一只大手放到你肩上，胳膊上，或大腿上，总要再多想一想，我的孩子。

外面的空气真新鲜！马尾辫不动声色地看了一眼泊车员，年纪和他相仿，肤色微黑，上唇一抹淡淡的胡须，这哥们儿在想什么，J_太太是马尾辫的女人？他的女人？

不像他的母亲。太时髦了。

"喂，哥们儿，这个要'快办'。"——马尾辫递过去一张折叠着的二十美元钞票和那张泊车凭证。

泊车员冲他一笑 ——真诚地，有点吃惊。

嘿，哥们儿。多谢了！

泊车员看着他很在行地扶（金发白）女人迈进豪车的后排，女人软绵绵地一屁股坐下去，没有一丝的反抗。眼睛直往头骨里面翻，就好像被人强暴了都不知道是谁，眼珠后翻，湿唇微张。

马尾辫打了个寒战，感到一阵恶心。他可不愿碰这把年纪的女人，想想都恶心。

普拉达手袋，马尾辫扔到J_太太身边，这样她就可以像小孩子抱填充动物玩具那样抱在怀里。

还有，对了：一定要看好，不能让她仰卧，鹰眼吩咐过。

嘿，哥们儿，祝你晚上过得开心 ——浅黑皮肤的小伙子对马尾辫说，（似乎）还眨了眨眼，马尾辫还他一个微笑，挺高兴。

嗯，哥们儿。说定了。

Babysitter

崩　溃

我在哪儿，现在什么时间了。

……拼命也要赶回家。比预定时间已经晚了好几个小时了。

家里孩子们在哭着喊着找妈咪，妈妈太羞愧了，太自责了……

还有丈夫呢。可以想起他的脸，可名字 —— 名字想不起来了……

丈夫对她很不满意。丈夫在厌恶地瞪着她。

搞笑老爸也凑了过来。搞笑老爸对丈夫的印象一直不怎么好。

别想拿**他**代替**我**，想也没用！—— 搞笑老爸气呼呼地冷笑着说。

急不可耐地赶回家，疾步上楼，脱下肮脏的衣服，跟跟跄跄冲进沐浴间。浑身臭气，真是丢人，最糟的气味就是女人身上的气味，没喝酒可双腿软得就像个醉鬼，露趾高跟鞋里一双脚疼得厉害，多亏情人紧紧握住她胳膊这才站直身子。

上臂都给握出了一圈的瘀伤。

讨厌她。但对她动了怜悯之心，对她说他爱她。

还叫她**亲爱的**！

尽管他没打算或许诺要再次与她见面。而且对他对待她的方式也没表示任何歉意。

就这么把她交给了这个男孩，巴不得快把她打发了。交给个二十多岁的帅哥，三天没刮的胡须，扎成马尾状的粗糙的头发，黑色T恤，黑裤子，太阳镜下藏着的一双眼睛眯起来，是吃惊还是轻蔑。

这个留马尾辫的男孩是哪里来的，她一无所知。

（他是不是一直就在套房里？他是个 —— 目击者吗？汉娜羞愧难当。）

（他是不是汉娜认识的人？或好像见过的人？酒店里穿制服的人员？她是不是应该给他小费，等他把她送到家的时候？）

（她的情人甩掉了她，她伤心，迷茫。）

（她要把一切都坦白给丈夫。她不配再去碰他们的孩子。）

瘫坐在自己豪车的后座上，听扎马尾辫的司机叫她夫人，见鬼，她不是什么夫人！太累了，头都抬不起。太累了，无力反抗。在手袋里摸索着，想找块纸巾。装唇膏的软管（露华浓牌）、指甲砂锉、鼠尾梳、钱包。她应该给司机小费吗，必须记着给小费。必须保持清醒、警觉，可是别克车刚一进入匝道，上了洛奇高速公路，向北驶向她家的时候，她还是不由自主地睡着了，头歪在肩上，沾满睫毛膏的眼睛紧闭着，嘴巴吃惊地张开，就像被抛到码头上拼命抖动，嘴巴大张的一条鱼。

早上慢慢睁开眼。脑子里像沉积了好多淤泥。

黑暗，黑暗。沉淀的淤泥，浑浊的泥。

这是另一个时刻！她活到了这个时刻。

但是：爬行了太长的路，已是筋疲力尽。她拖着（不中用的）双腿走过了整个夜晚。她两腿间有一道滴血的伤口。化脓的伤口。

尝试着不厌其烦地解释她去了哪里，为什么这种事情会发生在她身上，可又说不清要向谁解释，白晃晃小丑一样的白脸模模糊糊，闪闪烁烁，有几张面孔她委实无法辨认，只知道他们认出了汉娜，他们一直都认识汉娜，现在正对汉娜进行严厉审判，做出严厉的判决。

去死吧，你为什么不去死。你是女人的污秽，不配活下去。

早晨阳光把卧室的一面墙照得斑斑驳驳。闪闪烁烁地反光，像变形虫，她眼睛微闭注视着，像着了迷。

现在努力想醒过来。睁开浮肿的双眼。

一种麻木感像棉絮一样窒息着她的大脑。昨晚她只想快点入睡，忘掉酒店那个房间，忘掉情人那无情的大手和不断冲撞的身体。还有那个受托送她回家的马尾辫男孩。

他想摆脱她，这很明显。他话声中满是恐慌，怕她醒不过来，呼吸不稳，然后心脏停跳……他不得不用手拍她的脸，让她醒醒。即便如此，她也没有（完全）醒过来。

透过肿胀的眼睛汉娜看到情人脸上露出的恐惧和厌恶，那一瞬间他或许以为她已经死了。

她刚回到家就吃了两片安眠药。

蹒跚着走进客房，倒在床上。

只要她睡着了，她就不会记得了——情人话声中带着遗憾。你知道我爱你，对吗？那个戴着飞行员墨镜盯着她看的扎马尾辫男孩称呼她夫人。

马尾辫司机和酒店泊车员默默对视，两个人都有些困惑不解——两个人（白人、黑人）对那位（有钱的）（白皮肤）（金发的）别克车主都表示出某种蔑视，荒唐的高跟鞋，瘫软的双膝，竟然还徒劳无益地

199

表示抗议。但是 —— 这是我的车！你无权……

他们嘲笑她，粗鲁地。但不，他们没有大声笑出来。

扎马尾辫的司机付给停泊车员小费，还故意显摆一下。他从衣袋里取出一小沓钞票，摆出很有派头的样子，其实是见样学样跟别人学的。

给得不少，泊车员赶忙接过小费，满脸欣喜，如同突然亮起一盏灯 —— 嘿，哥们儿。谢了！

现在他们不再费心掩饰他们的笑声了。汉娜知道，是在嘲笑她。

可恶的年轻男人的淫笑，对这个不再年轻、不再迷人的女人满是蔑视。然而，她还没有老到让他们失去性趣的程度，当然也说不上让他们尊重。

嘿，哥们儿，祝你晚上过得开心！泊车员坏笑着朝他们喊。

嗯，哥们儿。说定了。

汉娜怎么活成了这个样子。

像个病人一样坐在别克的后座上。又像个醉鬼。平躺着，半昏迷状态。颠簸着驶出城区，模糊的城市景观、高架桥、路标、闪烁的灯光。当你竭尽全力克制恶心和呕吐的时候。

上车后好长一段时间，她一直以为自己会被送往医院。（是不是伯明翰的波蒙特综合医院？他们曾经带凯特雅去过？）一束耀眼的亮光射进她脏乎乎的眼睛，她的胃会被清洗。

她阴部的伤口将被瞪大眼睛的陌生人看到。汉娜已经虚弱到顾不上去用手遮掩了。

这是一辆救护车吗？耳中响起嘲笑的口哨声。

可怕的是：当完全清醒过来时，她的头就会剧痛，就像被大钳子夹住了一样。

所以我们才不愿意完全清醒。

也就是为什么我们虚弱得都撑不起身子，还会用手在床头柜上摸索，寻找那个装安眠药的塑料药盒 —— 就是想再多睡一小时……

门被迟迟疑疑地打开了。是谁？

贾勒特夫人？ —— 夫人？ 熟悉的声音，熟悉的面孔，俯身看着她，表现出关切的样子。

夫人？ 您已经睡了很久了，夫人。

……开车送他们去学校，告诉他们妈妈头疼。

孩子们！ 汉娜忘了孩子们。

她的孩子们。母亲竟然忘记了孩子。这是不正常的。

感激菲律宾女佣。没有伊斯梅尔达，就无法拥有一个私密的生活，孩子们也爱她。

然而：当伊斯梅尔达碰到她的肩膀时，她痛得直咧嘴。

因为汉娜的皮肤变得异常敏感，仿佛被剥去了表皮。全身的每一根神经都像紧绷着的颤颤巍巍的导线。头皮在疼。大脑底部像闪电般忽闪忽闪的，预示着偏头痛的来临。大腿内侧柔软苍白的肌肤上，一块块红肿，火烧火燎……

他用指甲在她身上抓来抓去。然后强迫进入她。

（但真的发生过这种事吗？ 汉娜不太确定。）

一只敏捷的大手迅速捂住她的嘴，不让她叫出声。

再后来，她感激涕零，终于被安全带回了家。

这种善意让她心存感激。一个男孩费力地把她从别克车的柔软座椅上搀扶下来。马尾辫司机忌讳地把目光避开汉娜四肢分开、衣冠不整的身体,她的年龄足够做他母亲了。

不对！——汉娜愤愤地想。她怎么就老到能做那个马尾辫男孩母亲的程度了呢。

至少不用穿细高跟鞋了。扔在车后座上,司机关照她,让她躺下,闭上眼睛歇一会儿,然后便驶向远山镇的家。

一种恶心的感觉在她的胃中翻腾,就像一个装满水的容器,稍微动一下水就会溢出来。

她还想知道,迫切地想知道为什么会发生这种事情,简直奇耻大辱,为什么不许她开自己的车,他们（男人！）有什么权力从她手中拿走她的车钥匙；把她当作普通的酒鬼,当作傻瓜、贱人、荡妇对待；但马尾辫的司机就像没听到她的话,还当着泊车员嘲笑汉娜,现在驾驶着别克里维埃拉一路向北行驶在 I-75 州际公路上,他冷静、专业,驾驶熟练,面对着让汉娜害怕的黄昏时分的交通竟然也能应付自如,毫不胆怯。

就交给他了,管他是个怎样的人。但愿不会晕车,否则就更难堪了。

于是,汉娜被送回了远山镇摇篮岩大街96号的家中,在这灯火初上的黄昏。

就像她的情人许诺的那样,她到家了。

马尾辫司机把别克轿车平稳地开进车库,停在与福特平托相邻的固定车位上。

三车位的车库中还有一辆大狩猎旅行车的车位,但韦斯还没回家……

好了,夫人,您到家了。你看到了吗？

到家了 —— 好吧？这是您的住所，夫人。

请 —— 进去吧，好吗？我就走了。

她从车库后门进入自己的房子。屏住呼吸，使劲憋着别呕吐出来。

照顾好自己，夫人。再见！

尽管口干舌燥，晕晕乎乎，她还是聪明地避开了厨房和家庭活动室，那里亮着灯，她的孩子和目光敏锐的女佣正等着妈咪回来。走后面的楼梯。狭窄的普通木板楼梯，就像另一个时代供仆人们使用的楼梯，与房子前面铺着地毯的旋转楼梯大不相同。

她又一次感到非常幸运，头晕晕的，光着脚，沿木板楼梯向上走，最后几阶走不动了，就手脚并用像只动物一样往上爬，但她已经觉得很值得庆幸了，没人看见就好。

哦，必须避开他们！—— 那俩等妈妈回来的孩子，那个盯着她的女佣。

千万别被噎住，别呕吐。她身体中的毒物正在向外爆发。

他看到她现在的样子，肯定会感到恶心。

（等一会儿）向伊斯梅尔达解释一下：她头痛得厉害。她已经吃了药，现在要去睡觉了。不，她不能见孩子们！孩子们见了她就会缠上她，而她头疼得厉害。请向孩子们解释，妈妈头痛很厉害。

请向贾勒特先生解释，她要在客房过夜，这样他回家时就不会吵醒她，如果她晚上胃痛的话，也不会吵醒他。

任何情况下都不要把我叫醒。

明天早上，汉娜就会恢复正常了：她会比韦斯起得早，会为他和孩子们准备早餐，并送孩子们去学校。一切都会恢复正常，就好像什么都没有发生过，而这种假想将成为汉娜记忆中所能回忆起的全部。

庆幸自己能睡上一觉，忘掉一切。感谢伊斯梅尔达没打搅她，轻轻关上客房的门走了。

而对齐基尔·琼斯来说，他的生命就只有不到二十四个小时了。

猛地睁开眼睛。床边墙上，斑驳的阳光淫荡地舞动着，位置已经移动，也显得更明亮了。

快到中午了吧？还是更晚？

韦斯早已离开，没有打扰沉睡的妻子，孩子们也已经由伊斯梅尔达送去上学——这是已经发生的事……还是昨天的事？

汉娜头痛得厉害，抬个头都困难。她已经记不清时间的先后：是今天去见 Y.K.，还是要再晚一天？一想到还要去万豪酒店参加午餐会，把那些听过的再听一遍，把自己那些陈词滥调再重复一遍，不觉一阵恐怖。

再次让他用指甲尖利的手指捅进她的身体，那可是她最柔弱的部分，她不寒而栗。

然而：不是也有可以聊以自慰的吗？知道——我活下来了。我会活下去。

然而：她不知道，夜里客房的门是不是被打开过，轻轻地。

毫无疑问，那个关心着她的丈夫曾站在黑暗中，倾听受到伤害的妻子的呼吸声。

妻子说了，不让他靠近，不让站在她旁边。然而他还是放心不下。

汉娜对此心存感激，感激得想哭：韦斯仍然爱着她。

她知道自己不配得到他的爱。

她祈祷,即使他发现了她的不忠,也会原谅她。

但现在有个人站到了身边,俯视着 ——"贾勒特夫人?夫人?"

是那个瘦小的棕色皮肤的女人 —— 伊斯梅尔达 —— 站在汉娜床边,一脸的关切。

为什么贾勒特夫人还躺在床上,都快中午了?脸色苍白,出虚汗,眼睛充血。

想拍拍汉娜的肩膀叫醒她,又不敢,不过汉娜自己醒了,尖叫到 ——"走开!你是谁!走开!别碰我!"

死 刑

之前和之后,天壤之别。

之前,是将引发山崩的小规模地壳移动,之后就是灾难连连了。

就在伊斯梅尔达拿起听筒给韦斯·贾勒特的办公室打电话时(在贾勒特家做用人的这几年里,伊斯梅尔达一直没有这么做过),三十一岁的齐基尔·琼斯,远山万豪酒店员工,底特律终身居民,他的命运也跟着被固定下来,就像是一颗铁钉被锤子粗暴而突然地钉进了木板。

在那一刻之前,齐基尔的生命自由自在,无忧无虑地飘向远方,直至地平线之外;而在那一刻之后,齐基尔的生命就被缩短为不到十个小时了。

在办公室里,韦斯·贾勒特警觉而不安地接到了伊斯梅尔达的电话,他知道家里一定出了问题,他首先恐慌地想到孩子们,因为对他而言,孩子是一种无比重要的责任,自从凯特雅生病以来,他总是忧心忡忡,还(微妙地)带着一点怨气……而现在,伊斯梅尔达节奏轻柔、略带口音地向他解释,今天早上贾勒特夫人似乎有些不对劲,还躺在床上,想起来,可身子太虚弱,伊斯梅尔达听到她哭泣,自言自语,好像是受了什么伤害……

受伤了,韦斯听到了。这是什么意思 —— 受伤……

韦斯问他是否能和汉娜谈谈,但伊斯梅尔达马上就否定了,说夫人告诉她不要再进房间了,一有人进去她就会叫,她身上"发烫"——"我说,'我给您量量体温吧,夫人。'可她不允许。"

"天哪!"—— 韦斯握紧了听筒。

伊斯梅尔达以坚决的语气告诉主人,如果他不能马上回家,她就必须打911了。她一个人无能为力,需要专业的帮助。

"好吧,伊斯梅尔达! 当然。"

然后,他有些恳求地说:"你能先照看一下吗? 好吗? 就在房间外面? 希望半小时之后我能赶到。"

匆忙离开办公室,对助手咕哝了一句什么借口,一边焦急地驾车往家赶,一边回想,内心充满了愧疚,昨天晚上,汉娜看起来不太好,又是头痛的老毛病,早早上床睡了,说她想睡客房,免得早上被他或孩子吵醒,所以韦斯早晨上班,觉得就不必再履行作为丈夫的职责,去看看妻子的情况了 —— 尽管他(当然)还是打算在早上晚些时候打个电话,问问她是否感觉好些了……

正如韦斯不愿意做一个忧心忡忡的父亲,他也不愿意成为一个忧心忡忡的丈夫。他已经开始讨厌那个带着哭腔的词——偏头痛。不是正的,而是偏的。不得不这样认为:"偏头痛"就是一种策略,让汉娜居高临下,而他只能甘拜下风。因为"偏头痛"是无法质疑的东西,是女性的绝招:一张总能取胜的牌,你无法否认。汉娜每个月会有两三次"偏头痛"发作,而韦斯很少头痛,以至于他开始觉得偏头痛就是个谜,就跟女人绝经期的"潮热"一样。

幸运的是,汉娜离"潮热"还有很多年,韦斯这样猜想。

到了家,韦斯将旅行车停在车道上(他确信伊斯梅尔达正在哪扇窗户后面盯着他呢),然后匆忙进屋,和伊斯梅尔达简短商量一下,才敢进入客房。这是一间用壁纸装饰得古色古香的房间,韦斯不常来。床上,印花图案的被子下,汉娜静静躺着,脸朝着墙壁,像一个假装睡觉的孩子那样紧闭着双眼。韦斯俯过身去——"汉娜?汉娜?"汉娜吓得身子一挺。

韦斯愣住了,汉娜显然病了。作为丈夫,当然有权看看妻子是不是真的病了,但身后伊斯梅尔达还关切地站在门口,韦斯既不敢退缩,也不敢碰汉娜,她紧绷的身体传递出的信号是:不!别碰我。

汉娜的脸韦斯几乎认不出了,他很少见到妻子没有精心化妆的样子。她化妆不是出于虚荣心,或者至少并非完全出于虚荣心,而是不想让丈夫失望,更不愿意让他感到痛苦或有一种幻灭的感觉。然而现在,汉娜顾不了那么多,浑身无力,虚弱得连说句话让丈夫离开的气力都没有了。她脸上有斑驳的红点,像在发高烧。她的嘴一块肿一块瘪，都变了形；眼皮上还残留着银蓝色眼影，眼睛又红又肿。汉娜常常引以为豪，不惜重金呵护的头发，此刻也乱作一团，就像廉价洋娃娃的头发一样。臭味从通常讲究整洁的妻子身上飘向他的鼻孔——汗臭、酒气，还有呕吐物的气味。

韦斯竭力控制着自己，不要像在家里猛然撞见了令人生厌的陌生人那样，吓得往后缩。

他问汉娜还好吗？——显然她并不好，但到底怎么不好？——汉娜咕哝了一句没事，然后提高声音，哀求道——请走开，我要睡觉。

韦斯跪在床边。大胆地摸摸汉娜的额头，感到发烫，却干燥无汗，如同羊皮纸一般；汉娜像个孩子一样抽抽搭搭地推开他的手。

她为什么总是躲着他的目光，韦斯想知道。为什么她的眼睛总回避他，目光闪烁飘移。

现在韦斯注意到，汉娜下巴上有瘀伤。紫色夹杂着黄色，看着吓人，在脖子上围了一圈，像是手指掐的，令人不得其解……

"汉娜！出了什么事……"

韦斯撩开被子，汉娜没来得及阻止，在那一瞬间，韦斯看到了。

宽松的睡袍下面，肩膀、上臂、松软的胸部都有瘀伤。汉娜呜咽着说不，不，走开，但韦斯一把掀起睡袍，从她屁股下面抽了出来。他看到她肚子和大腿上都是瘀伤。大腿内侧一片红肿，就像给动物抓过似的。

薄薄的睡袍里赤裸的身体散发着一种气味：发热，愤怒，黑色的凝血，困顿、受挫、无语，如同一条巨蛇在丈夫的凝视下扭动，不是出于恐惧，而是对于那双凝视着的眼睛的不屑。

汉娜抓住被子，拉回自己身上。

汉娜哭泣着，惊慌失措，她的秘密被发现了。韦斯倒退几步，惊恐，不解，像是不知从哪儿闯进一个人、一个男性对手，冲着他的脸就是一击。

他想 —— 我妻子受到了伤害，被打了。但还没想到 —— 我妻子被奸污了。

随后发生了什么，无论是韦斯还是汉娜今后都没法清楚地回忆起来了。

韦斯反复追问到底发生了什么事情，声音里充满男人直白的悲愤，是谁干的，而汉娜则一次又一次地坚称没事，没人。

她在抽泣，她固执而僵直地躺在被子里。她不允许韦斯再进一步检查她遍体鳞伤的身体。

韦斯紧紧握住她的手，让她平静下来。她的两只手，都握在他的手里。他感到又恐惧又愤怒。"汉娜，我的天哪！我想帮你。"

他硬扶着她坐起来，靠在床头板上；还在她身后放了一个枕头，自己也坐下来，和她肩并肩。

最后，汉娜让步了。她让韦斯告诉伊斯梅尔达先出去一会儿，并关上门。

还要他拿来一块在冷水里浸过的毛巾，擦擦脸，还从浴室拿来她的偏头痛药……

汉娜用低得韦斯不得不靠近才能听见的声音告诉韦斯，她也不"完全"知道发生了什么事。是在万豪酒店历史学会午餐会结束后：她

209

还记得离开朋友们，向停车楼层走，在楼梯间她可能一步踩空，从一段混凝土楼梯上滚了下去，受了伤。

从楼梯上跌下去？混凝土楼梯？

汉娜说，摔伤了头。还有脸。

韦斯问汉娜摔倒后是怎么回家的，汉娜说她也说不清。

汉娜解释说，午餐会是在酒店的一个私人房间里举行的，位于夹层楼层，所以午餐后她直接从那个楼层出口进入了停车楼层；她本打算自己去拿车，但她忘记了她将钥匙交给了泊车员，所以她不得不重新回到了一楼；她原本是想节省时间，到头来却浪费了时间……

"是的，然后呢？之后发生了什么？"韦斯不耐烦地问道。

"我——我也记不清了。有人过来帮我。"

"谁？"

汉娜糊涂了，她忘记说到哪儿了。

她午餐时喝了两杯酒，汉娜自责地说，也许是三杯。

也许是又犯了偏头痛，也许是她自己稀里糊涂地服了什么药，会议实在太无聊了，她看着别的女人的嘴巴在动，但一个字也听不懂，即便是自己发言的时候，也不知讲了些什么！——觉得和其他女人格格不入、十分疏远，她沮丧无助，真想哭，她有多么孤独，在远山镇有多么孤独，多么无聊，但她为什么感到无聊呢，她（实际上）应该是一个非常快乐的女人，是她所认识的女人中最幸福的女人之一，远远比她的母亲快乐，她母亲也有偏头痛，同时还私下里酗酒，而汉娜不会私下酗酒，只在社交场合才饮酒：这是一个关键的区别。并且，汉娜与她母亲不同，她婚姻幸福。还有一点也和母亲不同，汉娜做母亲做得很幸福。然而,在离开万豪酒店时,匆忙中她决定从酒店的夹层楼层直接去停车场,所以不得不从二楼下到停车楼层,又去了一楼,在空荡荡的楼梯间,下面没人,上面也没人,她的脚步声在空中回荡,她穿着高跟鞋,肯定是绊了一下,一头栽了下去,一阵眩晕袭来,就像深坑里蹿上来一股臭气,她着急赶在偏头痛加重影响她的视力之前回到家中,偏头痛袭来的时候就像五大湖上的暴风云 —— 当你看到的时候,蓝天就已经被遮得严严实实了。

她把治偏头痛的药落在了家里,所以急着在头痛发作起来之前往家赶,错就错在下楼时太慌张,一下踩空,摔了下去 —— 头朝下,一直往下滚 —— 她想用手抓住点什么,但头还是撞到了墙上或台阶上,她摔到楼梯平台的冰冷肮脏的混凝土地面上,睁睁眼,吓坏了,自己也不知道是在哪里……

她想她可能是大声呼救了。她记得楼梯间有回音,一种闷闷的尖叫声。

夫人? —— 楼梯间的门被推开,一个身影站在门口。

夫人? —— 那个人是谁,一个模糊的身影,汉娜的视力已经变弱,几乎睁不开眼睛。

一个好心的男人,正派的男人,看到摔在地上、痛苦呻吟的汉娜,他弯下腰帮她起身。他想打电话给911,但汉娜坚持说没事,摔得不重,她确信能正常走路。

他陪着她走到了她的车旁。她没有看到他的脸。

不 —— 她没有看到他的脸。

她只想回家。迫切地想开车回家。

211

她直接从万豪酒店驶回位于摇篮岩大街的家中，距离不到两英里。她慢慢地、小心地驾驶。因为她眼睛有问题。耳朵里也嗡嗡响。头也痛得厉害，像暴风云遮蔽了天空。她避开主干道，走小路沿摇篮岩河到达摇篮岩大街。一到家，就庆幸地哭了。她立即吃了偏头痛药。她告诉伊斯梅尔达不要打扰她，不要让孩子们吵醒她，还要她告诉韦斯不要叫她，她在客房过夜。因为对她来说，睡觉比什么都更重要。

　　她还没有注意到身上的瘀伤。但她感到疼痛，右脚踝、肘部和半边脸都疼，但都被更加剧烈的偏头痛盖住了。

　　韦斯不敢相信汉娜这一连串的叙述。他从未听到妻子如此说话，说得这么久；一会儿吞吞吐吐，慢慢悠悠，一会儿又连珠炮般絮叨一通，仿佛在回忆一个自己也不解其意的梦。韦斯几乎可以断定，汉娜今天早上喝了不少酒。

　　他意识到汉娜的酒喝得比以前多了。以往她总是喝一杯，还常常喝不完，现在她会喝两杯，一滴不剩。对此，他并未强烈地意识到，而仅仅是（有所）察觉，就像只是用眼角的余光注意到时钟的指针在移动一样，如此缓慢，如此无关紧要，（还）不值得全力关注。

　　韦斯握住汉娜的双手，觉得冰凉冰凉的，很不正常。他看到，汉娜正尽最大努力直视着他的眼睛，意思是要让他相信自己说的是真话。

　　韦斯想 —— 但是还是不对劲。还是有问题。

　　不是说汉娜在撒谎。韦斯不这么认为。但汉娜说话的那个样子，让韦斯产生了怀疑。

　　自从多年前成为恋人以来，他们之间一直保持着一种自我意识，一种残存的青少年的羞涩感。晚上他们脱衣服总是各自躲到房间的一个角落里，远远地，以免相互看见，有意不让对方看到自己，早上穿衣服也总是错开时间，仍是相互避讳，所以韦斯和汉娜一般不会以裸体相见，除非在做爱亲密相拥的时候，而自从有了凯特雅以后，房事也变得不那么频繁了。所以当韦斯第二次把被子掀开露出遍体伤痕的汉娜时，两个人都很惊愕。只见韦斯拨开汉娜的双手，对妻子绝望的哭喊也置之不理，径直分开妻子受伤的大腿，以便查看他也骇于看到的情况 —— 阴部红肿、瘀血，白皙的皮肤上，一道道伤痕，像耙子耙的一样，颜色如同腐烂的水果。

韦斯平静地说："你被强奸了。"

汉娜把被子拽回来，盖到身上。

还在试图说不。大口地喘息着。

不。不不不。

愤怒而惊恐地，韦斯俯身看着汉娜。他脸上没有爱，而是惊愕。汉娜呆住了，一句话也说不出。

但是这都是明摆着的。你身上究竟发生了什么：强奸。

不。

"汉娜？看在上帝的分上，告诉我 —— 这是谁干的？"

没脸见人，她把脸转向墙壁。把（满是羞愧的）脸藏起来。

"—— 在停车场？楼梯平台？是个什么人？"

汉娜把被子里的身体蜷缩起来，紧抱双膝，贴在胸前。整个身体像攥紧的拳头，谁也别想掰开。

这就是强奸：承认吧。

Y.K. 是强奸者。把他的名字说出来。

丈夫呼哧呼哧地喘着气。丈夫满屋子乱转。紧紧闭着眼睛。她拒绝看人。拒绝听丈夫痛苦的问话。

她恨他，把被子从她身上掀起来，经过她同意了吗！——她的丈夫。

他竟然敢揭开她被玷污的身体，伤痕累累，赤条条一览无余。他不顾她的反对，他无视她身体的隐私和神圣。

"到楼梯平台上来的是谁？他是不是就是那个——强奸犯？还是说出事后他才发现你……"

不不不。根本不是。

汉娜无法向韦斯讲述真情：她不知道真情是什么。

"——没人听见？没人看到？一个男人攻击你，打你，强奸你，但是——没人听到？"

除了急促而微弱的呼吸以外，汉娜躺在那一动不动。无意识地呼吸，贪婪地吸进氧气，以维持她支离破碎、污秽不堪、一无所成的生命——这，她无法拒绝。

"当时有泊车员吗？他在哪儿？"

没回音。没听到。

韦斯想：多层的停车库，偏远的角落，半废弃的顶层，楼梯井。他几乎能想象出汉娜走在楼梯上的样子，穿着高跟鞋，没留意周围的情况……

"——是不是那个泊车员干的？谁发现你的？或者——他是不是就是那个强奸犯？"

韦斯说话显得有些狂躁不安起来。汉娜不敢面对丈夫，他能看得出她眼睛里的负罪神情。

汉娜还犯了一个大错：告诉韦斯她在万豪酒店的楼梯上摔了一跤。她觉得关键是要把出事地点说成是远山的万豪，以便和底特律的万丽大酒店撇清关系。但要是说摔在水泥台阶上擦伤，就得编出一个楼梯井。而既然有个楼梯井，就得说有人来帮她了。而一提到有人来帮助，她就无意中透露出那个人（可能）就是奸污了她的人。

汉娜还是坚持说，根本没人强奸她。

"——是个黑人吗？是谁在楼梯井发现你的？我好像记得，万豪的泊车员是黑人……"

不不不。

人体内的生命令人惊骇，不到发生问题的时候，你是意识不到的。

"汉娜，请看着我。我们得给你做个医学检查，我们得报警。"

汉娜想冲着她这折磨人的丈夫大叫，让他别管自己，她的生命完结了，她用虚荣和愚蠢毁掉了自己的生命。她从来无意毁掉自己，但这却发生了。

正像1967年7月底特律"内城"的居民那样，他们暴怒之下，四处放火，发泄怒气，但待大火熄灭，却发现他们烧掉的是自己的街区：他们自己的家园。

大火燃烧，尽其职责。我们无须干预。

对身体里的大火，同样，我们也不要干预它的燃烧。

她的生命完结了，汉娜想。她身体里的生命啊。她身体里的女人啊。他用手指抓挠她，进入她的体内，却毫无爱心，还嘲讽她的淫欲旺盛。不过，那不是强奸，汉娜坚持认为不是，但对痛苦不堪俯身注视她的丈夫又不知如何解释。她只能摇头，无言地表示不。

韦斯心里痛楚，疑窦重重，还是坚持要弄清楚：汉娜告诉他的 —— 在楼梯井里跌下来 —— 根本无法解释她私处的伤痕。特别是脖子上的一圈瘀伤。汉娜说记不得那人对她做了些什么。她肯定是记得的。

满怀愤怒的丈夫，他的前途同样也垮掉了。此时此刻，他不敢想什么前途。他一心想的只是报仇 —— 抓住强奸犯，严惩。对汉娜造成的伤害，他还没（来得及）考虑，汉娜的伤就是他的伤，因为这个女人是他的妻子。

他发现了汉娜扔在椅子上的衣服，似乎昨晚衣服脱得很匆忙。又脏，又皱，带着她的体味。他拿起皱巴巴的白色亚麻长裤，看了一眼（变了色的）绸子裤裆，又厌恶地丢开。

怎么会变成这样，他还怎么做一个男人！怎么做丈夫，做父亲。

五斗橱上放着汉娜的大皮手袋，敞开着。一气之下，韦斯把里面的东西都倒了出来，乱七八糟地摊在柜橱上 —— 时髦的黑皮钱包、金光闪闪的小粉盒、几管唇膏、梳子、小刷子、卷纸、一支银色圆珠笔，还有几张泊车凭证……其中一张，韦斯兴奋地发现，是远山镇万豪酒店停车楼的。

韦斯抓起这张凭证，很是激动。

不知这能揭示出些什么，但韦斯要追下去。

* * *

他坚持：汉娜必须接受医生的检查。

不是在伯明翰的博蒙特医院急诊部，因为那里的初级保健医生可能认得汉娜，知道她的身份。一位和他们有过社会交往的实习医生，在韦斯的恳求下，答应在诊室为汉娜做检查，随来随做。

当然会怀疑，这急迫和诡秘后面，必有原因。

"这事必须保密，诺曼，"韦斯说，"你得向我保证。"

诺曼·谢尔犹豫了。他看到，平素沉稳有加的韦斯·贾勒特现在变得焦躁不安，他一向衣着得体的妻子也一脸病态，几乎都认不出来了。

"我想，作为一名医生，我无法做出保证，"诺曼说，"但作为一个朋友……"

"好的！谢谢你。"韦斯抓住诺曼的手，拼命握了握。

诺曼单独给汉娜做过检查之后，对韦斯说，是的，汉娜显然遭到了性侵和殴打，但汉娜拒绝接受盆腔检查。

她坚持说，自己没被强奸。她不记得发生了强奸，不记得有人攻击她——她只记得在停车楼的水泥楼梯上摔下去，碰伤了头，后来醒过来，忍受着偏头痛开车回家。

韦斯满腹狐疑地听汉娜讲述，她声称不记得有人打开楼梯平台的门。也不记得有什么"好心"人把她扶起来，走向她的车……

"汉娜！你刚才跟我说的……"

"我头疼！疼得没法思考。"

这事让汉娜觉得十分耻辱，韦斯带她看医生前不准她洗澡。她就这么出现在诺曼·谢尔医生面前！就这么让人家闻！闻出她身上的他。

当然啦，性侵受害者是不能冲澡和清洁身体的。绝对不行。

如果诺曼可能，或肯定会，晚上回家对妻子梅利莎说，心急如焚的韦斯·贾勒特今天带着妻子来诊室找他，他的妻子遍体鳞伤，有（明显的)阴道挫伤,显然遭受了性侵害,那这算不算违反了医学道德呢?

(看诺曼·谢尔那副得意的表情! 更糟的是,梅利莎本身也是个医生,可能是个心理医生。汉娜不禁一哆嗦。)

假如汉娜有力气,也有远见,在韦斯没发现伤痕之前就在家里洗个澡。假如她机警一些,压根儿就不让韦斯发现自己的伤痕……

身体一片片地麻木。脑子一阵阵地失去记忆。

"你夫人受了惊吓,韦斯。这就是我能确定地告诉你的。"

谢尔给汉娜量了三次血压,每量一次,当上臂被臂带箍紧的时候,汉娜就会皱皱眉。她的血压好像"出奇地"低,随时会晕厥。

谢尔坚持认为:汉娜应该直接去博蒙特医院急诊部做血液检查和全面的盆腔检查。照头部、颈部、肋骨和右脚踝的 X 片。阴道拭子检查,如果怀疑性侵的话……

汉娜听了觉得很难堪。可是她没有被强奸啊!

谢尔还冷峻而自得地说,汉娜有轻微的头骨裂伤,可能带来危险。还可能染上了某种性病 —— 是的,就是一瞬间的事儿! 急诊部会联系当局。如果是刑事犯罪,就得报警,看目前的情况,显然是人身攻击,并(可能是)强奸。

他也要向警方提供报告。这是密歇根州的法律,绕不过去的。

没办法绕过去? —— 韦斯惊呆了。

"你向我保证了的,诺曼! "

"不。我没有,韦斯。"

"假如这是你的妻子 ——"

"如果这是我妻子,我肯定带她去急诊部,"谢尔厉声说,"因为我

Babysitter

爱我的妻子。"

汉娜抗议说，谢尔无权干涉她的隐私，也无权报警。早知道如此，她才不接受检查。她提高了嗓门，真想上去抓谢尔的脸。

恨不得马上离开谢尔的诊室。如此羞愧，如此精疲力竭。在停车场，她甩开韦斯抓着她的手，就像一只狗要甩开紧勒在脖子上的绳索。

不不不 —— 去急诊部，汉娜想想都头疼。又要查这查那，又要摸来摸去。

无法忍受被人看来看去，被陌生人评论。

就好像，一旦贴上了"受害者"的标签，就不能主宰自己的身体了。

汉娜恳求韦斯开车送她回家，而不是去急诊部。她急着要洗个热水澡。她想服阿司匹林，她想睡一会儿。就一个小时！如果他坚持要送她去急诊部，那就把她毁了，她永远也不会原谅他。

她想要的，汉娜说，只是为了孩子而恢复原来的自我。让孩子看不出妈妈有任何异常。说实在的，她想去学校接他们……

不可能，韦斯严肃地说。伊斯梅尔达会去接孩子，他要带她去急诊部。

汉娜无助地抽泣着。她告诉韦斯，她觉着自己很龌龊，她无法容忍她目前的状态。求求你韦斯，能不能开车把我送回家。明天一早我就会正常如初了。

但是，韦斯拒绝了：不可能。不能回家。还不行。现在不行。

韦斯渐渐对汉娜失去了耐心，失去了对妻子的同情心。这个女人，歇斯底里，言谈举止根本不像他的妻子。他的妻子明事理，举止端庄。在他们的婚姻中，妻子还从未像今天早晨这样，在这么短的一段时间里，却占据了这么大的情感空间。韦斯困惑，受挫。其他人的妻子会闹脾气，歇斯底里——他的妻子不会。

他从谢尔眼神里看到了惊恐和厌烦——不愿被牵扯到这种事情中来。就怕汉娜确实遭到了强奸，从而导致一宗刑事案件。

韦斯试图以安慰的口吻和汉娜说话，就像对自己的孩子。他紧握着她的手。可怜的、无力的小手！攥得太紧，简直要把那柔弱的指骨捏碎了。

汉娜当然知道，她必须做X光透视，做盆腔检查。一想到汉娜可能染上了性病，韦斯就特别反感，他明白汉娜为什么坚持要洗个澡了：清除身体上遗留的强奸者的精液。洗掉所有证据。

他满腔怒气，不忍再想下去了。

他敢肯定，汉娜看见了强奸者的脸。在楼梯井里，在那个人走过来的时候。

汉娜也绝对知道强奸者的肤色。韦斯敢肯定。

在急诊部，汉娜被从韦斯身边领走了。在急诊部，又怕又悔的丈夫放开了妻子，一个可能的（性）侵犯受害者。

布帘后面，汉娜接受了一位资深医师和他的助手的检查，大部分人都很年轻，让人感到尴尬，而且看样子还是在国外出生的；被提取了"生命体征"数据后，她哭着坐在轮椅里去做X光检查。韦斯被拦住了，他不能陪在妻子身边，却被要求反反复复地说明他是如何被用人叫回家，发现汉娜躺在床上，无力起身，似乎在发烧，心情烦躁，浑身不适；他查看了一下，发现很多瘀伤和伤痕，包括阴道挫伤；他

220 Babysitter

又如何找到初级保健医生，就是他建议他们立即来急诊部的，等等，等等。

这一番话，韦斯是讲了一遍又一遍。最后还要和便衣警探讲一遍。

故事一讲出去，就收不回来了。公布到了全世界，成了公开信息。

现在这个角色，对韦斯来说是全新的，他尴尬、气愤、急切，再加上痛心，不过他很快就会恢复他的出身、阶层和职业所赋予他的权威：他的话是不容置疑的。

想起汉娜向他描述过，她在楼梯上摔倒后，有个男人走过来："是酒店服务人员 —— 应该是个泊车员 —— '黑人' —— 我觉得汉娜是这么说的……'一个黑人' —— 穿制服 —— 打开楼梯平台上的门，发现她躺在地上……"

每一次韦斯把事情经过讲述一遍，他都会变得更激愤，更相信自己的判断。（白人）警探专注的神情，对韦斯，这个性侵受害者的（白人）丈夫的同情和尊重，都促使韦斯把话说得更重，更加肯定，就好像他亲眼看见楼梯平台的门忽地被推开，他瞥见门口出现一个身影，看到了那张凶狠的脸：一个黑人，肯定是万豪的雇员，也就是说，穿着制服，是个服务员，看见汉娜摔落躺在楼梯平台上，不能自卫。

等一下，他们问韦斯，这个人发现你的妻子是在她受到侵害之前还是以后？

之前！因为他就是强奸犯。

验证了这句话：这个就是强奸犯。

几个小时过去了。韦斯的声音在颤抖，他怒不可遏。警探们严肃地看着他。那个性侵受害者的丈夫。白人丈夫，黑人强奸犯。警探们问了又问，韦斯说了一遍又一遍。重复了多少次，韦斯也不知道。逐渐地，听明白了，录了音，做了笔录。汉娜·贾勒特向丈夫表明，强奸她的是远山镇万豪酒店的"黑人男性雇员"。

韦斯毫不犹豫地声言：是的。他的妻子辨认出，那个强奸犯是万豪的一个"黑人男性泊车员"。

从那天早晨以后，她旧病复发。精疲力竭，一直处于受惊吓的状态。从那天后，她就不是原来的自己了。

另外还有一个确凿的证据：韦斯把在汉娜手袋里找到的万豪酒店泊车凭据交给了警探。

你们可以去万豪酒店调查，韦斯说。看哪个泊车员在凭据上打印出的时间正好当班。

（票据上只有汉娜到达万豪的时间：上午11:53。没有离开的时间。）

需要对万豪酒店的雇员进行询问。

当然不是全部雇员。重点是黑人泊车员，前一天下午当班的。

警探们明白。男人都明白。当一个丈夫承认他的妻子被奸污了，就等于承认 —— 我被奸污了。

汉娜也接受了远山镇警探的询问。

汉娜开始明白了：她打开了一扇门，或者说，她打碎了一扇窗，现在想把门关上，把窗户修好，已经没有可能，她吞吞吐吐的答话已被录音，并做了笔录。

但是，我跟你们讲的不是实情啊！你们肯定知道，但为什么不阻止我……

这些都不是真的！只有丈夫认为是真的。

汉娜太想回家了，她累坏了。她接受了一连串的检查！尽量自我宽慰：她的头颅没有那种（大概）意味着她的大脑在出血的微小裂痕，她不会在一两天内由于脑出血而垮掉，让两个孩子没了妈妈。

太疲惫了！忧心如焚。由于服用了可待因，大脑都麻木了。

模糊地记得 —— 在水泥楼梯上摔倒了。绊了一下。

很快，她就回忆不起底特律那家酒店的情人了，他是强奸犯。

但是不，Y.K. 不是强奸犯。

情人不可能是强奸犯。

她没有反抗，她"同意"了。她可以肯定。

Y.K. 和汉娜之间发生了什么，只有 Y.K. 和汉娜知道。而汉娜确定：不是强奸。

当然是强奸！

他可能会把你掐死。他是魔鬼。

汉娜再也不想见到他 —— 当然。Y.K. 对她的鄙视，他野蛮的行为，粗暴、低俗，带着惩罚的意味，他是个施虐狂……这人显然厌恶所有女人：他对女人的恨应该在对她施虐以前就已经存在了。

恶心，憎恨自己。只想快些回家，用镇静药抹去她的记忆。

当着韦斯对远山镇的警探们回忆起有关"楼梯井事件"更多细节的时候，汉娜却越发回忆不起多少了。他们就好像是玩跷跷板：一个上去了，更高了；另一个就下来了。

汉娜只感到有一点点的害怕，她的记忆一分一秒地褪去了。模糊，涂抹，像黑板上的粉笔字被用手擦去了一部分。

不。我谁都没看见。

我记得摔下去 —— 开始往下摔。不记得摔到屁股。不记得碰到头。门开了？来了个男人？不。

不，我觉得没有。现在脑子一片空白。

据说，头部碰撞可能导致失忆，休克可能导致失忆。

汉娜产生了一种孩子般的反叛心理：她为什么非要回答这些陌生人提出的问题？为什么要回答问题，任何问题？

汉娜觉得很讨厌，韦斯干吗非要讲述她的故事，就好像那是他自己的故事一样。他的故事回忆得比她这个亲身经历的人还要清楚。

还有那些警探，一心相信丈夫，而不是她这个妻子。

汉娜一直被要求说出门口那个男人的长相 —— 那个人的脸：也就是说，他的肤色。

他是穿制服吗？他是酒店雇员吗？

汉娜耐心地重复着：她不记得有一扇门被打开，也不记得看见有个男人开门。当然也不记得什么脸。

于是，他们问汉娜为什么，既然几个小时前，在家里，还记得在楼梯平台的门口见过一个男人，而且还向丈夫进行了描述，怎么现在就记不起来了呢？

这一问，汉娜无言以对。

一遍，又一遍，重复着那些愚蠢的问题。

汉娜无动于衷，不再用耳朵去听。失忆像雾一样罩住了她的大脑。

没人能强迫我非要记住什么。谁都别想。

一个小时又一个小时过去了，汉娜恳求允许她回家，不要在医院过夜。

疲惫不堪，汉娜坐在轮椅里，被推到急诊部的（自动）门那儿。韦斯急忙去取车，开过来接她。

殷勤的丈夫，屁颠屁颠地把车取来，搀扶妻子走向汽车。汉娜笑了，心想旁观的人都被骗了：这位貌似殷勤的丈夫只是暂时出现在摄像机面前。很快，那个愤怒的丈夫就会再现。

不过也有一点小小的欣慰：汉娜·贾勒特站起来，虽然摇摇晃晃，但还能够走向路边的旅行车，来医院的人们看了很吃惊，一个脸色惨白的幽灵从轮椅里站起来，简直是一个奇迹。

妈咪为什么哭了？—— 妈咪没有哭。

如果妈咪真的在哭，那是因为回到家里太高兴了。

如果妈咪真的在哭，那是因为妈咪感觉自己离开了很久，所以现在回家非常高兴。

令人心碎的是，孩子们是多么需要汉娜 —— 也就是妈妈。

她，汉娜，孩子们并不怎么了解。但当然，孩子们并不了解他们父母是什么样的人，只知道他们是父母。

拥抱妈咪，亲吻妈咪。刚洗完澡，头发还是湿的，穿一件柔和的奶油色羊绒浴袍，妈咪拥抱孩子们。

妈咪把脸贴在他们身上，弄得孩子们挺害怕的。

然而，如果他们说话的声音太大，电视的声音太大，或者他们争吵打闹，妈咪的头还是会疼，所以他们应该多为妈咪着想。

懊悔的凯特雅把食指压在嘴唇上，然后又压在康纳尔的嘴唇上，但康纳尔像条蛇一样发出咝咝的声音，还一巴掌把她的手拍开。

　　伊斯梅尔达会为孩子们准备他们最喜欢的晚餐：抹了很多番茄酱的肉饼，加了好多熔化了的（卡夫美式切达干酪的）奶酪通心粉，巧克力冰沙作为甜点。由于今天对他们来说是紧张的一天，伊斯梅尔达会特别温柔地给他们洗澡，把他们放上床，而妈咪会来亲吻他们，祝他们晚安。

　　似乎是无心地，韦斯会问汉娜："你干吗要护着他？——那个强奸你的家伙。"

　　汉娜抬头望着他，不知道是不是听错了。

　　这个作为她丈夫的男人，看着她，僵硬地笑笑，像扯断的许愿骨[1]，注视着她。

＊　＊　＊

　　内城，高犯罪率地区。

　　晚上10点11分，三辆底特律警车沿着布拉什街飞驰而来！停在布拉什街的一排棕石砖房1181号前！明亮的旋转灯！六名警官！奉命将三十一岁的齐基尔·琼斯带到总部接受询问。

　　据信他是前一天在郊区远山镇万豪酒店发生的一起"故意伤害、强奸"事件的目击者。有很大可能琼斯就是犯罪嫌疑人。

　　底特律警局协助远山镇警局对此案进行"初步"调查。

　　受害人（传真）提供的对嫌疑人的描述：黑人、男性，二十五六或近三十岁，身高六英尺，体重两百磅。

---

[1] 禽类胸部的叉状骨头。据信，如愿骨被两个人扯断，得较大部分的则可实现自己的愿望。此处的比喻，意指丈夫的笑诡秘莫测、难以捉摸。

（尚）未发布对琼斯的逮捕令。（尚）未下达对布拉什街1181号的搜查令，该住所为琼斯与九名亲属共同居住，包括他十一个月大的女儿和八十七岁的祖母。

大声敲打前门。声音很大，怒气冲冲，灯光在住所前的窗户上闪烁。

警察！——快开门！在听证会上，警官们将宣誓他们多次亮明了自己的身份。

还将宣誓他们没有获取有关齐基尔·琼斯的背景信息，不知道他已在远山镇万豪酒店工作数年，没有任何被捕记录或判刑记录，没有案底，只是为一宗郊区强奸案接受询问。

还将信誓旦旦地说，他们别无选择，只能开火，警员的安全受到威胁，嫌疑人不服从警察的命令，相信他携带武器且具危险性，相信他几乎将一名（白人）女子殴打致死并实施了强奸，相信他想拿出武器，鉴于"内城"贩毒活动无所不在，怀疑他是一个兼职贩毒者，住所内可能有武器，他拒绝提供身份信息，高喊威胁要杀死警察，他拒绝举起双手并将双手放在警察可见的位置，他从门口向后退，警察击碎玻璃破门而入，他又喊又叫，推开椅子，掀翻桌子推向警察，拒绝跪在地板上，拒绝举起双手并将双手置于警察可见的位置，拒绝提供身份证明，拒绝四肢伸开趴在地板上，拒捕、袭击警察，冲向警察试图"夺取"武器，可能是吸食了某种毒品——可能是可卡因；眼睛通红，像动物或醉汉，好斗、不合作，从住所后门逃出，无视警察鸣枪警告，晃晃悠悠地倒在巷子里，跪着哭喊别开枪！别开枪——尽管已经被击中了一次、两次、三次：后背、肩膀、脖子分别从十二至二十英尺的距离被射中，然而仍被认为是危险的，趴在巷子里，痛苦地扭曲着，有五处伤口，流血不止，仍然拒捕，威胁警察，拒绝静躺不动，拒绝将双手放在警察可见的位置，拒绝提供身份信息，拒绝出示身份证明，再次冲向警察试图夺枪，出于安全考虑，他被戴上背铐，软软的胳膊被拉起，粗壮而软弱无力的胳膊和（粗实的）手腕被铐住，最后齐基尔·琼斯趴在布拉什街1181号棕石住宅外的巷子里，一动不动，完全配合，几乎无法呼吸，五处枪伤，血流不止，终因失血过多死亡。

联系救护车，八分钟后抵达。警笛声，闪烁的灯光。

邻里的灯光全部熄灭。窗口不见人影。

然而，警察仍在呼喊，警告：待在室内！待在室内！不要上街！

更多的警察抵达。警笛声，闪烁的警灯，扩音器。

失去知觉的齐基尔·琼斯双手铐在背后，被用担架抬向救护车，仍流血不止，被抬进救护车，疾驰而去，警笛震耳，红灯闪烁。

巷子里未发现武器，齐基尔·琼斯家中也没发现武器。没有"管控药品"，只有老奶奶服用的处方降压药。

酒精含量一般，相当于两三罐啤酒，但齐基尔·琼斯血液中没有毒品成分。

送至底特律总医院急诊部，进行急诊手术，于晚间11点58分宣布死亡。

第二天的《底特律新闻》头条：

**远山镇强奸案携枪嫌疑人
在布拉什街与警方对峙中遭致命枪击**

III

伪　装

最后。过了几个星期。冒险地走出家门。

离开了家。离开了远山镇。

虽然她的目的地并不远：圣裘德儿童医院，富兰克林山。

或者更确切些，圣裘德儿童癌症中心。

实际上是：圣裘德儿童癌症纪念中心。

墨镜遮住了她一半的脸。戴着真丝头巾，像个化疗患者，已经几个星期没有"美白"的头发，黑色的根部都显露出来，银光闪烁。

不建议操作重型机械，不过她开车非常谨慎，选择绕道前往富兰克林山，避开拥挤的交通。

最近经常记不住名字：对她来说是陌生的名字，生人的名字，很久以前的名字，儿时的名字。

那些已经去世的人的名字，死亡似乎将他们沉入了一个无尽的黑洞，将他们的名字也一同带走了。

齐基尔·杰克逊？还是齐基尔·约翰逊？还是齐基尔·琼斯？

无尽的黑洞将他们的名字一同吸进去了。

不要流泪！

"我是一名志愿者。是的，我已经打电话了，我的名字应该在名单上 —— '汉娜·贾勒特'。"

"是的。这是我第一次来圣裘德。"

"是的，我是一个母亲。是的，我的孩子还很小。"

"不 —— 我的意思是是的，我家里有人得过⋯⋯"

"很久以前了。那时治疗方式不一样。放射，化疗 —— 我想现在都变了。"

"谢谢你。我 —— 我会记住的：不要流泪！"

最近经常：很难记住名字。

自从那件事发生后：在混凝土台阶上摔倒，撞到了头部。

"'脑震荡'。幸运的是，不是颅骨骨折。"

慢慢地，瘀伤在消退。就连大腿内侧白嫩的皮肤上的伤痕。

随着伤势的消退，同样也渐渐记不清瘀伤和伤痕是怎么产生的。还有他。

对她而言，那些新近的名字，太晚进入她生活的名字 —— 这些她一直难以记住。

陌生人的名字：T_医生，治疗师，冲汉娜淡然一笑，谨慎地。

很久以前的名字。童年时光。

苏珊。苏珊妮。苏珊娜？

当然，她记得苏西。

汉娜的表姐苏西，她姑姑艾伦的女儿。患有骨癌，尤文氏肉瘤，七岁。七岁！当时的汉娜六岁。

起初，汉娜假装不知道苏西身上发生了什么可怕、无法言说的事情。

汉娜的母亲也没有详细解释。只是含糊而紧张地解释了一下他们为什么没像往常一样在圣诞节见到苏西和她的父母——苏西的下巴里长了个坏东西，医生会把它切除。

这意味着什么——长了个坏东西……汉娜太害怕了，不敢问。

不管是什么，苏西的下巴接受了"手术"，后来左眼也接受了"手术"，因为坏东西已经扩散。

汉娜的母亲关上门与艾伦阿姨通电话，声音压得很低。有时，甚至透过关上的门也能听到啜泣声。

成年人不哭泣，你听不到成年人哭泣。你也不想听到成年人哭泣，你会逃走躲起来。

搞笑老爸也不想听到任何人哭泣。无论何种原因，永远不想听到。

眼泪解决不了任何问题，只会让你看起来丑死了。

所以——不要流泪！

搞笑老爸没和艾伦阿姨和布莱恩姨父一起去探视，搞笑老爸不想看到他们残疾的小女儿，那孩子曾经是那么活泼、漂亮。

成年人对事情的反应往往带有怀疑和微微的责备。

什么！你确定——尤文氏肉瘤？一个孩子？

从来没听说过这种病……

一定是遗传的。

当声音压得很低的时候，孩子就不想再仔细听了。

苏西接受手术后，接着就是"放射治疗"——"化疗"。

汉娜不知道这些治疗是什么意思，但她明白，像"手术"一样，这对她表姐会造成伤害，因为发生在儿童医院的事情都是如此。

儿童医院！这俩词就不该凑在一起。

对于汉娜来说，想象一下都很恐怖，他们说苏西的头发都已经"掉光"。那柔软、光亮、波浪状的淡棕色头发，就像汉娜的一样。所以，据汉娜的母亲说，苏西光光的秃头上戴了顶小毛线帽子，为的是保暖。

秃头。这些话也让汉娜感到非常难过，她希望妈妈不要说这样的话。

苏西的小绒帽，有一顶是汉娜的妈妈织的，用的是多彩的绒毛线。

妈妈织帽子时，用汉娜的头试大小。因为妈妈并不熟练，她经常自言自语地骂自己笨，刚织好又一行行地拆开，重新再织，直到最后完成了那顶彩虹色的绒帽，并缀上形状像小白猫似的流苏。

妈妈试着把帽子给她戴在头上时，汉娜在镜子里照了照。她非常喜欢这顶小帽子，尽管有点紧。这好像不公平，因为妈妈从来没为她织过小绒帽。

妈妈有时去医院探望苏西，后来又去看望艾伦阿姨，那时阿姨独自和苏西住在克利夫兰的一个公寓里。但是妈妈没带汉娜同去，也不让她问有关的情况。

让汉娜感到奇怪的是，苏西曾经是生活的一部分，两个小女孩每周至少见面一次，她们一起玩娃娃，几个小时几个小时地一起拿苏西的爷爷为她建造的娃娃屋玩，但现在苏西开始被遗忘了 ——"苏西"这个名字很少有人再提起。汉娜在小学里有了自己的小朋友，班上的女生 —— 她们的脸，她们的名字，开始挤占"苏西"的位置，就像弱小的电台被强大的电台挤占一样。汉娜不愿意问妈妈有关苏西的问题，因为她一问，母亲的脸色就不好看。

小孩子很小就会看事学事：你要学会看出大人们会挂上一副什么样的脸色，尤其是成年男性的脸。

你想要的是微笑，赞许的眼神。你沉浸在这样的赞许中，那就是爱。

据说苏西到十岁的时候已经做了十八次手术。十八次！

然后，苏西又接受"重塑"手术。

重塑脸部。骨骼。一个奇迹……

但如果旧病复发 —— 又一次……

他们的保险承保金额就会不够用了。

终于有一天，汉娜又见到了苏西。尽管对意外情况有心理准备，还被告诫不要带出惊讶的表情，汉娜还是认不出表姐了，苏西如今已经十岁：一张苍白的脸，就像部分融化后又再次固化，但不是很匀称；左眼皮耷拉着，眼珠闪着不自然的亮光，眼神迷蒙，像个洋娃娃的眼睛，看起来吓人。一张脸碎成不对称的两半，然后又强拼在了一起一样，像打碎的陶器。

下颌有些不匀称。再看鼻子，一个鼻孔比另一个窄好多，只是一条缝隙。

脑袋看上去出奇地小，戴着汉娜妈妈编的那顶彩虹绒帽。

汉娜觉得不对劲，苏西还没汉娜高，而她曾经比汉娜高。比汉娜壮。

汉娜直往后退，害怕了。

哦，汉娜！过来，亲爱的。

你还记得苏西吗……汉娜！

她要哭出来了。想要逃跑。

但是，不能。汉娜咬了咬牙。

苏西难为情地笑笑，算是鼓励她。苏西感到对不起她。

汉娜还是一言不发，颤抖着。汉娜确信，苏西闻起来怪怪的 ——像握在手里的铜币的味道。

汉娜告诉她妈妈她不想晚餐时坐在苏西旁边。

然而，晚餐时汉娜还是被安排坐在了苏西身边。

她吃不下饭。因为苏西身上的确有股味道。

直到后来，汉娜的母亲恼火地找了个借口，让她离开了餐桌。

是的，感到羞愧。但是有好几天一直感觉恶心，任何强烈的气味，尤其是食物的气味都会引起不适。

苏西还需要接受更多的手术 ——"重塑"手术。皮肤移植、骨移植。到了七年级，苏西的脸看起来就像是一张"正常"的脸了，如果不细看的话。

但当然，孩子们总是会盯着仔细看。这是（残酷的）孩子们的天性，尤其是中学的男生，总是看得过于仔细。

尽管苏西的头发已经恢复成美丽的栗色，一头蓬松的鬈发。尽管苏西的妈妈给她买了漂亮的衣服，明亮的颜色，柔软的质地。但你仍然能看出苏西的脸有些不对劲，还有脸上总是带着那种被追捕的神情，那只"正常的"右眼闪着恐惧的光，皮肤像融化了又凝固的太妃糖。

"怪物脸"——男孩们这么叫她。

嘲笑，奚落，讥讽。在学校里跟在苏西身后，沿着人行过道。她一转身，他们就赶紧散开，故意做出十分恐惧的样子。

并非所有男孩，只是一些男孩。

并非每一天，只是有些天。

这比癌症本身更糟糕——苏西苦涩地说。人们在街上盯着她看，甚至是成年人。但总是孩子们，总是孩子们盯着她看。她开始害怕和讨厌孩子，就连那些"好"孩子。

人类大脑里有一种对畸形惧怕、厌恶和躲避的东西。即使是最轻微的畸形，焦虑的眼睛也会去捕捉。

汉娜发誓，她永远不会屈从于这种无知。

汉娜发誓，她必须对自己的过错做出补赎。

记得接到母亲的电话，十分震惊——应该是1956年9月，汉娜在密歇根大学刚读一年级。而苏西从密歇根大学辍学，独自生活在离她母亲所在的克利夫兰不远的地方，母亲发现她昏倒在上锁的浴室里。

过量服用：止痛药。

但苏西的血液中也有安眠药、酒精成分。几倍于致命量。

汉娜从来不知道：是否有遗书。是自杀，还是意外。

为什么我没有和她保持联系。

我出了什么问题！

亲爱的上帝，我出了什么问题。

于是立即给母亲打电话，失声痛哭，哭得很厉害，想说苏西的事，却说不出来，啜泣不止，母亲试图打断，但汉娜仍哭声连连，最后母

亲挂断电话 —— 眼泪解决不了任何问题，只会让你看起来丑陋不堪。

这是真的：多年后，汉娜看起来丑死了。

来了一位漂亮女士！

汉娜在富兰克林山圣裘德纪念儿童肿瘤中心每周做两个上午的志愿工作。

给孩子们读书听：接受了癌症手术的孩子，接受放化疗的孩子，掉光头发的孩子，睁着受伤的大眼睛的孩子，皮肤看上去"像是融化了一般"的孩子，四肢极度瘦弱的孩子，坐在轮椅上的孩子，推着步行器的孩子，可以独立行走的孩子，已经住院几周的孩子，来医院看门诊的孩子，当汉娜模仿故事里的小兔子用尖尖的声音朗读时呆呆地盯着汉娜看的孩子，时睡时醒的孩子，呻吟着喃喃自语的孩子，被汉娜尖尖的声音逗得哈哈大笑的孩子，快乐地对她微笑的孩子 —— 来了一位漂亮女士！

每周有两次，汉娜像爱丽丝一样踏进镜子来到另一个世界。离开摇篮岩大街的家，小心驾车前往富兰克林山的圣裘德儿童医院，那里等待她的是意想不到的幸福。

孩子们对我们是谁不感兴趣，更不关心这个世界对我们有多少了解。在他们眼中，汉娜是漂亮的。金黄色的衣服，手腕上叮当摇晃的手镯，擦了红唇膏的微笑。汉娜把（刚刚染成淡色的）头发蓬松地披散开来。摇来摆去的耳环，精巧的绿色陶瓷鹦鹉。

就像吸进了氦气！自孩提时期以来，汉娜从未感觉过如此的轻盈。

汉娜能够得到孩子们的信任，因为她是一个陌生人。她的眼中没有焦虑,嘴唇不颤抖,眼中没有泪水。

他们自己的母亲在读《十二只小兔子》时,可无法与汉娜相比。

基本原则:慢慢地读。慢—慢—地—读。

即使是年长些的孩子也会被止痛药弄得精神迟钝。即使面无表情的孩子也在听,全神贯注地。

志愿者获准带来五颜六色的气球、(小而不贵的)填充动物玩具和儿童读物。其中一些是汉娜要读给孩子们听的,还有她自己的孩子们喜欢的书,现在年龄太大已经不适合了。

如果获得许可,汉娜会分发燕麦曲奇饼干、花生酱曲奇饼干和不加糖的小水果馅饼。汉娜从不惊恐地瞪大眼睛,从不表露出沮丧的样子。

不要流泪!——汉娜信守着自己的诺言。

圣裘德纪念医院的志愿者往往在几个月后就会筋疲力尽,所以新志愿者总是受欢迎的。

(她听说马琳·雷迪克最近也在圣裘德做志愿者。但详细情况就不知道了。)

汉娜也是圣裘德捐赠基金的捐赠者。韦斯还不知道她捐了多少钱,韦斯表示自己松了一口气,汉娜终于离开了家,全身心地投入富兰克林山的这项新的志愿者工作。

每年的这个时候,都要给底特律艺术学院捐赠六千美元,现在捐给了圣裘德之友捐赠基金。

大多数捐款的人都有孩子在这里接受过治疗,或者与在圣裘德医院接受治疗的孩子有密切关系,但汉娜小心翼翼地强调,她不是这种情况。

"到目前为止，丈夫和我都很幸运。但我们并不认为运气是理所当然的。"

"我认为 —— 我只是认为 —— 圣裘德做了如此出色的工作……我很乐意帮忙，我有很多空闲时间。"

这意味着，她是富豪的妻子，汉娜不假思索地说出了这句自夸的话。她想，这是她的本能。她的社会阶层。

此外，汉娜还特意将一张价值六千美元的支票亲自交给了那位态度友善的圣裘德基金会志愿者项目主管，她向汉娜微笑着，笑容灿烂。

"贾勒特夫人，谢谢您！"

显然，这位非常友善的女士不知道"汉娜·贾勒特"是谁，或者她曾经是谁。

"所以，汉娜 —— 你开始在圣裘德做义工是为了纪念你的表姐苏西吗？"

"我 —— 我不知道。我多年来一直想在圣裘德做义工，但是……"

结结巴巴，傻傻乎乎。没想到会这么问她。她什么时候告诉过T_医生有关她表姐的事啦？ 她告诉过他吗？

汉娜难为情，几乎不敢抬起眼睛看心理治疗师的脸，因为她怕那双智者的眼睛会窥见她的灵魂，像沾满污渍的海绵。

不过，汉娜来看T_医生，是因为有人向她极力推荐。人称救星。

汉娜所认识的女性朋友，几乎每一个都在服用处方药治疗焦虑、抑郁、失眠或其中的某几个症状，她们好像也在看心理医生；在这些医生中，据说T_医生非常出色。哦，那个了不起的人！ —— 救了我一命。

汉娜觉得,来到T_医生的办公室,就像是冒着溺水的危险,游过了一条危险的河流,现在筋疲力尽地躺在岸边,一副支离破碎的模样,值得同情而不是遭受指责。

T_医生和蔼可亲,声音温和,富有同情心。只求他不要把巨大的身躯硬塞进他的黑皮转椅里,弄得吱吱乱响:一把巨大的椅子,有杠杆和小脚轮。T_医生布置雅致的诊室汉娜来过三次,每次都会想象,那吱吱作响的转椅是由某种大型哺乳动物 —— 河马、犀牛、大象 ——(被截肢)的脚做成的。

而T_医生本人也会让她联想起这些动物:体形庞大,眼袋下垂,下颌松弛,七十多岁。他对汉娜的关注是绝对的,他可以做她的父亲。

当然不是汉娜真正的父亲(她父亲是搞笑老爸,他对这些会嗤之以鼻,会急于了解,这么荒唐地看一次医生要花多少银子),而是另一种父亲 —— 不评判、宽容。一刹那,汉娜真愿意用一个父亲来换取另一个父亲。

在T_医生的诊室里,汉娜本能地把说话的声音放得很和缓。她厌恶自己在家里说话时那种尖厉的声音,责备孩子们,在楼上喊伊斯梅尔达,在电话上抱怨争吵,那不是她的声音,而是被什么人篡改了的声音。而在这里,T_医生有时候还得要求汉娜说话稍微大声一点。

铺着地毯的办公室,柔和的灯光:盆栽蕨类植物,莫奈的《睡莲》和凡·高的《向日葵》复制品,给汉娜提供的舒适座椅,平常而熟悉的安慰。万豪酒店停车楼遇袭及其带来的种种后果,让汉娜崩溃、病倒并反复发作,那之后她见过几位心理医生,但每一位都只是初诊一次，再无下文；T_医生是她唯一信任并多次拜访的心理医生。

与此同时，汉娜每个月还会去见一位远山镇的精神药理学家，这位医生为她精心配制了一种药物鸡尾酒。T_医生提供谈话治疗，这被认为是同等重要的，尽管汉娜是一个沉默寡言的患者，经常坐着不说话，不知道说些什么她才不至于说完了就后悔：她只是笼统地谈及自己的婚姻、家庭、身世，至于在万豪停车场遭受袭击的事，她只能提供些非常模糊的"回忆"……汉娜身体上的创伤已经，或几乎已经消退了。

（当然）T_医生从未检查过她身体上的伤势。作为一名心理医生，他不会对患者进行身体检查，实际上他的患者就是"客户"，他们之间就是语言交流，很少涉及身体上的问题。有可能（汉娜觉得），T_医生出于好奇曾研究过那个（所谓的）强奸案，以及（有争议的）黑人嫌疑犯被击身亡事件，但他永远不会提及与客户会面之外所获取的任何信息。

在T_医生面前，汉娜表现得脆弱、犹豫、迷人，像一个年轻女孩那样，但不是性感，或者说不是那么明显的性感，但是具有魅力，能引起（男性）治疗师想要呵护，使其免受伤害的愿望。

这是个微妙的区别：魅力和性感。汉娜不想误判。

见T_医生，汉娜不会穿她去圣裘德医院时，为了让患病儿童振作起来而穿的鲜艳的花衣服，而是选择更为保守的颜色，更加优雅的衣服，她不穿裤子只穿裙子，双腿被光滑的尼龙袜包裹住，鞋子是时尚的高跟鞋，但不炫耀；如果T_医生已经七十多岁，那么他形成对女性美的看法是在另一个时代里，那个时代偏爱裙子、丝袜、珠宝，娇

242

Babysitter

柔的发型和柔和的声音。

"…… 多年来一直想在圣裘德做义工，他们的工作真是太有意义了。没有比患癌症的孩子更令人伤心的了。简直让人心碎 …… 我觉得我们都想'回报'社区、社会…… 我们都 —— 我们都感觉到 ……"

汉娜说的每个词都是真挚的，合理的，然而这些词累加起来，却使她口齿麻木，就像用了奴佛卡因局部麻醉剂：她所说的一切都是虚假的，任何人都能看出来。

大着胆子抬眼看看T_医生，看到，满脸惊诧，那智慧的眼神里没有友善，而是鄙视、冷漠。他是骗不了的。

富人的妻子，假装忏悔。

声称自己是强奸受害者。

声称自己有自杀倾向。真是个笑话！

还有有关表姐的事也都是胡说八道，几十年前在表姐需要她的时候，她却退避三舍。

汉娜震惊了，坐在那儿好一会儿动弹不得，随后才慌忙站起来，拼命想要逃离这个让她暴露无遗的地方。她的脸涨得通红。"松软"的头发披散下来，遮在脸上。她对T_医生咕哝了一句对不起，对方惊讶地瞪大眼睛看着她。

"汉娜？贾勒特夫人？怎么了？你 —— 这就走了？这么急？"

治疗师看上去真的很吃惊。他一直以来对汉娜的轻蔑和厌恶，他觉得还是掩饰得很不错的。

"我 —— 我要离开。我感觉不舒服 ……"

汉娜感到头晕。她拿起静静地躺在椅子下面的手袋。T_医生花了好大力气想从粗笨的转椅里坐起来,但他太重了,一下子又跌了回去,呼哧呼哧直喘气。

盲目地,汉娜从治疗师的诊室逃出来,T_医生在后面叫着她,那声音汉娜希望能有一点点的悔过和自责。但是没有,她再也不来了,她已经被这个救星扯下了假面。

停车场里,坐在自己车里,没人能看到的地方,汉娜突然失声痛哭,用手掩住自己那张变形的脸。

尽管如此,她还是能在圣裘德医院找到自己的乐趣。那里,饱受疾病折磨的孩子们很喜欢这个穿着鲜艳的美丽女士,用尖尖的声音模仿着小兔子给他们读书听,从不辜负他们的信任,从不哭泣,甚至连擦眼泪都不会。

汉娜想,这里是一个新的世界。她过去的生活痕迹不再如影随形。孩子们只看到了她,他们对汉娜·贾勒特一无所知。他们没有理由像害怕医生或自己绝望的母亲那样害怕汉娜。

"是 —— 汉娜吗?"

汉娜朝志愿者大厅走去,孩子们正在那儿等她,一转弯看到一位(女)医生,穿着白大褂,试探着向她笑笑,好像拿不准她的身份;现在汉娜想假装没听到有人叫她,继续走路已经太晚了,因为这位女士是诺曼·谢尔的妻子 —— 马塞拉·梅利莎? —— 看来只能尴尬地聊上两句了。实际上,梅利莎看起来也很不自在,好像在后悔一时冲动喊了汉娜的名字。

她们并不是朋友,只能算是熟人。通过共同的朋友勉强联系在了一起。自从去年冬天在远山镇的一场盛大节日派对上见过一面，已经有一段时间没联系了。

汉娜感到一阵恐惧。梅利莎·谢尔是诺曼·谢尔的妻子，她用怜悯的眼神凝视着汉娜，显然很抱歉耽搁了汉娜的时间。诺曼肯定跟妻子讲过韦斯·贾勒特五月份急急忙忙带着妻子找他做检查的事情，也肯定禁不住向妻子透露了汉娜·贾勒特受伤的情况，还说他已敦促韦斯·贾勒特送妻子去博蒙特医院急诊部；此后，毫无疑问，谢尔夫妇会通过当地媒体上断断续续的报道关注这个故事，尽管强奸受害者仍然没有被确认身份，但（汉娜确信）很多人现在都知道这个"受害者"是谁，而且每个人都知道强奸犯是远山万豪酒店的黑人泊车员，一个参与过毒品交易（在万豪酒店内？）的暴力罪犯，最终在底特律警方和远山镇警方的联合行动中遭射杀……

汉娜满脸羞愧，面对身穿白大褂的梅利莎·谢尔，不由后退了两步。她没工夫聊天，她现在得马上去志愿者大厅，她带来了《戴着高帽的猫》要读给孩子们听。恨不得马上避开梅利莎·谢尔那严肃的眼神。

但现在，圣裘德医院的名声也受到了污损。因为，毫无疑问，梅利莎·谢尔会告诉其他员工，不出一两天圣裘德医院的人就都会知道，有个志愿者就是万豪酒店中那个"未确认"的强奸受害者，而这个人就是汉娜·贾勒特；一个博得同情、怜悯，同时也招来厌恶的对象，这一点汉娜明白。

在圣裘德医院的最后一次活动中，汉娜读得远不如以前那样活泼而有趣。没有像以前那样开心地微笑。她的脸板着，僵硬 —— 不漂亮了。孩子们异常安静，沉默。他们为什么不笑呢？《戴着高帽的猫》

本来应该是很好笑的。

但《戴着高帽的猫》变得不好笑了。发生了太多事情，孩子们很难理解得了。太多的破碎，太多的撞击。太多令人恐惧的事情。

汉娜第一次清晰地看到了每个孩子。她的目光从《戴着高帽的猫》的书页上抬起来，神情恍惚。孩子们病得很重，有些坐在轮椅里。面色苍白，营养不良，带伤的手臂，瘦弱的双腿，变形的脸，他们的眼睛盯着汉娜，带着无以言表的渴望。她曾自负地以为自己能给这些孩子带来幸福、带来某种欢乐，她以为自己是谁呀……

汉娜的眼睛里满是泪水，眼泪流到脸颊上，而这是要绝对禁止的。

"嫌疑人"

终于，（可怕的）一天来了，韦斯问汉娜，儿童医院的志愿者工作进行得怎么样了，汉娜静静地说不怎么样。

她屏住呼吸，因为韦斯似乎要回一句什么，但报纸上的一个标题吸引了他的注意力。对韦斯来说，这是早餐时间，但也是看报纸的时间，这两个时间是重叠的，冲突的，因为当仔细阅读报纸时，他也在吃汉娜放在他面前盘子里的食物，眼睛几乎不看盘子，也几乎没有意识到吃的是什么，因为报纸上的内容把他完全吸引住了，他双肩板起，像个士兵那样。

汉娜无声无息地从丈夫身后走过，把一杯热气腾腾的咖啡放在他面前。她的视力从黎明开始就好像眼睛浸在水里似的，这会儿更加模糊不清了，所以即使她的眼睛不自觉地移到《底特律自由新闻报》的头版上，她也看不清那上面的标题和照片。

汉娜已经到了人生的这个阶段：在水下寻找安慰。就像沉浸在一片死气沉沉的湖面之下，尽管水面上太阳的光斑如藻类一样勃勃跃动。她服用的鸡尾酒药物具有让残酷的头条新闻和丑陋的照片变得模糊不清的效果。

对她刚刚羞愧地咕哝出的那句话，她硬硬心准备听丈夫会怎么回应，但韦斯显然一个字也没听见。

不行。不怎么样。

进行得不怎么样。

汉娜生活中的很多事情都不怎么样。她不确定韦斯知道什么，想知道什么，不知道什么，不想知道什么。一片模糊的水下区域，未被探索过。

韦斯没有理由了解汉娜在他不在时都做了什么，或没做什么。自从那件事——（韦斯没直说，就是：强奸）——以来，他以共享同一张（特号）大床的丈夫能够避开自己妻子的方式小心翼翼地回避着汉娜，比妻子早起，比妻子晚睡（精心计算好的），工作日约十二个小时不在家，有时还彻夜不归，周末的时候，"有公干"。

避开汉娜，也就意味着避免接触。避免近距离，避免亲密。四目相交，会心微笑，像过去那样——再也不可能了。

她的触摸对于韦斯来说就是毒药，汉娜想：他是一个（他相信）被人奸污过的女人的丈夫。

对韦斯来说，更加耻辱的是：被一个黑人奸污。

这是羞耻，这是屈辱。这是韦斯知道或者相信自己知道的事情。让他最不快的是，他相信远山镇许多人都知道了。

（尽管被指控的"强奸受害人"从未在媒体上被确认身份，而那名被底特律警察射杀的"强奸犯"也从未被确凿地与强奸案件联系在一起，甚至在死亡时也未宣布被逮捕，不是"嫌疑犯"，而只是另一个警察部门刑事调查中的"利害关系人"。）

韦斯从来不谈论这件事。春天发生的那些事情，他都默默忍受了。够了！

在汉娜崩溃、病倒及反复发作时，韦斯有责任表示同情，像个丈夫的样子。那段时间，他还爱着她。或者说觉得自己还爱她。也可以说记得曾经爱过她。

尽管如此，丈夫和妻子仍然共享着那张大床，丈夫和妻子仍然共享着那间大屋子。大多数早晨，如果妻子下楼下得比较早，而且手也抖得不太厉害，她就会为丈夫准备早餐，因为她觉得这是她力所能及的事情，一个简单的任务，既表示出对丈夫的关爱，同时也不需要两个人付出什么，即使她现在的生活如潜在水下，视力也是一片模糊。

汉娜也为孩子们准备早餐。她觉得这也是她力所能及的，尽管孩子们比他们的父亲更挑剔，喜欢哪种谷类食品，哪种水果，哪种味道的酸奶，他们的口味一天一变，似乎是成心为难她。

如果早餐时厨房的活儿她这个做妻子兼母亲的应付不了，伊斯梅尔达就会接过来。对于这个妻子/母亲来说，知道伊斯梅尔达就在身边，就大大舒了一口气，就像走钢丝的人知道即使摔下去也还有一个网可以接住她。

不知怎么的,韦斯把早餐吃了个精光,盘子里就只剩下比蚂蚁还小的一粒粒面包屑,还有蛋黄渣和油渍。几乎没看吃的是什么,也没尝出是什么味道,这丈夫吃得真是迅速而高效。他已经读完了那份《底特律自由新闻报》,嫌弃地把几页报纸拢了拢,放在了一边。此刻他急匆匆地从桌子上站起来 ——(两个孩子在楼下玩耍,伊斯梅尔达看着他们,丈夫此时可没时间去陪孩子们)—— 他要去上班了,如果及早出发,半小时就能到,今天他就是这么打算的。

汉娜怀念起丈夫(年轻时)去上班前亲吻她脸颊的情景,但那已经是多年前的事,可能生性浪漫的汉娜也已记不太清,是将电影中早餐后丈夫吻别妻子的场景与自己(年轻时)的生活混淆在一起了,大概是这样的,因为在汉娜的记忆中,那个场景是黑白的,妻子穿着卷边围裙,丈夫戴着软呢帽子,可能是克劳黛·考尔白和詹姆斯·斯图尔特[1]。

韦斯似笑非笑,心不在焉,也不和汉娜对视,他要汉娜相信,志愿者工作对她很好,很重要,有价值,既可帮助那些可怜的孩子,也是汉娜结识新朋友的好机会 —— 提到朋友,他想起来了:今晚他会回来得晚一点,不要等他吃晚餐,没必要把他的晚餐放在烤箱里,他可能会和某某、某某,一起在外面吃饭(汉娜从来记不得韦斯同事们的名字)。

现在他匆匆从家里逃出去,坐进旅行车开走了,过了一会儿,孩子们才冲进厨房,喊道爸爸去哪儿了?爸爸走了吗?

[1] 二十世纪好莱坞鼎盛时期美国电影明星,在多部电影中饰演夫妻,被视为恩爱夫妻偶像。

孩子们吃完早餐,伊斯梅尔达开车送他们去学校,留下汉娜独自一人待在寂静的房子里,就像在一座连回声都消失了的陵墓里一样,这时,汉娜才意识到事情有些不对劲:韦斯通常都是把报纸放在一边,让别人去丢弃,但今天报纸没放在柜子上,也不在厨房里,这意味着韦斯有意识地决定把报纸随身带走,不让汉娜看到;这也意味着,汉娜想到,报纸上有些东西是韦斯不希望汉娜看到的,尽管韦斯一定知道汉娜已经不怎么看当地报纸,也不听当地的新闻广播,事实上,汉娜回避任何"新闻",不管消息来源是什么。所以,汉娜认为,无论今天早上《底特律自由新闻报》上有什么韦斯不想让她看到的消息,那肯定是坏消息,很坏的消息。

汉娜急忙跑到车库,从垃圾桶里捡回韦斯扔进去的那几张乱卷在一起的报纸,她在头版上没有看到任何有趣的东西,但在右下角,有一篇题为《警察枪杀嫌疑人被裁定为"正当"》的文章。

汉娜抖得很厉害,几乎无法将报纸拿稳阅读。

汉娜读到:韦恩县民事审查委员会已经进行了为期五周的调查,判定对底特律警察在五月份齐基尔·琼斯致命枪击事件中"过度使用武力"的指控不成立。

汉娜翻到内页继续读那篇文章,但没有提供更多的信息。

文章说,当三十一岁的"嫌疑犯"琼斯从他在底特律布拉什街的住所逃跑时,几名警察向他的背部开枪;警方声称,琼斯被认为持有武器并威胁他们,尽管随后在小巷或附近均未发现武器。据信琼斯与毒品和非法枪支有关,尽管在房子里或附近都未发现证据。尽管如此,审查委员会还是裁定有"减责情节",并认定枪击是"正当的"。

文章最后指出，齐基尔·琼斯枪击事件已成为"当地争议性议题"，人们在底特律警察总部前举行示威，导致数名活动人士被捕。在审查委员会做出决定后，人们举行了"午夜烛光守夜"活动，但几个小时后被底特律防暴警察"和平驱散"。

汉娜松了一口气，关于"远山镇强奸案受害者"的消息很少，她的身份尚未透露。也没有已故琼斯的照片。

汉娜试着回忆——齐基尔·琼斯是警方的嫌疑人吗？

汉娜试着回忆——她指控过什么人是强奸犯吗？

她糊涂了，她抖得厉害。沮丧笼罩了她的大脑。

韦斯说过这事不要再想了。

韦斯建议说你现在已经无能为力，所以不要再想了。你应该想的是孩子们，你是他们的母亲。

韦斯很实际，很务实。韦斯受够了汉娜的神经错乱，就像他受够了汉娜那女人固有的偏头痛一样。

她一碰他，他就身体发僵，所以她已经不再碰他。

他一碰她，她的身体也会僵住，所以他也已经不再碰她了。

汉娜无意中听到韦斯和一个人通电话，不知是什么人：她近来一直这样，你知道的。她一直在——怎么说来着——"自我治疗"。

这是真的，汉娜一直在自我治疗。因为汉娜是一个康复病人。从什么病康复，汉娜不知道。

当然，汉娜不正常。不服药晚上就睡不着。她的思维具有强迫性，就像绞肉机里凝结在一起的碎肉，她经常发现自己一动不动地站着，思考着，或者试图思考，而时间就像漂动的溪水一样从她身边流逝。

起初，汉娜试图与韦斯对峙，坚持说她从来没有把一个黑人认定为强奸犯，也从来没承认过被强奸；是韦斯提出的指控。但韦斯极力否认，韦斯告诉汉娜是她记错了，她病了，她已不是原来的自己，神志不清，她的大脑受到了影响，她摔倒了，大脑受伤了，她有健忘症，她服药太多，喝酒过量，看在上帝的分上，停下来吧——停下来。

于是，汉娜停了下来。汉娜会停下来的。

一想到会失去丈夫，就感到绝望。因为这是可能发生的，而且在远山镇这种事发生得越来越频繁——失去丈夫。

乞求得到宽恕，凭借她所回忆的，她所相信的，她所知道的真相。没人强奸她，当然也不是齐基尔·琼斯，为什么就没人相信她。

从那以后，他再也没有给她打过电话。她的情人。

除非汉娜厌恶的是自己的丈夫，并希望丈夫会离开她：因为他若离开她，她可以保留房屋和儿女，不至于失去她在远山的地位。

别说胡话了，你在说什么呢？没有他你活不下去。

没有丈夫活不下去。在远山镇不行。

你崇拜他，没有他你什么也不是。他是唯一曾经爱过你的人，即使现在，他不再爱你了，也仍然是唯一爱过你的人。

而且，你也保不住房子。赡养费和子女抚养费会让你成为一个住在富兰克林租来的排屋里的"绅士乞丐"，而你远山的朋友们再也不会见你。

汉娜几乎开始相信齐基尔·琼斯是她早就认识的人。说不上是朋友，只是她生活中的某个人。尽管年龄不同，但他们在克利夫兰是同班同学。她在高中时远远地观察过的那些黑人学生中的一个，被他们吸引，包括女孩和男孩，在某种程度上嫉妒他们，相信他们彼此相处的方式是他们的白人同学所没有的，但差距无法弥合，或者汉娜不知道怎么弥合。

现在，她努力回想着万豪酒店泊车员那张对她微笑的脸，仿佛他确实认识她，她也认识他 —— 祝您今天愉快，夫人！

但汉娜想不起来了，那张笑脸已经消逝。

"没人能帮我"

不是他。不是。

我从未指认过他。没说出过他的名字。

不知道为什么，她为什么在这里，也不知道这到底是什么地方。

某种东西催促着汉娜来到了这里。她走上远山镇警察局的混凝土台阶，警察局和邮局都在单层的市政大楼里。

但是，走到还剩下两级台阶的地方，汉娜犹豫了，她思考着。

突然间，呆住了。一种僵硬的感觉罩在她身上，像又套上了一层不可见的皮肤。

她戴着墨镜，一顶宽边草帽遮住了半张脸。一只危地马拉手袋挎在肩上。

陌生人从汉娜身边走过，进出警察局，几乎注意不到这个穿着亚麻裤、亚麻夹克、丝绸衬衫和高跟凉鞋的女人。

他本不该死的。

我不明白：你们为什么要杀他。

如果有一个人厚颜无耻地与她擦身而过，汉娜就会以为，这就是她所谓的水下区域。在这里，声音是柔和的，不精确的。不可能清楚地分辨出哪是无害的鸟叫声，哪是远处断断续续的警笛声。如果有人类的叫喊声，或者婴儿的哭声——这些也会被淹没在水下。

在这种失忆神游状态下，背后空气的搅动也会让汉娜心头一惊。她急转身，但没有人在那里。

再次转身，还是没人。但是，还是有这种可能性：远远地看到某个人，一瞬间，这个人（通常是男性）就能迅速地避她而去，无声无息地。

就这样，她看见了，或者想象她看见了，远处的Y.K.，正要转身离去。她还瞥见了那个扎着马尾辫的男孩，名字她不知道，胡子邋遢，在远山镇的街道上大摇大摆地走着，可他并不属于这里呀。

远山镇警察局有多远啊！——在主街的尽头，汉娜穿着高跟鞋，没想到要走这么长的一段路。

汉娜光顾过邮局无数次，但她一次也没进过警察局。那是生活的另一面，就像医院或停尸房，她一直认为自己与之无关。

这是普通工作日一个上午的任务，差事。几个月来，汉娜一直处于羞愧、屈辱和精神疲惫的恍惚状态，她很少出门，但今天，她大着胆子——勇敢地——在小村药店、小村文具店、小村鞋匠店都停了下来看了看，她曾经拿了韦斯的一双（沉重的）富乐绅皮鞋去找鞋匠换过鞋跟。

任务，差事。这都是家庭生活的内容。这些就像日历上的一个个空格子或窗户上精心量制的护栏一样，给人一种慰藉。

汉娜感到迷惘，如梦如幻。很有可能，汉娜真的是在做梦，而这一切都发生在水下。

然而，汉娜来到了这里。有什么东西把汉娜吸引到这里来了。

不过，汉娜似乎无法决定：是进入警察局，还是离开。

"夫人？要帮忙吗？"

一名警官离开警察局时，注意到一个近四十的金发女人一动不动地站在台阶上，像个人体模特。多亏了她的墨镜，警官看不到她睁得圆圆的黑眼珠。

这位警官一副很干练的样子，彬彬有礼。他不是不友好，但没有微笑。汉娜不习惯穿制服的公职人员对她绷着脸，这有点不对劲，给人不祥的感觉。

她笑得很僵硬，不由自主地。这与她惊恐的眼神不相符。

"谢谢你，警官。没人能帮我。"

绑 架

就怕电话铃响。

韦斯很少在白天给家里的汉娜打电话，还是从他的办公室，这说明（肯定是）听说了什么坏消息。

坏消息，汉娜最怕的。又有坏消息。

她已经开始发抖。

自从那天在警察局门前的台阶上呆立了一会儿以后，汉娜就变得特别容易掉眼泪。

你这是怎么啦。我又是怎么啦。

韦斯平静地问，孩子们是不是在家，是不是在屋子里，汉娜回答说当然啦，孩子都在家，不过没在屋里，而是在后院，伊斯梅尔达看着他们在戏水池里玩耍。至少汉娜认为孩子们在那里……

……她带着电话跟跟跄跄地走到房子后面，焦急地想看看康纳尔和凯特雅是否真的在戏水池里，听到他们开心的声音，汉娜向韦斯保证，是的，孩子们很安全，当然，孩子们在家里很安全，永远处于一个负责任的成年人的视线中，这让她松了口气。

汉娜不知道，这是不是对她这个做母亲的发出的指责呀？就好像孩子们不安全似的。

现在他的声音不再平静，因厌恶、愤怒和无助，韦斯的声音在颤抖。韦斯告诉汉娜又发生了一起儿童绑架案，这次是在远山镇——第一次，在远山。

根据他刚刚听到的新闻简报，绑架发生在那天早晨，地点是灰树公地，离贾勒特家不到一英里，一条与摇篮岩大街相交的私人道路。

韦斯被激怒了，义愤填膺。那个变态杀人犯敢来这里捣乱。

汉娜打开滑动玻璃门，走到红木地板上，阳光照在她双眼之间，就像一头公牛被大锤砸蒙，但立即又恢复了过来，她欣喜地看到孩子们安然无恙,当然啦。他们在戏水池里嬉闹着,没有注意到凝视着他们的妈妈,看他们一切都好,舒心得都快晕倒了。

别让孩子们看见。她不想吓到孩子们,怕万一他们碰巧抬头看她,看到妈妈脸上带着妈妈自己也没意识到的表情。

汉娜很难跟上韦斯提供的新闻线索,最近别人对她讲的话,她常常听不明白,他们说得越激动,就越听不懂,因为汉娜身上有一种任性和固执的东西,在抵制别人的激烈情绪,就像一个虚弱的游泳者抵制巨浪一样,出于一种自我保护的愿望。为什么,为什么你要告诉我这些。别管我,我不想知道。

但是,是的,可怕的消息,汉娜的反应和每个人都一样 —— 哦!哦,不……

作为一个母亲,作为一个邻居,听到一个十岁的男孩几个小时前在灰树公地被绑架,她十分震惊。男孩的名字还没有向媒体公布,尽管这个男孩已经被确认是远山走读学校的学生,所以有可能(韦斯激动地说)韦斯和汉娜认识他的父母,韦斯和汉娜甚至可能见过那个在树林里遛狗的男孩,那里经常有慢跑者和观鸟者,离他家只有几分钟的路程,在他"无声无息地消失……"前不久,一个邻居还看到过他。

不久,那只狗出现了,呜咽着,害羞地拖着牵狗的皮绳。

保姆,越来越近了。

汉娜看着孩子们在小水池里嬉戏,水池是模仿着大人用的大水池专为他们建造的,铺着优雅的地中海蓝色瓷砖。看着两个娇小的身体,爱意满满,焦虑重重,因为这样娇小、完美的身体,就像雏鸟面对从天而降的鹰隼,太容易受到伤害了。就像她站在去警察局的台阶上僵住了一样，汉娜现在也站在那里，恐惧得僵住了，别人看来会误认为是一种听天由命、无能为力的状态，就像一个人盯着一座喷发了几个世纪的大火山，燃烧的熔岩从火山口喷涌而出，沿着火山的两侧奔涌而下，毁灭着所到之处一切人和物：无辜的和有罪的。

"但这是那个保姆干的吗？"——汉娜问，好像在指望韦斯能回答这样的问题，韦斯说："天哪，汉娜！——你还想再来一个是吗？"

汉娜受到斥责，咬了咬嘴唇。就像一个孩子说了一句明摆着的，却又不让说的话。

韦斯告诉汉娜，是的，这次绑架的手法似乎与以前保姆的惯用手法相似，这一点好像没什么可怀疑的 ——（因为出现与第一个变态狂如此相像的歹徒的概率并不大！）—— 只是这次绑架者胆子更大，比以前几次都更大胆：他把车开到私人道路上，一条死胡同，冒着被目击者看到的风险；还把车停在一个小停车场里，停在那里的车没有几辆；他在将近中午的时候，光天化日之下，在人口密度很小的地区作案，很容易被人觉察；最后，他的绑架对象还牵着一条狗。

最冒险的是，这片地区有太多的弯弯曲曲的小路，路熟的人也会迷路。

"但也许他熟悉这个地方，"汉娜说，"也许就来自远山镇。"

韦斯不屑地笑了笑。好像在说，汉娜总想抖机灵，但说出来的还是些蠢话。

"远山没有人会做这种事！不管他是谁，肯定是从城里来的 ——警察会这么认定。"

汉娜不说话了。韦斯继续说："这是报复。这甚至不是冲着孩子来

我会把
一切都补偿给你。

我爱你。

保姆保姆保姆……

越来越近了。

的，而是冲着我们。想恐吓我们。"他压低声音补充道，"冲着白人。警察是这么认为的，但报纸和电视都不会这么说。"

汉娜还没听人这么说过。也没读到过对此有所暗示的报道。然而，郊区居民中已经形成了一种共识，那就是保姆必定是底特律市区的居民。

也就意味着，保姆肯定不是白人。

但在远山镇，黑人太惹眼了。无论从哪条路转进灰树公地。但汉娜没将这一点点明。

"——他们认为，那家伙是浅肤色。也可能是西班牙裔，做过草坪工或建筑工，后来又回到这里，熟悉这里的道路。"

远山镇的服务人员主要是非白人。当然，他们当中许多人在某些情况下，对这个地区的了解要胜过当地居民。

"我们好像成了生活中的人质。困在了我们白色的皮肤里。"

汉娜低声说是的。齐基尔·琼斯的形象出现在脑海里，穿着万豪酒店的制服，在她身后喊道——祝你今天愉快，夫人。

"务必保证孩子们的安全，"韦斯说，用他结束大多数谈话时的欢快的声音，"我们能做的也就这些。八月份我们要离开三个星期，那里会很安全——密歇根北部。"

他答应一有消息就会打电话，然后便挂了。此时汉娜已回到屋里，戏水池里的孩子们没看见她。

震惊，沮丧。又一个孩子！近在咫尺呀。

汉娜考虑打开电视，或收音机。打开吗？不打？

她的血液像发情似的一阵涌动，突然渴望着知道最坏的消息。

守 夜

现在，是守夜。

一天，一夜，又一天，又一夜，没有失踪孩子进一步的消息。

之前的七起保姆绑架儿童事件，都以儿童的死亡告终。软绵绵的裸尸，被放在公共场所展示，令人想起十九世纪那些美丽而宁静地死去的儿童的照片[1]。

从绑架到发现尸体的最短时间是三天。最长的，十一天。

汉娜尽量不去留意。汉娜尽量不去想。

似睡非睡的时候，汉娜尽量不去做梦。

做失踪孩子的母亲，会是什么感觉。

做一个失踪的孩子，会是什么感觉。

又是一个早晨，又是漫长的一天。只要尸体没被发现，失踪的孩子就还活着。

如果还有希望，那该多好。

汉娜一心只想着她的孩子们：绝不能让他们知道。因为现在是夏天，学校还没有开学，所以让孩子们与外界隔离并不困难，再找个借口不开车送他们去看朋友，也不允许他们的朋友来看他们；这并不难，因为其他家长也在试图让他们的孩子与世隔离。

1 十九世纪英国维多利亚时代，人们常将死去的孩子摆成安详、平和的姿态拍照，以表达哀悼和怀念之情。

汉娜就怕他们知道：一个住得离他们不远的孩子发生了可怕的事情，一个和他们一样的孩子，也在他们学校上学。

是的，但是他年纪大一点。九月份升五年级。

傍晚韦斯一回到家就打开电视看新闻，然后又是十一点多的新闻，汉娜走开了，躲在听不到电视的另一个房间里，或者早早地躺在床上，做好精神准备，等着楼下韦斯那亵渎神灵的尖叫声，那说明失踪男孩的尸体已经找到了。

从乱糟糟的睡梦中醒来，听见有微弱的故意遮掩住的声音，发现韦斯已经起床，在楼下的办公室里听收音机，音量很低。

窗外一片漆黑。不是黎明前的黑暗，而是一团漆黑。汉娜很吃惊，现在是三点四十分。

这不像韦斯，这么关心"新闻"。这么关心陌生人的生命。

他也害怕。保姆，离得太近了。

而且——这是第一次，保姆绑架了我们社区的一个孩子。

回到楼上的卧室，重新上床睡觉之前，韦斯一只手抬了抬，以吸引汉娜的注意："汉娜。"

"怎么啦？"

"往这儿看。"

韦斯严肃地从床头柜的抽屉里拿出一把钥匙，举起钥匙让汉娜看得清楚，然后把她带到卧室靠墙的红木橱柜前，他打开一扇柜门，取出了一把枪，自从几个月前韦斯买了这把枪，汉娜还从未见过。

这次，汉娜特别注意韦斯要给她看些什么：一把 .44 马格南史密斯威森左轮手枪。表面蓝黑色，枪杆很短。总是保持子弹上膛，保险扣

263

上。韦斯给她演示如何握枪,保险如何打开。

"看到啦? 准备开火。"

汉娜感到一阵恐惧,头晕,仿佛看到在自己颤抖的手里,一把枪,正准备开火。

"我只在 —— 我们只在 —— 有人破门而入,家人有危险的时候才会使用它。如果我不在,你必须准备好接替我的位置。"韦斯说话的声音很低,尽管主卧室里就他们两个人,门关着,时间是凌晨四点。

"汉娜? 听明白了吗? 如果他在楼下,你就大声告诉他你有武器 —— 他很可能会立即从房子里逃走。不过你可能得鸣枪示警……"

汉娜紧张地笑了笑。他是谁? 如果是他们呢?

汉娜对枪一无所知,但她知道在使用枪之前你应该先接受训练。韦斯声称自己在枪店上过一两堂课,但汉娜怀疑他知道的并不比她多多少。

"就像这样。"

韦斯拿出左轮手枪,枪筒对准房门。他的手指松松地扣在扳机上,汉娜看着,忐忑不安。

(保险是开着还是关着? 汉娜想不起来了。)

他用左手稳住右手,像他在电影和电视上看到的那样紧握着右手腕,一只眼睛半闭,眉头皱起,额头上满是皱纹。

"开火。"

汉娜鼓起勇气准备迎接那震耳欲聋的枪声。但是没有。

韦斯坚持要汉娜照着样子做。右手拿枪,举起,枪管瞄向房门,手指松松地扣在扳机上……这当然不是一把塑料枪,一点也不像玩具。汉娜想 —— 死神就在我手中啦。

韦斯抬起并稳住汉娜的手腕，枪很重，压得她的手腕直往下沉，汉娜的动作自然是不对的，因为她的心不在枪上，也没有集中注意力。

幻觉中，枪响了，一颗子弹穿透房门，门后面是这对夫妇七岁的儿子，他尖叫一声，倒下死了……

汉娜闭上眼睛，身体直往后缩。当汉娜睁开眼睛时，一切还都是老样子。

我们还都在这里。

韦斯穿着他平时睡觉穿的短裤和T恤。汉娜穿着一件迷人的杏色丝绸睡衣，外面罩着一件没有腰带的雪尼尔长袍。真奇怪，他们四点就醒了，小声叨咕了半天，为的只是一把"左轮手枪"。

晚上韦斯喝了点酒，现在似乎已经完全清醒，他流露出一种微妙的责备的神情，好像很长一段时间以来，他一直不满于妻子对保护家人的迫切性的漠视，但现在看来还是要原谅她的。

"自卫的基本原则是 —— 你知道吗，汉娜？"

"还有 —— 原则？"

"先下手为强。"

韦斯带着严峻的满足感笑了，心情开朗起来，他把枪在T恤上擦了擦，像是在演戏一般把枪锁进柜子里，然后再把钥匙放回床头柜抽屉里，关上抽屉，动作仍然那么夸张，好像是做给人看似的。

"还不算太差，是吧？ 想想美女神枪手安妮·奥克利[1]。"

汉娜笑了，这句话太荒谬了。她也感到很高兴，或者更确切地说

[1] 1860年生于美国俄亥俄州，五岁学习枪法，二十五岁成为马戏团神枪手，声噪欧美。

265

是松了一口气，枪被锁进了安全的地方，婚姻危机过去了。

每天都是婚姻危机，持续了几个月。就因为那件事。

因为韦斯永远不会原谅妻子，因为她不敢直面那件事。

但现在韦斯转向汉娜，他的脸温暖，充满活力。他是一个英俊的男人，汉娜看到。当他脸上的肌肉放松，看起来不那么生气的时候。

韦斯粗鲁地吻着她，一种嘲弄般的吻，嘲弄这种感伤的情调。他使劲捏着睡衣里面的乳房，还大着胆子把手伸进她两腿之间。汉娜惊异地后退一步，紧张地笑了。

第一道防线，笑。

做爱，最近的记忆中，这还是第一次。有好几个月了。她已经忘记了这种哑剧该怎么演，痛得一皱眉，但并非难以忍受，当然比这更痛的她也尝过。他在嘲笑他们，在褶皱的床单里翻滚折腾。

自卫。先下手为强。

在守夜的第二天，失踪男孩的名字向公众公布了：罗比·海登。

父母的名字也公布了：吉尔和布莱恩·海登。

如释重负！——这些名字汉娜并不熟悉。

一个也不认识。她很确定。

尽管海登一家就住在一英里外的灰树圆环16号。

虽然韦斯坚持说他们确实见过海登一家，他们是卡瓦诺夫妇和米尔斯夫妇的好朋友，但实际上（韦斯很确定）那已是两年前的事了，他和汉娜去海登家参加过一次节礼日聚会。

汉娜重复说不。她也很确定。

韦斯还指出，海登一家属于远山乡村俱乐部，韦斯在那里的高尔夫球场上不止一次地见过布莱恩·海登。汉娜说没在俱乐部或学校见过吉尔·海登，韦斯表示怀疑，因为远山日家长会汉娜回回都会参加，难道说吉尔·海登就一次没参加过？

汉娜紧张地坚持说不，她不这么认为。她试着回忆"吉尔·海登"，但大脑一片空白。

一位近四十岁的女子，风姿绰约，穿着时髦，修剪过的"浅色"头发，是底特律艺术学院之友会员委员会的联合主席。

不！——汉娜从来没见过吉尔·海登。从来没有在远山日家长会看到过吉尔·海登 ——开着一辆凯迪拉克弗利特伍德旅行车，排在学校后面长长的汽车队伍中，来接一个，也许是两个孩子，汉娜可从没见过。

他们是来逮捕我的，罪名是谋杀齐基尔·琼斯。

说来很巧，汉娜正站在她家楼上的窗户前，一辆密歇根州的警车驶入车道，向她家的房子开过来。她的心跳得很平静，没有惊慌。

但不是的，便衣警察只想询问一下街区里有没有发现什么不寻常或可疑的人或动向，有没有不正常的情况，在罗比·海登被绑架当天早上或前一天。

街区。汉娜琢磨着这个字眼。仿佛摇篮岩大街这些住在足有三英亩土地上富丽堂皇的大房子里的居民，只熟悉大街上的情况，而对那些大房子里堡垒化的家庭生活就不怎么了解似的。

摇篮岩大街没有人行道，灰树公地也没人行道。没有孩子"在街上玩耍"——因为没有"街道"，只有道路、车道、小巷和通道。路上很少看到孩子。也很少看到别的居民。白天的道路交通几乎都是服务行业在用——送货卡车、修理工、草坪工人、包工队工人、游泳池维护工、环卫卡车、UPS快递公司的车辆。

尽管如此，汉娜还是小心翼翼地回答了警官们的问题。她说话声音太轻，警察让她再说一遍。

汉娜感到一阵短暂的兴奋，因为她想到：我有向警方提供信息的权利。那是我的权利。

但汉娜抱歉地告诉警察，她什么也没看到，什么也没听到，没有什么不寻常的，没有什么可疑的，在罗比·海登被绑架的那天早上没有，前一天没有，从来没有。不在这里。

当被问及她是否认识海登一家时，汉娜说不认识。

当被问及她的丈夫是否认识海登一家时，汉娜说不认识。

当被问及她的孩子们是否认识罗比·海登时，汉娜说不认识。

（还补充说：罗比·海登比她的两个孩子大得多，她的孩子一个七岁，另一个才四岁。）

当被问及她是否知道住在附近的性犯罪者时，汉娜不屑地说不知道。

当被问及她是否知道住在附近的"曾被监禁"人员时，汉娜断然说不知道。

当被问及她是否知道住在远山镇任何地方的性犯罪者或曾经被监禁的人员时，汉娜不耐烦地摇了摇头。

汉娜知道这些都是公式化的问题，并无意冒犯。尽管如此，汉娜还是觉得受到了微妙的侮辱，就好像其中一个警察在她家地毯上擦了擦鞋底。

汉娜感到惊讶的是，警官们不但没有离开，反而要求和伊斯梅尔达谈谈。好像管家也是远山的居民，和她的雇主是平起平坐的。

"我不知道伊斯梅尔达能帮你们什么忙，不过当然可以。"汉娜生硬地说。

不过，让汉娜感到意外的是，伊斯梅尔达提供的信息要比汉娜多：那个早晨她碰巧看到了哪几辆送货卡车，最近在哪座房子前面看到了一辆水管工的面包车，哪几天看见摇篮岩大街上来了草坪维修人员，哪几个早晨奥克兰县的环卫车在附近出现过……令汉娜吃惊的是，伊斯梅尔达说得出贾勒特家草坪工人和游泳池维修服务人员的名字，而汉娜自己却不知道，或者说，如果有人问，她也记不起来；伊斯梅尔达知道，最近几周，家里新来了两三个草坪工人——她觉得是西班牙人，也许是危地马拉人，不太会说英语——"但他们之中不会有他，就是你们叫他'保姆'的人。"

"你为什么这么说，小姐？"

"因为那个拐走孩子的人，不可能是他们中的一员。他不可能像他们那样勤奋地工作。他们累得要死哪有心思去拐孩子。他们哪有那个时间。那个拐孩子的得有一辆装孩子的货车。他得有个地方安放拐来的孩子，那地方人不多，外人也不知道。他还必须是个'白人'，才能想去哪儿就去哪儿，而不会被别人看见，遭到盘问。"

汉娜惊讶地听着。令她震惊的是，伊斯梅尔达说话温柔谦卑，可却透着精明。伊斯梅尔达用了"白人"这个词，说得既客观又带有某种谴责的味道。

警察离开房子后，汉娜转身走开，没有对伊斯梅尔达说一句话。她急急忙忙上了楼，她心烦意乱，不想和伊斯梅尔达说话。

她没有像往常在家时那样帮伊斯梅尔达准备孩子们的晚餐。她的心怦怦直跳，对这个菲律宾女管家有点讨厌，有点害怕，害怕她那万无一失的柔和的声音，害怕她那坚定的样子。要反了！

你所需要的只是平常用的迟钝的面包刀，却来了一把割牛排用的快刀子。

守夜第四天，仍然没有消息。

在绑架儿童这件事上，没有消息不是好消息。

"妈妈，出什么事了？为什么我们哪儿也去不了？"

康纳尔脾气不好，耍性子。拽着妈妈的胳膊，带着哭腔向妈妈哀求。

汉娜向康纳尔保证什么事都没有。汉娜告诉他，他和他的小妹妹都很安全，不会有什么不好的事情发生在他们身上。他们很快就要去密歇根北部，在湖边一个美丽安静的地方待一段时间。

"他会回来吗——那个小男孩？他在哪儿？"

"你什么意思？什么——'小男孩'？"

汉娜很困惑，康纳尔怎么知道这么多。他还知道绕着弯儿地问问题，身子扭来动去，抽搐着，扭动着，仰着脸，像一只焦虑的小猴子。

汉娜承认有一个"走失"的小男孩——但他比康纳尔大得多，他的父母没有像爸爸妈妈照顾他和他的小妹妹那样精心呵护他。但是大家都相信，这个"走失的小男孩"很快就会被找到并带回家的，所以康纳尔不用为此担心，最重要的是康纳尔不应该把这件事告诉小妹妹，让她担心。

康纳尔得意地笑着说："他们不收女孩儿。"

"你说'他们不收女孩'是什么意思？"—— 汉娜听了这句话，以及康纳尔说这话时那种轻蔑而肯定的语气，感到很吃惊。"可是 —— 谁告诉你的呢？"

康纳尔耸了耸肩。不知道他怎么知道的，但他就是知道了。

实际上，保姆绑架过女孩，尽管最近的受害者大多是男孩。汉娜当然不会跟康纳尔再解释了。

自从海登男孩被绑架后，孩子们就没有离开过家，也不允许他们看报纸或电视新闻。汉娜纳闷，康纳尔是否无意中听到了韦斯的电话，还是哪个成年人不小心说漏了嘴。

当然不是伊斯梅尔达。汉娜知道她可以相信伊斯梅尔达，她是不会惊扰孩子们的。

至于韦斯，汉娜就不那么相信了。即使他没说任何关于绑架的事情，他的情绪已经很极端了，孩子们会感觉到不对劲儿。但汉娜无意去找韦斯说理。

那天晚些时候，凯特雅哭着跑去找妈妈，因为康纳尔告诉她有一只"大狗"在外面等着咬她。一只"咬啊，咬啊咬的大狗"。

海登家的狗，汉娜想。这么说，康纳尔所听到的关于那个"走失"男孩的故事，也牵涉到一条狗。

汉娜向凯特雅保证没有狗。是康纳尔编出来吓唬她的。

汉娜问康纳尔从哪里得到这么愚蠢的想法，康纳尔还是耸耸肩，带着傻笑。

汉娜没有责骂康纳尔,而是拥抱了他和凯特雅,安慰他们说没有狗,当然没有狗在外面等着咬他们。她紧紧地拥抱着他们,把脸贴在孩子们的身上,直到他们都有些不自在了,她想起了圣裘德医院的警告:不要流泪。

终于! 汉娜敢开车去灰树公地了。

这几天来,她一直怀着强烈的好奇心。不是为了"新闻"——她不想面对"新闻"。她只是想看看海登一家住的地方。

车子驶离摇篮岩大街绕了一段路,她突然心血来潮将方向盘向左转,而不是右转,弯弯曲曲地进入高档住宅区,仿佛这就是通往杜邦大道梅休家的最自然的路线,康纳尔和凯特雅曾被邀请到那儿和梅休家的孩子们一起游过泳。

汉娜惊讶地发现,在灰树圆环16号,有一座田野石殖民地式的建筑,与摇篮岩大街96号的贾勒特家的田野石殖民地式建筑非常相似,这让她心神不安起来。

太让人吃惊了! 这两座房子似乎是按照同一张图纸建造的。虽然海登家的房子看起来有点老,也许更大一些。是四个烟囱,而不是三个。

海登家的百叶窗和前门刷成红色,而贾勒特家的百叶窗和前门都漆的是深绿色。

车道上停着几辆车,汉娜怀疑其中是否有执法人员的车辆。她感到不安,不想引人注意,也不想被人发现。

这房子看起来空无一人,或许没人住了。所有窗户的百叶窗都拉着，中午时分室外的灯还亮着。

因为一场灾难降临到了房内居民的身上。他们已经忘却了时间。他们愈加珍惜自己的生命，因为无法言说的事情已经发生，一个孩子从他们身边被生生夺走了。

保姆只绑架那些没人爱，也不值得爱的孩子。

太不公平了，汉娜觉得。这样的指责肯定与现实不符。

她感到一阵眩晕，不安。好像这种不公平、不公正的指责对她也适用。

"妈妈，走吧。"

康纳尔不耐烦地扭动着身体，妈妈把车停在路上，盯着一个陌生人的房子看什么。

汉娜不知道吉尔·海登在这守夜的日子里受着怎样的煎熬。不知吉尔是否知道一些尚未向公众公布的信息。

汉娜前几天看了当地电视台对这对备受打击的夫妇的采访。吉尔双手捂着嘴，几乎喘不过气来。一个男人在低声恳求——如果有人在听，如果你知道罗比在哪里，谁带走了罗比，请拨这个号码，必有重谢……

在灰树公地，汉娜开车经过了她认为一定是罗比·海登被绑走的那片"树林"。一块三英亩的土地，任树木尽情生长，离海登家很近。没人会责怪孩子的父母允许一个十岁的孩子在这里遛狗，因为这就在家门口嘛。

是的，但是他们也应该知道。在保姆肆虐的夏天。

"树木繁茂地区"最易引起歹徒的兴趣。不是公园，是天然林地，大部分是落叶树，一片高大的草地和灌木，野花。木屑小径，一条长凳。没有停车场，车都停在路肩上。

奇怪，出事地点怎么没有戒严。围是围过的，那是几天前。但现在有人正若无其事地在一条小路上遛狗。一对情侣坐在长椅上。就像这里最近根本没出过什么大事。

同样奇怪的是，保姆竟然敢到这里作案。太容易被发现了。

他还必须是个白人，才能想去哪儿就去哪儿，而不会被别人看见，遭到盘问。

小　费

汉娜站在厅里，仔细听着。是有人敲门吗？

孩子们会在梅休家待到五点半，伊斯梅尔达下午休息出去了，回来的时候会顺便把孩子接回家，韦斯去上班了，汉娜独自一人在厨房里，听到房子后面传来一个奇怪的声音——像敲门声，声音不大，但敲个不断，不是从前门，也不是从通向厨房的侧门，而是从通向车库的后门。

为什么敲通向车库的后门，而不是前门？——汉娜吓坏了。

这是谁呢，汉娜很纳闷。不是朋友或熟人。也不是送货员，但（可能）是那个把油送到房子后面，并把收据贴在车库门上的人。

庆幸的是，门是锁着的。汉娜松了口气，她开车送孩子们去朋友家然后返回家中的时候是把门锁好了的。

在保姆出现之前，汉娜白天很少锁门。远山镇的人都这样，因为这里很少有刑事案件发生。

可能是风刮的。也可能来了只浣熊。浣熊，在绿色的垃圾桶里找食吃。

早晨，汉娜常常发现绿色的垃圾桶给弄翻，垃圾散落在地面上，沾满食物的餐巾纸被撕成了碎片。

也可能是韦斯提早回家，可房门钥匙却不知放在哪儿了。现在他敲门，希望有人能给他开一下，只是（当然）韦斯敲门不会这么小声，他会大声喊叫让给他开门。

敲门声又来了——急促、娴熟，有点顽皮，是指关节轻轻敲击的声音。

汉娜大着胆子朝房门走去。不会有危险的，窃贼或闯入者是不会敲门的。

不会是保姆，他对成年女性不感兴趣。

"韦斯，是你吗？或者——"

汉娜惊愕地瞪大眼睛，她看见门把手在转动。

"是谁？快走开。"

会是康纳尔吗？跟妈妈开玩笑？

但不可能，康纳尔在几英里之外呢。康纳尔现在正咯咯地傻笑，汉娜似乎听到了。

胆子真大，门把手又被大胆地转动，左转转，右转转，带着孩子气得不耐烦，汉娜喊道："住手！我要叫警察了。"

她想，门外的人肯定认识她。她很确定。

他知道给门上锁就是为了防他的。然而，他像个小孩子那样嘲笑汉娜，只是带着一种威胁的味道。

汉娜应该怎么做：把自己锁在房子里面，锁在浴室里，然后拨打911。恰恰相反，汉娜一时冲动，把门打开了，她惊讶地看到，站在面前的竟然是马尾辫男孩，离她不到三英尺远，露出牙齿，冷笑着。

Y.K. 的司机！ 他。

他穿着一件破旧的黑色T恤，像手套一样贴合在他那肌肉坚实的躯干上，低腰军用迷彩裤，脚上穿着齐脚踝的黑色跑鞋。身上散发着兴奋的气味。又粗又黑的头发，向后梳成一个凌乱的马尾辫，深色的皮肤红润而油腻，眼睛像烧红的钱币一样闪闪发光，好像是喝醉了或吸了毒，非常自我欣赏的样子。

"嘿，J__太太，知道吗？你他妈的忘记给我小费啦。"

美丽的男孩

我被绑架，就是一瞬间的事。

我被绑架，就是吸气又呼气之间的事。

我被绑架，是在小路上，卢帕在我前面一路小跑。

他迅速地走到我身后，用胳膊紧紧勒住我脖子，快要勒断了，我发不出任何声音。卢帕只管往前跑，根本不知道我被弄走了。

我的鼻子和嘴巴上蒙上了一块布，火辣辣的，一瞬间我无法呼吸。

我被绑架的时候，我无法呼吸，无法喊叫，我被绑架的时候，我双膝发软，直不起身来，我的大脑一阵眩晕，就像一盏灯被熄灭，眼前一片黑暗。

我被绑架，谁都不知道，谁也没看见。

他哼哼地一笑，把我半抱半拖地拉出了树林，动作那么快，手臂那么有力，他的腿承受着我的重量，现在，卢帕发现了，在远处冲我们嗷嗷叫着，它伏在地上，耳朵后拢，牙齿龇出，但吓得发抖，不敢靠近，我就这样在吸气又呼气之间的瞬间被绑走了。

美丽的男孩，没有人会伤害你，没有人会像我这样爱你这样美丽的男孩，这是你生命中最美好的经历。

永远不要说不

妈的，就是！永远不要对鹰眼说不。

打起精神听这次鹰眼要他干什么——紧急处理。

开车去布卢姆菲尔德山，情况紧急，R__急需帮助，他在卡斯带回的一个孩子，过量吸食了海洛因（不是R__的错，这孩子随身带着毒品）。

R__自己无法处理这种情况，他自己的状态也不好，开不了车，不能离开住所，叫救护车也不行。

赶紧去，越快越好。紧急处理。

紧急处理的意思是：擦屁股。R__会预付现金。

带上"小相机"。当然。

（这部"小相机"是一台徕卡，小到可以放进马尾辫工装裤的口袋里。鹰眼给他的，还说给好东西拍照再多也不为过。）

马尾辫想知道R__给了鹰眼多少钱，到目前为止。他还想再捞多少。

马尾辫听说过R__的一些传闻，在教会里被称为R__先生。

和父母住在布卢姆菲尔德山。他父亲是通用汽车公司的"高级主管"。

按年龄，应该快四十岁了。这很奇怪。

鹰眼说，R__的父母去旅行了。只有他一个人在家，还有那个吸毒过量的孩子。

有传言说R__不止一次因"性侵未成年人"被逮捕过，但是针对像R__先生这样住在布卢姆菲尔德山的变态狂的指控总是被撤销。

当马尾辫还住在教会的时候，R__先生就开始在汽车旅馆的派对里露面了。他比那些老同性恋年轻，不想跟他们混在一起，他以贵族自居，而不是什么病态的同性恋者。

混迹于社会边缘。墨镜后面一双小老鼠眼睛，似乎染了色的小胡子，肩上挂着照相机。称自己为摄影记者。

心情好的时候，R__先生挺好的。慷慨至极！他给你拍照却付给你钱，你只需要脱光衣服，在床上打滚，发癫，发狂。他有一些特殊的男孩，他会给他们注射海洛因，当然额外付钱。

马尾辫觉得R__先生的老鼠眼在他身上扫过几下，但他当时还是个叫麦奇·卡舍尔的无名小辈，他们之间什么也没有发生，也许是因为麦奇还不够性感吧。

出事了，R__先生和他的一个男孩，没人知道到底发生了什么，但（据说）麦肯齐神父向警方做证说，那个男孩患有"严重的哮喘"，再加上他服用了药物，他的呼吸就停止了。不是窒息，也不是故意杀人，而是意外死亡。

R__没主意，但鹰眼有大量"证据"——在通宵派对时的照片、录像带。马尾辫很好奇，不知事情会如何发展，他又会如何参与。

不要想太多。保持冷静。

鹰眼这样指示马尾辫：如果你到达那座房子的时候，孩子还活着，把他带出去，要快。底线是，他不能死在那里。

把他装进后备厢。不是在汽车后座。明白？

明白。（马尾辫不大高兴，他又不是傻蛋。）

把孩子扔哪儿都行，比如小停车场，靠边儿的地方。要是有人看见就会叫救护车的。

千万别去急诊部，不要让任何人看到你或你的车牌号。否则，你就完了。

马尾辫担心地问，要是孩子死了怎么办？他还没到就死了？

鹰眼没好气地说，你说死了怎么办？要是那样的话，就更要立即移出现场。扔的时候要小心。

马尾辫说声好的，瞧好吧。但他心情却不怎么好。

最糟糕的情况是，马尾辫认识这个孩子。在卡斯同性恋酒吧里鬼混的人，他认识一些。都是在教会里长大的孩子。

这么随随便便地谈到死亡，有点怪，就像马尾辫对死亡很熟悉似的。

鹰眼告诉他地址，马尾辫写下来：布卢姆菲尔德山巴尔莫勒尔大

279

道11号。

鹰眼警告马尾辫：快进快出。如果R__邀请你在处理完这个孩子之后再回来，和他一起嗨，喝点酒，在他的游泳池里游泳——不要。明白了吗？

马尾辫点点头：知道了。

不要从房子里拿任何东西。不然，你会后悔的。

马尾辫抗议道：我又不是小偷！

鹰眼说：R__会付钱给你。我们商量好了。别跟他说不必要的话。给你就接着。不要去数——都在那儿了。记着戴上手套。

手套？

就是所谓的外科——"乳胶"。去药店买。不能留下指纹。

马尾辫思考着。明显感觉不妙。

马尾辫问他能不能戴着手套使用相机，鹰眼说试试。

不需要警告马尾辫别让R__看到相机。（绝不要让任何人看到相机，即使他们看上去失去了知觉，闭着眼睛，也不要冒险。）不管马尾辫搞砸什么，这相机的事最好别搞砸。

鹰眼告诉他：枫树路在"十五英里处"。向西驶出进入。

马尾辫记得那个出口。没问题！

马尾辫很少出城。皇家橡树以北郊区的白人富豪居住区更是不怎么去。上次，也是第一次，他去枫树路还是蒙鹰眼信任，让他开着J__太太的豪车把她送回家那一次。

他时常想起她。在夜里。

她那么信任马尾辫。很听他的话。就像他救了她的命。开着那辆

（豪华）汽车送她回家，感觉很兴奋，就像在梦中一样，引擎强大，却寂然无声，根本不知道自己开得有多快，跟开普通的车就是不一样。因为住在远山的人不是普通人。严格按照鹰眼的指令，他找到那所房子，把车开到后面，停在车库里。他帮助那个泪流满面的醉酒女人下了车，进了屋子，很聪明地用钥匙链上和点火钥匙穿在一起的房门钥匙开了门。

天哪！一不小心就会出错的事太多了，可他竟从没搞砸过，他想想不由笑了。

记得把普拉达包递给她。也没从她身上拿走任何东西。本可以掏空她的钱包，或者至少可拿她几张钞票，但他都没有。

马尾辫觉着，他还能找到那座房子。远山，布卢姆菲尔德山的缩小版。不是很富有，但足够富有。奇怪的路名 —— 岩石摇篮。还是什么摇篮岩石。

他天生擅长记忆地理方位，比方说，他现在就是闭上眼睛也能在温多特岛上的老房子里穿堂入室，出入自如，小时候他和母亲住在那里，直到母亲不知去向。

天哪！二十年过去了。那个当初叫麦奇的马尾辫老了。往事如烟啊。

鹰眼把他的电话号码给了马尾辫，告诉他只有出了严重问题才可以打电话，而即便如此，也不能在 R__的家里打，要用公用电话。

马尾辫现在意识到事情的严重性了。从没听说鹰眼会把他的电话号码给别人。

马尾辫紧张地笑笑 —— 好的，没问题。

281

他最近的状态有些怪，不知道是怎么了，可能是所谓的"过敏反应"，他心跳异常，指尖和脚趾尖一阵阵地刺痛。他服用了类固醇，还吸食了从东市场买的一种奇怪的叫作吉福的毒品。

　　所以有一半时间他高度亢奋，一半时间又无精打采。

　　亢奋得像只风筝，瘫懒得像摊牛屎。

　　这事没告诉鹰眼。保密是很重要的。

　　马尾辫挂了电话。拿起那台徕卡，快步跑向他停在西沃伦街的汽车。他感到一阵轻松，发动机一转，汽车启动了，他以前拥有的汽车统统相形见绌。

　　这辆车，1973年庞蒂克火鸟轿车，宝蓝色，浅黄色内饰，鹰眼"永久租赁"给了马尾辫。

　　也就是说，马尾辫是"永久租赁"给鹰眼的。

* * *

　　该死。马尾辫来到布卢姆菲尔德山巴尔莫勒尔大道的地址，心想，这下肯定要搞砸了，车道上拦着一扇锻铁大门，十英尺高的石墙延伸到视线之外，他没法进去按门铃，从路上又几乎看不见那所房子，但是，万幸！——原来大门并没锁，马尾辫只须下车，推开门，就可以开车进去了。

　　他猜想，这是一种电子遥控的高档大门。房子里有人按一下电钮门就开了。见不到人。

　　马尾辫看了看，要确保大门一直开着，不要一下子又关上，把他锁在里面。他打算按照鹰眼的吩咐：快进，快出。

已经戴上了"乳胶"手套。太紧了，他的手被勒得死死的。

还要开很长一段路，上坡路。车道上没有车辆。看不见人。马尾辫把火鸟停在有几根白色柱子的门廊前。他想，如果要把人装进车里，就应该把车停在房子后面。

现在凑近了看，简直看不到房子的尽头，太大了。白色的砖，水洗过一般，高高的窗户，白色的灰泥。到了仲夏，底特律的每一所院子都成了火炉，但在布卢姆菲尔德山，草坪绿得出奇，看上去挺滋润，像高尔夫球场。

按了门铃，没人应声。

担心R__会认出他，正在琢磨：麦奇·卡舍尔这小子这是来干吗。

麦奇·卡舍尔体重已增加了很多，上身肌肉发达，头发又粗又硬，从额头直往上蹿，他的下巴像比特犬一样咬得紧紧的，管他R__先生能不能认出他，他没必要为此纠结。

麦奇还从来没有这样打扮过，鹰眼的一等副官，穿着黑色T恤，工装裤，像靴子一样重的黑色跑鞋。

似乎过了很长一段时间，门开了。一开始马尾辫没认出R__先生——这个中年男人虚弱得几乎站都站不稳。他靠在门上，喘着气。用布满血丝的眼睛斜视着马尾辫。

抽抽搭搭地，好像说了句感谢上帝你可来了。

一把抓住马尾辫，把他拉进去。关上门！

马尾辫看到R__先生这个样子很惊讶，他本是一个力图装得很酷的人，但现在看起来比马尾辫记忆中老多了，也矮多了。脸色惨白，像鱼肚子，胡子好像染了色，乱糟糟地像好久都没修剪，黏糊糊的。臃肿的大肚子。细长的腿。只穿着（脏兮兮的）平脚短内裤和一件沾满血迹和呕吐物的T恤。赤脚，丑陋的白色脚趾和满是污垢的脚指甲。

马尾辫敏感地缩了缩鼻孔。恶心。

问题是，R__几乎站不稳。喝醉了，或者吸食了毒品，或者（也许）是中风了。想跟马尾辫解释点什么，但他不住地抽噎，吐字不清，语无伦次。

天哪！——一个成年人，哭得抽抽搭搭。马尾辫一阵恶心。

马尾辫现在能理解到的是，R__急需帮助，因为他这副模样根本开不了车。他本打算自己处理这个紧急事件，但发现实在无能为力。他视力模糊，就像泡在水里，他也不能挺直身子走路，不能开车。

马尾辫问R__有没有什么东西要给他。R__递给马尾辫一个中等大小的纸袋，马尾辫接过来，只往里瞥了一眼 —— 是现金。

多少钱，马尾辫不知道，待会儿再数吧。

可能是一千美元？或者更多？

都是给马尾辫的。他当然也猜得出，鹰眼也会得到一份，办这种急事他是牵头的嘛。

R__指示马尾辫跟着他。他得带马尾辫穿过房子。这是他父母的房子，R__住在后面，有专用入口，男孩就在那里面。

他解释说，他父母去欧洲了，他一个人在家里，并给雇员们放了两周假。他本来只打算拍些照片，但刚开始事情就搞砸了。

马尾辫能闻到R__呼出的酒味。可能他还吸食了可卡因，因为看到他直抽鼻子，流鼻涕。

Babysitter

领着马尾辫穿过又高又大的前厅。就像万丽大酒店的大厅。马尾辫只觉得房间宽敞，陈设优雅，四处金光闪闪。一张锃亮的长餐桌，闪闪发光的烛台，枝形吊灯。这简直是个该死的笑话，马尾辫想，有些人竟是这样生活的。

不过：如果他妈妈能看到现在的麦奇。她会印象深刻的！

沿着走廊，进入一片像中庭一样的开放空间，四面都是平板玻璃窗。外面是一个游泳池，太大了，马尾辫都看不到泳池的两头。

前面什么地方好像有哭声，被压抑的尖叫声。沉闷有节奏的男低音，像是音乐。

R__费了好大劲领着马尾辫穿过房子，累得上气不接下气。在流汗，在发抖。必须靠在马尾辫身上，虚弱得自己都走不动了。跌跌撞撞，摇摇晃晃，像笨拙的舞步。一股臭气让马尾辫的心脏突突直跳。肮脏的T恤和短裤。裸露的白腿布满毛发，马尾辫尽量不去看。还有R__的脚，脚趾间的脏东西都长成了蹼。

这就是家趁人值的"汽车高管"的变态儿子：可怜。

过去，马尾辫看到的R__先生都是昂首挺胸，高高在上的。穿得像阔少，但总是戴着个棒球帽，可能是秃顶了。他自我标榜是个摄影记者。

就算是（实际上）你比他高，他也总是俯视你。

好在，R__已经醉得认不出麦奇。也还没注意到那副乳胶手套，要是往他瘦弱的脖子上一掐，他就完了。

那有节奏的男低音越来越响，节奏越来越重，R__的情绪越发激动起来，说话也越来越快。他说发生的事不是他的错。不是他的错。

马尾辫把目光从满是汗水的脸上移开。恳求的眼睛。

不是他的错。他的错。

他这番絮叨，马尾辫不知道该怎么理解。他感觉一阵恶心，他被召唤来处理的根本不是什么"吸毒过量"，而是更加糟糕的事情。

马尾辫一生中从未见过死人。一具尸体。

他见过很多病得很重的人后来都死了。可卡因瘾君子。得了黄疸病的妓女，丙型肝炎。男妓，像骷髅一样突出的锁骨和肋骨。天哪！—— 流脓的溃疡。

他闻到了死人的味道。但不能凑近。不要去碰，那不是他的责任。

现在马尾辫想，R__恐怕得的就是这种病 —— 梅毒一类的烂病。为什么他年纪轻轻身体就垮了。为什么他的口气那么重。惨白的皮肤。流鼻涕。喘不过气来。不得不靠在马尾辫身上，呼哧带喘地。

把马尾辫带到房子里比较新的一个地方。这里的家具较少 —— 低矮的真皮沙发和椅子，磨损的硬木地板。墙是深蓝色的，每扇窗户上的百叶窗都关得严严实实，挡住了阳光。肮脏的玻璃杯和盘子，散落在桌子和地板上的餐具，塑料外卖容器。发霉的比萨皮，揉皱了的餐巾纸。一股腐臭、腐烂的味道。空酒瓶。一只硬壳甲虫正在沙发下面爬。到处都是衣服、毛巾和纸巾。摄像设备。工作台上，一堆脏盘子中间，摆着几张靓丽的照片。立体声喇叭里传出震耳欲聋的音乐。一个女人高声尖嗓，直击马尾辫的耳膜。

马尾辫找到音响，关掉了该死的叫声。看到专辑封面 —— 威尔第的《茶花女》[1]。

---

[1] 全名朱佩塞·威尔第，意大利作曲家，《茶花女》是根据同名小说改编的三幕歌剧。

R__有气无力地反对着。那是多美的音乐呀，伙计。

天哪！马尾辫松了口气，噪音终于关了。

R__像电视里的那些家伙一样呻吟了一声，瘫进沙发里。雪白的癞蛤蟆脸上闪着泪光。他大叫一声，寂静的时光太难熬了。

我脑子里东西太多，好像要爆炸了。

该死的自怜，马尾辫想。这是什么人啊！恶心。

在房间的另一头有一扇（关着的）门。R__表情痛苦，无言地指了指，意思是让马尾辫开门进去。

R__啜泣着，试图解释这一切都不是他的错，是男孩的错。

所以现在，这个男孩必须被带走，R__说。什么地方都行 —— 只要离开这里。

马尾辫向这家伙保证 —— 好吧。

马尾辫深深吸了一口气，对一会儿会在房间里看见什么做好了心理准备。那是一间卧室，灯光昏暗，有凹槽纹的纸灯笼，发出微弱的橙色光芒，就像在一个孩子的房间里能看到的那样。有一股难闻的气味 —— 马尾辫不愿再想了。

一张特大号床，乱糟糟的，没有整理，上面没人，只有脏兮兮的床单，看上去像沾了血迹，但床边的地板上有个什么东西，马尾辫小心翼翼地走近，以为会看到一个年轻人的尸体，一个将近二十岁或跟自己年龄相仿的男人，一个底特律街头骗子，然而马尾辫看到的却是一个很小的孩子，只有十岁或更小些，躺在地板上，身下是一条浴巾，胳膊被铁丝绑在背后，脚踝也被绑住，眼睛被蒙着，嘴巴被塞得严严实实。

287

天哪！——一个小孩。不是吸毒过量，是别的原因。

那男孩躺着一动不动，但还有呼吸。马尾辫听着——呼吸声急促而微弱。男孩只穿着内衣，弹性白色短裤，跟那条浴巾一样也是血迹斑斑。他光着脚。马尾辫觉得他的脚底板那么小。

绑架男孩的人真是处心积虑，不仅是手腕和脚踝，连脖子上也松松地绑了一圈。他身旁的地板上放着一圈铁丝。旁边还放着一只巨大的黑色塑料垃圾袋，好像R__本想把他装进袋子里，但后来改变了主意。

位于男孩上方的是（未开启的）滚轮灯。桌上放着照相设备。拍照？

天哪！R__一直在折磨这个男孩。有一股呕吐物和粪便的味道。马尾辫可以看到，男孩的内衣已经脏得不成样子，有血迹，也有粪便。太恶心了，马尾辫真想杀了R__。

他不关注新闻，很少看报纸或电视，但底特律郊区有一个十岁男孩失踪的消息，马尾辫还是知道的，他想这一定就是那个男孩。

报纸上都管这家伙叫保姆。

麦肯齐神父一直坚持说，关于R__先生的传闻都是瞎说，当时叫作麦奇的马尾辫天真地相信了他。但现在看起来，R__可能就是保姆本人，这一点也不奇怪。

需要提醒自己：快进，快出。

马尾辫确信R__没有在门口看着他之后，便从口袋里拿出了徕卡相机，迅速拍照：被绑的男孩，背景，角度很大，以作为照片拍摄地点的证据。

男孩头部的特写。电线勒进了脖子。这个视角能拍到R__凌乱的床，床上方墙上的镶框艺术品，其他的几面墙壁，一扇百叶窗一直垂

288

Babysitter

落到窗台上。

给好东西拍照再多也不为过。

俯身对小男孩低声说了句嘿！你听到了吗？你会没事的。

马尾辫松开男孩脖子上的铁丝。天哪！太紧了，不好弄啊。感觉那铁丝都勒进了肉里，还以为这孩子已经被勒死了呢。

马尾辫想，R_一定很擅长此道。让你不能痛痛快快地呼吸，但又不完全卡死，给你留一口气，不至于死掉。

动了怜悯之心的马尾辫碰了碰男孩的肩膀。摸了摸男孩的后脑勺。脖颈，又湿又冷。

男孩没有反应，但至少他还有呼吸。

马尾辫盘算着下一步该怎么做，行动一定要快，就像一个飞行员驾驶飞机进入一片未知空域，不知道应该怎么飞，但知道不能犹豫，也当然不能回头。

他猜想鹰眼也不知道 R_带回家的是个孩子，而不是一个吸毒的骗子，或许鹰眼是知道的，但不想让马尾辫知道，怕马尾辫可能会临阵逃脱。他给马尾辫的指示很明确，两种情况都讲到了。

马尾辫要做的就是快事快办。按指令行事。不必多想。

马尾辫从床上扯下一条被子，把男孩软弱无力的身体裹住，抱在怀里。男孩的头向后仰着，马尾辫能看到的只有像蛋壳般惨白的额头和脸颊 —— 男孩的眼睛被眼罩遮住，封口布遮住了他下半边脸。

马尾辫把封口布往下拉了拉。确保这孩子至少能用鼻子呼吸。

他还有呼吸吗？马尾辫用一只耳朵贴上去，是的，有呼吸。

天哪！—— 肾上腺素直冲心脏。他真他妈幸运，自己服了类固醇，男孩抱在怀里死沉，但马尾辫足够强壮。

想想奥运会级别的运动员，摔跤运动员，举重运动员。上身力量惊人，肌肉结实，没有一块肥肉。

鹰眼会赞赏他的。也许他会打电话给鹰眼，等紧急情况处理完毕之后。

老兄！—— 等下看看我在这里拍的照片吧。

然后等着鹰眼问什么样的照片？—— 但是鹰眼这个冷酷的浑蛋是不会问的。

马尾辫注意到这个房间没有通向外面的门，所以他必须先把男孩抱到另一个房间，再把车开到那里的出口，真倒霉，他得抱着孩子穿过整个房子，到房子正面，火鸟停在那里。

快速思考。为什么鹰眼派了马尾辫而不是别人。

当马尾辫抱着男孩走进另一个房间时，R__在沙发上坐直身子盯着，好像眼前这一切完全出乎他的意料。跟马尾辫有关，跟他无关。说实话，这个可恶的家伙根本不理解眼前发生的事。好像这个病态的浑蛋根本不知道这可能意味着什么：一个孩子大小的东西，拿血淋淋的被子包着，从R__的床上被抱出来了。

结结巴巴地说弄出去！我说了 —— 快把他弄出去！

马尾辫没有理会R__，把男孩放在沙发的一端。真希望沙发上沾上血迹。地毯和地板上都沾点。清洁女佣会发现的。

马尾辫把被子往上拉了拉，这样男孩的头就完全被遮住了。这样，他就可以把男孩抱到车里，而不会让男孩的头耷拉出来。

天哪，伙计，我说了 —— 快把他弄出去……

嗓门提得很高，像个女孩。他的鱼肚脸满是汗水，油乎乎的。眼睛睁得好大，他很兴奋，但是病态的兴奋。他头上稀疏的头发像海藻一样。你可曾见过一个富豪之子满口烂牙，而这个富豪的倒霉儿子，一个瘾君子，嘴里的牙齿正在腐烂。

马尾辫毫不掩饰对他的厌恶，告诉这个变态狂，他现在要去取车，开到房子后面，R__要做的就是把门打开，马尾辫好把孩子抱出去。

完事后，R__就可以关上门。就是这样。

就这些吗？——R__已经如释重负。

就是这样。成交，我走了。

说话时连看都没看 R__一眼。自从他把孩子抱到沙发上就没再看 R__一眼。很遗憾，他一直没有机会拍一张 R__和小男孩同框的照片，不过，那怎么可能。

鹰眼可能会说，错过了赚钱的机会。但你有很多好机会，孩子。干得好。

马尾辫想，这个冷酷无情的家伙是不会称赞他的。不过他可能会这么想。

他出门的时候，都没敢往回看。因为他怕一看到 R__可能就会触发杀死这个变态的念头，用拳头打，直到那张鱼肚般惨白的脸变成肉酱，流血不止；用脚踢，在地板上踢他的肋骨，踢他的肚子，直到肠子破裂，粪便外泄，再踢他那张丑恶的脸，踢他的头，踢他的头骨，把那浑蛋的头骨踢裂，直到脑浆四溢，你觉得马尾辫不敢吗？——马尾辫绝对干得出来。

但现在不是时候。改天吧。

鹰眼的声音清晰而平静地在马尾辫耳边响起：快进快出。

狂喜！他心里很高兴。

太激动了，马尾辫已经忘记了随手扔在庞蒂亚克火鸟副驾驶座位下面的那只塞满现金的纸袋，他马尾辫有更重要的事情要考虑，管它是多少，一千多？看上去有一千多，但究竟有多少呢？

沿着枫树路向东行驶。觉得能看到个医院急诊部的标志——这附近应该有医院。

在底特律市区，他知道医院在哪里。圣安东尼街的底特律综合医院离他在西沃伦街的住处只有几个街区。吵得他整夜无法入睡的救护车警笛声。

就像枪声，底特律的夜。夜夜如此。

开车太远，到底特律综合医院有十五英里。马尾辫知道那孩子等不及了。

急出一身冷汗。时间一分一秒地过去了，他还没看到医院的标志。

应该问问R__那个男孩被那样绑了多久，脖子上缠着铁丝。嘴上堵着布。这该死的R__究竟对孩子做了些什么？还拍照？我的天哪！

这个男孩可能是休克了。马尾辫看到过休克的人。像枪伤一样的伤口，大量出血，血压下降，会休克，并可能因此死亡。

马尾辫把车开到了房子后面，R__站在那里，门开着。鼻子抽抽搭搭，绞着双手。就好像这个被他绑架、折磨的孩子给他带来了多大的麻烦，他才是那个受害者。

不！把他放进后备厢！R__几乎是在尖叫，马尾辫没有理睬，他

Babysitter

把裹在被子里的孩子放在后座上，什么也露不出来：光着的脚指头、头顶都露不出来。

这是冒险。鹰眼不会同意的。如果警察拦下马尾辫。如果发生事故。但是，去他的吧，马尾辫绝不能把男孩放在后备厢里。

毕竟这孩子遭了这么大罪。可能会窒息。或者被一氧化碳熏死。

沿枫树路又往东开了一英里。汗水一个劲地淌，脸上，腋下。

这该死的医院在哪儿呢？上帝保佑。

感觉肾上腺素开始消退。似乎清醒过来了。

关掉收音机，听听后座上有什么动静。还在呼吸吗？——还有一点。

他松了松绑在男孩手腕和脚踝上的铁丝，以免勒得太紧。但又不能太松，怕孩子挣脱出来。

眼罩和封口布还没取下来。他想，如果那样做，恐怕他想后悔都来不及。男孩可能没见过 R__ 的脸，也不知道他去过哪里，不知道周围的环境，如果他能活下来的话，马尾辫可不打算成为男孩能记住的唯一一张脸。

马尾辫决定转向 I-75 匝道附近的购物中心，他曾停在那里的一家药店买了乳胶手套。（现在还戴在手上。）这次马尾辫没把车停在前面，而是绕到后面，沿着一条坑坑洼洼的土路，经过一个垃圾箱。

购物中心后面，一个人影也没有。马尾辫把车停在垃圾箱后边。

一只骨瘦如柴的小猫跑过，奶头摆来摆去。另一只猫耳朵向后拢着，盯着马尾辫。一群野猫住在这里，从垃圾箱里找东西吃。

马尾辫感到一阵忐忑不安，也许这是他一生中会后悔很久的一个错误。

他把裹在被子里的孩子从车里拉出来，放在垃圾箱后面的地上。不远处，几只骨瘦如柴的猫盯着他，他再次摸了摸男孩脖子上的动脉：几乎不跳。但仍在跳。

"坚持住，好吗？你会没事的。"

马尾辫感觉到男孩在颤抖。活着！

马尾辫蹲下来，满头大汗，他大着胆子往被子里看看，看不出男孩是否醒着，看不见眼睛，也看不见嘴巴。只能看到白得像鸡蛋皮一样的皮肤、额头、脸颊和下巴的下方。他心生怜悯，一阵刺痛，因为这孩子太小了。

"听见我说话了吗？我保你没事。"

为了记录下来，让鹰眼看到，他用小相机拍了几张照片。

然后回到火鸟。好的：从这里看不到那个男孩，你得特意绕到垃圾箱后面才能看见。

马尾辫把车开到商业街正面，开到公园门口。考虑他是否应该在药店买一瓶苏打水，给孩子带点喝的，一定是渴了，脱水了，但决定不，最好不要。他得把堵嘴的东西解开，谁能保证孩子清醒后不会大叫起来。

接着，马尾辫用户外公用电话拨打911。他用手捂着嘴对着电话听筒，告诉调度员在西枫树街2933号的购物中心后面有个"走失男孩"，被什么人遗弃在一个垃圾箱后面。

他迅速重复了一遍，随即挂断电话。

天哪！他已是浑身冷汗。肾上腺素再次飙升，心怦怦直跳，头都发晕了。

Babysitter

他的心情好起来，飞扬起来。感觉好极了！

"看，我救了那孩子的命。我。"

他想掉回车头看看救护车什么时候到达商业街，他在听警笛声，想知道救护车什么时候到，但他还是决定，不，他不能在附近的任何地方露面，任务已经快速完成了。

现在回底特律还太早。他妈的底特律。

他暗自发笑。沿枫树街向东行驶。这是 I-75 号州际公路向南的匝道，但马尾辫感觉自己就像一架直升机在高架路面上盘旋，观察着一辆正在加速驶过入口的庞蒂亚克火鸟。

这太有趣了。他止不住地笑。

去他妈的底特律。去他妈的西沃伦。

他在这里，他情绪高涨。

突然间，他起了一个念头，就像是从半开的车窗吹进来的：那个富婆婊子还没给小费呢。

不速之客

"你忘了，J__太太。我可没忘。"

推开车库的门，走进屋子。这是真的吗？——汉娜站在那里，动弹不得，那小子离她不过几英尺，眼前发生的一切，她怎么也不相信。

有好多次，汉娜觉得似乎在远山镇见到了马尾辫，在眼角的余光里一闪，远远地，傲慢的身影，模模糊糊，他的出现着实让她大惊失色，不过每次都是汉娜看错了，这让她长舒一口气——可现在汉娜盯着这个闯进她家里的噩梦般的身影，知道事情终于发生了：他还是找上门来了。

这是 Y.K. 派来的密使吧，他自己都懒得来。所以才派了这么个死皮赖脸的男孩来替他捉拿汉娜。

不是男孩，是男人。皮肤粗糙，胡子没刮，深色的镜片后面透出一双明亮的讥讽的眼睛。

他的脸涨得通红，龇牙咧嘴，露出像狗一样垂涎欲滴的淫笑。汉娜看出来，他要么是喝醉了，要么是吸了毒。无所顾忌，非常危险。

她是出于好奇才开门的！——她这么想。

现在真后悔。意识到自己错了。

必须坚守阵地，不能后退，否则他就会像只饿狼一样朝她扑过来。

汉娜呵斥马尾辫立即离开，尽管他不断打断她，无礼地问还记得他吗？——还嗲声嗲气地称呼她"J__太太"，令她毛骨悚然，汉娜赶紧反驳说不，她不记得了，但他现在必须离开，请他必须转身离开，马上，马上就离开，否则就叫警察了。

听到这里，马尾辫男孩笑了起来，好像他从来没有见过这么滑稽的事情。"夫人，就你？——叫警察？"

汉娜感到她的脸涨得发烫。恐慌，羞耻，愧疚。

"我——我会叫警察的，如果——如果你不……"

"你怎么跟警察说，你忘了给我小费了？所以我不得不亲自来取？"

他的目光无礼地落在她穿着凉鞋的光脚上。

慢慢向上看：女人光着腿，穿着短裤，无袖的夏季上衣，上面两颗小小的白色珍珠母贝纽扣没有扣上。

朝她逼过来，淫笑。牙齿闪闪发光。

汉娜不自觉地后退了一步：这，是她犯的第一个错误。

马尾辫男孩身上散发出一股热气，汉娜的鼻孔不觉一紧，那是一种难闻的动物气味，但也不完全令人讨厌，是一种未洗过的头发、腋窝、胯部的气味。是一种男性傲慢气味，男性冲动的气味，汉娜一惊，思绪飞向孩子们，他们是否安全 —— 还好康纳尔和凯特雅不在，他们还在梅休家。

汉娜结结巴巴地说，她的孩子们在家里，和女佣在楼上，她丈夫几分钟后就会回来，他现在必须马上离开。

这些绝望无助的话马尾辫好像根本听不进，他兴奋、冲动，激动异常。他脸上露出奇怪的、凝固的微笑，仿佛汉娜在他眼里就像他在汉娜眼里一样，也是一个令人惊叹的景象；仿佛几个月以来，他也时不时在眼角的余光里瞥见 J__太太那难以捉摸的身影，就像汉娜眼里经常出现他的幻影一样。

汉娜恳求道："走吧。现在就走。如果你现在离开，我就不叫警察了……"

马尾辫男孩被这些话逗乐了。他笑着，牙齿闪闪发光，一步步逼向汉娜，汉娜向后退着，躲进了通往厨房的走廊。

汉娜以前从来没仔细看过这个扎马尾辫的男孩，没有像现在这样近地看过。令汉娜吃惊的是，男孩竟如此的强壮有力：只比汉娜高一点，但身体却很结实，像是由一种非肉体的物质构成的，肌肉坚实的躯干像硬橡胶，脖子几乎和他的下颌骨的跨度一样宽。他的头发也很浓密，像马的鬃毛一样粗糙，暗黑色，没有光泽，扎成马尾状，乱蓬蓬的，汉娜不由想到，他身边没有人，没有女人，没有母亲来照顾，没人给他梳洗。

汉娜的脸浮起一种温柔，这一瞬间，被扎马尾辫男孩注意到了。他不再往前逼近，就好像汉娜已经伸出手来，触摸他，让他别急。

"上次我来的时候，你对我可友好多了，J__太太。"

"我 —— 我不记得了……"

"你应当记得。没有我，你怎么回家的？"

汉娜浑身颤抖。她所能做的就是反反复复地说，如果他离开，她就不会报警或告诉任何人。如果他现在就离开。

听着她的警告，马尾辫男孩笑了，因为汉娜的声音微弱，颤颤悠悠。

他擦着汉娜的身体挤进宽敞明亮的厨房。扫视四周，估量着。地板铺着宜人的赤褐色墨西哥瓷砖，阳光反射在铜盘上，在白色砖墙的衬托下，像艺术品一样陈列着。

马尾辫男孩从牙缝里挤出一声口哨 ——"我的天！"

男孩笑了，他被震撼了。但他也在笑自己怎么会感觉如此震撼呢。汉娜觉得，这笑声是为了安抚她。

向她示意：没有危险！J__太太没有危险。

"只是进来看看，我来附近办事。是他派我来的 —— 你知道的，就是他。"

汉娜使劲咽了口唾沫。就没必要问他是谁了。

"我就像是他的'副官'。他信任我。不然怎么会让我开车送你回家呢。"

汉娜一动不动地站着。汉娜的思绪像被亮光困扰的飞蛾一样扑腾着。

汉娜想 —— 我不会问。我没有理由问。

"不过，他不知道我来这里。这是'单人表演'。"

他摇摇晃晃地往厨房里面走。汉娜别无选择，只能跟着。在离她六英尺远的冰箱旁边的墙上，有一台米色的塑料电话。

……一把抓过听筒，在他阻止她之前拨通911……

但是不行：马尾辫会把话筒从她手中打掉，汉娜可以预见。

汉娜知道，她为了保护自己，为了不受到伤害而采取的任何突然举动，都只能引发他进一步下手。不能冒这个险。

然而 —— 这个险还必须冒。

马尾辫男孩摘下了墨镜。他的皮肤发热，他的眼睛异常警觉，充满活力。他转过身来盯着汉娜，在她脸上看到了一种病态的内疚，一种羞愧的表情。

汉娜几乎没化妆。她的头发已经好几个星期没有"漂白"了。没有睫毛膏，她的眼睛是裸露的，光秃秃的 —— 让马尾辫男孩这么近距离地看着，有些不好意思。

就像任何女人，任何年龄的女人一样，她惊恐的眼睛正 —— 盯着他的眼睛看。天哪！

他，这个不速之客，曾看到汉娜衣衫凌乱，几乎一丝不挂地躺在肮脏的床单上。他看到了她完全任人摆布，赤身裸体的样子，其他人，包括她丈夫在内，都没有目睹过她那副惨相。（因此）她没有资格拒绝他。

她放弃了反抗的权利。她被打碎了，被玷污了 —— 草草修补了

299

一下，就像一只精致的花瓶破成了碎片，只是被人笨手笨脚地粘在了一起。

汉娜告诉这个不速之客，他必须离开。必须马上离开她的房子。

她的孩子们很快就会回来，女佣接他们回来。她的丈夫 ——

"什么他妈的'丈夫'。他不会那么快就回来的。我都查看过了，家里没人。"马尾辫男孩提高了嗓门，充满了嘲笑。

没错，这所殖民时期风格的大房子一片寂静，空无一人。汉娜无力的谎言骗不了这个不速之客。

只有J__太太一个人在房间里像幽灵一样走来走去。

"就像我说的，J__太太，我是来这儿办事的 ——'布卢姆菲尔德山'。所以我顺便来找你。"

听起来很和气，又有些伤感。咄咄逼人，自高自大，但也显出不安。

J__太太难道不喜欢他吗？在马尾辫男孩眼皮后面那蛋壳般脆弱的梦境里，他是这样想的，他觉得这个太太喜欢他。

要是在电影《疯狂轮滑》里，他一准会为她去冒生命危险。没有什么比为美丽女人而战更为光荣了……

汉娜被马尾辫男孩的语气弄糊涂了，拿不定主意。是应该感到恐惧，还是感到温柔？这个不速之客真年轻啊。

汉娜不由自主地对马尾辫说，她这就去拿她的手提包，她的钱包，她会给他"小费"。她本想给他"小费"—— 只是忘了。那天晚上。

那天晚上的事汉娜记不太清了。但马尾辫男孩她还是记得的。

但现在，马尾辫男孩看起来挺伤心，很失望。他要的不是钱，他有的是钱，他骄傲地告诉汉娜，他只是顺路来看她。

Babysitter

"就是这样 —— 只是来，打个招呼。"他又说，"我今天干成的这件事 —— 很快就会成为'新闻'。"

"说的是！"—— 汉娜笑得有点紧张。

搞不懂马尾辫这么夸夸其谈的都是在说些什么，但她觉得松了一口气，他对她的敌意似乎减轻了。

"你看电视新闻吗？可能今晚的电视就会有。"

汉娜一直在慢慢地朝着壁挂电话的方向移动。就像一个梦游的人，抬高腿轻迈步，唯恐踩错，摔倒。碰巧的是，她的麻织手提包就放在电话旁边的椅子上，里面有她的钱包……

汉娜小心翼翼地往电话那儿凑，尽量不引起马尾辫的注意，但又要做得大大方方的，让马尾辫没有理由怀疑她；他们之间似乎存在着一种魔咒或幻觉，汉娜不想打破。她猜想，马尾辫男孩对她并不完全信任，但也不是完全不信任。

只是：汉娜在目前的情况下不能碰电话机。就像电影中令人痛苦的特写镜头、强化的慢动作和悬念，让演员在紧张的场景中喘不过气来。

不能碰，甚至不能表现出自己已经意识到电话机（现在）一伸手就能拿到。汉娜敏锐地意识到了这一点，而马尾辫似乎还没意识到。

汉娜一心想着电话机可能带来的希望：想不顾一切，把电话抓在手中。

尽管，说实在的，电话机能带来希望，也同样能带来失望。

正如汉娜在厨房里的表现防止了对她的性暴力，但同样也能引发性暴力。

两者之间都有一种不经意的关联，这种关联一旦发生，就会显得无法避免，不可挽回；然而，这发生关联的一刻，完全是即兴的，只是一个选择的问题。

她转动方向盘离开远山万豪酒店的时候，无论向左转（去底特律市中心），还是向右转（去摇篮岩大街），都同样是在按照自己的意愿行事，即使她这个自作惊诧的司机好像只是在眼巴巴无奈地看着自己的手在打方向盘。

我们的每一个（非自愿的）（自愿的）行为都不可避免地导致死亡。唯一的不同是何时。

在与这一段生命相连的另一段与之平行且只被薄薄的一个隔膜分开的生命里，不可能性已经被克服了，汉娜摸索着从墙上拿起电话（马尾辫男孩没有注意到），按下了三个神奇的数字911……

但是不：汉娜拿在手里的是钱包，像拿着个护身符一样给马尾辫看，她大着胆子笑了笑，打开米色的小羊皮钱包，展示出里面的东西，有信用卡和大面额钞票，她的手懊悔地颤抖着，马尾辫男孩盯着她，年轻的脸顿时沉下来，满脸怒气。

"太太，我说了我不要你他妈的什么钱。'小费'不是这个意思。"

汉娜仍然强打笑脸，她从钱包里往外拿钞票，一张，两张，递给那个恼火的年轻人，也没看面值是多少，只要他要，汉娜就会把整个钱包都给他，她低声下气地表示歉意，感到羞愧、自责，不料，马尾辫却一把把她手中的钱包打落到地上，骂道：

"去你妈的！我他妈没告诉过你吗。"

汉娜吓了一跳，感觉这个不速之客打了她一巴掌，但还是硬挺着宽慰自己，一切都会过去的。

事情发生得太突然，怎么一下子就爆发了。她激怒了这个男人，纯属自找苦吃，现在他无论怎么惩罚自己也只能听之任之了。

"我她妈要一杯酒。这就是我想要的，太太。"

汉娜直往后缩，只听他又说："肚子也饿了。一天没吃东西了。"

马尾辫男孩语气中带着责备。他脸色阴沉，红红的眼眶里充满了指责。他真的被女人的愚钝伤害了，是她的错。

她，一个女人。一个母亲。

一个淫妇，淫荡女人，纯粹是个婊子，然而还是：母亲。

他想从这位母亲这里得到的是营养：饮料、食物。汉娜很惊讶，她本应知道的。

那种男性特有的责备口吻，汉娜听出来了。没有哪个女人没有听过，那种强烈的兴奋，那种威胁，你不禁吓得直往后缩，等着接下来的一顿拳头，（你明白）那是你活该，而当拳头还没落下时，氧气欢快地流入你的肺部、静脉和动脉。

汗水无情地从她体内涌出，从腋窝，从两腿之间，她意识到不速之客也像自己一样，全凭一时兴起，在绝望中即兴发挥。

和汉娜一样，他的心脏也在快速跳动。他的所有感官都很警觉。像迈步走上薄冰，知道冰层随时都会破裂，这危险让他感到既害怕又刺激。

"坐这儿吧。当然 —— 你一定饿了……"

她不是这屋里的人质，是女主人。汉娜的心定下来了。

汉娜拉出一把椅子，请那个感到受了委屈的年轻人坐在餐桌旁，她会给他拿些喝的，吃的。

如果给他吃的，他就不会伤害她。如果她侍奉他，在他面前低眉顺目。或许他就会生出点怜悯之心。

她想：不知伊斯梅尔达什么时候带孩子们回来？一小时后？还是一小时之内？

或者，不：要等到四点以后。接近五点。

如果伊斯梅尔达回来，马尾辫男孩就完了。他一定会落荒而逃，汉娜也就摆脱了他的纠缠。

但是，那么一来伊斯梅尔达就可能会看到这个扎着马尾辫的男孩，这对汉娜来说太可怕了，她不知道该怎么解释家里跑来了这么个陌生人。

无言以对！——汉娜无法用言语澄清马尾辫男孩带来的耻辱。

想起了搞笑老爸最喜欢的一句笑话——如果我把这个秘密告诉了你，我就得把你杀掉。

汉娜从橱柜里拿出一瓶意大利红酒，是韦斯那天晚上打开的，他和汉娜一起喝的。她拉出瓶塞，给马尾辫男孩倒了半杯，她用颤抖的手把杯子像祭品一样放在他面前。他（或许）有些疑心，（也或许）对红酒不大熟悉，但还是举起了酒杯，尝了一口，做了个鬼脸，像孩子一样，像康纳尔一样，觉得还不错，于是一饮而尽。

汉娜觉得，对他来说，啤酒可能更合适。其实，冰箱里有几瓶韦斯喝的啤酒。

"你也来吧。你也喝一杯，J__太太。"

汉娜笑了，有些吃惊。现在女主人竟被邀请与不速之客一起喝一杯……

强奸犯！强奸受害者与强奸犯共享一瓶意大利葡萄酒。

判决的时候，这将对她不利。他们之间发生的一切，从汉娜出于自愿打开了那扇锁着的门,并允许一个外人闯进她的房子那一刻起,判决就对她不利了。

汉娜把酒倒进马尾辫男孩的杯子里,自己也倒了一杯。酒杯很漂亮,超薄的玻璃,闪闪发亮,伊斯梅尔达都用手仔细清洗过。汉娜带着女主人那种天真的虚荣心,希望能给马尾辫男孩留下个好印象。

汉娜觉得他不习惯用酒杯喝酒。

这样就能放过她吗? 这个私闯民宅的流氓对城郊豪宅女主人的印象不错吧!

他歪着嘴笑了笑,一杯酒下肚,不那么凶了 ——"请坐,J—太太。陪陪我。"

"我 —— 好的 …… 好的。"

这简直是演电影,汉娜想。吓得惊慌失措的女人,进入自动程序,自我拯救。

强奸受害者不惜对强奸犯巴结讨好,力求自救。

汉娜心情紧张,似乎听得见血液在耳朵里流动,呼呼作响,她把一条杂粮面包和几片奶酪端到厨房的桌子上。布里干酪、切达干酪、雅尔斯堡干酪。吃剩的鸡腿,用锡纸包着。一罐打开的莫特苹果酱加肉桂,这是孩子们的最爱。马尾辫男孩确实饿了。他嚼得很快,边吃边擦嘴。汉娜给了他一张印有兔子图案的餐巾纸,那是儿童餐巾纸。(韦斯讨厌纸巾,只用布餐巾。)马尾辫男孩倒不在乎用什么样的餐巾,干脆毫不犹豫地用手往嘴里抓。汉娜递给他一把勺子,用来从罐子里舀苹果酱。他喝完第二杯酒,哼了一声表示还想来一杯。他连吃带喝,倒挺开心。肯定是服用了什么毒品,现在发作了,兴奋了。他额头上布满汗珠，嘴角抽搐着露出笑容。在汉娜看来，他的眼睛似乎异常明亮。像她自己的眼睛一样，赤裸裸，光秃秃。

汉娜应该谢天谢地，她这个不速之客还不是一个下流的醉鬼。

"你还不知道我的名字，对吧？我叫麦克。[1]"

"麦克。"汉娜试着说出这个名字，仿佛很陌生，很奇妙。

"麦奇——过去叫这个。当我还是个孩子的时候。"

"麦奇。"

他得意地向汉娜吐露，在他来摇篮岩大街看她之前，他曾去过布卢姆菲尔德山。"一所好大的房子——比你这所还要大。在高高的围墙后面。"

汉娜开始认真地听了。布卢姆菲尔德山？

"……巴尔莫勒尔大道。要打开那道门，你必须知道密码，不过当我到达的时候，大门是开着的。"他又补充道，"因为他们知道我要去。"

住在巴尔莫勒尔大道的是谁，等着麦奇的又是谁，汉娜不禁思考起来。她想不起她的熟人中有谁住在布卢姆菲尔德山那个最负盛名的豪宅区，那是通用汽车高管们的飞地……

马尾辫男孩吮吸着自己的下嘴唇，不服气中带着点伤心。就像康纳尔希望得到更多的关注和赞扬时的那种表情。汉娜琢磨着如何在不引起他怀疑的情况下奉承一下这个反复无常的人，奉承人她擅长，但同时她必须十分小心，以免冒冒失失说错话：不能让马尾辫男孩再对她出手，就像条蛇那样迅猛而带着极强的报复心理。

她担心，他会杀了她吗？他会吗？

1 『麦奇』（Mikey）的简称。

她不愿这么想,他们之间是有契合的。

"对啦,J__太太? 我们看看电视新闻吧。"

突然,男孩变得很兴奋。好像他这个建议很有道理。汉娜别无选择,只好把他带到电视室。

麦奇一看到电视机,就从牙缝里挤出轻轻的一声口哨,大概是在惊讶它的尺寸:电视机摆在双门实心红木橱柜里,二十七英寸的屏幕(指对角线)。他蹲在电视机前,打开电视机,不耐烦地换着频道,没有新闻,只有脱口秀、卡通片和广告。

"妈的! 哪有他妈的新闻。"

汉娜告诉气呼呼的麦奇,还不到时间。这钟点电视上没新闻,你得等到六点。

话一出口,顿感一股凉气冲遍全身。怎么能这么大意,这么愚蠢,竟然向马尾辫暗示,他还要在家里等上两个多小时,到六点……

"他妈的。明明有大新闻,可他妈的给弄到哪儿去了!"

他哼了一声站起身来,摇摇晃晃地又一屁股坐进皮面沙发里。他说话开始口齿不清,才几分钟工夫就醉了。汉娜想,看来这小子平时很少喝葡萄酒。他盯着汉娜,晃晃头,像是要让自己清醒清醒。

"我只能说 —— 真他妈浑蛋。"

七岁的康纳尔都不会这么失魂落魄。马尾辫的高兴劲儿几秒钟便消失了,就像气球一下就撒了气。

汉娜屏住呼吸,但愿这小子还没想到要她把收音机打开。

汉娜屏住呼吸,但愿他会突然决定离开……

她可不敢提醒他。也不敢求他。根本就不敢跟他说话。

让她心里发毛的是,麦奇不要她的钱。他说他要小费,但是不,他不要小费。汉娜不敢去想他究竟要的是什么。

"去他妈的'新闻'。怎么着?——咱们把酒干了吧。"

汉娜就像个听话的小媳妇那样顺从地跑到厨房去取喝剩下的酒,两杯葡萄酒,还偷着朝六英尺之外的壁挂电话瞥了一眼。

马尾辫男孩可真有些怪,怎么能那么(天真地)相信汉娜,竟让汉娜离开了自己的视线。让她走开了。

不。你不能。

不能冒险,他会杀了你。

想想他把钱包从汉娜手中打掉的样子。他反应非常快,快得像个年轻的运动员。他的手都打到她手上了,她还不知道是怎么回事。

不过:她可以跑到外面呼救。沿车道跑出去,到大路上?

当然邻居们是听不到的。都关在离大路有一段距离的空调房里,或者干脆度假去了。但是,附近肯定有工人在干活儿,修剪草坪的,修补房顶的⋯⋯

然而,还是不敢。

这个醉汉加疯子会追上来,把你硬拖回去。

拿拳头揍你,大喊大叫地就像妈妈打孩子,按在瓷砖地面上把你奸污,把你的内脏都掏出来⋯⋯

依稀地,汉娜回忆起万豪酒店楼梯井平台(肮脏的水泥)地面上所遭遇的强暴。那个看不清面孔的歹徒,双手掐着一个(白人)妇女柔弱的脖颈,直到她昏死过去。

不,不! 不能冒险。

必须让劫持你的人看到,你是愿意服从他的。

于是,汉娜一双穿着时髦的百慕大短裤的光腿麻木地移动着,把她带回那间镶着护墙板的电视房,那个四肢平伸躺在真皮沙发上的男孩已经把这里变了个样。那是韦斯每晚都会坐的地方,他会踢掉鞋子,手拿饮料,全神贯注地死盯着屏幕,任何人走进房间他都会示意不要打扰。

孩子们有自己的小电视看,所以一般不会打扰爸爸。但如果汉娜坐下来和他一起看,韦斯会稍微点点头,但注意力仍在电视上;如果汉娜在插播广告前就和他说话,他会很不耐烦。

眼前的情景让汉娜一惊,韦斯不见了,一个皮肤粗糙的陌生人,穿着军用迷彩裤和黑色T恤,扎着邋遢的马尾辫,半躺在沙发上。

他眯起眼睛,睡眼惺忪地看着汉娜,龇龇牙做个鬼脸,笑了——"谢谢,J__太太!"他从汉娜手里接过酒瓶,喝了一口,撩起T恤擦了擦嘴。

汉娜睁大眼睛,一阵恍惚,自己怎么又回到这个房间,回到这个劫持者身边。为什么她没有尖叫着逃跑。或者把自己锁在客房浴室里,手里拿着手机。

为什么只是呆站在那里,犹豫不决,眨着眼睛,傻笑,双膝像水一样颤抖。

皱着眉头,麦奇伸手抓住汉娜的手腕,粗暴地把她拉到自己身边。精致的酒杯从她的手中掉到地毯上,几小时后才会被人发现,奇迹般地完好无损。

男孩哼哼唧唧,无情地拉扯着汉娜轻薄的夏装:白色府绸上衣,米色百慕大短裤。汉娜弱弱地反抗着不，不要 —— 请……马尾辫男孩试图吻她的嘴，十分粗鲁，他气喘吁吁，而当汉娜推他的胸口时，他瞬间情欲大发。汉娜并没有用力推，（汉娜觉得）还不至于冒犯他，激起他的恶意，因为慌乱中，汉娜觉得这仅仅是个不必当真的小插曲，没有那么严重，因为这男孩不是还想再看看电视吗，他不是对电视新闻极感兴趣吗，再说，他还这么年轻，而汉娜又比他大这么多，还生怕惹这么年轻的一个孩子发脾气，到头来还不是她这个成熟而负责任的女人要付出代价；让她惊讶的是，马尾辫男孩出乎意料地强壮，他抓住她一把拉到身边，她的手腕几乎都要给弄断了。

汉娜咧嘴笑笑，笑得可怜，笑得僵硬，她希望用半推半就的方式安抚对方，她僵着身子，不做配合，但又不是完全抗拒，像一个弱小生物无视猛兽的利齿竟把脖子暴露给了对方。只要这个扎马尾辫的男孩还在笑，汉娜就认为她没有（多大）危险，不过男孩笑得很粗俗，喉音重重的，这哪里是笑声，简直就是低吼；突然汉娜的头被男孩卡住了，就像摔跤时用的锁头法，她脖子动弹不得，男孩趁机把嘴压在她的嘴上，热乎乎，湿漉漉，带着酒味，他把舌头塞进她嘴里，汉娜感到窒息，想呕吐，而尽管如此，她昏昏的大脑还在试图解释：她（可能）理解错了，事情不是看起来的那样，这不是攻击，不会导致强奸，她的下半身紧绷、收紧，害怕被强行打开，她和马尾辫男孩不是达成了谅解吗？—— 就在厨房里？—— 他不会伤害她，只要她让他吃好喝好，汉娜已经这样做了，汉娜很高兴这样做了，而且还为自己有能力提供这么多食物、饮料而感到自得；所以，难道他不感激她吗？难道他不感到歉疚吗？她不能反抗，要保持冷静，不能尖叫，也不能和他

Babysitter

厮打，他比汉娜强壮得多，只有最大的克制才能避免他扭断她的脖子，用锁头法，或者用手指掐，让她窒息而死。

带他到楼上去。你唯一的希望。

在卧室里，在床头柜里：有钥匙。

柜子的钥匙，而柜子里：有枪。

他喝醉了，容易哄他上钩。他会摇摇晃晃地走进卧室，看见那么大一张床，一定会大惊小怪，他会四肢伸开往雪白的床单上一躺，那一身的污浊肯定把被子弄得脏乱不堪，汉娜可以俯身过去，就像大利拉靠在俯卧的参孙身上[1]，帮他脱鞋，动手给他脱衣服，用手抚摸他，他会被愚弄得神魂颠倒，到那时再去拿起左轮手枪也为时不晚，她会让他觉得自己在脱衣服，而实际上她一转身便打开了衣柜，拿出抽屉里韦斯事先准备的（上了膛的）左轮手枪，像韦斯曾经教过，或企图教给她的那样，双手持枪瞄准目标，深吸一口气，胡乱扣动扳机，自己都被震耳的枪声吓了一跳，而那个半裸的马尾辫男孩，尽管有着摔跤手的体魄，在子弹穿过他的胸膛的时候也不禁抽搐了一下，痛苦万状，嘴里直冒血泡……

不。不能。

这不可能。

汉娜永远不可能扣动扳机，永远不可能向另一个人开枪，不可能

---

[1] 源自《圣经》故事，希伯来英雄参孙勇敢刚毅且力大无比，在其带领下，希伯来人打败腓力斯人重获自由。腓力斯人用美人计获知参孙力量源泉的秘密。腓力斯少女大利拉美貌绝伦，在与参孙缠绵之时，诱使参孙说出力量所在的秘密，使其丧失力量，成为腓力斯的阶下囚。此外，"大利拉"还用来比喻陷害男人的女骗子，通过色相勾引男子的女性。

311

剥夺另一个人的生命,即便是想伤害她的人的生命;汉娜不可能向躺在自己床上的人开枪,一个陌生人,他(血污、瘫软)的尸体,怎样才能对别人解释清楚……汉娜这么想着,不觉抽泣起来,无助,无望,因为她完全被困住了,就像一个人被困在一个玻璃箱子里,在死一般的寂静中向空中升去,进入冥冥之中,仿佛发生在她身上和她周围的事情都超出了她的意志,就像在一个梦里,汉娜不是做梦者,而是参与者:这个陌生人是谁,干吗又喊又叫,怒气冲天,似乎受了多大的委屈(原因她也搞不清楚!),撕她的衣服,从萨克斯精品店买来的别致的白色"经典"府绸上衣,从尼曼马库斯百货公司买来的"经典"百慕大短裤,他骂她,叫她婊子、荡妇,对她火冒三丈,可这又是为了什么,为什么生她的气,汉娜没有反抗他,为了保全性命,汉娜也不敢反抗他,而是一个劲地讨好,他身上的男人本性巴不得别人巴结讨好,而她为了保全自己不是已经低三下四地竭力奉迎了吗?她不是已经抛弃了自己所有的意愿,本能的女性策略,绝望的女性策略,却怎么还是不能成功呢?

年轻的种马般的大眼睛里,胀大的黑色瞳孔上方,眼白向上翻起,喘气声急促而有节奏,鼻孔张得大大的——没有话,只有嗓子眼里发出的呻吟,马尾辫剥去她紧绷的乳罩,露出白白的有条纹的肌肤,一对曾经美丽的乳房,但随着汉娜变瘦也变得松弛下垂,不再饱满丰盈,她的皮肤松弛,已托不起柔嫩的肌肉;但粉红的乳头依旧美艳,是少女的美艳,或者说是记忆中的美艳,如同便士铜币大小,像受伤的神经一样超级敏感,受不得一点刺激。亢奋中,不速之客已经开始对着汉娜的右侧乳房又咬又嘬。他把汉娜抓得紧紧的,她根本不敢反抗，唯恐肋骨被压断。这和给自己的孩子哺乳的甜美体验完全不同，那种极度的兴奋和快感，先是微微作痛，不适，乳头被摩擦得生疼，乳房胀满的时候有时会受伤，但那是骄傲的奶水，年轻的母亲备受称赞、恭维和赞美，她做得真好，孩子奶水足，就连汉娜（以不轻易夸奖别人而著称的）母亲都不得不服。给孩子喂奶，那是一曲咏叹调！对一个几乎不会唱歌的人来说，那是多么伟大的成功！但现在，在电视间的皮沙发上挣扎着，红木电视柜的门大开，露出里面巨大的浮渣色的电视屏幕，模糊地映出了沙发上的影像，妈妈的乳房里没有奶，不幸的女人身上已经没有了母亲的因素，没有了激动或欢欣，就连轻松的感觉也没有，只有一张嘴在如饥似渴地吸吮，一张抽象的大嘴在闷闷不乐地吸吮一块石头，又因石头没奶而气急败坏。他在汉娜身上晃动着，要把她的生命吸出身外，又咬又嘬，简直是个愤怒的巨婴伏在乳房上，没有脸，没有眼睛，不知羞耻，只有一张嘴，在剧烈的痛苦和焦虑中不由自主地呻吟着，吮吸着柔嫩的粉红色乳头，直到乳头缩进肉里成了一个硬硬的小坑，疼痛，流血，即使这样，这贪婪的巨婴仍不肯放开受伤的乳房，欲火烧心，他是不会罢手的。汉娜为了自救，冲男孩伸出胳膊，搂住了男孩的头，就像要淹死的人见人便抓，幻想着人家能救她，顾不上想谁在施暴，而她自己又是谁，或者他们身在何处，以及现实情况如何。她紧咬牙关，克制住极大的冲动，才没喊出我爱你 —— 也不知这是对谁而言，只是纯粹的身体需求 —— 别停下，别放开我，我爱你。

　　她把脸贴在施暴者头上，粗糙的头发散发着男孩头皮和身体的味道，肌肉坚实的身体在汉娜身上晃动着，颤抖着，大汗淋漓，几近窒息的汉娜拼命扭着头，抬起一个角度，伸长脖子，脖子上的筋腱绷得紧紧的，只希望能够呼吸，吸一口气，再吸一口，虎钳般的手臂把汉娜的胸箍得紧紧的，她的肺被挤压得死死的，一道阴影遮住了一侧的肺叶，一阵一阵的震颤的感觉传遍施暴者和汉娜的身体，像波浪一样冲刷着他们，荡涤着他们，使他们无以自顾，就像大潮过后遗弃在凌乱的海岸上的尸体。

爱你爱你。

别离开我。

证 据

"夫人 —— 这是您的吗？"

通常，伊斯梅尔达和雇主说话脸上不会带着特别的表情，以免惹得雇主（莫名其妙地）发火，可今天的伊斯梅尔达显然是一脸的疑惑。

带着孩子们回到家不到十分钟，就已经在厨房开始准备晚餐了，伊斯梅尔达在一个角落里发现了汉娜的钱包，看起来像是被扔在那里的。

"哦。是的。我想 —— 是的。"

汉娜没露出一点点惊讶的神情。没有震惊，也没有尴尬。平静地从伊斯梅尔达手中接过钱包，说了声谢谢。

下午晚些时候舒舒服服洗了个澡，浑身散发着芬芳，头发潮湿，穿着白色的毛巾浴袍，光着腿，光着脚，穿着凉鞋。神经得到舒缓，嘴里哼着小曲:五毫克安定的效果。房子的女主人,镇定自若。女主人,一切如常了。正准备穿衣打扮,等孩子们吃完饭都上床睡觉后,好与韦斯共进晚餐。

不想向女佣解释为什么,她的钱包怎么会被扔到厨房的角落里,而只是礼貌地感谢伊斯梅尔达发现了它,没有大惊小怪,没有惊讶的感叹,而是感激。事实上,汉娜查看了信用卡、现金(原封未动),然后把钱包放回椅子上的手提包里,离开厨房,把包拿到楼上她的卧室,告诉自己不要胡思乱想:她看出来了。什么都知道了。

甚至都不能这样想 —— 她不可能知道。她怎么能看出来!

他的味道? 伊斯梅尔达敏锐的鼻子? 不会的。

他在伊斯梅尔达回来前四十分钟就离开了。是突然离开的,什么都没说,面带羞愧,头脑也很清醒。(可能是)对自己的行为感到震惊。什么痕迹都没留下。

一股快感流遍全身,像肺里充满了氧气 —— 没有痕迹! 没有痕迹。

他的气味消失了,对他的记忆也很快消失了。精液的咸味,油腻的头发,沾满酒渍的牙齿。他打嗝的气息,边缘沾满污垢的指甲。出于对他的厌恶,她把通往平台的法式大门一把推开,把吊扇开到高速。还用稳洁清洗剂使劲擦了擦被弄脏了的皮沙发,一沓沓的纸巾被扔进了车库的垃圾桶,这样就不会有人(也就是伊斯梅尔达)注意到,废纸篓里的纸巾太多了难免让人起疑。空酒瓶,甚至连掉在地上没有摔破的酒杯,都在一阵厌恶中被扔掉了。

太高兴了! —— 汉娜又闯过了一关。

又一次,又一次 —— 闯过来了。

假使扎马尾的男孩拒绝离开。假使那个马尾辫男孩醉得太厉害而走不动路。假如伊斯梅尔达回来得早一点，正撞见他四仰八叉歪着嘴躺在沙发上。假如孩子们看见他。假如韦斯撞见了他。

对这个人，怎么解释。根本无法用言语来解释。

她也没有用手枪把他打死在楼上卧室的床上。这样，她又躲过了一劫。

这位不检点的为人妻者为自己的好运气谢天谢地，激动得晕头转向，其实她的这些好运本来瞬息之间就会转为不可言状的厄运。

双面人妈咪沉浸在交了好运的喜悦中。

孩子们兴奋地告诉她那天下午玩得有多高兴，她跪在地上，对孩子们又是拥抱，又是亲吻，一片欢乐。妈咪看着两个美丽的孩子，激动得流下了眼泪，站起来的时候还多亏机灵的棕色皮肤女管家扶了她一把——夫人？您没事吧？

一时间，汉娜有点犯糊涂，以为康纳尔和凯特雅去的是灰树圆环的海登家，而不是杜邦大道的梅休家。

俩孩子一直在谈论一只叫齐基的狗。妈咪，我们也能养条狗吗？妈咪！

怎么提到狗的事了？是从灰树公地逃回来，而把小罗比·海登丢下不管的那只狗吗？

泡个热水澡，恍恍惚惚觉得轻松而快活。受伤的乳房，流血的乳头受到热水的滋润抚慰。安抚她剧烈跳动的心脏，她最爱用的药物是一种深绿色的五毫克胶囊。半个小时到四十分钟后，洗澡水凉下来了，她便开始为韦斯准备一场惊喜：烛光晚餐，汉娜穿着一件百褶裙摆的白色夏装，洗完澡，头发梳得闪闪发光。

爱我吧。我们可以试试。现在还不算太晚。我会把一切都补偿给你。我爱你。

一瓶托斯卡尼葡萄酒，与韦斯那天晚上打开的葡萄酒几乎一模一样，韦斯将无法知道这已不是他打开的那瓶酒了。

活着！

海登家的男孩找到了 —— 活着！

保姆的八个受害者当中第一个被发现还活着的。

电视新闻说，布卢姆菲尔德山枫树路商业街后面一个遍地垃圾的地方，当日下午发现了周一被绑架的失踪男孩，手脚被绑住，嘴被塞住，裹在毯子里，严重脱水。

镜头切换到伯明翰博蒙特医院门前，这名十岁孩子被救护车送到了医院，目前情况危急。

镜头切换到医院外的 WXYZ[1] 电视采访车，海登一家在穿制服的远山镇警察的陪同下步入医院，一群记者紧紧跟在后面 —— 被绑架的十岁男孩罗比·海登的父母，密歇根州远山镇的吉尔和布莱恩·海登，抵达伯明翰的博蒙特医院。

镜头切到一座气派的殖民时期风格房子的正面，离大路有一段距离 —— 海登住宅，灰树圆环，远山镇，密歇根州。

[1] WXYZ 成立于1948年，是密歇根州底特律地区最早的电视台之一，隶属于美国国家广播公司（NBC）提供新闻、娱乐和体育节目。

汉娜感到一阵眩晕，把海登家的房子当成自己家的房子了。

镜头切到一片开阔地，高大的树木之间一条步行小径 —— 据信，灰树公地是本周一罗比·海登遭绑架的地点。

镜头切到一张照片，一只害羞的眼睛湿润的沙色西班牙猎犬，九岁的卢帕，罗比·海登遭绑架时，被留在了灰树公地。

镜头切换到吉尔·海登和布莱恩·海登这对迷人情侣的照片。照片上的罗比·海登看起来还不到十岁。

吉尔·海登和布莱恩·海登带着两个孩子（埃斯梅和罗比）和西班牙猎犬卢帕在海滩上的全家福，那是一段幸福的时光。

镜头切换到最近的电视画面，海登夫妇接受了 WXYZ 电视台著名主持人特里姆·班戈的采访。班戈是底特律的名人，通常报道体育赛事。汉娜没看到这个安排仓促、令人揪心的采访。采访过程中，失踪男孩的父母绝望地请求幽灵绑架者把罗比安然无恙地释放，并对任何可能知道绑架消息的人发出请求，还对罗比本人说 —— 我们爱你，宝贝！如果可以，请回家，我们在为你祈祷。

如能提供最终能让罗比·海登回家的信息，将得赏金一万美元。

吉尔·海登凄惨地笑笑，布莱恩·海登牙关紧咬，试图回答特里姆·班戈犹如乒乓球抽球一样犀利的问题。

镜头切换到之前的电视画面：灰树公地的林间小路上，救援人员和志愿者穿过树林、田野和空地。

镜头切换到一位 WXYZ 电视台的采访记者，正向一位远山镇警官提问，问得急切，不留情面，答的语气严肃。

不，无法追踪911报警电话 —— 打电话的人挂得太快了。

是的，有通话录音，但是没用，打电话的人声音不清楚。

没有，没有迹象表明罗比在什么地方被关了四天半。

不，目前我们还没有"嫌疑人"。

是的，我们一直在追查所有线索。成百上千条"举报"——每一条我们都将认真对待。

是的，我们在询问"相关人员"。

不，我们还不准备公布任何名字。

不，自1976年2月以来被称为"保姆"的人所绑架的八个孩子中还没有发现其他活着的孩子。

不，我们不知道为什么罗比·海登成了例外。

不，我们不认为其中涉及任何"种族"问题。

在调查进行期间，这些细节不会向媒体公布。

镜头（再次）切换到商业街后面的垃圾区。特写镜头，在一个垃圾箱后面，失踪的男孩被发现时手脚被绑住，嘴被堵住，裹在毯子里，严重脱水。

镜头切换到店员，采访现场附近商店的顾客——不，我们什么也没看到！什么都没有。

镜头不和谐地切换到快乐的笑脸，骑自行车的人，还有可口可乐广告。

韦斯转换到WJBK新闻频道，奥克兰县警长正在向一位金发碧眼的年轻女记者解释，罗比·海登被绑架的"细节"和医疗状况在可预见的将来还不会向媒体公布。

是的，我们当然可以询问罗比。等他能跟我们说话的时候。

319

不，我们不知道他为什么能活下来。不知道他在哪里被关了四天半。是的，这些信息晚些时间可能会公布。但调查期间不会。

镜头又一次不和谐地切换到一张张快乐的笑脸，晒得黝黑的美丽胴体，暴露的泳衣，浪花中的嬉戏，骆驼广告。

韦斯把音量调低，转到另一个频道 —— 又是一则广告。

韦斯告诉汉娜，关于绑架和杀害的细节以及孩子们身体的状况，警察总是对媒体隐瞒信息。这样当他们审问嫌疑犯的时候，就可以根据警方已经掌握的情况对嫌疑犯的供述进行核实。比方说，有个疯子跑来认罪。

"当他们找到保姆时，"韦斯说，"他将是唯一知道某些事实的人。这样警察就知道他们抓到了真凶。"

韦斯说得很是在行，汉娜犹豫着没敢质疑，但她想知道：这是真的吗？

绑架者肯定会把他的秘密告诉别人。一个值得信赖的朋友。或共犯。

"还有个隐私问题。不管对那个可怜的孩子做了什么。你不会想让公众知道。我听到的事，我不会告诉你的，汉娜。关于他杀害的其他孩子 —— 他们的尸体 …… 我们这里出了个变态怪物，他的目标是住在"郊区"的所有人。不要跟我说，你不信。"

汉娜想，韦斯在暗指种族问题。汉娜不想继续这个话题，因为她不愿意看到韦斯对她那么激动和不耐烦。

"从来没有一个黑人孩子被绑架过，"韦斯说，仿佛读懂了汉娜的心思，"不是吗？八个都是白人孩子。"

那是因为保姆住在底特律郊外，汉娜想。就是我们中的一个。

电视新闻又开始了，韦斯把音量调大。熟悉的镜头，汉娜确信她以前看过。悲痛的父母们，孩子们的照片，大部分是男孩，一个女孩，又一个女孩——都是连环杀手"保姆"的受害者。汉娜觉得这也太残忍了，受害者的父母不得安宁，保姆的恶行总是被重新提起，七张美丽的小面孔一次次地在屏幕上露面。

韦斯皱起眉头盯着屏幕，汉娜看了看他坐的沙发，又看了看地毯。

她已经够仔细了，动作迅速，唯恐擦不干净。稳洁牌清洁剂，纸巾。所有污渍都已经清除。看不出任何痕迹了。

厨房里，就连那个马尾辫男孩碰都没碰过的地方都擦了个遍。

我今天紧急处理的这件事，马上就会成为新闻的……

马尾辫男孩脸上露出兴奋的表情。他的皮肤红润粗糙，摸起来都发烫。

而现在，几小时后，新闻播出了。难道是巧合？

巴尔莫勒尔大道像闪烁的霓虹灯一样出现在脑海里——然后变暗，消失。

无法理解。无法理解。

就像在蜘蛛网中挣扎的飞蛾，自己都不知道是如何被困住的。几乎不记得撞上蜘蛛网之前的生活。也不知道没有了这个蜘蛛网能怎么生活。

汉娜知道：她应该联系远山镇警方，因为该地区的居民被敦促如遇到任何"可疑的"人或事要及时报警。

但她该对警察说些什么呢？——说些什么才好呢……

她不知道麦奇姓什么，甚至不知道麦奇是不是他的真名。她不知道他住在哪里，也不知道怎么联系他。不知道怎么联系 Y.K.。不知道如果警察问起来，她怎么解释为什么 Y.K. 和麦奇会出现在她的生活里。她当然要接受询问的。

她想，没有谁能理解被询问是个什么滋味，直到你面对由国家授权的询问者要求你说出真相的时候。

生活就是由一连串谎言松散地组成的，我们得过且过，直到某天它不复存在。

汉娜宁愿自杀也不愿与远山警局发生任何联系。虽然她的名字从未公开，但那里的人都知道，她就是那个（据称）被远山万豪酒店黑人雇员强奸的家住市郊的（白人）富婆。

汉娜想，他们从来没相信过她。毫不奇怪，她也从来不相信她自己。

搞不懂 —— Y.K.，纽约市签发的护照上，这名男子名叫亚克尔·本杰明·凯恩斯，但护照上的照片似乎并不是汉娜眼下或过去所认识的 Y.K.。

一连串噩梦中，汉娜都见到了 Y.K.。要摆脱这梦幻般的记忆，就像一条蛇要蜕掉老皮，但（肯定）还会有小块的皮肤和鳞片依旧粘在刚生出的嫩肉上。

麻木地笑笑，在想 —— 没人进来。没有痕迹。

她能穿墙透壁，像时间旅行者一样让人难以捕捉。连韦斯对她最真实的自我也无从知晓。

她的孩子们，他们崇拜妈妈。不知道妈妈的底细，所以他们对她绝对崇拜。

汉娜一度差点失去凯特雅，那是报应。但实际上孩子还是保住了。汉娜经历了不少险象，却（厚颜无耻地）毫发未损。

只有一个问题：我能做什么？

如果马尾辫男孩麦奇与保姆有任何联系，而麦奇又似乎听命于Y.K.，那么Y.K.肯定也与保姆有联系。

简直无法理解。无法理解。

孩子们上床后，汉娜回到楼下电视间韦斯身边。

还在看WXYZ新闻，但现在话题已经转到日益紧张的中东局势上，他对此显然没有对当地保姆新闻那么感兴趣。

今天晚上汉娜很失望，因为韦斯和格罗斯波因特游艇俱乐部的合伙人吃了一顿"提前的晚餐"，比原定时间晚了四十分钟才到家，还坚称他事先告诉过汉娜；他似乎已经完全忘记，汉娜计划好了他们要共进晚餐的——浪漫的烛光晚餐，托斯卡尼葡萄酒，紧身胸衣和百褶裙的白色夏装，脖子上挂着琥珀色的珠子，散发着香奈儿5号香水的花香。

他讨厌我。那个黑人，他想象中的。

韦斯和汉娜说话经常是看都不看她。

或者，即使是看着她，也不去看汉娜的眼睛。

韦斯转换到另一家地方新闻台。如果他不抓紧，新闻时段马上就要结束，午夜节目就要开始了。

"……没有人能令人满意地解释，为什么保姆释放了他的第八个受害者，而不是其他七个……有一种说法是，在远山镇实施绑架的人可能不是保姆,而是另有其人,一个模仿者……在这种骇人听闻的犯罪活动猖獗之时,由于想博得公众的眼球,犯罪模仿者开始出现,这并不罕见。"

密歇根大学安娜堡分校的一名犯罪学家正在认真地接受采访。

"……另一种说法是:保姆可能想悔过。他似乎只想折磨这个可怜的孩子,但决定不杀他。就是说……尽管发生了悲剧……但出现了希望。"

又播放广告时,韦斯把电视音量调小。

他厌恶地说:"天哪!像他那样变态的人怎么还会悔改。"

汉娜希望韦斯对这个困扰了他几个月的话题失去兴趣。不过也不愿意这样想:对于韦斯,这个蒙羞妻子的蒙羞丈夫来说,把心思放在保姆新闻上总比放在自家的耻辱上更好些。

不过,韦斯很少如此深切地关心自己和家人以外的事情。

韦斯在抱怨警察搜寻保姆没找对地方。现在他们把一切都寄托在对海登家男孩的询问上——"但我认为,既然绑架者释放了他,那就说明男孩根本无法指认凶手。男孩被蒙上眼睛,堵住了嘴。很可能他根本就没见过是谁干的。也许他从来没听到过绑架者说话的声音……"

汉娜并不想反对,只是想让韦斯知道她在听,她在听他说的话,汉娜小心翼翼地说:"也许是别人放了他。也许有两个人参与了绑架。"

韦斯嘲笑地哼了一声。"嗯,我对此表示怀疑。众所周知,连环性虐待者都是孤独的人,他们独自行动。尤其是像保姆这样的变态,他只会单独行动。"

汉娜注意到,韦斯最近经常说"变态"这个词,而且津津乐道。

"即使海登家的男孩接受询问，他也不可能记得太多，他当时休克了。他甚至可能说不出话来。大脑处理创伤的方式就是关闭。"

俩人都不说话了。汉娜不知道韦斯是否在想 —— 就像你一样。我的妻子。休克状态。大脑关闭了。

汉娜建议，既然他们也算是海登夫妇的远邻，她可以联系一下吉尔·海登："只是写几句话，表达我们的同情，对他们的儿子发生这样的事情感到非常伤心，如果有什么我们可以帮忙的……"

这个想法，这个令人欣慰的幻想，像被风吹来的一缕丝草茸毛一样飘进了汉娜的脑海。你会在二十世纪四十年代的电影中看到这样的邻里关系：克劳黛·考尔白、葛丽亚·嘉逊和珍妮·克雷恩饰演的邻家女子、贤内助，以及达纳·安德鲁斯、乔尔·麦克雷和詹姆斯·斯图尔特饰演的友善邻居……

但是韦斯不太认可。直接对汉娜说不，这样不好。

"我们也做不了什么。最好不要卷入其中。"

"但是 —— 只是表示一下安慰。因为我也是个母亲，就像吉尔·海登一样。因为她也许愿意看到 —— 有人挂念着她……"

汉娜的声音变小了。毫无疑问，韦斯是对的。别人能做得太少了。

"她不是你的朋友，你说过的。你说你从未见过她。"

韦斯不屑地说。汉娜受到责怪，默不作声地坐着。

"人们当然会同情他们。他们上新闻已经好几天了，全国都在报道。告诉他们这些对他们有什么好处？"

汉娜本意是好的，韦斯却对她发起火来。

他从未原谅我。那桩强奸案。

325

他讨厌我。这是他的秘密。

韦斯不耐烦地换了电视频道。但没有 —— 什么都没有。

他说，仿佛心软了似的，"我想不妨给她写封信 —— 给他们。海登夫妇。"

汉娜松了一口气。韦斯先是否定她的想法，然后重新考虑并重新措辞，使他看起来对妻子以及她的观点都很包容大度；如果可能，他会进行一些调整改进。

"也签上我的名字。有了我们俩的签名，意义会更大些。"

就像浪漫喜剧一样，汉娜高兴地笑了起来。在好莱坞的浪漫故事中，没有哪一场激烈的争吵不是以和解告终的：脾气暴躁的丈夫，如释重负、宽容的妻子。

"谢谢你，亲爱的！" —— 她利用这个机会在眉头紧锁的丈夫的嘴唇上轻轻吻了一下，就好像今天这样吵吵闹闹的意见分歧无一不是以一个亲吻了结的。

那天晚上，在黑暗中，汉娜在床上害羞地抚摸着韦斯。她用手掌抚摸着韦斯穿着薄 T 恤的后背，然而韦斯还是一个激灵，汉娜的手（显然是）有点凉。

他比汉娜晚一个小时上楼，几乎是整整一个小时。是电视看腻了。

汉娜吃了一片安眠药 —— 就一片！—— 希望能有效，因为有时候一片药往往不够。因此到了半夜，汉娜为了能睡上几个小时，就得再服一片，这样她立即就能入睡，就像用木槌击头把她打昏了一样。第二天早上，她感觉昏昏沉沉像浸在水里，韦斯起床，离开房间，出门上班,她几乎都不知道。

韦斯静静地躺着。如果说刚才有关保姆的电视新闻让他的思绪都到了沸点,那此刻已没有了任何迹象。

他在浴室里静静地脱了衣服。为了不打扰汉娜。不知是因为他真的不想打扰汉娜的睡眠,还是因为他不想和她说话,汉娜也不愿意说。

别恨我,爱我吧。渴望拥有我吧。

汉娜告诉韦斯,那天她一直等他回来。对晚餐的事很失望,但一定是她记错了。她会再安排一个时间。

(她精心为韦斯准备的晚餐,她也没吃,盛在一只大砂锅里,都放冰箱了。没胃口一个人吃饭。婚姻是一种承诺 —— 不再一个人吃饭!汉娜在想,为了节约,没吃的饭菜是否应该在早上速冻起来。因为用爱奉献的食物就是女性的身体。)

大着胆子,似乎是一时冲动,汉娜伸出一只胳膊搂住丈夫,贴在他冷漠的后背上,薄薄的尼龙睡衣下的一对乳房,肉肉的,很坚挺,带着暖意。乳房精细的皮肤,女人的乳房,比别处的皮肤柔软得多,脆弱得多。汉娜一想到这里就发抖。

你怎么知道你还活着。起码还活着。

韦斯喃喃地说了些什么,听不清。汉娜似乎已经原谅了他,他或许松了一口气。但他并没有转过身来对着她,像汉娜所希望的那样。

她抓住韦斯的手,放在胸前。他总算有了点反应,转向她,她扑进他的怀里,吻了他,仍然是害羞地轻轻一吻,生怕遭到拒绝。说实话,能觉察到韦斯又是一个激灵,就像刚刚想起了什么事情。他没有像汉娜那样回吻,只是轻轻地触一下,就像朋友之间的问候一样。

汉娜又一次说，"我今天想你了"。她声音里带着责备，女性的伤感和失望。她并不想用这种语气说话，但不知怎么就来了。"孩子找小朋友们去玩了，伊斯梅尔达也出去了，我一个人，我想你了……"

"是吗！"——韦斯低声说，挺尴尬。

多么平淡，多么老调。确实很尴尬。

汉娜想知道这是不是真的，她怕就怕——她的（白人）丈夫厌恶她，因为她被一个（黑人）男人"侵犯"了。

她确信，他的（男性）朋友同情他，在背后议论他。他的伙伴，他的同事，甚至他的雇员。

当然，韦斯会极力否认。荒唐！

汉娜又拉起韦斯的手，更加主动地，这次韦斯甩开她的手，恼怒地说："别这样，汉娜！请不要这样。"

IV

槲寄生* 枝 1977

跑，快跑！当你死去的时候，你在奔跑。
脚陷进沙子里，沙子看似柔软，但并不柔软。
光脚直往下沉，奔跑，奔跑，逃命。
在你身后紧追不舍，用他熊一般的大手围住你的肋骨。
跑不动。流沙。然而，一直在跑。
除了逃跑别无选择。快逃命！
厚厚的地毯，高跟鞋陷进去，像踩上（流）沙。

裸露的脖颈枕在一个浅槽中，冰冷的不锈钢实用台。
黄昏时分，裸露的皮肤显出白雪一样的色调，淡淡的蓝色。
你注意到台子下面的排水管了吗？你（实际上）是看不到的。
你注意到头顶上方刺眼的荧光灯管了吗？你（实际上）是看不到乙烯基瓷砖天花板上的灯管的。
模糊地意识到有个穿白衣的身影在你头上晃动。戴着乳胶手套的手握着锋利的器具。
隐约感觉到一种红色的东西，红得像动脉里的血液——（是浆果吗？）——放在向内打开的双扇门的上方，那可能是什么人开玩笑放

---

*一种寄生在乔木、灌木上的植物。西方文化中，槲寄生象征着浪漫、活力和生育力，有在槲寄生下接吻的习俗。常用来装点圣诞树。

的一根槲寄生枝。

又到了那个时节 —— 离圣诞节只有几周了。

不知何故，时间加速了。这是一个谜，怎么会呢。

长久以来，你理所当然地认为时间是用之不竭的，可以随心所欲地随时取用，可以用日历、时钟和手表来衡量，现在你意识到，时间是一条河，裹挟着你前进，根本不会顾及你的愿望。

你死后，这样的恶作剧还会继续。如此的笑话。

一枝槲寄生出现在这样的地方！噘起你的嘴来接受亲吻吧。

搞笑老爸穿着满是污渍的白大衣，弯下腰给你一个吻。搞笑老爸的嘴是尖的，他的吻就像虫子蜇人。

快跑，快跑。

冷却的空气，消毒剂的刺鼻气味。

手指滑过你的手腕。握住你的手腕。

因为你的心碎了，你想要的只是治愈你的心。

不想结束，只想愈合。

除了坚持到底，没有办法解开这个谜。

他们当中哪一个是她？—— 在冰冷的不锈钢台子上。

"我非常难过"

没什么话说！她试过了。

有凸起图案的米色信笺，深蓝色墨水，小女生的笔迹。

对于发生在你儿子身上的事，我感到非常难过……

发生这么可怕的事情，我感到非常难过……

作为你的邻居，并想成为你的朋友，我……

很难过你们家发生这样的事……

这是一个可怕的……

……感谢上帝，给了一个令人欣慰的结局。

如果有什么我能做的……

我们虽未谋面，但我们的孩子在同一所学校上学……

去接我的孩子的时候，我想我是见过你们的罗比的……

（我儿子康纳尔将上二年级；我女儿凯特雅在学前班……）

我想我只是想说……

……祈祷你的儿子康复。

……祈祷你的儿子早日康复。

……你的家人。

你儿子失踪的那些可怕的日日夜夜,我挂念你们,无法入睡,希望你能挺住,比我在这种情况下做得好……

那些日日夜夜我为你祈祷,尽管(我应该承认!)我不是你们所说的信徒……

哦,我很抱歉:我知道你(可能)正在试图忘记……

你儿子能死里逃生,真是太幸运了!但是你知道……

不好意思,我是不是给你添乱了?

不好意思,是不是打扰你们了?

……我想我们有共同的朋友。

我想我们的丈夫互相认识。

如果有什么需要我帮忙的，请打电话给我，我的电话号码是……

汉娜试了几次，每次都没写成。
找不到合适的词句、有魅力的词句来与吉尔·海登交谈。
（汉娜只想给吉尔·海登写信。她不打算写给夫妇两个人，也不打算签上韦斯的名字。）

我写信是想问一下，是否有……

……真希望我们以前见过面，在这可怕的……

……也不知我想对你说些什么。

……"若不是上帝的恩典，我也会如此。"

汉娜写了撕，撕了又写。白白浪费了那么多昂贵的信笺，汉娜很生自己的气。这些话不仅没说到点子上，而且缺乏诚意：汉娜没有为罗比·海登的归来祈祷过，也没躺在床上想着海登一家，只是因为她难以入睡，整夜时睡时醒，她可能想到过相隔不到一英里远的海登一家，他们在守夜，也是难以入眠。

几周后韦斯想起并问汉娜是否给吉尔·海登写过信,是否签上了他的名字? 汉娜告诉他,当然写了。

"嗯。收到回信了吗?"

还没有,汉娜说。但她相信会有回信的。

燥热,九月

他打电话来,说必须见她。

她马上告诉他不行。

她语气很坚决,她的心就像一只铿锵作响的大钟。那一切都结束了 —— 她已经不是过去的那个汉娜。

她的确已经把他忘了。走向鸣响的电话机,拿起话筒,没有一丝的恐惧。

恐惧因何而生,不就是因为怀有希望;

而放弃了希望,也就意味着没有了恐惧。

他尽管让她说话。一只哗哗作响的风筝,本想飞起来,却被困在最低的树枝上。

心平气和地,他问什么时候能见到她。

她说不能见。没有更多话。

但他什么时候能见到她呢? —— 他仍然死缠。

亲亲妈咪

害怕醒得太晚：孩子们吃完早餐，坐车去上学了，丈夫吃完早餐，开车去他在西格兰德大道费舍尔中心的办公室了，自从有了个能干的住家女佣之后，没有人找妈妈，甚至没有人注意到她在与不在。

害怕醒得太早：安眠药药劲儿一过，猛地就醒了，眼前的事物还看不清楚，一时真害怕自己失明了，瘫痪了。那简直是黎明前深不可测的地狱。

他在她身边，这她知道。在夜里。

就像感染进入了血液。一直没发现，直到突然发烧。

下腹有一种感觉，在她大腿之间柔软湿润的皮肤褶皱里，是通往身体内部的门户，那里的神经末梢高度敏感，像放电的神经元一样无法控制……

他随意进入她的身体，无法知道多久，她没有任何防御。

她的哭泣压抑沉闷，别人听不到。她醒了，指关节又硬又湿地贴在嘴边。她身旁，面朝外，大床上，丈夫继续睡觉，浑然不觉。

然而，没有记忆。没有语言，也就没有了记忆。

终于，天亮了，物体有了清晰的轮廓，和我们生活在一起的人也有了名字。

孩子们准备去上学时,她已经醒了好几个小时。她很累,头疼。

夫人?——伊斯梅尔达提出要开车送康纳尔和凯特雅去学校。

但是不,汉娜坚持说不要。她会开车送他们。

开车送孩子上学是清晨的主要工作。开车送孩子上学是清晨的意义所在。

为丈夫准备早餐,这也是汉娜早上的重点。

"谢谢!"——客气地抬抬头表示感谢,但眼睛仍继续快速地浏览着面前的报纸。

刮得干干净净的下巴,已见微微的赘肉,红润的皮肤上也已出现细小褶皱。刚洗净、熨烫过的正装白棉衬衫、领带、外衣,身体略微发福,整个人让人难以看透。一个习惯于不动声色地发号施令而不说第二遍的人。

汉娜把咖啡端到他面前时,他又一次抬起头,客气地点了一下,还是不愿打断他对新闻专栏的关注,没失礼,当然更不粗鲁,只是漫不经心,一种宽大为怀的样子。

看到了吗?——我不讨厌你,你的触摸,你的气味。我甚至看不到你,我怎么会讨厌你呢,我亲爱的妻子? 不会的。

孩子们很是挑食,他们只吃他们最喜欢的(冷)糖果麦片(蜂蜜果仁麦片、糖衣玉米片、肉桂字母麦片、米奇饼干),他们对妈妈准备的(热)早餐不感兴趣,那太像真正的饭菜,吃起来太费时间,也不够甜。

伊斯梅尔达收拾桌子,把盘子用清水冲一下,然后放进洗碗机里。

精确的时间安排:七点四十分准时带着孩子出发,赶在丈夫八点出门上班之前,而回来时丈夫已经走了,这样就可以最大限度地减少与丈夫在一起的时间，或者说，是与和蔼可亲、捉摸不透的丈夫相处的时间。这也是早晨的行动要点。

当然，妈妈愿意开车送孩子们去学校！——对伊斯梅尔达在十五分钟内第二次说要送孩子上学，汉娜感到很恼火。

为了安全起见，两个孩子都坐在别克车的后座上。尽管汉娜小心翼翼地开车，走小路，慢慢开，但她知道，事故不经意间就会不可避免地发生。

有传言说，罗比·海登不会再参加远山之日活动了。至少目前不会。还有传言说，海登一家正在考虑卖掉房子，离开远山镇。

汉娜转向校园的方向，开始四下张望，寻找吉尔·海登。

另一个——汉娜想起了吉尔·海登。

学校后边，汽车排成长队，慢慢驶过学校后门，依次停下让孩子们下车跑进去。

在学校后面亲亲妈妈告别。湿润的嘴唇，响亮的一吻，难舍难分的拥抱，可是康纳尔有点不耐烦了，妈妈还没松手，就耸耸肩膀跑了；凯特雅受了那次脑膜炎的惊吓之后，仍然很虚弱，倒是让妈妈抱了好久，好久。

"哦！妈妈爱你。爱不够……"

在炎热的九月，阵阵热风卷起沙砾、灰尘和干枯的树叶，打着旋。

这么快，叶子就落了？才刚九月份？枯黄的，像纸一样薄的，从不那么壮实的树枝上摇下来。

"……今天下午我来接你，宝贝。再见！"

爬进别克车里，被后视镜里那张紧绷的脸吓了一跳：她从家里出来的时候不知怎么忘了梳头,也没涂口红,看起来像没了嘴唇,眼睛也没了睫毛,这才意识到为什么伊斯梅尔达会那样对她说话,为什么敢用困惑的眼神看着她的雇主。

贾勒特家有谁会那么留心地看汉娜？——不是韦斯,不是孩子们。只有伊斯梅尔达。

这么头不梳脸不洗地就跑出来,真是惭愧。在孩子们的学校外边让人看到,甚至被认出来。

我们中的另一个,就是我。

情人：电话

一开始,她没听出那个(男人的)声音。

过了一会儿才意识到,是他。

必须要见她,他急切地说。

有事告诉她。他刚刚想到。

自从上次见面之后,他的生活中发生了很多事。我现在有空了,以前没有。

"如果你不来找我,我就去找你,汉娜。"

说得稍微有点变调的名字——汉—娜。

汉娜马上回应不!——这不可能。

"但是我爱你,汉娜。你已经深深印在我心里。"

话说得不知怎么也是变腔变调,就像是从别的语言翻译过来的,英语里拿不准,语调急切而脆弱:汉娜还从未听他这么说话。

是他。但是 —— 已经变了。

汉娜感到兴奋,头有些晕。她耳朵里热血怦怦直撞,几乎听不清 Y.K. 的话。

"汉娜?亲爱的?你会答应我的,是吧?"

他说,他们可以在远山镇会面。

汉娜不答应。不行。

汉娜又惊又怕,同时还有些兴奋,看到了希望 —— 不可能的事情发生了,她的情人竟然在求她。

但她已经不爱他了。情感上已和他毫无牵扯。

不能在公开场合让人看见她和 Y.K. 在一起。在远山镇更不行。

她对他一直有所戒备,不能让他再一次把自己震慑住,她意识到自己当初是多么不管不顾、冲动鲁莽,冒着破坏婚姻、失去孩子抚养权的风险……她庆幸自己幸存下来,就像逃过了一场致命的疾病。

因此,她应该挂断电话。一言不发地挂断电话。

因为如果她让他说下去,她的心就会软下来,屈服于他。

她已经不再爱他,那段生活已经过去。再过一周她就四十岁了。

几乎不记得他。不记得。

派马尾辫男孩送她回家。把她灌醉,让她任人摆布,她努力要忘掉这一切,她也确实忘记了。

后来,好几个月他都没打电话。很明显,他根本不想她,不在乎她。不管他现在怎么说。

然而：刚才一进家门就听见电话铃声。似恳求，似哀求般的痛楚的声音，空荡荡的大房子里，只听电话铃在响。

她急忙去厨房拿起电话。

"欸？喂？哪一位？你要什么？"

我要你的心，我想吃掉你的心。

否则，你的心有什么用呢？如果不吃掉？

情人：幽会

酒店大楼的第六十一层，他在等她。

最后一次，他们约好了。

在漂亮的玻璃箱子里，无声无息地、轻盈地向上升去，汉娜是唯一的乘客。

如此悄然无声，感觉像耳聋了一样。这样悬在半空，简直不敢呼吸。

听不见她自己喧嚣的思绪。

错了！错了，错了。

向下看，拥挤的酒店大堂像舞台布景一样令人眩晕地向下沉去。

用眼睛平视出去，只见一层层楼层，一道道栏杆就像快放的电影一样快速向下沉去。

向上看，中庭的透明玻璃屋顶，融化在斑驳的蓝天中，就像顶部被锯掉了的头骨。

既然她不再爱那个自称 Y.K. 的男人。

既然她不再屈从于 Y.K.，就像染过传染病而幸存下来的人便不容易被再次感染那样。

既然（她对自己说）这是最后一次……

既然，不可否认，他在讨好汉娜：他在乞求她！

他的话在她耳边回响 —— 你已经深深印在我心里。

已经决定了，他们就最后再见一面。最可行的地点是万丽大酒店。

他们一致认为，不可能再继续下去了。

她的婚姻，她的孩子。不可能的！

既然他们之间所发生的一切，都是在离河水有六十层之高的最私密的套房里发生的。

宽阔的底特律河像熔岩一样在流淌。

事实上，它不是一条河，而是连接两个湖泊的河口……

汉娜本打算（这一次）要实话实说，在与情人的关系中坦诚相见，但她还是犹豫着没在电话里问他，为什么几个月都不打电话。

或者问他，为什么他突然决定现在给她打电话。

欢迎光临万丽大酒店，夫人！

把汽车钥匙交给泊车员，泊车员对她灿烂地微笑着 —— 谢谢您，夫人！

汉娜的心一紧，有那么一会儿，她以为这个黑皮肤的年轻人就是 ——

（汉娜忘了他的名字吗？）

——齐基尔·史密斯。

——齐基尔·琼斯。

因为如果真是他，如果这个微笑的年轻泊车员就是齐基尔·琼斯，汉娜就有机会重新体验和挽回……

只不过：这是1977年9月。岁月颠簸前行，是没有回头路的。

他死了。你还活着。你就是凶手。

在悄然上升的玻璃箱子里，时间总是现在时，门上方的数字一闪一闪不断变换：26，38，49，53……呆呆地凝视着：你永远到不了你的楼层。

彻夜难眠。激流在岩石和巨石之间飞溅，翻起白色的浪花。泡沫四起，一些破碎的东西在漩涡中打转，一转眼就过去了，看不清。

天亮时，只觉得浑身麻木，疲惫无力。而此刻，汉娜的大脑又变成了一个嗡嗡乱叫的蜂巢。

几个星期、几个月来没精打采的日子已经过去。和一个不爱你的人同床共枕的抑郁，已经消失。

早晨淋浴，刺痛皮肤的热水将一层肮脏、陈旧的死细胞，皮肤细胞，统统冲掉，不觉一阵狂喜。

你已经深深印在我心里。

她精心打扮自己。头发梳到发亮，妆容细腻，完美无瑕。漂亮而朴素的衣裙，秋天的色彩。几个月没穿的圣罗兰细高跟鞋，穿在脚上就跟裹在脚上一样紧。

一种痛苦的快感。记忆被搅动，像水中的淤泥一样重新浮起。

太快了，玻璃箱子在第六十一层微微一震停下来。

还没准备好。到达六十一层了，你永远没有足够的心理准备。

茫茫然，汉娜走出电梯。他在等她。

"亲爱的！你终于来了。"

没想到 Y.K. 这么快就出现了。

因为 Y.K. 从来没有在电梯旁等过汉娜，他总是在走廊中间他的套间里等她。

汉娜吃了一惊，她的情人吻她，吻遍了她惊愕的脸庞，她穿着细高跟鞋，双膝发软，紧紧抓住 Y.K.，才让自己把身子站直。

他的嘴唇落在她灼热的皮肤上，感觉凉凉的，像飞蛾的翅膀。

她激动得无法自持。不知如何是好，就像指针乱摆的指南针一样迷失了方向。

"你终于来了，亲爱的！真不知你会不会来。"

听上去，Y.K. 自己真的也很惊讶。

"是的，我 —— 当然，我……"

"我一直在这儿等着，看着电梯。上升的数字。电梯里那么多人，没有一个是你。直到现在终于来了。"

这还是 Y.K. 吗？—— 说话的声音这么轻柔，这么抒情？声音里没有责备，只是高兴、轻松。

Y.K. 身后是一面从地板直到天花板的平板玻璃窗，俯瞰着这座一望无垠的城市。汉娜仰起脸，想仔细看看她的恋人，而他的脸却被刺眼的光线弄模糊了。

345

Y.K. 尴尬地俯身揽住汉娜的腰，带着汉娜穿过走廊回到自己的房间。门是开着的，门把手上挂着**请勿打扰**的牌子。

汉娜意识到 Y.K. 走路很僵硬，几乎察觉不到地有点瘸，就像走路是为了舒缓一下疼痛的腿脚，又尽量不带出疼痛的样子。

Y.K. 尴尬地解释说，这是战时的旧伤 —— 大腿上的弹片，一过力就会发作。

碎片！—— 汉娜很是同情。

"是的，不过没什么。我现在还不想用拐杖 —— 好面子嘛。"

又是和善的自嘲语气。这可不像汉娜记忆中的 Y.K.。

汉娜对情人的变化感到惊讶。好像他生过病，现在康复了。在她看来，他似乎不像原来那么盛气凌人，举止也温和多了。

Y.K. 用力关上身后的门，锁上安全锁。

"汉娜，你真漂亮！跟我记忆中的一模一样！"

汉娜觉得血直往脸上冲。在 Y.K. 面前，汉娜是美丽的：她在电梯的镜子里照见了自己，早上精心打理的这一张脸，无可挑剔，自己觉得很满意。

汉娜羞涩地笑笑。她对 Y.K. 说，他看起来也很好 —— 很帅。

"是的。我很好。至少在你身边很好。"

他用手捧住汉娜的脸。已经很久没人用如此爱慕的眼神凝视过汉娜。

她的情人头脑如此清醒，心情如此欢快！汉娜头有些晕乎乎的，太多的事情发生得太快了。

他认认真真地又一次吻了她的唇。他把她领进起居室，房间里透着耀眼的秋光，窗户上厚重的窗帘已经拉开；汉娜注意到，窗帘有点不对劲，可能是开启装置上有点毛病，两扇窗帘打开得不对称，像耷拉下来的眼睑。

大理石桌面上，放着一只梨形的花瓶，里面装满了奶油色白玫瑰，艳美绝伦。

"给你的，亲爱的。像你的皮肤一样柔软洁白。"

汉娜弯下腰去闻，虽然她想，玫瑰哪有香味，没有吧？—— 的确，她什么味也没闻到。

"真漂亮……"

她环顾四周，这房间她以前见过，但现在看起来一点也不熟悉了。

布置得像舞台布景一样漂亮。沙发、椅子、桌子让人联想到过去时代的古董 —— 爱德华时代？墙上镶框的棕褐色图画：19世纪90年代的底特律城。

底特律的历史：火车、湖上货轮、T型车、福特汽车公司、福特三发动机飞机（1925年）。

"古色古香"的家具与光洁的现代白墙、嵌入式照明装置和高高的窗户不协调。

豪华酒店的不协调，表面上的魅力，汉娜怦怦的心跳和肺里呼呼的喘息声，孩子气的希望，成年女性的恐惧。

似乎看不到和Y.K.有关的东西。没有一件衣服，没有一个公文包或任何能表明他职业的东西。（Y.K.究竟是干什么的？）只有椅子上一根锃亮的黑木手杖，让汉娜吃了一惊，就像猛然看见拆下来的一条假肢一样。

汉娜想，这是有意让她看的吧，就像舞台上的一个道具。

穿过一扇门就是卧室了。里面有一张超大的床。

床脚的架子上放着一只中等大小的滚轮旅行箱,看起来是新买的,深蓝色布料,没上锁。

她曾斗胆打开旅行箱,还把手伸进没拉上拉链的口袋。

她为什么要做那样的事? 现在回忆起来,汉娜对自己的鲁莽也颇感惊讶。

"这一次,亲爱的汉娜,我们彼此间必须只说实话。好吗?"

"好 —— 好的。"

汉娜紧张地笑着,也不知道自己同意了什么。难道她承认之前对Y.K. 不诚实了吗?

不记得跟这个人说过任何私人或隐私性质的事情,也没机会说呀。

"'真理必让我们自由。'说的就是这个意思。"

Y.K. 在微笑,但汉娜能从他的脸上隐约看到一种受伤和痛苦的表情。我为你受苦,你不是唯一一个受苦的人。

的确,Y.K. 身上发生了相当大的变化:他的肤色变浅了,他的身高、肩宽,他的眼睛 —— 汉娜记忆中那沉重的略带蓝色的眼睑,现在他眼里满是柔情。

一个高大的男人,至少有六英尺高,但不像汉娜记忆中的那么高,也不那么结实。曾经 Y.K. 对人的态度是讥讽、玩弄,还(稍微)带着点嘲笑,而现在看起来是真挚而富有同情心的。汉娜敏锐地意识到他在看她 —— 在看着她。

他的下巴刮得干干净净,有一股清新的味道。脸颊上现出极其细微的血点,因为他刚刮过胡子。

他穿着一件蓝条纹棉布衬衫，口袋上有一个几乎看不见的微型字母组合，他的裤子是卡其色的，但比卡其织物要好得多，臀部松松的包不紧，好像他变瘦了。他的颧骨比汉娜记忆中更加棱角分明。

他是个演员，能熟练地扮演不止一个角色。汉娜惊奇地望着他。她不妨承认，她已经爱得不行了。

"饿了吗，汉娜？ 我想 —— 已经是中午了……"

饿了！ 汉娜饿得很，到现在还没吃东西呢。

Y.K. 绅士般地把汉娜领到一张小沙发前，他把沙发放在窗边，可以俯瞰六十层下的底特律河；一张低矮的玻璃桌上放着一个奢华的奶酪水果盘，一瓶冰镇白葡萄酒，两只长柄酒杯，一个细长的花瓶，里面只有一朵白玫瑰。

"真美呀！ —— 这一切 —— 底特律河的景色……"

汉娜情绪激动。Y.K. 捏了捏她的肩膀，弯下腰亲吻她的颈背。

一起坐在沙发上，肩并肩。汉娜，靠近窗户。

Y.K. 打开酒瓶，把酒倒进他们的杯子里。

"我亲爱的！ 我很感激你原谅了我。"

原谅了他？ Y.K. 这是什么意思，汉娜努力思考着。

他举起杯子，和她的杯子轻轻碰了一下。汉娜喝着酒，笑了。

早上她太兴奋了，什么也没吃。现在，酒冲到头上 —— 一种恬淡的火辣辣的感觉，在嘴里，在喉咙里，在她的胸膛里暖暖地扩展开来。

"你原谅我了，是吧？ 亲爱的？"

汉娜不置可否地朝 Y.K. 笑了笑。

"你原谅我了？"

汉娜笑了笑，是的。血涌上了她的脸。"原谅"这么阴郁的一个词，真的说不出口，因为那就意味着她的情人以某种方式冤枉过她，而她却记不起来了。

"汉娜，我错就错在认为没有你也能活。这几个月 —— 我的生活变得复杂起来，我说的是'家庭生活' —— 我无法摆脱对你的思念。"

我无法摆脱对你的思念。汉娜对着强烈的光线困惑地笑了笑。

令汉娜吃惊的是，Y.K.对她说这样的话，既不是讥讽，也不是开玩笑，而是真情流露。他以前从来没提到过他的"家庭" —— 这让她浑身一震，意识到，是的，即使是Y.K.也一定会有家室的。

"你必须知道，汉娜。我爱你。我过去没跟你讲明，那也是我的错。我没意识到。"

我爱你。汉娜听着，难以置信。

情人的话听了好感动，却不知如何回答才好。这个人对她总是让她无言以对 —— 就这个人。

不是其他人，不是大多数人，而就是这一个人。

就像一个演员忘了台词，而且怎么也找不回来了。又不敢临场发挥，怕弄出更严重的错误。汉娜有点惊慌，盯着窗外远处的河水。淡淡的秋光里，河水像液态铅一样暗淡无光；如果走近了，就会闻到河水那令人沮丧的气味。但现在他们在高高的六十一层，算是不近了。

汉娜觉得很奇怪，一条河还起了个名字，还画在了地图上。

似乎自然界的任何事物都与它的名字有某种联系，和它在地图上的位置有某种联系。

赏心悦目，波光粼粼。从安全的距离看去，被污染的河水也美。

"……汉娜，那天晚上在募捐会上第一次见到你，我就好像'认出'了你。好像我们以前见过。好像我们是'命中注定的'。"

汉娜紧张地笑着。她告诉 Y.K.，她也感到了 —— 一种缘分……

试着回忆当时的情景：一个陌生人的手指在她的手腕上划了一下。她的本能是转身走开，不理他，就当是人挤人难免的触碰。

"……人们把这种感觉叫似曾相识 —— 一种神经抽搐。但我认为那合情合理。人们需要将深刻的情感体验加以分类，从而使之简化。给它们起个名字。'迷恋'——'一见钟情'……"

汉娜带着一种愉快而不安的心情听着。这是她的情人吗？这是 Y.K. 吗？她觉得脸上热乎乎的。

"我想 —— 我很确定 —— 我一直在反反复复地做一个梦。你是我梦中的主角，汉娜。"

汉娜紧张地想笑。她受宠若惊，但她无法相信；她无法相信，但她感到荣幸。

"你也梦见过我吗，汉娜？我一直在想。"

Y.K. 若有所思，有些伤感。汉娜在想 —— 他就是护照上的那个人吗？这就是我认识的那个人吗？

这种想法也给她带来一种愉悦的不适，就像喝醉了似的。

为了转移情人的关注点，汉娜问起有关他的腿伤的事。也许这很不明智，因为他脸上闪过一丝不快，不屑地耸了耸肩。越南，楚莱南部，他的飞机迫降在丛林中，万幸他从残骸中爬了出来。

汉娜知道"弹片"是什么吗？—— 就是碎片，细丝，穿进了他大腿的肉里。

肉，大腿。汉娜被这些词语震惊了，这些词像医学术语，听上去让人浑身发冷。

汉娜尴尬地问，他获得奖章了吗？Y.K.笑着说，当然，有奖章。"我们都戴着'奖章'回国的，这不是难事儿。"

他可能还得进行更多的手术，Y.K.承认。还需要更经常地拄手杖。

"但是拄手杖也没什么不好呀！"——汉娜的意思是安慰他一下。

她突然冒出一个疯狂的想法——他需要有个人来照顾。那个人就是我。

一段关于搞笑老爸的短暂记忆插了进来：在他生命的最后时刻，他笨拙地拄着拐杖走路。抬眼看着女儿汉娜，一脸的羞愧、怨恨……她扶着他走上台阶，他身子一挺，不过还是接受了她的搀扶。

几乎是下意识地，汉娜抹了抹眼中的泪水。

肉，腿。两个词蕴含着深刻的真理，它们看似押韵，实则不然。

非常温柔地，Y.K.俯身亲吻汉娜的右眼、眼睑；然后，又吻了左眼。从来没有人这样吻过汉娜，那么温柔，那么精准。

汉娜浑身一阵颤抖，像触电一样。她的眼皮火辣辣的。

突然，他们像孩子一样笑起来。俩人同时抢着说话，相互打断。他们的话越来越离题。说得上气不接下气，语无伦次。不过，语无伦次也没什么。汉娜觉得她又变得美艳动人了，又能激发男人的欲望了，一种盲目的欲望，似乎有一把火照亮了她和情人的脸。Y.K.又一次吻了她的眼皮，这次他还伸出了舌头。还吻了吻她的脖子。

一根动脉在汉娜的喉咙里跳动，情人的吻那么突然，那么有力。

有什么东西惊得掉到地上，一块白色的亚麻餐巾。一把刀，从奶酪水果盘里掉下来。

他会割断我的喉咙。他会使用钝刃，让痛苦更持久些。

汉娜开始发抖了，坐着一动不动，背挺得直直的，这时 Y.K. 还在继续亲吻她的脖子，（强壮的）手指抓在她肩膀上。

汉娜似乎忘了，说好这是他们最后一次见面的。这并不是她所期望的结果。

Y.K. 把汉娜抱在怀里，连拉带抱地把她拖向另一个房间。汉娜像一个溺水的女人，盲目地抓住他。

惊恐的念头一闪而过，继之而来的是弥漫全身的温暖和慵懒，四肢虚弱无力。汉娜不可能转移情人的念头，和对她的欲望；汉娜无法反抗 —— 不要，请不要。这不是我们计划中的……

她这样想着，可是晚了 —— 太晚了。

汉娜看到那张特大号的床已经打开，锦缎被子往后拉，露出白色的床单；床头板上整整齐齐地靠着六个枕头，就像装饰性的墓碑。大床两侧的床头柜上，各放一盏床头灯，灯罩使灯光柔和，而不是聚光。在一个看上去很沉重，带有分形装饰的锌质花瓶里，插着一束铜质的花和花枝。

跟上次一样，架子上也放了一只深蓝色行李箱，没上锁，但没打开，几英尺外的带镜子的柜橱门也是微微半掩着……

这一次，汉娜不会再乱翻情人的行李箱了，更别说查看他的护照。

汉娜不会犯那种让他不高兴的错误。她学乖了。

亚克尔。如果她就这么直呼其名，而不是他名字的首字母（Y.K.）

会怎么样呢？

Y.K. 不再像以前那样急不可耐，似乎是恭恭敬敬地脱去汉娜的衣服。他吻了吻她的嘴，她把他的头搂到胸前。希望他们中有一个能想到把窗帘拉上，因为从高高的窗户里射进来的秋光，白晃晃，非常耀眼，让人都产生了幻觉。

另一个人的裸体！—— 汉娜感到头晕，她看得太清楚了。

汉娜很少看韦斯的裸体。她只熟悉孩子们裸露的 —— 完美的 —— 身体。因为那么小，那么年轻，他们的完美是没有差别的，完全是自然的。

汉娜准备好承受压在身上的重量。准备好承受不适，两个人肌肤的摩擦，还有那种近乎窒息的感觉，但 Y.K. 做爱很温柔，仿佛是试探性的。好像他们之间没发生过这种事，没有记忆。

仿佛他们是新婚的恋人，彼此还不很了解，一心想取悦对方。

"哦 —— 我爱你……"

"我也爱你。"

汉娜听到一种原始的、粗鲁的声音 —— 一声呜咽从她的喉咙里冒了出来。

情人的脸看不见了，埋在了她发烫的脖子里。她把手放在他背上，摸到了他身上的纹理和伤疤。他的呼吸又粗又热。他在她身上发着力，呻吟着。她似乎离开了身体，在不远处观察自己，一抹白色的身体，赤裸得几乎连皮肤都没有了。

欲火让她颤抖，为了这个人，这个时刻。躺在男人的怀里，没有回头路了。

Babysitter

她紧抱着他的身体，发狂一般，肌肉阵阵作痛，就像挨了有力的一击，气都喘不上来。

随后，一个声音从梦中传来，异常正式，仿佛在吟诵誓言："亲爱的，你已经深深印在我心里，这里从来没有别的女人。"

* * *

在底特律棕褐色的四下蔓延的城区上空，一弯细长的镰刀般的月亮。

一会儿，被碎布一样的疾驰的云团遮住，一会儿又露出来，只是模模糊糊的。

等汉娜回到摇篮岩大街的家中时，已经是黄昏。

很快，她偷偷拨打了 Y.K. 留给她的号码。

只是为了听到你的声音。我亲爱的。

然后，晚上晚些时候，正如汉娜所承诺的那样，在她和丈夫上楼睡觉之前，她又用低沉的声音打电话给她的情人，电话是在韦斯（终于）关掉电视新闻上楼后，她带进楼下浴室的。

晚上她会想他吗？还有他对她的爱？

是的，汉娜向他保证。她会想的。

她明天早上有空的时候会给他打电话吗？

是的，汉娜向他保证。她会的。

他们要不要约定好，什么时候再见面？

要的，汉娜向他保证。

她爱他，像他爱她一样吗？

是的，汉娜向他保证。

哪一天她很快就会又和他在一起吗？她有空的时候？

是的。她发誓，会的。

挂断电话之后，汉娜才敢低声对着话筒说了声亚克尔。

铠 甲

像披上铠甲一样，她穿上了她的爱，她的情人。

他永远和她在一起，她再也不会受到伤害，她不可战胜。

没人能伤害汉娜，除了他。

在萨克斯精品店的自动扶梯上，往上走。她不孤单，因为心里有他。

在食品超市，没人敢动她。因为她是一个被爱、被渴望的人。

在街上，年轻男子的目光瞥向她，穿透她。她不理会，才不管他。她心气足足的：我才不需要你们。

孩子们也伤害不了她，康纳尔突然眼泪汪汪 —— 妈—咪！

在韦斯面前，她很安静，很温顺。她的沉默使他不安，却也一直为他提供了自由思考的机会。一条好色的狗在路边垃圾中嗅来嗅去。现在，她看见丈夫疑惑地瞥了自己一眼。也许他会更爱她，他会发现她更美丽，对她更有欲望，而她却不那么需要他了。孩子们紧紧搂着她的大腿，需要她，缠着她。妈咪爱我。

汉娜笑了，她的心情一下好起来，觉得飘飘然。就像一个人从衣袋里掏出金币恣意抛撒，她相信她有的是。

因为她活着始终是为了他。

不能见到他的时候，就和他通电话。他在别处，在另一个城市，但他并没有像过去那样抛弃她。这是汉娜生活的新阶段。

亲爱的，我们能做些什么，我们怎样才能在一起……

想和你在一起，如饥似渴……

很快，总有一天……

她的心裂开了一条细缝，他像一股气息一样进入了她的心。

* * *

"你去过巴厘岛吗？ 没有？ 我带你去。"

汉娜紧张地笑着说，那太好了 —— 哪天吧。

"巴厘岛是我见过的最美丽的地方。那里的人是我见过的最有'精神信仰'的人。不像我们这里 —— 只崇拜物质。"

汉娜严肃地听着。汉娜说是的，但她已经结婚了，还有年幼的孩子。

"现在你当然是结婚了。但是人们之间的关系会变，环境会变。"

后来，当汉娜准备离开时："你永远是你孩子们的母亲，汉娜 —— 这是不能改变的。但继续做那个丈夫的妻子 —— 那就是另一回事了。"

他陪她走向电梯。和她一起等电梯。一时间，汉娜陷入了沉默，而她的情人还在继续讲着，就像要实施催眠术似的。

"……接下来会发生什么？这是个问题。"

电梯在迅速下降，恍惚中，觉得酒店中庭的墙壁、屋顶直向上冲，从视野里消失了。

一层又一层的楼，以惊人的速度上升，冲出汉娜的视野，消失了。

在开车回家的路上，汉娜脸上闪着泪光，皮肤上有一种放射的疼痛。

你永远是你孩子们的母亲。

他的爱，就是铠甲。更重要的是，他爱得神秘。

因为韦斯现在伤害不了她。她现在对他已经免疫了。

长期以来在他们婚姻中占主导地位的丈夫。他的性欲——起起落落都是韦斯自己的事——但却决定着汉娜自身的价值。

但现在，情况变了。

十月底，去参加博蒙特医院的筹款活动，到达后不久韦斯就把汉娜撂在了一边。尽管她把自己打扮得很漂亮。尽管在她的情人眼里她是美丽的。这么快，韦斯就跑着去和别人打招呼了。他的笑声撕扯着汉娜的神经。女性朋友向他问候，迎上去亲吻他的脸颊，韦斯也赶忙回吻，而且更有力。

我恨你。我永远不会原谅你。

我要向你复仇。

医院宽敞的大厅里，人们欢聚一堂。熟悉的面孔原来却是陌生人，陌生的面孔却是老朋友。光滑的大理石地面，一排排的鲜花，气势汹汹的爵士乐四重奏，穿着制服的服务员高举着托盘，穿过人群，就像刀子切着生面团一样：有点抗拒，但还是为刀刃让路了。

像长笛一样细长的玻璃杯里，香槟冒着泡沫。

看到人们的目光飘向她，盯着她看。汉娜不予理睬。

汉娜现在很少见到女性朋友。谢尔家的女人 —— 梅丽莎。（在远山镇经常能看到这个女人，或者是某个和她长得很像的人。有时梅丽莎会挥挥手友好地打招呼，对汉娜微笑，即使汉娜就像现在这样转身避开。）身材魁梧、大眼袋的 T_医生也在这里，看着他以前的病人，现出怜悯多于轻蔑的表情。他觉得汉娜的灵魂就是一块污秽、扭曲的海绵，而 Y.K.（似乎）从不这么认为。

因为他爱她。他的爱保护她免受侮辱和伤害。

汉娜多么怀念她的情人啊！怀念他紧紧把她搂在怀里，怀念那压在身上的温暖而急切的重量，仿佛一块压舱石，以防她的灵魂飞出身体，走向毁灭。

他想娶她，汉娜想。她嘴角掠过一丝惊恐的微笑。因为那是她的秘密。

他想让她离开她丈夫，嫁给他。带着她的孩子，嫁给他。她是这么认为的。是的。

借着香槟的抚慰，汉娜充满希望。总是充满希望。

搞笑老爸说过运气是我们自己创造的，孩子们。不懈努力吧！

汉娜看到了海登一家，离她不远。很惊讶吉尔·海登会出现在这样一个公众集会上……汉娜打算和吉尔说话，但当走近那个女人时，却发现根本不是吉尔·海登。

还看到了克里斯蒂娜·鲁施。汉娜确信她看到的就是克里斯蒂娜·鲁施，只是比汉娜记忆中的要胖，青春已逝，冷漠高傲，穿藏青

359

色的衣服，在大厅的另一边，站在她结实的丈夫旁边。汉娜也很想和这个朋友说几句，但在拥挤的人群中始终没找见她。

后来才搞清，这个矮胖的红脸哈罗德·鲁施是个陌生人，他与哈罗德·鲁施长得很像，好像住在布卢姆菲尔德山的汽车公司高管长得都差不多。他带着轻浮的微笑盯着汉娜："你好！你是哪一位？"

汉娜想，这也难怪。鲁施夫妇是当地的贵族，是绝不会在如此平民化的聚会上露面的。

时间晚了，汉娜只好到处寻找韦斯，一个角落里传来响亮而喧闹的笑声，韦斯在那儿。走进韦斯的视线之前，她小心翼翼地挂上了一丝微笑。在公共场合总是面带微笑，从不忧郁，从不愁眉苦脸，总是兴高采烈，自信有男人爱，他的爱。不敢在公共场合去碰韦斯的胳膊，就怕他一把甩开她的手，所有人都会看到，睁大眼睛，造谣生事，拿人取乐。

可怜的汉娜·贾勒特！自从那次遭到强奸，或者说她自称的强奸事件之后，这个女人就变了。

可怜的汉娜？可怜的韦斯！他才是让人感到遗憾的人。

被一个黑人强奸，一个停车场服务员……是这样吗？

如她所说的那样。

上帝啊！可怜的韦斯，太丢脸了。

这些都再也伤不到汉娜。不会了。

出于好心，人群中一个人告诉韦斯，他的妻子在他身后。穿着细高跟，摇摇晃晃。

"哦！汉娜。"

韦斯·贾勒特好像吃了一惊，夸张地拿出好丈夫讨好老婆的样子。他打着黑色领带，绅士风度十足。因为喝了两个小时二十分钟的酒，脸上微微有些浮肿。他声称很讨厌这类筹款晚会，但（显然）别无选择，只能来寻找与他有共同信念的伙伴。他讥讽地眯起了眼睛。他撇撇嘴，说着笑话，别人都哈哈大笑起来。

妻子虽然没听全，但她明白这是开玩笑，无害而有趣，并无恶意，她也笑了，为的是让其他人看到。

韦斯把他的（空）杯子放在桌子上，尖尖的像曲颈瓶一样。大家已在纷纷离场。韦斯待够了，他也要走了。径直走向最近的出口，也不看看汉娜是否跟在身后。

开车回家，谁都没说话。只有韦斯自己哼着歌儿，喉音很重，传达着一种表示满意，或者是一种不屑的装作满意的样子，这是他的一个新习惯。早上汉娜经常听到他在浴室里哼，她很不安，怀疑韦斯是不是有自己的小心思，无意之中表露了出来。

"你从来就不喜欢那些人，"汉娜忍不住说，尽管（她知道）她应该保持沉默，因为沉默能保住尊严，而言语则不能，即使这些言语完全没有指责，没有责备的意思，"你跟我说过好多次了。"

"那，好吧。我是个伪君子，行了吧？"

"是吗？我可没那么说。"

"你难道没说过！"

"没有，我没有。我是说——"

"我知道你说过：'你从来就不喜欢那些人。'"

韦斯笑了，耸了耸肩。他喝醉了，所以才自我感觉良好。

361

汉娜觉得，这种良好的自我感觉是有意排斥他人的。

"但那是过去，现在是现在，汉娜。即使是躲在角落里的老鼠也会'喜欢'某个人的。"

汉娜知道，这也是开玩笑的话。丈夫撇着个嘴说出来的，大多都是为了搞笑，而不是伤人。

反正汉娜觉得没受到什么伤害。汉娜这么漂亮，这么稳重自信，谁能伤着她。汉娜笑了，心情不错。你可能会认为汉娜是被她诙谐的丈夫逗乐了，但事实上，汉娜铠甲在身，宛如包进钢铁里，丈夫岂能伤害到她。

那天晚上，一见丈夫倒头睡了，她赶紧给情人打电话。用客房的电话，用颤抖的声音，她会在客房过夜。

太想你了，我们该怎么办。

……必须下定决心了。要快。

哦，上帝。我爱你。

今晚会想我吗？——跟你在一起？一整夜。

一整夜！是的。

* * *

只是：和孩子们在一起的时候，她就没有铠甲护身了。

现在对孩子们有了一种新的温柔，而他们对妈妈最真实的自我却一无所知。汉娜在情人的怀抱里，在感情的狂乱中，只知无助地粗声喘息着，哪里还记得孩子们，就像她大脑里有一部分被挖走，被抹去了。

这些年来，有个奇怪的现象让她一直捉摸不透。她自己的母亲对孩子十分冷漠，在汉娜看来，那是一种离奇的情感缺失，就像内心有什么东西被熄灭了。

别再让我当"妈妈"了。我累坏了，当"妈妈"当够了。

但汉娜可不是这样！一想到，她自己也可能会对康纳尔和凯特雅变得那么冷漠，就感到一阵恐慌。

她一看到孩子，任何困扰她的念头就都会立刻消失。她属于他们，完全属于。

她记得，当孩子们还是婴儿的时候，他们只要一哭，她的乳房就会漏出奶来；还有几次，只是想到他们，就漏奶了。那是被孩子需要的母亲的激动。

因为汉娜的生活中没有另外的人更需要她了。如果说韦斯曾经需要过她，作为一个年轻的丈夫，他渴望每天晚上和妻子做爱，以满足他自己强烈的欲求，那么现在已经不是那样了，而且已经好几年没有了。

被别人需要，是一种瘾。但那是一种甜蜜、愉快的为他人服务的瘾。

入睡前给孩子读书，不仅是晚上睡觉前，也包括午睡前，那是两个孩子都还小的时候的快乐时光；但现在，康纳尔常会焦躁不安。凯特雅还小，但康纳尔坚持说自己已经长大了。

很快，他们将有单独的房间。康纳尔想要一个自己的房间，离开他的小妹妹……

尽管如此，康纳尔还是喜欢妈妈给他读书，大多数晚上都是如此。凯特雅几乎是沾到枕头就睡着了，康纳尔则爱听妈妈读书。没有什么比这更令人高兴了，汉娜想。

俯身亲吻熟睡的孩子的脸颊。小脸蛋暖暖的，软软的，不可思议地触到妈妈的嘴唇上。

而且，现在有了更多的乐趣，汉娜沉浸在对情人的想象中。

美丽的汉娜！你的孩子也很漂亮，这一点也不奇怪。

总有一天，他要见到我的孩子们。但是——要等多久呢？

汉娜又兴奋又害怕，浑身发抖。这会——也必须——在几周内就实现，一定。

但是如何把小孩介绍给一个情人呢？（将来的）继父？这当然也没什么，因为离婚已经是司空见惯。

美国的婚姻有一半都以离婚告终！——汉娜觉得这个数据难以置信，事实上，她认识的人中离婚夫妇很少。

在她自己的童年，在二十世纪四十年代，离婚是罕见的，是丑闻。大富豪们会离婚，你在报纸上能读到他们的丑闻；但富人不算数。

康纳尔？凯特雅？我想让你认识一下……

……我的朋友，一个新朋友，他的名字叫……

汉娜的手变得冰冷，那本儿童读物差点从她冰凉的手指上滑落。一种虚弱的感觉涌上她的心头，让她感觉恶心。

这时，书真的从汉娜的指间滑落到地板上，砰的一声，吵醒了刚刚睡着的康纳尔。

"妈—咪？"——康纳尔吃了一惊，很害怕。

好在，凯特雅没被吵醒。汉娜安慰康纳尔，告诉他是一本书掉地上了，不要怕，别傻了。汉娜俯下身，吻了一下，又抱了抱，跟他说妈妈也被吓了一跳，但妈妈现在已经没事了，说着关掉床头灯，样子像一只长脖子白鹅。

汉娜在半明半暗的光线中徘徊，直到康纳尔睡着。一个声音在她耳边悄悄响起，偷偷摸摸，像爱抚一样。

你永远都是你孩子们的母亲，亲爱的汉娜。

珍　珠

"上帝保佑。我太高兴了。"

眼睛看到的是珍珠，而不是将它们穿接在一起的（普通而坚固的）细绳。每颗珍珠都完美、精致。而把它们穿在一起的绳子却看不见，秘而不宣。

他就是那根绳子，把汉娜的日子穿在了一起。幸福的迷你岛，延绵的几个小时。这一切都是秘密。

没有了绳子，珍珠就会脱落，向四面八方散开。

没有那根绳子，就会一团糟。

"汉娜！你最近看起来光彩照人哪。"

韦斯露出了一丝微笑，是那种似笑非笑，撇着个嘴，还用眼睛疑惑地看着她。

汉娜觉得血直往脸上涌。她不安地笑笑，正费劲地把一串珍珠往脖子上系。

最近几周韦斯很少看她一眼。更罕见的是，他对她说话的样子可能会被解读为亲密，或几乎是调侃。

只是，稍稍带有一点责备。

为什么你开心，我却不开心？你有什么秘密，是我们不能分享的？

楼上，他们的卧室里，俩人正准备出去赴（另一个）晚宴。在这个房间里，他们常常是相对无言，各怀心事。在这个房间里，汉娜站在镜前，常看到丈夫穿过房间，背对着她，不理不睬。

就在几个星期前，汉娜的眼里噙满了不解的泪水，心灵倍感受伤。就在这个房间里，这个和她同床共枕的男人；这个跟他生下两个孩子的男人，两个孩子他们也都喜欢；这个她第一个爱上，但现在似乎不再爱她的男人。这个男人对她不再关心。

然而，他对她却总是彬彬有礼，或者说通常都很客气。

只是经常占据不了任何位置，在他的生活中，在他的思想中。

不过，现在的汉娜并不会受到什么伤害。Y.K.进入了她的生活，爱上了她，她的生活已经发生了变化。

他的眼睛在跟踪她，观察她，借助房间里所有类似于镜面的东西。比如说铝制品、玻璃制品的反光表面。一瞥瞥闪动的倩影，汉娜的美丽被忽视得太久了。

她一直不敢正视的自己这张闪闪烁烁的脸庞，现在确实是光彩四溢了。

韦斯下班回家比平时早，而且又刮了刮脸，这已是今天的第二次。汉娜闻到了剃须膏的味道，就像她的洗发水和护手霜的气味一样熟悉。还有她在耳后和左手腕上轻轻涂上的香奈儿5号香水的那种清香。

汉娜看到韦斯已经换好了晚上的衣服。系着一条汉娜不太熟悉的丝绸领带，柔和的银色条纹，肯定是名牌；他的皮肤因刚刚沐浴过，白里透红，头发分得很利落，明显的右分。

汉娜宁愿把丈夫的话当作是恭维，而不是含蓄的指责。明智的做法是只听字面的意思，而忽略说话的语气。

是的，汉娜说，她最近感觉很好。现在孩子们都回校上课了，她也已经恢复了每周三个上午的瑜伽课……

"瑜伽！你停了瑜伽课，我不知道呀。"

说假话，这当然是胡说。丈夫明明很清楚妻子停掉了镇上的大部分活动，几个月来几乎是闭门不出。

汉娜脖子上系着的珍珠项链曾经属于她母亲的母亲，在汉娜结婚的时候传给了她。那粉红色的珍珠，在汉娜的眼里熠熠生辉，美丽绝伦，尽管（她知道）只是养殖珍珠，比真正的珍珠要便宜得多。

据家里人说，珍珠来自南海。（那是个什么地方：汉娜也不知道。）搭扣似乎是纯金的，还镶有小钻石。

汉娜很少戴这串珍珠，它们形状古怪，很老式，一点也不时髦。事实上，汉娜已经好几年没戴过了。

见韦斯在镜子里看她摆弄着搭扣，汉娜感到有些难为情。

"要我帮你吗，汉娜？"

汉娜笑笑，摇了摇头，但韦斯坚持要帮忙。说不准什么时候，汉斯好像也会想起自己的丈夫角色，献个殷勤什么的，但通常汉娜宁愿他不要这样做。

尽管如此，汉娜还是很感激。表示友好的姿态。

"这串珍珠很漂亮。你应该经常戴戴。"

但韦斯的手指很笨，这汉娜早就知道。项链从汉娜的脖子上往下一滑，韦斯赶紧伸手去抓，用力猛了点，绳子断了，珠子都散落到地上。

"该死！对不起，对不起。"

汉娜赶紧跪下去捡珍珠。她不敢看韦斯，只是一脸的怨气。

沮丧、愤怒、内疚。但现在，就只剩了内疚。

韦斯不停地道歉。他那几乎不加掩饰的讥讽神情已经消失了。他尴尬地弯下腰，在地毯上寻找珍珠，一颗滚到了椅子下面，他一边捡，一边咕哝着，汉娜看出他真的很懊悔。

汉娜安慰韦斯说，这绳子太旧，不结实，整个项链都太老了，她几年前就应该把珠子重新穿一下，不要紧，没关系。汉娜很快安抚住了丈夫，不过她这么做有可能让韦斯觉得她是害怕丈夫，怕他闹情绪，怕他发脾气，怕他发火，而韦斯认为自己没发过脾气，他是谁，他是韦斯·贾勒特，那种小家子气的行为让他感到不齿。

"把珍珠放在信封里，我去找人重新穿一下。我来做！我很抱歉，汉娜。"

"哦，韦斯！真的，没事的。"

"不，我想去。这是我最起码要做的。"

汉娜被感动了，韦斯很亲切。现在没有时间了，他们得动身去参加晚宴，剩下的珍珠汉娜明早再趴在地上找吧。

当然，汉娜不打算把祖母的南海珍珠托付给韦斯，她会自己拿去重新穿好。到了明天早上韦斯就会把项链的事忘得一干二净，她尽可放心。

一扇门关上。另一扇门打开。

几乎是随口就提出了一个建议：一起去旅行，开始新生活。

也几乎是随口就说出：要一个我们自己的孩子。

在他裸露的肌肉发达的臂弯里，她脆弱得就像表层皮肤都被剥落了一样。好像做爱就是一种进入。一旦爱人进来了，爱就会在她的血管里轻快地流动，爱就会栖息在她的每一个部位，就像一个入侵的微型物种栖息在（不知情的）宿主身上，被宿主潮湿、温暖的环境所滋养。在他的臂弯里，做爱之后，在迷蒙的酒香中飘浮着，那是一种汉娜生命中至今为止都感到深不可测的幸福感。向她吐露了（他声称）从未向任何人吐露过的秘密。没向任何女人说过，从来没有。因为他虽然认识许多女人，但在汉娜之前，他从来没有爱过一个女人。

在汉娜之前我从没想过和任何女人生孩子。

汉娜真是受宠若惊！在她这个年纪，她还没有对怀孕的前景感到不安和恐慌，而是如梦如幻，充满了喜悦，因为在爱情的狂喜中一切皆有可能。

从头再来，重新开始。在差点失去彼此之后。现在，我们你情我愿。

在他的家族里，在二十世纪三十年代早期移民到美国的长辈中，常说这么一句话 —— 一扇门关上。另一扇门打开。

369

他欠她一条命。就是这么简单，又这么深刻。

断断续续地，他开始说话了。声音颤抖，眼泪汪汪。汉娜被深深地感动，她很少看到男人哭，事实上，她从未见她丈夫哭过。

多年前，她曾见过搞笑老爸眼中闪烁着热泪，就像融化的玻璃。但那是愤怒的眼泪，不是悲伤的眼泪。

他对自己的生活深感不满，甚至想结束自己的生命。父亲死后，他与哥哥们就父亲的遗产展开了一场斗争，因为（后来发现）遗嘱中有一部分是兄长们在父亲律师（明显的）默许下伪造的；更糟糕的是，在父亲生病的最后几年里，兄长们（显然）挪用了家族企业的资金。他的母亲要靠他来呵护，不能让她知道那几个儿子背叛她的毁灭性真相。因为他是最小的，最受母亲的疼爱，而他的兄弟们却总是讨厌他。当他们还是孩子的时候，他真的以为哥哥们会杀了自己。他的哥哥们要窃取父亲的财产，这令人震惊和愤怒，但并不奇怪；使他惊奇的是，有些亲戚竟站在哥哥们一边，至于是什么原因，他也不知道。但他不想打官司。为了他的母亲着想，他本想避免起诉他的兄长们。他们进行了几个月的谈判，试图达成一项和解协议，当时 Y.K. 经常来底特律做生意，而且不得不住在这里。后来，哥哥们解雇了他们的律师，并挑衅 Y.K. 去法庭告他们。因为他们知道他不会去告诉母亲，他们的母亲在父亲去世后情绪一直不稳定。如果家庭分裂，对她来说将是一个悲剧，她将无法见到孙子孙女。短短几个月的时间，她已是心神俱损，虚弱不堪，曾经如此美丽的人，刚刚七十出头，就已开始患上痴呆症，然而 Y.K. 还是决意要得到他母亲和他应得的财产……

汉娜得知 Y.K. 是一个移民大家庭中最小的儿子。他的父母没有受过教育，在大萧条时期不得不辍学工作，然而他的父亲成功地开创了自己的事业，最终成为了一个（相对）富有的人，但他从不满足，居安思危，斗志不减，购买新房产，买进卖出，与自己的兄弟争吵，还弄得儿子们也互相争斗。十几岁的时候，Y.K.很孤独，没有朋友。他的成绩比大多数同学都好，尤其是数学。他不喜欢运动，不喜欢身体接触。他命中注定要被老师当作个别生，让同学们都讨厌他，恨他；让大家吃惊的是，还没毕业他就退学参加了工作（最初是给父亲干，但也没干长）；十八岁时，他应征入伍，获得了科罗拉多飞行学校的入学资格，然后被派往越南，在那里他差点丧命，他对战争、毒品和腐败感到厌恶，在西贡，他平生第一次看到童妓，只有十岁就被教唆冲着美国大兵说最粗俗的脏话。因为他很天真，没有处事经验。因为像他这样的人很多。与人们普遍认为的相反，在越南的美国士兵一般都很年轻，信教，甚至很虔诚，许多天主教徒，没有性经历，被强迫训练成了麻木的杀手、野蛮人；这些人中，有很多接受不了这种训练，那就没命了。但他活了下来，他的一部分活了下来。像个外壳。被弹片击中，差点丧命。染上了毒瘾——海洛因。回到美国，花了好几年才戒掉。他父亲曾希望他加入家族企业，但他一直很谨慎。他开始有了一些好运气，被一个为退伍军人开办的商学院录取了。他开始做得很好。在六十年代，当一切都在蓬勃发展的时候，尤其是在底特律：美国汽车城。

但是家族的生意，家族的状况，开始恶化。他希望能置身其外，但做不到，他不能抛弃母亲。还有其他的家庭关系和义务。美国国税局要求对该公司进行成本高昂的审计。来了好多会计、律师。他大部分时间都很生气，然后就抑郁了。他开始酗酒。他和一些人扯上了关系，这（也许）是个错误，其中一些人在底特律。但是他的坏脾气 —— 这一直是他生活的一部分，甚至在他还是个孩子的时候 —— 伴随着一阵一阵的沮丧和绝望。想死 —— 他不记得他生命中有哪段时间是摆脱了这种念头的。去年夏天的一个晚上 —— 一个炎热的七月夜晚 —— 他来到了一个城市（不是底特律：离着五百英里呢）。他开车沿河边行驶，那里有许多酒馆，拉客的妓女，一种特定的街头生活，他看到一个女人带着一个小女孩，不超过十或十一岁，像是她的女儿，一个非常小的女孩子，天使般的小脸，像西贡街头的童妓，他一直心烦意乱，焦虑不安，他把女人和小女孩带回酒店房间，让她们有个地方待一待；他给了那女人一些钱，从她那里得到了一个承诺，带着女儿从街上走开，但就在几个晚上之后，他在同一个地方又看到了她们……他把自己灌醉，深夜两点把车停在一座桥头，走上大桥憋足力气想跳下去，因为想不出一个继续活下去的理由，但他记得有个人从桥上跳下去，却摔在了桥台上，据说骨头从大腿里穿出来，一部分骨骼已经摔离了身体……然后，他也回忆起了汉娜：他们是如何相遇的，他一见到她就知道她是他生命中的唯一，这一点他明白，但不想接受，他害怕爱她，他一生都害怕爱任何人，也害怕被爱；母亲的爱使他活了下来，而他却没能使母亲活下去；他辜负了她，他担心自己会辜负任何爱他的人，他确实不够坚强。但是他总是想起汉娜，想起她的脸。她美丽的脸庞。她对他的爱。

春天那一段时间，他有意避开了她。他知道的。但现在，他必须回到她身边。她救了他的命，她已经深深印在他心里。

汉娜听他滔滔不绝地讲着,很是吃惊。对他的话,她的大脑有一部分说,不可相信 —— 疑点很多。然而,另一部分却说,完全可以相信。从来没人对汉娜说过这么坦率的话,从来没有人在她怀里哭过。那种情感,那颤抖的泪水 —— 汉娜确信他说的都是真心话。

她感到很兴奋,充满了力量。她安慰着陷入痛苦的情人。

她当然可以再怀孕,四十岁还不算老。

她问情人,他会不会爱康纳尔和凯特雅?就像爱自己的孩子一样?

也就是说 —— 另一个男人的孩子。要当成是他自己的。

汉娜有些伤感地问。因为她给Y.K.看过了康纳尔和凯特雅的照片,他被孩子们的美丽打动了。

当然,汉娜是他们的母亲,孩子们长得漂亮是不足为奇的,Y.K.告诉她。女孩特别像汉娜。

"是的,亲爱的。当然可以。我已经开始喜欢上他们了 —— 这才只是看了看他们的照片。"

Y.K.说,成年后的大部分时间里,他都不希望要孩子。把孩子带进这个被糟蹋得不成样子的世界。但现在,他的感觉发生了变化。因为她进入了他的生活。

他失去了母亲,但汉娜来到了他身边。一扇门关上。另一扇门打开了。

Y.K.什么时候能见一见康纳尔和凯特雅? —— 这两个恋人必须制订一个计划。他来远山镇,或许可以在公园里和孩子们见一面。第一次见面应该随意、简短。他们可以一起散步,孩子们可以吃冰淇淋。

汉娜既兴奋又害怕,不觉浑身一抖。她竟然可以这么平静地谈论如何把情人介绍给孩子们！也许这一切都是不现实的，不可思议的。

奇怪的是：汉娜几乎没有想到孩子们的父亲。好像韦斯已经不存在了，不会反对另一个人代替他和孩子们在一起。

这一切都是不可能的。你一定要明白。

在万丽大酒店第六十一层明亮的房间里。在大床上，在情人的怀抱里。兴奋异常，脚趾弯曲，汉娜已经进入了一个超越概率的领域。

享受着情人臂弯里的温情。平静，舒心。

过了一会儿，Y.K. 说 —— 语气很平静：他不是一个爱吹牛的人 —— 汉娜应该知道，除了他的家族生意，他在自己的生意上也赚了不少钱，尤其是房地产。

例如，与他有关联的一家公司一直是文艺复兴广场一个很有分量的大投资者。

啊！—— 汉娜现在明白了，她想。这就是 Y.K. 和底特律商界间的联系。

"就像贾勒特家，"Y.K. 说，"你丈夫的家族。"

这他是怎么知道的？汉娜奇怪。她觉得有点受宠若惊，但也感到有点不安。

"不过我的投资没有他们的大，我觉得。"

Y.K. 似乎在等汉娜的回应，但汉娜不知道该如何回应。她从来没和 Y.K. 谈起过她丈夫的生意，她对他们知之甚少。

然而，她却不合时宜地提出了一个即使在这种亲密的环境中也不该谈及的话题："你认为 —— 我应该 —— 我应该考虑把我们的事告诉韦斯吗？关于 —— 也许……"汉娜的声音犹豫起来，离婚这个词她说不出口。

但是我这是在说些什么呢！—— 汉娜想道。她永远不会离开韦斯，他也不会同意的。这对他来说将是毁灭性的耻辱。为了报复，他会争得孩子们的抚养权，他会击垮她。

尽管如此，汉娜还是希望她的情人会说是的。

但是Y.K.并没有马上回答。即使他在亲吻汉娜的脖子，抚摸她的肩膀。

最后还是要对她说不。但现在还不能说。

汉娜说和韦斯相处越来越难了，怎么和他同床共枕。看都不愿看一眼。

所有时间里都是想着他 —— 她的情人。

但是Y.K.说现在考虑离婚还为时过早。现在告诉她丈夫还为时过早。

"会损失相当大的一笔钱的，"Y.K.说，"如果离婚，双方都有损失，尤其是妻子一方。"

他们的财产只能平分，这是最好的情况了。有可能韦斯把钱存在她不知道的账户里，比如在开曼群岛。如果离婚，她的收入将急剧下降。

汉娜听了这话，在她情人的怀里僵住了。Y.K.很快补充说，一个生气的丈夫，一个觉得自己"受了委屈的"丈夫，可能会成为一个报复心很强的对手。

"听我的，汉娜。你可不要激怒他。"

"但如果我们想在一起……"

"我们会在一起。很快。"

汉娜猜想，Y.K.说的是实话。韦斯可能有私房钱，因为（她知道）

她认识的男人中就有离婚前瞒着妻子开银行账户的，但她不愿往这方面去猜疑。即便怀疑，她也没有调查的渠道。

马琳·雷迪克说过 —— 我们不知道他们到底做了些什么。我们的丈夫。

她想起了韦斯在医院募捐会上的笑声。女人们摇摇晃晃地踩着高跟鞋亲吻他的脸颊，拥抱他以示问候。她们的乳房紧紧地贴在他身上。

她想起那天晚上韦斯在床上推开她那只可怜的摸索的手，那只是需要温暖地接触一下的小手。作为一个孤独的生物，比方一只狗，只是希望它的主人亲切地，哪怕是短暂地抚摸一下，但却被主人粗鲁地一把推开了。

她恨韦斯，他伤害了她。他侮辱了她，却懒得去理会。

她唯一的幸福就是和情人在一起。只有当他们能在一起的时候。

汉娜擦了擦眼睛。汉娜决心不哭，她回忆起搞笑老爸不许孩子们哭。搞笑老爸说，笑一笑效果会好得多。

汉娜告诉 Y.K.，只要她和韦斯还是夫妻，就不能和他在一起。她不能和他住在一起。她不能带孩子和他一起住。在她生活的世界里，这是不可能的。

Y.K. 同意她的说法，他温柔地抚摸着汉娜的脖颈，汉娜的头抵在 Y.K. 的肩头，一头秀发，伸手进去，只觉得暖暖的。

"但不是离婚，亲爱的。现在还不行。有时候婚姻在该结束的时候就会结束。"

汉娜不知道这话是什么意思。等着 Y.K. 说下去。

"人有旦夕祸福，" Y.K. 实事求是地说，"婚姻里有疾病，有意外，有死亡，有遗产。韦斯投了多少保险？——我只是好奇。"

保险？汉娜（似乎）听到了，但又搞不清究竟听到的是什么。

事实上，汉娜不知道韦斯的人寿保险有多少。也许有人告诉过她，但她已经忘记了，因为这类事情她总是记不住。五十万美元？一百万美元？没这么多吧？韦斯的财务状况很复杂，他有很多投资，汉娜根本不知道他有多少财产。

他是个年轻的丈夫，还不到四十五。他们是一对年轻的夫妇。没有理由在这个时候考虑遗嘱、遗产、继承什么的。

事实上，韦斯和汉娜在凯特雅出生后不久就立了遗嘱。只是以防万一。

他是说韦斯可能会死吗。他是这个意思吗？

那样我们就可以结婚。

汉娜开始颤抖，几乎是抽搐。Y.K.把她抱在怀里，给她温暖。

"亲爱的，别担心。现在别想它。我们的爱将在秘密中进行——它已在秘密中开花。还不需要让人知道。你的孩子可以和我秘密见面，很快就会。但是你丈夫——不行。见面的时机成熟了，我会安排的。"

很快，他们（又）开始做爱了。一开始很温柔，像两个恋人在共享一个谁都不愿驱散的梦。

渐渐地，Y.K.增强了力度。汉娜感到被征服，不知所措。她所能做的就是把男人紧紧抱在怀里——用胳膊把他搂紧。她并不像自己想象的那么强壮，男人用起力来完全可以拧断她的手腕。他压在她身上，太重了。那就像神灵压在凡人身上的重量。

汉娜的胸腔感觉要被压碎了，她呼吸困难。然而她仍然充满了喜悦和希望。希望就在前方，不远处，她能瞥见 —— 那一切都是她所渴望的。白白的墙壁，高高的天花板，房间里充满光线，弄得她不得不把眼睛眯起来。她想，这是不是病人接受检查时用来照射眼睛的那种光线，为的是判断大脑是否警觉，是否活跃，视野是否清晰，是否活跃。

爱爱爱爱你。

她的大脑沉浸在梦境中。她大脑缺氧，肺部也无法充分地吸入空气。她的生命似乎在她眼前，在她体内闪烁着，像一条明亮的破碎的缎带，一条莫比乌斯带[1]，循环不止。无助的扭动开始了。肌肉像蛇一样蠕动着，她腹中的疼痛感几乎无法忍受，就好像一条蛇想把自己从皮肤里挤出来一样。男人冲动地穿进她的身体，将她依附在自己身上，她不知道他的名字，忘记了，她甚至叫不出声。黑暗突然将她笼罩。他已经用他发狂的爪子般的大手挖出了她的大脑，汉娜的一切都湮灭了。

童　话

当和你丈夫会面的时机成熟时，会做出安排的。

这只闻其声不见其人的话语，就像一首乐声已经隐去的歌曲的歌词，在汉娜的脑海里回响着。

---

[1] 莫比乌斯带就是把一根纸条扭转180°后，两头再粘接起来做成的纸带圈，具有魔术般的性质。由德国数学家莫比乌斯和约翰·李斯丁于1858年发现。

让她想起了古老的童话故事,当她还是个孩子,还不能阅读或独立思考时,大人们就给她讲了这些故事。一种安慰,一种慰藉。很久很久以前。从此过上了幸福的生活。

似乎没有人为因素参与其中,汉娜与此事无关。无论发生什么,都会安排好的。

入室杀人

像旱季里的一把野火,消息在伯明翰布卢姆菲尔德山和远山地区迅速传开了。

汉娜惊得目瞪口呆,说不出话来。血液直往头上冲,耳朵嗡嗡响,没有完全听清朋友说了些什么,十月底的一个工作日,接近中午时一个朋友打来电话。

可怕而悲惨的消息:克里斯蒂娜和哈罗德·鲁施在他们位于巴尔莫勒尔大道的家中被谋杀,警方称这是一起入室盗窃。

汉娜紧紧抓住话筒贴在耳朵上,难以置信地听着她的朋友上气不接下气地继续说:尸体是在清晨被发现的,当时一名承包商按约好的时间去与哈罗德·鲁施会面,但没有人应门,广播和电视上刚刚传出消息,似乎没有更多细节,不知道是谁谋杀了他们,但据推测是一起抢劫案,警方发出警报,建议附近居民锁好门窗,如有任何异常的人或情况要及时报告……

汉娜感到浑身无力，头晕。米里亚姆讲述的情况她只听了一小部分，就不想再听下去了。

她迅速打断米里亚姆，感谢她，然后挂断了电话。

谋杀？ 入室？

汉娜的朋友，克里斯蒂娜·鲁施？

这是一个刮风的秋日。冷冷的蓝天，云像吹起的泡沫。房子周围高大的树木，被风吹得呼呼作响，与汉娜耳朵里怦怦跳动的血流声混在一起，汉娜一阵眩晕。

汉娜刚开车送孩子回来。她从车库一走进房间，就听到电话铃响，伊斯梅尔达提高了嗓门 —— 贾勒特夫人？ 您的电话。

一时间，手心冰凉。她紧张地做好心理准备，以为会听到 Y.K. 那从胸腔发出的深沉的声音（她没料到他这么早来电话：按他们的约定应该是由汉娜晚些时候打给他），并告诫自己不能流露出任何情绪，以免被眼尖的保姆看出来。

因为伊斯梅尔达正关切地看着她的雇主。

"夫人？ 出什么事了吗？"

汉娜摇了摇头不。不能说，现在不行。

她走出厨房。不知道她的心跳加速是对（可怕的、不可思议的）坏消息的反应，还是对电话铃声的反应，她就担心情人在这个时候给她打电话。

几分钟后，电话又响了，伊斯梅尔达又一次把汉娜叫到电话旁，这回只能接听，因为这是韦斯从他的办公室打来的，声音很是激愤，韦斯确信这是一场蓄意谋杀，被害者是通用汽车公司高管，一个"名声显赫"的人，这是要传达一个信息，可能是黑豹党、伊斯兰民族组织……不管他们怎么称呼自己，他们针对哈罗德·鲁施的入室谋杀绝非偶然。

汉娜低声说是，当然是，韦斯嘱咐她锁好所有的门窗，尤其要仔细检查通向车库的门，确保车库的门拉下来了，如果有人按门铃，不要开门，也不要让伊斯梅尔达开门，不要让任何人进来，不要离开房子。

底特律北部郊区已处于"紧急状态"，韦斯并不是唯一一个相信这一点的人。

这可能是一场种族战争的开端。

双方，他们一方和我们一方。先是保姆杀了白人孩子，现在又是黑豹党，或者其他什么人，杀了汽车公司高管……

韦斯决定今天休息一天。有消息称，可能还会有针对郊区住宅和企业的协同袭击。政府可能会很快宣布戒严令。街道上警察会设置路障，国民警卫队可能会像1967年那样介入。他一会儿回家的路上顺便去学校接孩子们。

汉娜不同意：那会吓到孩子们。他们见是爸爸来接，会被吓坏的。因为爸爸从来没接过他们，他们会知道出事了。

但是韦斯还是坚持要去。等他们到家的时候，天知道会发生什么事。1967年，内城火光冲天，街道枪声不断，楼顶上有狙击手，商店被抢劫，警车被掀翻起火，乱作一团，但至少没有超出底特律市的范围，只局限在他们的地盘内。但是现在他们正在侵入郊区，进入我们的领地。

"我怎么跟你说的，汉娜！ 我们有枪真是太好了。"

381

汉娜两腿发软，发现自己坐在了电视室的沙发上，就是不敢打开电视。脉搏在脑袋里危险地怦怦直跳。

如何接受这样的事实：克里斯蒂娜·鲁施被谋杀了。

夫妇两个都被谋杀了。

汉娜敢说，远山从来没有发生过入室抢劫。她从未听说过这样的事。抢劫根本不可能发生在家里。

过了一会儿，电话又响了。但汉娜吩咐伊斯梅尔达说她不在家，她会打回去。

我不能接，我很抱歉。不能跟任何人谈这件事。克里斯蒂娜是我的一个朋友——一个新朋友……难以相信，我再也见不到她了。

回忆起她们是如何在尼曼马库斯公司偶然相遇的，汉娜帮克里斯蒂娜拿着她的包，放在车子后座上。还有那个坐在方向盘后面的儿子，她一开始以为他是司机，他叫：伯纳德。

想起来汉娜就心里发颤。伯纳德对待自己的母亲和汉娜是那么粗鲁！冷冰冰的眼神，布满青春痘的黄皮肤，涂了清漆一样的胡须，无力而倔强的下巴。一开始，她还把他那顶盖在额头上的棒球帽当成了司机帽。

他对她的称谓极其下流，看她的眼神极其厌恶。真不知他怎么会那样，当着他母亲克里斯蒂娜的面。然而……

汉娜记得：当时克里斯蒂娜并不在场。她在 Y.K. 酒店房间外的走廊里见过这个男人。从她身后擦身走过去，她没有注意到，往后一退，正撞上他。他往旁边一缩，一脸厌恶的样子，还叫了声婊子。

是那种男性对女性发自内心的厌恶。汉娜感觉到了，可也没有办法。

当时她很快就把这件事忘了。觉得就是个意外。碰巧了。没有什么意义。碎冰锥一样的眼神，留着可笑的小胡子，戴着棒球帽的男人 —— 汉娜那时根本不认识。

"汉娜！我得跟你谈谈。"

为了缓解偏头痛带来的剧烈疼痛，汉娜吃了药，躺在黑暗的卧室里，用一块浸过冷水的布蒙住眼睛，这时韦斯冲了进来。他心神不安，很激动。说起听来的各种传言：什么针对"有名望白人"企业家的有计划的袭击啦，什么颁布戒严令啦，还有国家警卫队在郊区和底特律市之间建立缓冲区，沿着八里路驻扎了数英里，种族战争就要打响啦，等等。

汉娜取下蒙在眼睛上的布。大着胆子问，为什么黑人作为人口中的少数群体，还要打一场肯定赢不了的"种族战争"？ —— 韦斯尖刻地说："别问我，汉娜。问他们。"

韦斯看起来忧心忡忡，但充满活力，十分警觉。他的脸上泛起了青春的红晕。汉娜意识到丈夫此时正是好斗心盛，和他讲道理是没用的。

韦斯从床头柜抽屉里取出钥匙，打开红木橱柜，从架子上取出左轮手枪，拿在手里掂了掂。他脸上的红晕加深了。汉娜感受到一种敬畏。

就像她偶然瞥见了丈夫赤裸的身体，无遮无拦地暴露着。

韦斯的生活中很少有这样的经历，对目前的局面准备不足。因而也就越发感到刺激和兴奋。

男子汉，要保护他的家人。保护他的种族：白人。

汉娜害怕发生枪击事件。过去的十五年里，底特律枪支泛滥，美国汽车之城已经变成了美国谋杀之城,反常的是,许多当地人都为这个称号感到骄傲。每天都有更多枪击事件的新闻,死亡人数更多,其中一些被称为"枪支事故"。

汉娜知道,韦斯从来没抽出过时间去射击场接受培训,枪带回家后连一次也没擦过。

枪不是要擦洗的吗? 据汉娜所知,韦斯连擦枪的设备都没有。

她想象领着那个扎马尾辫的男孩走进这个房间。在她的床上,在豪华的殖民时期风格的公寓楼上,一场做爱即将开始,麦奇该是多么兴奋,而当汉娜用枪指着他的时候,又会是如何的大惊失色。

这都是想了些什么! 纯粹的幻想。汉娜不能举起枪,用枪瞄准别人,即使是为了救自己的命。她不能。

"……从现在开始,把枪放在床边的抽屉里,遇到紧急情况可以随手拿到。"

韦斯对她说,声音很严厉。他关上了柜橱的门,把枪放在床头柜里,一伸手就可以拿到。

汉娜努力理解着目前的情势。她有气无力地反对道:孩子们怎么办? 枪支是应该被锁起来的……

"孩子们从来不进这个房间,他们对这个房间没兴趣。把这该死的门关上。让伊斯梅尔达一定把它锁好。这不是正常情况,汉娜。就在昨晚,我们的朋友在几英里外的家里被残忍杀害了。"

我们的朋友。这么说,韦斯也开始认为这对老夫妇是朋友了。

汉娜几乎已经忘记了为什么韦斯如此激动,如此恐慌,为什么她一直躺在床上用冷毛巾敷着眼睛,为什么电话一直在响。

韦斯小心翼翼地把左轮手枪放在床头柜的抽屉里。手枪太大，太笨重，他得把位置调一下才能关上抽屉。

"你还反对在家里放把枪呢！你想想，如果我们的房子被'入侵'了，而我们没有武器自卫，不能及时把枪拿到手里，那么昨晚发生在鲁施家的事就可能在我们身上重演。"

* * *

当韦斯在楼下看电视新闻时，汉娜偷偷地给酒店里的情人打电话。但电话响了，没人接听。

汉娜试了几次，由于紧张，比他们约定的时间早了一点，但后来，到了约定的时间，Y.K. 还是没接电话。

这样打电话也是徒劳，她努力克制着，不再多想。

尽量不去想 —— 但是你爱我！你答应过的。

* * *

到了早上，布卢姆菲尔德山的入室杀人案已经有了更多的消息。《底特律自由新闻报》头版上耸人听闻的横幅标题，与谋杀案有关的文章占据了版面的大部分，还有汉娜不忍直视的受害者照片。

令人惊讶的是，还有第三个受害者：在鲁施家服务二十六年之久的管家，在最初的报道中，她被忽视了，仿佛只是附带伤害。

韦斯坚持要在早上上班前把报上的新闻读给汉娜听。昨天的偏头痛还没完全消退，脑袋里还在一跳一跳地痛，可汉娜还是能听见韦斯那震惊和愤怒的声音，向她描述着巴尔莫勒尔大道上的谋杀现场：楼下的女管家被发现殴打致死，鲁施夫妇在楼上的卧室里被闯入者用棍棒和刀杀死，据估计，凶手是在十点到午夜之间的某个时候，从房子的后门进入的。

厨房外的走廊里，女管家在逃离时被击中，头部遭到多处击打；鲁施夫妇正在楼上准备睡觉，被锤子击打多次，还被从厨房里拿来的牛排刀捅了几十刀。据报道，卧室就像一个"屠宰场"，但躺在地板上的夫妇二人，尽管严重毁容，却都盖着从床上扯下来的被单。

锤子被从现场拿走了，还没找到，刀留在了现场，掉在尸体旁边的地板上。

克里斯蒂娜·鲁施，六十一岁。哈罗德·鲁施，六十三岁。

管家伊丽莎白·德里，四十九岁。

这个家庭的"第三位居民"是伯纳德·鲁施，三十二岁，被谋杀夫妇的儿子，据他的律师说，那天晚上他没在布卢姆菲尔德山，从劳动节起就不在家；伯纳德·鲁施一直住在二百五十英里外密歇根州北部北福克斯湖的一处家族房产里。

和巴尔莫勒尔大道上的其他房屋一样，鲁施家的房子四周环绕着一堵六英尺高的石墙，有一个带门的入口，当一位承包商一大早来见哈罗德·鲁施时，发现大门没有上锁。

大门在晚上通常是锁着的，但白天开着，工人、搬运工和送货员可随时进出。

大约七点十五分，承包商敲了敲门，没有人来应门。他说，通常情况下，鲁施先生会等着他，或者管家会来开门，但那天早上没有人，他叫了几声，他从楼下的窗户往里看，看到，或者以为看到一个人躺在地板上，于是报了警。

作案动机似乎是抢劫，布卢姆菲尔德警方称：几个房间遭到洗劫，装有克里斯蒂娜·鲁施首饰的抽屉被拉开，东西拿走了一部分，哈罗德·鲁施的钱包被扔到地板上，没有了现金和信用卡……

韦斯在卧室里一边踱来踱去，一边用激动的声音给汉娜读报，读得滔滔不绝，汉娜也断断续续地听到了一些。夜里汉娜并没有睡好，时睡时醒，现在已经觉得筋疲力尽了。韦斯起得很早，六点二十分报纸一到，他就赶紧下楼拿上来。

"从来没有发生过这样的事情！——不是我们住的地方。底特律是'谋杀之城'——但不是我们这里。"

汉娜不情愿地从韦斯手里接过报纸，盯着头版，生怕看到什么。

"先是那个性变态——保姆——接连绑架并杀害我们的孩子；现在是入室杀人。"

一开始汉娜并没有认出这张几年前的老照片里的克里斯蒂娜：一个四十多岁的迷人女人，很像成熟的影星琼·克劳馥，绷着嘴唇，深色唇膏。蓬松的头发有点不大协调，像飘起来的五彩纸屑。眼神冷冷的，带着讥讽的神情。

哈罗德·鲁施看起来也和汉娜记忆中的不一样，显然更年轻，下巴也没那么突出。一张阴沉的、妄自尊大的脸，他的两眼之间眉头紧锁，眼睛盯着镜头。有人说哈罗德·鲁施是一位精明的高管。哈罗德·鲁施有仇家吗？像他这样地位显赫的人，在竞争激烈的行业里怎么可能没有树敌呢？

汉娜简要地看了一下有关克里斯蒂娜·鲁施的信息：积极参与当地的慈善组织、慈善事业。当然，报纸上还有更多关于哈罗德·鲁施的报道。而关于伊丽莎白·德里的报道不多，只有一两句话，她1949年从爱尔兰的科克移民美国，从1951年开始就在鲁施家服务。

克里斯蒂娜和哈罗德1937年在他们的婚礼上拍的一张照片，现在看来令人动容：俩人都那么年轻，克里斯蒂娜还是个女孩子，快乐地微笑着，没有感受过世态炎凉；她的新郎身材高挑，面带微笑，身穿海军陆战队制服。

在报纸的第十六页，汉娜找到了她一直想看到的东西 —— 一张照片，伯纳德·鲁施，三十二岁。

克里斯蒂娜和哈罗德·鲁施唯一的孩子。摄影记者，自由职业。

底特律艺术家联盟蔓越莓艺术学院及韦恩州立大学继续教育兼职讲师。

位于密歇根州布卢姆菲尔德山和北福克斯湖的住宅。

还有一点 —— 很清楚：据他的律师说，伯纳德自从劳动节之后就不住在巴尔莫勒尔大道11号了。

他已经好几周没和父母联系，北福克斯湖小屋的电话坏了。他对谋杀案一无所知，直到警察在谋杀案发生后的第二天上午晚些时候来通知他……

这张照片拍摄于1973年的一个正式场合，伯纳德·鲁施穿着得体：整洁的运动外套，时髦的窄领带，牛津衬衫。他的头发比现在更浓一些，而且修剪得很整齐。没有胡子，下巴刮得很干净。痘痘不明显，额头上也没有明显的皱纹和凹痕。但和现在一样的是：那双目光像碎冰锥一样犀利的眼睛。隐晦的微笑，狡黠的神情。

婊子，他就是这么叫她的。没错，就是这个人。

汉娜沉重地坐在没整理好的床边，突然感到恶心。她感觉自己就像一个指针旋转得晕头转向的指南针。

韦斯在洗澡，他马上要去费舍尔中心。伊斯梅尔达和孩子们在一起，在给他们穿上学的衣服——汉娜可以听到他们兴奋的声音，感到心里轻松了许多。她仍然穿着睡衣，觉得邋邋遢遢的，散发着身体的气味。浑身慵懒，头又疼，不想洗澡，不想穿好衣服下楼；今天早上心情不好，不能扮演妈妈的角色了。

因为扮演妈妈，是需要能量的。

孩子们牵着妈妈的心，扯着妈妈的肉。妈妈对这些古怪的小动物的爱就像一块柔软温暖的太妃糖，堵住了她的喉咙。不能嚼，不能咽，又吐不得。

伊斯梅尔达今天早上可以开车送孩子们去学校。如果到下午感觉好些了，汉娜就会去接他们。

克里斯蒂娜·鲁施也是一位母亲。但那是很久以前了。

从她的脸上还可以看出那种警告别人别碰我的表情——那也是很久以前的事了。

奇怪的是，一个母亲竟然会被自己的孩子排斥。那可是她亲生的。

当一个孩子不再是孩子，而是长成了别的什么。

他是如何嘲笑她，嘲笑和她在一起的汉娜，他坐在银灰色凯迪拉克的方向盘后面。那一次，他为什么要当他母亲的司机呢？儿子被迫做这样明显违背他意愿的事，又是为了什么呢？

想到克里斯蒂娜·鲁施在巴尔莫勒尔大道那幢漂亮的房子里被谋杀，既奇怪又可怕。汉娜听说，那幢富丽堂皇的房子价值650万美元；那可是在二十世纪五十年代中期。

被重物击打，被刺伤。

屠宰场。

管家只被凶器击打了几次，而鲁施夫妇则被击打多次，然后又被刺伤，这种现象警方会怎么看呢？之后，他们严重毁伤的尸体上还盖上了床单。

汉娜想起昨天晚上 Y.K. 没接她电话，心里一阵不安。他从她这里得到过一个承诺，她会在午夜准时给他打电话。

我太爱你了，汉娜。我们需要在一起。

她想，今天早上再给他打个电话。如果他不打过来的话。

只等韦斯出门上班，只等伊斯梅尔达和孩子们出门去学校——她就会按她记住的号码打电话。

他的声音，他那舒服的声音，他那带来慰藉的声音——亲爱的汉娜，你已经深深印在我心里。

她不会提起入室杀人的事。也不会问他是否认识鲁施一家。

这个话题太令人不安，太可怕。浪漫的爱情是脆弱的，恋人之间的缠绵低语，怎么能提到击打，刺伤。

不。她不会问的。

他们很少谈论自己之外，或者他们见面的酒店房间之外的事情。汉娜没理由提起离家几英里的地方发生的可怕的三人谋杀案。

如果 Y.K. 发现汉娜有什么烦心事的话,她就说,那只是因为想他。因为没有他,她的生活是虚假的。

然而,她大脑的一部分还是在试图确定:被谋杀的鲁施夫妇的儿子和她的情人亚克尔·凯恩斯(Y.K.)之间是不是有什么关联,如果这就是他的真名的话。

因为,那个扎马尾辫的男孩不是喝醉了酒,夸口说他去过巴尔莫勒尔大道上的一所房子吗?那个扎马尾辫的男孩不是受雇于 Y.K. 吗?汉娜敢肯定,在万丽大酒店 Y.K. 套房外的走廊里,她见到的就是伯纳德·鲁施。

就像把花瓶碎片拼在一起,没有什么能让碎片粘起来。然而,你可以看到它们是能合到一起的。

韦斯下楼后,汉娜留在卧室里偷偷打电话。越来越绝望的是,她听到电话响了,但无人接听。

也许对 Y.K. 来说,时间还太早。半夜汉娜打电话他就没接,可能是昨晚回来太晚了。

"请接电话呀! 我好孤独。"

汉娜挂了电话。她想等一会儿,再试一次。

韦斯把床头柜的抽屉打开了一英寸左右,汉娜又把它关上了。枪! 就在床边,这么近,还上了膛,随时可以射击。汉娜心中充满了沮丧和厌恶。

也许,孩子们永远不会进这间卧室。他们从来没有对这个房间表现出丝毫的兴趣,让他们感兴趣的只有房间里的妈妈和爸爸。

但汉娜还是讨厌枪,韦斯只是一时兴起就把大家都置于危险之中。

无知，种族主义者。只是一时兴起。

然而，汉娜不能反对韦斯，那只会造成对立，让他更痴狂。

她想起她的情人不动声色地向她做出的保证——当我和你丈夫见面的时机成熟时，会做出安排的。

上了膛的枪

又一次，汉娜拨通了万丽大酒店的电话。她越来越担心，情人是有意不回她的电话，明摆着要冷落她。

他已离开底特律。丢下我走了。

不！不可能的。

汉娜很沮丧，心烦意乱。Y.K. 不是让她在指定时间给他打电话，制订一个再次见面，并带康纳尔和凯特雅去见他的计划吗？——可现在他电话都不接，尽管汉娜每次都给他留言。

上次见面的时候，他还那么温柔地吐露了对汉娜的爱意！他把心都掏给了汉娜，还没有谁能做到这一点，汉娜被深深地感动了，满怀热望。

当然，Y.K. 是真诚的。他热泪盈眶。汉娜看在眼里，不得不相信。

"妈咪？"——凯特雅皱着眉头看着她，因为正在读《小刺猬》的汉娜似乎走了神。

真是心不在焉！因为她一直在听电话铃有没有响，尽管她知道

Y.K.（当然）不会在韦斯在家的这个时候给她打电话。

凯特雅最近很关心妈妈。她凑过来摸摸妈妈的鼻梁，抚平妈妈眉头间（明显的）皱纹。

汉娜大笑起来，这真好笑……

哦，不。没什么好笑的。

从我脸上看出来了吗？

大家都能看到吗？

她不知道韦斯是否起了疑心，如果韦斯知道的话。

汉娜猜想，韦斯根本就不屑于想到她。一个女人竟要袒护一个强奸犯，一个（白人）女人，一个（黑人）强奸犯……

感到身心俱疲的时候，她可怜自己，厌恶自己，几乎真的就相信，在远山万豪酒店楼梯间的混凝土地面上，确实有个皮肤黝黑的泊车员袭击了她。

倒不是说她见过他的脸，她没有。确切地说，他可能不是黑皮肤。

汉娜重新集中精力朗读《小刺猬》。她尽量让自己的声音轻快、活泼。这是妈妈可以为孩子们做的事情：在晚上给他们朗读，让他们入睡，她自己的母亲很少这样做，而她的父亲则一次也没读过。

他们会记住我是一个好母亲。睡前读书给他们听。

在 —— 我们搬走之前……

但汉娜无法想象那会是怎样一种情形：搬走。

她怎么可能离开韦斯去和另一个男人同居，或者嫁给另一个男人。

她又怎么可能把孩子们也带走。

汉娜谨慎地，绕着弯子做了一些咨询。打电话给她认识的一位离婚律师，说代一个朋友咨询一下财产问题，如何发现配偶是否在海外有秘密银行账户……离婚律师让汉娜告诉她的朋友，这可能很难办到（还可能冒很大的风险），因为如果配偶怀疑对方正在考虑离婚，他可能会立即采取报复措施，从他们的共同账户中取出所有的钱，并聘请自己的律师。

如果说一个足够精明、足够无情的丈夫，在海外保有秘密的银行账户，他也完全可能对妻子的怀疑存有戒心；这就像国际象棋大师一样，他会被经验远远不足的对手的幼稚的第一步棋唤醒而"大开杀戒"。

战争一旦开始，就无法阻止。这就是汉娜得到的建议。

Y.K.告诫她不要对韦斯说分居或离婚的事。他们的关系现在还需要保密。

婚姻终结。要等它该终结的时候。

汉娜意识到，她根本不知道 Y.K. 不在底特律的时候住在哪里。不知道他的家人住在哪里。他出生在哪里，家族企业是什么，或者曾经是什么。他的父母是移民 —— 从哪里来的？ 如此推心置腹，如此开诚布公，Y.K. 谈到了他自己、他的兄弟、他的母亲，以及他在某个城市差点自杀的经历 —— 汉娜无法相信他会不再爱她，而且是如此突然。

虽然（当然）汉娜知道，他告诉她的一切可能都是谎言，是灵机一动，随意而又玩世不恭地编造出来的，但同时她又不能相信那都是谎言，或者可能是谎言。不。

……深深印在我心里。

终于，妈妈读完了《小刺猬》。两个孩子都睡着了。

童话故事给人带来慰藉！这些故事的结尾都很圆满，最后一页都是说孩子们舒适地躺在床上睡着了。

汉娜关上床头灯，溜出孩子们的房间。

决定不在午夜给 Y.K. 打电话。不再打了。

韦斯想告诉汉娜有关鲁施谋杀案的最新消息——"不大乐观"——但汉娜用手捂住耳朵。

"不要听！求你了。"

尽量不去想这起谋杀案。尽量不去想可怜的克里斯蒂娜·鲁施在自己的卧室里被杀，被刺死，就发生在几英里之外。

而当时，汉娜正在迷迷糊糊地想着她的情人，与此同时，在布卢姆菲尔德山，鲁施家的邻居们也完全不知道，隔壁六英尺高的石墙后正发生着一场噩梦。

但是韦斯还是想告诉她；他刚看完十一点钟的新闻节目上楼来，心情很激动。

事实上，韦斯一直在密切关注鲁施谋杀案的调查。他给朋友和熟人打了电话，这些人可能与哈罗德·鲁施有某种联系，甚至是他的亲戚。

虽然韦斯似乎仍然相信，鲁施夫妇和他们的管家被害，就像绑架儿童一样，是一场迫在眉睫的"种族战争"的前奏，但也不得不承认，根据案件调查的最新进展，以及像野火一样在布卢姆菲尔德山和邻近郊区传播的谣言，哈罗德·鲁施可能是目标受害者，而妻子和管家可能只是"有组织犯罪"的附带受害者。

汉娜不知道这意味着什么。黑手党吗？

没有明确的说法，一切都是推测。新闻广播公司只知道已经发布给媒体的消息，评论时也十分谨慎，但韦斯说，哈罗德·鲁施似乎对几项有问题的房地产交易，以及怀恩多特的一家可疑的空壳公司都有投资。

汉娜觉得自己了解什么叫"空壳公司"，不过只是在理论上。洗钱？从事现金交易的企业？

"当然，每个人都否认这一点，每个与哈罗德有关联的人。这太令人吃惊。我的叔叔埃德蒙上大学时就认识哈罗德，他说这是一个荒谬的指控。这个可怜的人刚死，刚被如此残忍地杀害，他的名誉就受到了攻击。所有的警探都在说他们'必须追踪所有的线索'。"

汉娜认为，如果哈罗德·鲁施参与了非法的商业活动，克里斯蒂娜是不会知道的。像汉娜这样平庸的妻子，家庭地位不高，对丈夫复杂的经济关系是不知情的。

"这是一家什么样的'空壳公司'？在怀恩多特？"——汉娜试图让自己听起来很有见识，即使现在，她也忍不住想给丈夫留个好印象。

"跟汽车有关的东西。也许是洗车。汽车修理厂。"

韦斯说话时带着遗憾的神情，就像一个人错过了一次机会。

汉娜无意中听到了韦斯在电话上说的话：对鲁施一家被害深感震惊、悲痛，他和哈罗德·鲁施是朋友，哈罗德在某种意义上就是韦斯的导师，还有，他的妻子克里斯蒂娜也"非常喜欢"汉娜……

汉娜为被害者辩解说："他可能只是拥有房产，私有房产。就像你父亲和我父亲一样。你懂的——就是'投资'。"

韦斯面无表情地转向汉娜，就好像刚才说话的是他们的一个孩子。让韦斯感到新奇的，不是说了什么，而是这个人不太可能说出这样的话。

韦斯顺着她的话说道："是的。说得对。"然后又补充说："令人惊讶的是，如果算上通用汽车的股票、密歇根州北部和萨拉索塔的房产，哈罗德的遗产大约有四千万美元。"

汉娜感到一阵眩晕。奸笑的尖利眼神，恶狠狠的嘴巴，咕哝出一句臭婊子。

就是他，会继承全部遗产。他是独子。

最后，汉娜准备睡觉了，但又不愿意第一个溜进被子里，水平地躺在被子下面，而另一个人却保持着垂直，站在那儿，在房间里走来走去。韦斯是不是也不愿意躺到汉娜身边呢？

和另一个人睡在同一张床上，只穿着轻薄的睡衣，赤身裸体，何其怪诞。

像新婚时一样，他们之间出现了一种尴尬的羞怯和不安，都担心对方为了做出判断，会看得过于仔细。

汉娜希望韦斯对这种一厢情愿的谈话失去兴趣。她感到内心痛苦，失去了克里斯蒂娜·鲁施，还（可能，令人沮丧地）失去 Y.K.。

睡觉前，她在浴室里服用了25毫克的巴比妥酸盐，缓解心痛，利于睡眠。

韦斯晚上大部分时间都在楼下看电视新闻，晚饭时喝了两杯红酒，接着又喝了几杯啤酒。他的呼吸满是啤酒味。他一直在反胃、打嗝。汉娜会假装早点睡，因为想一想他的晚安吻都觉得恶心。

沉沉地坐在床边，在他那一边的床上。韦斯穿着睡衣，T恤和睡裤。

汉娜讨厌，而韦斯坚持不懈：每天晚上，韦斯都会轻轻打开床头柜的抽屉，确定短管史密斯威森马格南手枪仍在里面，和他离开时一模一样。没人碰过它，也没人敢碰。是的，而且是上膛的。这一点韦斯要确保无误。

"自杀"

一支格洛克.45口径左轮手枪，配有消音器，鹰眼交到马尾辫手里。指示马尾辫如何使用这个家伙：只打一枪。但这一枪很特别。

而且，与你预期的相反，把枪留在现场，就留在它自然落下的地方。

因为这把枪无法溯源，没有历史痕迹。即使（被刮掉的）序列号可以恢复，除了认定是"失窃"武器之外，仍然没有任何记录可查。

与自杀者没有联系，无法证明他买了枪，但也无法证明他没有买过枪。

没办法证明那浑蛋不是近距离用自己的枪打爆了自己的脑袋。

是的！ 永远不要对鹰眼说不。

不能对鹰眼说不。

不能说我的天哪！——也不能说这是什么鬼差事或者让我想想，伙计。

不能说，我恐怕我不想……

尽量不现出惊慌的样子。口干得直想咽口唾沫。他说不出话，只是用嘴做出说话的口型，好像他的舌头已经完全没有了知觉。

鹰眼召唤他到外面的一个地点见面：卡斯街和霍华德街角的停车场，夜间这个时候这儿没人来。

床边椅子上电话铃响了，这可不是打电话的好时间，他真希望自己没有接电话。他从沉睡中惊醒，脑子乱糟糟的，怎么偏这时候来电话。在这之前，他吸食了可卡因，一夜又一天没合眼。该死的！

但他还是接了电话，既希望是鹰眼打来的（马尾辫正发愁手头缺钱呢），又害怕是他打来的……因为他可是鹰眼。

马尾辫昏昏沉沉，耳朵里传来鹰眼低沉的声音，起床，穿好衣服，开着火鸟，快他妈滚到卡斯和霍华德街角停车场。出事了，需要加急处理，要快。

天哪！上次鹰眼需要加急处理的事情是开车去布卢姆菲尔德，从R__先生那里救出那个男孩。直到现在马尾辫还在做噩梦呢。

他知道不能问。鹰眼只以他自己的方式提供信息。

他能付多少钱，你也不能问。

马尾辫听了鹰眼的指令，尽量不让自己露出吃惊的表情，只是要他去一趟布卢姆菲尔德。又去一次！

R__先生，现在自己也需要加急了。

更别提救一个被铁丝绑着的孩子了。也不要再说什么试着和那个瘾君子变态达成谅解。

这次的任务是：打爆那个浑蛋的脑袋，然后伪装成自杀。

鹰眼会给马尾辫提供枪，手套，超大号带大口袋的尼龙夹克，一双超大号的胶靴,事后可以扔掉。还有一封"遗书",放在别人能看到的地方。

这次不用相机! 他可以把徕卡留在家里。

马尾辫做了个鬼脸,似乎现在只是在开一个玩笑。

"遗书"写在一张普通的白纸上,对折起来,铅笔写的大写字母,看起来就像是一个孩子用尺子比着认认真真地写的:

> **上帝原谅我,我的双手沾满了那鲜血**

马尾辫读了两三遍才明白 —— "那鲜血"应该是"他们的鲜血"。

这等于供认了谋杀,同时也是一封遗书。"他们"可能指他自己的父母,也可能指他杀害的那些孩子。

上次见到 R__先生时,他想杀死他。这个恋童癖变态对海登男孩和其他孩子做了那么多令人发指的事情,他真想把他的头盖骨敲碎,但现在,却不太想了。

是冷血。是预谋。他也说不准。

马尾辫有些心慌意乱,只好请鹰眼重复一遍指令。太多了,一时记不住。

你自己重复一遍吧,鹰眼说。执行加急任务的是你。

看到马尾辫一脸的为难,鹰眼忍不住笑了。刻薄的笑声就像玻璃被打碎。这个孩子总是惹人笑,热切、认真,他可不想止步于一个小混混，一个街头骗子，麦奇·卡舍尔的特别之处在于鹰眼知道他会按照指示行事，他可以信任他。

问题是，鹰眼今晚不大正常，马尾辫注意到了。他平时冷若冰霜，像眼镜蛇一样冷静，但今晚他的声音带着愤慨和怒气。他的左眼睑不时抽搐，下巴的胡楂也该刮了。肯定有烦心的事。

这些年来鹰眼一直从布卢姆菲尔德这个变态富二代那里捞钱。他低三下四地求鹰眼帮忙，遇到麻烦总是要他帮助摆平，就像麦肯齐神父的其他那些变态朋友一样，鹰眼来救他们，他们非常感激，不顾一切地只求别上报纸。警察收了钱，还有社工。至于法官嘛？那也不足为怪。马尾辫敢确定，他们互相严守秘密。至于他们与麦肯齐神父和传教会有什么联系，还不清楚。

马尾辫猜测，鲁施已经受够了。不想再被勒索。

鲁施的父母被谋杀，这是个信号。疯狂的鲁施失控了。

向鹰眼炫耀他的能力吗，是吗？或者 —— 他是个瘾君子，疯子？

除非他因谋杀罪被捕，否则他有资格继承遗产。即便被捕，只要没定罪，他仍可以继承遗产。这些"估计有四千万美元"的财产，鹰眼有理由认为，在正常情况下，有一部分就会属于他。但鲁施说，现在并非正常情况。

你不能激怒鹰眼。千万别让鹰眼觉得你在威胁他。

所有这些都是马尾辫的猜测。他的内脏里有一种恶心的、下坠的感觉。你不能对鹰眼说不。

到目前为止，马尾辫已经知道得太多。鹰眼告诉了他太多太多。鹰眼（戴着手套的）手里的格洛克手枪，还有消音器。鹰眼可以一枪爆了马尾辫的头,把他的尸体留在停车场的火鸟车里,没人会在乎的。

马尾辫想,没有回头路了,他使劲咽了口唾沫。这只能怪他自己,他这个原本叫麦奇·卡舍尔的,不就是想要这个,或者类似的东西吗,受雇于鹰眼这样的人,因为他会承认他的存在。

跟个人,做点事,让母亲也知道知道。如果她能知道,(也许)能吧。或许有人会告诉她。也许她会自己打听。

你不可能知道上帝对你的安排,麦肯齐神父说。他向哭哭啼啼的男孩伸出双手,手掌朝上,表示开放、坦诚。

不管你现在怎么想,孩子。再想一想。

于是,明天早上:鹰眼解释说,他已经和鲁施商定,安排好了(最后一次)会面。鲁施知道的情况是,鹰眼已经同意了他的要求。

鲁施将在本月支付他欠鹰眼的"最后一笔款项"。不是全额,只是一小部分。这笔钱将由鹰眼派去的人用一包底片和两盘磁带与鲁施交换。

在这之后,双方商定:给鹰眼的付款终止,底片和磁带也是最后一批。

双方商定:两个人之间不再有任何联系。一切归零。

鹰眼指示马尾辫:当你把马尼拉信封递给鲁施的时候,假装不经意让信封从你的手指间滑落,等鲁施弯腰捡信封的时候,他会急着去捡的,你就从口袋里掏出格洛克手枪,把枪管对准鲁施的头,对准右太阳穴,重复一遍,是右太阳穴,立即扣动扳机,然后让枪滑落到地上。

就是——让它自然掉落。不管它掉下来什么样,都不要再动它。

找回马尼拉信封(里面装着底片和磁带,但那上面并没有伯纳德·鲁施),拿起装有付款的信封,再把"遗书"放在尸体附近类似桌面一样的地方。

赶紧离开,钻进车里,开车,不要回头。

行动要快。不要想,只要行动。加急。

(不会有人看到的。那是鹰眼租来的私人领地,鲁施很熟悉,因为他去过,那些绑来的孩子可能就是关在那里的,谁知他干了些什么勾当。鲁施告诉他的律师,他约好了去看牙医,不能推迟。)

(稍后,他们本计划把鲁施带到布卢姆菲尔德警察总部继续接受讯问。但那是以后的事了。)

马尾辫在听。马尾辫很安静。

在哪里下手?——马尾辫最后问道。

在布卢姆菲尔德,但不在房子里。你不能去,那是犯罪现场。几英里外有个地方,我说过都是事先安排好的,是不引起任何联想的"中立"地区。

马尾辫还是很安静。他盯着纸条,上面的地址对他来说毫无意义,拉舍路1182号。

明白了吗?鹰眼问道。

马尾辫点头表示明白。绝对明白。

好的,重复一遍。

马尾辫重复了一遍。他的舌头不再那么麻木,他没事了。

就像当他还叫麦奇·卡舍尔的时候,跪在圣器室里,或者在传教会麦肯齐神父的房间里,跪在麦肯齐神父床边厚厚的地毯上,麦肯齐神父温柔而坚定地领着他重复祈祷——我们在天上的父,愿人都尊你名为圣。

403

孤 湖

终于，一连五天没有电话，没有联系，没有睡觉（除了汉娜讨厌的巴比妥酸盐式的口干头痛的睡眠）之后，他来电话了。

他打电话给她。

听到他的声音，汉娜觉得自己好像要晕倒。感到一阵轻松，然而这种轻松的背后却是耻辱。

当然，他有自己的解释。确切地说，这不是道歉，因为 Y.K. 不是那种会道歉的人，而是一个仓促而模糊的解释，一场家庭危机，经济的、法律的，他别无选择，只能把 Y.K. 叫回去，卷入他曾发誓永远不会再卷入的事情。

汉娜强忍住泪水，听到爱人的声音，她感到如释重负。

汉娜压住怒火，她怀疑她的情人在对她撒谎，而她太胆小，不敢与他对抗。

他们必须尽快见面，他说。这么长时间白白过去了。他说得很快，但有些心不在焉。汉娜觉得他身边还有别人，在听他打电话。在暗笑？

但是不，她的情人是真诚的。他清了清嗓子，听起来像是在抽泣。汉娜意识到，他回去处理家事已经累得筋疲力尽。

我亲爱的。我很想念你。

汉娜？你想我了吗？

他告诉她，他已经回到了底特律。他在酒店。明天上午是商务会议，但下午三点以后……

"但我以为你应该见见康纳尔和凯特雅，"汉娜说，"我们不是说好了吗？"汉娜尽量不让自己听起来像是受到了伤害，话里带着责备的语气，责怪 Y.K. 似乎已经忘记了对她来说如此重要的事情。"如果我们想共同规划我们的未来……"

Y.K. 犹豫了一下，然后附和说："是的。当然可以。"

"你不想让我告诉韦斯，你说过。"

"对，不告诉 —— 现在还不行。"

不对劲，汉娜沮丧地想。他心不在焉，在想别的什么事。

汉娜伤感地说："你真心希望 —— 你说过的 —— 我们能在一起……"

"是的！当然，亲爱的汉娜。但不是马上。据我对你丈夫的了解，他会给你制造很多麻烦。"

"你这是什么意思？"

"贾勒特 —— 这个家族。我听说过。"

汉娜的心跳加快了。Y.K. 的意思是韦斯可能会赢得对孩子们的完全监护权吗？或者 —— 韦斯会惩罚她，因为她背叛了他？

"我搞不懂。你怎么会认识韦斯这一家人呢？"

"你只要在底特律做生意，怎么可能不认识他的家人呢？"

汉娜犹豫了一下。和情人谈论她丈夫或他的家庭，使她深感不安；当提起这个话题的时候，她在情人的脸上看到过某种隐蔽的、躲躲闪闪的东西。

"我只知道他们是我的姻亲……而对他们在商界的情况了解不

405

多。你是这个意思吗?"

事实上,汉娜对贾勒特一家真不是很了解。她的公婆(住在格罗斯波因特)对她很好,但总有点距离。作为一个年轻的妻子和母亲,汉娜并没有像韦斯的母亲所希望的那样去讨好她 —— 是汉娜太专注于她自己的生活和她年幼的孩子了,所以忽略了这层关系。

她对贾勒特家族在商界的声誉只有个模糊的概念。韦斯父亲的一个兄弟在二十世纪五十年代是底特律的城市规划师,当时州际高速公路形成了一个复杂的网络,穿过城区的(黑人)社区,留下了一片杂乱的城市景观,后来经过重新设计,形成了极不协调的对称格局,一直保持了几十年,直到进入下一个世纪。贾勒特一家和他们的近亲拥有大量房产,是二十世纪六十年代末底特律暴乱后"复兴项目"的主要投资者。

汉娜对那个世界的许多事情都感到困惑:千万富翁的破产,并不是通常意义上的那种破产。

显然,贾勒特一家很富有,但远不是底特律最富有的家庭。韦斯对与父亲的关系把握得很有分寸,虽然他在经济上独立,但他觉得有义务对父亲表示尊重。Y.K. 开玩笑说,他的父亲和所有贾勒特家的人一样,是"爱打官司的人" —— 无论是作为原告还是被告,他都不断卷入诉讼。

"你是说他们'爱打官司' —— 报复心强?韦斯也有很强的报复心?"

"我们下次再谈吧。你变得情绪化了,汉娜。我不想让你烦心。"

"嗯,我想我有点心烦意乱。你没给我打电话,也没接我的电话 —— 这么长时间,我还以为你出了什么事……"

瞧，汉娜已经说出来了。可这正是她不想说的话，用这种哀怨的、责备的声音说出来，听起来很可耻，事后回想起来也很难堪。

很快Y.K.向她保证说，他很抱歉，他再也不会忽视她了。

是的，他想见康纳尔和凯特雅。很想。汉娜一安排好，他就会到。

他听起来那么热情，那么真诚！汉娜感动得流下了眼泪。

汉娜很快计算了一下：第二天下午，孩子们放学后。十一月初的天气异常温暖，他们可以在户外见面。她会去学校接康纳尔和凯特雅，带他们去见她的情人，地点是离远山几英里远的一个县级公园，那里没人会认出她。

是的，我很想你。

是的，我会永远爱你。

"今天将做出决定。"

汉娜戴上珍珠项链，去孤湖公园见她的情人。

为了把她的孩子介绍给情人，在孤湖公园，汉娜戴上了祖母送给她的珍珠项链。

"如果他注意到的话，也许会说些什么。"

因为珍珠是一个好兆头。这是汉娜的祖母给汉娜的礼物，比起其他孙子孙女，她似乎更喜欢汉娜。

为了这个场合，汉娜特意穿上一条做工考究的细羊毛面料黑色长裤，一件鸽子灰的麂皮夹克（新买的，在尼曼马库斯），胸前开口，露出粉红色的珍珠。脚上穿的是菲拉格慕黑色皮鞋，中跟儿。

她的嘴，那充满渴望的双唇，现出微妙的淡红色，像珍珠一样发亮。

戴着珍珠项链，穿着漂亮而朴素的衣服，汉娜直接把孩子们从远山带到了西布卢姆菲尔德镇边上的孤湖公园，要沿山核桃林路向西走好几英里，他们从来没有去过那里。虽然伊斯梅尔达经常带他们去远山镇的小型精品公园，但他们从来没有去过这个半农村地区的大型公园。

"这是我们的秘密。没人会知道的。"

答应带孩子们来一次"特别的郊游"——一个"惊喜"——只有康纳尔、凯特雅和妈妈，妈妈对这次郊游神秘兮兮的。孩子们觉察到妈妈的兴奋，也许开始纳闷了：为什么？

孤湖公园面积很大，杂乱无章，没什么特色。那个湖（如果有的话）从路上是看不到的。通进落叶林中的几条步行小径似乎就是主要的景点了。这里有一个简陋的小操场——只有一组秋千，一个看起来破旧不堪的滑梯，一个儿童戏水池，已经干涸，落满了树叶。一个看起来阴森森的混凝土小屋，两头挂着褪了色的牌子，一头写着男厕，另一头是女厕。一个沥青停车场，里面也就停着四五辆车，不远处是一个杂草丛生的棒球场和一个咖啡馆，大白天还亮着红色霓虹灯招牌。

天空明亮而寒冷，刺眼的蓝色。秋风吹来，树叶像甲虫的壳一样在地上飞快地移动。

"看来整个公园都是我们的了！"——汉娜说得欢快，但也有些紧张，她感到让孩子们失望了，因为没别的孩子。

这么大的公园，是为徒步旅行者设计的，主要是为成年人，而不是为远山的孩子们。

汉娜认为，像所有远山的孩子一样，她的孩子在成长过程中也是满怀希望的。他们没被"宠坏"——确切地说应该没有。但只要看一眼这个县级公园，你就会知道这里少了些什么。

看一看布卢姆菲尔德山以西，山核桃林上那些低收入者的小房子、商业街、加油站和快餐店，你就会发现这里确实少了些什么。

这家小咖啡馆与康纳尔和凯特雅经常去的餐厅完全不同。窗户上有霓虹灯广告"摩森康胜、百威"——显然是一家酒馆。但是如果也卖食物，一定也有冰淇淋，汉娜想。就拿这个奖励孩子吧：跟妈妈和妈妈的朋友在树林里散散步，绕个圈回到咖啡馆，晚饭前吃点冰淇淋，也算是意想不到的款待啦。

妈妈的意思是：和孩子讨价还价，还让他们永远不会感觉到你是在和他们讨价还价。

汉娜环顾四周寻找一个男性身影。找他。

但几乎看不到其他游客。在野餐桌上抽着雪茄的青少年，一个独自徒步的人从步道口走进树林。一个魁梧的男人刚从男厕所出来，但不知为什么，又回头走了进去。没看到一个像 Y.K. 的人。

不过，汉娜和孩子们是来得早了点；她直接从学校把孩子带到了这里。

他说过，得三点以后他才能离开底特律。但是他会直接从 I-75 号公路来公园，他已经在地图上查过位置了。

"你不想让我在远山见你吗？"——Y.K. 问道，听口气不是指责，而是揶揄，汉娜结结巴巴地回答："我——我想——也许会更好，如果……"

Y.K. 高兴地笑了。当然——他理解！

他也不想让任何人知道他们的事。

汉娜尽量不表现出（明显的）紧张。孩子们会感觉到妈妈的心情。尤其是康纳尔，他似乎对妈妈有些怀疑。不过，就算他会哭着喊着问，妈咪，我们为什么到这儿来！她也已经做好了心理准备。

凯特雅，至少从来不会怀疑妈妈。她对妈妈完全信任。

这就是为什么，妈妈最爱凯特雅。

（这是一个秘密！）

她太紧张了，待在家里眼巴巴盯着时钟，她可受不了啦。

她想 —— 今天，将做出一个决定。

当韦斯晚上回到家，汉娜就会告诉他 —— 今天，已经做出了一个决定。

房子里，伊斯梅尔达正在用吸尘器打扫着已经足够干净的房间，吸尘器噪声很大，刺痛了汉娜的神经，但如果汉娜告诉她，不用再麻烦了，你昨天才刚刚用吸尘器打扫过，伊斯梅尔达会惊讶地、惊恐地向她的雇主眨眼睛；会不厌其烦地解释半天，然后，会忽略房子里需要每天都要打扫的部分，比如厨房的地板，而韦斯会注意到，因为韦斯特别留意这些保洁的细节。

汉娜，怎么回事？地板怎么黏糊糊的？

或者，汉娜？这些衬衫是怎么熨的。

汉娜精心地挑选着衣服，努力不被满满当当的衣橱压垮。汉娜觉得，买新衣服比整理旧衣服要容易得多，带软垫的衣架上挂着那么多的衣服，挑过来拣过去，就如同在回忆尝试过而又失败了的一个个梦，让她痛苦地想起过去的努力和失败。

难道就没有人会爱上我吗？……足够深地爱上？

我已经努力尝试了。我已经把心血都耗尽了……

在时髦的麂皮夹克和皱褶分明的黑色裤子下面，是一件黑色的丝绸和羊毛毛衣。她穿着这双菲拉格慕的鞋子，可以在秋日的树林里与她的孩子和将成为他们继父的男人一起行走（至少可以走一段不太长的距离），而不至于因为把脚弄得生疼而皱起眉头。

汉娜笑了，有些害怕。因为这些都还不是事实，不是吗？

尽管如此，她还是系好了小小的搭扣，调整了一下脖子上的粉色珍珠。她完美的脸庞上擦了粉，滑润的嘴巴随时准备露出一个微笑。

汉娜曾尽力寻找从扯断的绳链上掉落到卧室地板上的那一颗颗滚来滚去的珍珠，不过还是有几颗没找到，因为重新穿好的项链比原来的短了。

汉娜提前二十分钟到了孩子们的学校。那辆闪闪发光的白色别克里维埃拉像往常一样停在学校后门，排第一个，但很快又有一辆车停在她后面。那又是一位赶早不赶晚的家长，也是一位母亲，她那张迷人的浓妆艳抹的脸，在有色的挡风玻璃后面，看起来有些模糊，不过那只有母亲才会有的焦虑神情还是穿透了出来。

失去孩子。那将是对我的惩罚。

"爱打官司的"——知道这意味着什么吗？

直击要害。丈夫的策略。

汉娜透过后视镜看了看，但看不清后面那辆车里的女人/母亲的脸。

希望她们能对视一下。交换一个微笑，互相问候一声。

小心点，汉娜。不要重犯我的错误。

出门的时候，汉娜随手拿了一份晨报，是韦斯随便扔在厨房的椅子上的。那些令人不安的新闻,韦斯不再试图瞒着汉娜,因为现在这类消息太多了,就像河水满溢出来,无法控制。

像往常一样,他急着去费舍尔中心。对汉娜总是彬彬有礼,但是连看都不看她一眼。她用友好/不带责备的口吻在他身后喊他,问他是否能回家吃晚饭,如果能,大约是几点? —— 韦斯扭过头说,不知道,我会告诉你的。

如果有电话打来,那也很可能是韦斯的助手,一个尖声细气的女孩,汉娜从未见过。

贾勒特夫人吗?贾勒特先生说他很抱歉,他今晚有个晚餐应酬……
"见鬼去吧,什么他妈'贾勒特先生'。"
汉娜的嘴(无声地)抽搐了一下。

打开《底特律自由新闻报》,便看到令人震惊的头版标题 —— 被谋杀的通用汽车高管鲁施及其夫人的儿子疑似自杀。

汉娜读着,觉得难以置信,十分惊讶:克里斯蒂娜的儿子自杀了?

没错,汉娜一周前在《底特律自由新闻报》上看到的就是这张照片。皱着眉头的伯纳德·鲁施,三十二岁,碎冰锥般的眼睛,被娇惯坏了的爱发脾气的嘴巴。

显然,伯纳德是前一天开枪自杀的。据信是"当场"死亡,头部中了一枪,枪支就在现场。一份"遗书"也被发现,但其内容尚未向媒体公布。

发现死者尸体的地点,不在鲁施夫妇家中,而是在布卢姆菲尔德的一间私人出租屋里。伯纳德·鲁施过去住在家中,上周他的父母就是在家中被害的。

伯纳德·鲁施的律师报告说他失踪了，因为他没有出现在布卢姆菲尔德警察局总部，他原定于前一天在那里接受问讯。

汉娜惊愕不已。伯纳德·鲁施在他父母死后不久自杀的原因只能有一个：他就是凶手。中年的儿子杀了父母，现在又自杀了。

汉娜想知道为什么韦斯没把这个令人震惊的消息告诉她。为什么没让她看报纸就匆匆离开了房子。太多，太多的可怕消息，离得又太近了，像漏油一样四散开来，无法控制，看来韦斯的看法是站不住脚的，他认为鲁施谋杀案，就如同保姆谋杀案一样，都是出于种族动机：是开启一场种族战争的小打小闹，赢得这场战争的最终必是"白人"……

但这种说法，汉娜从来不相信。更有可能的是，伯纳德·鲁施为了钱，出于个人恩怨，谋杀了他的父母。

"克里斯蒂娜！我非常，非常伤心。"

她的嘴唇麻木地启合着，她找不到一个可以倾诉的人。

羞愧，伴随着破碎的心！她的朋友在生命的最后几分钟里，竟意识到要她命的竟然是她的亲儿子，汉娜连想都不敢想。

没有哪个女人会想到，自己的孩子长大后会杀了自己，汉娜打了个寒战。

"妈—咪！我们为什么到这儿来呀！"

康纳尔不高兴地对妈妈说，他已经到破破烂烂的操场上转了一圈，没有发现任何感兴趣的东西。

秋千似乎是为大一点的孩子准备的，即使是最矮的那张对康纳尔来说也太高了，他坐上去，脚都够不到地面。他满怀信心地爬到生锈的滑梯顶端，然后想要是能滑下去就好了。

"妈—咪！咱们什么时候回家呀？"

"康纳尔，我们刚到。我们还要去树林里散步……"

康纳尔咕哝着什么，听不清。汉娜真怕很快就会有那么一天，会听到爱发脾气的儿子大飙脏话。

庆幸的是，凯特雅更好哄一些。这个四岁的孩子见到一个新地方就很兴奋。沼泽地中突然飞出一群黑色羽毛的小鸟，一只白尾鹿突然跑进树林，这些都让她着迷。杂草中发现了一个破皮球，凯特雅也很兴奋，就好像这个球是专门送给她的礼物似的。

康纳尔在操场上待腻了，就和凯特雅一起往公共厕所的水泥墙上扔球玩。孩子们似乎没注意到墙上丑陋的涂鸦，汉娜感到很庆幸。

妈妈的意思是：希望孩子们不要无聊，不要焦躁，不要不开心，不要吵着要早点回家。

妈妈的意思是：希望让孩子的爸爸高兴。在某种程度上。

哦，但是他在哪儿？汉娜的情人呢？

汉娜一直紧张地盯着停车场，以及那条通往停车场的路，有一两辆车在她到达后停了下来，但都不是 Y.K.。

他说他从朋友那里借了一辆车。他在底特律没有自己的车。

汉娜平静地想——此时此地我是在等候我的挚爱。我要把我的孩子介绍给他。

想着她很快就要离开她在远山熟悉的生活，住到对她来说陌生的地方去。在那里，汉娜会发现一个对她来说全新的自我，不再是她自己，而是一个彻底改变了的存在。

我还年轻。我活了还不到半辈子。

直到现在,我一直在等待。

(但是汉娜把康纳尔和凯特雅一起带过去,这有多现实?Y.K.会把她带到哪儿去?他说过要去欧洲生活、旅行。汉娜不清楚别人是如何处理离婚的。)

(当然,他会帮助她的。他似乎有个计划。)

孩子们的笑声让汉娜回过神来。主要是康纳尔在笑,笑中带着发狠的味道。自从凯特雅生病以来,康纳尔就不再像汉娜所希望的那样呵护妹妹了,他似乎一有机会就嘲笑妹妹能力不如他,身体也虚弱。皮球沿着布满裂缝、杂草丛生的人行道滚进了一堆废墟,他竟让妹妹去追回来。

康纳尔嘲弄的笑声让汉娜想起了《自由新闻报》的头条。她没想到伯纳德·鲁施的照片出现在头版头条上。儿子,继承人,"利害关系人",但还不是"嫌疑人"。

而且发现了一封遗书。汉娜想知道上面都写了些什么。

会有人知道的,消息总会传出来的。律师会知道的。像野火一样在布卢姆菲尔德蔓延开来。

不由得再次想起了克里斯蒂娜。死于自己残忍的亲儿子之手,恐怖得令人作呕。

虽然(显然是)伯纳德·鲁施杀死了他的父亲,还有那个显然与他熟识多年的爱尔兰女管家,但还是克里斯蒂娜的死最让汉娜感觉到说不出的纠结。

韦斯倾向于认为几个杀人案都是一个黑人,或是几个黑人合伙干的。但汉娜很快就判断出：就是那个（白人）儿子。

有没有可能伯纳德·鲁施就是保姆？ 也许他的父母怀疑他，所以他杀了他们……

汉娜推测过这个马尾辫男孩麦克 —— 麦奇 —— 和伯纳德·鲁施之间可能有什么联系。汉娜可以肯定，那天他来家里骚扰她之前去过伯纳德那里。

马尾辫似乎知道，海登家被绑架的男孩马上就会被警察发现。他还吹嘘他干的事会上电视新闻。

那么，通过这个马尾辫男孩，Y.K. 和伯纳德又可能有什么联系……她会问他的，汉娜想。如果她有那个胆量的话。

看了看表：Y.K. 已经晚了十二分钟。一旦一个人晚了，就会更晚。

秋风明快而寒冷。风吹过高高的树冠，落叶纷飞。四下充满潮湿的泥土和树叶的味道。密歇根湖上空布满一层层像湿纸巾一样的云。又一次，汉娜紧张地看了看表：才过了一分钟。

"妈 — 咪！ 康纳尔把球扔进泥里了。"

凯特雅伤心地哭着，康纳尔咯咯地笑着。汉娜叫孩子们不要捡了，家里有的是皮球。

凯特雅哭着说："这是我的球，我找到的。"

妈妈的意思是：给孩子们当裁判。没完没了。

妈妈的意思是：试着平等地爱你的孩子们。

最后，汉娜不想再等了，她招呼孩子们，郁郁不乐地回到停车场的车里，打算一路返回远山，心里的伤痛只有自己知道，真是悔不该来。然而就在这时，一辆闪闪发光的红色跑车像黑白电影里突然闪现的彩色光芒一样，划破了眼前这个暗色调的场景，转弯驶入停车场，这立刻引起了康纳尔的注意。

像一枚通体光滑的火箭，低低垂落到地面，显得与周围那些普普通通的车辆格格不入，就像一只来自异域的狡猾的捕食者，出现在默默吃草的羊群中。

Y.K.！——汉娜目不转睛地看着她的情人从那辆时髦的红色轿车里钻出来，长长的腿，走路没有（明显的）跛脚，高高的个子，动作敏捷，穿着休闲灯芯绒夹克、长裤，头上戴一顶卡其色帽子，看上去像个军人。汉娜瞪着眼睛，好像从来没见过这个人，一下子就毫无抵御能力地被彻底征服了。她高兴地笑了，Y.K.竟选了一辆让一个七岁的男孩羡慕不已的跑车！

Y.K.似乎忘记了汉娜，他闷闷不乐地走向小径的起点，好像一心要开始徒步运动了。他的步伐很有目的性，他穿着登山鞋。他看到了汉娜，但没有向她挥手，他们要演得像是偶然相遇那样。

汉娜拉着凯特雅的手，不慌不忙地走在与Y.K.那条路垂直相交的一条小路上。她急切地把目光投向那个男人，但他没朝她看，如果他不认识汉娜，如果这一切都是虚构的，是一种幻想，那该是多么痛苦啊；很明显，这个人是个陌生人，在这个陌生的环境中，汉娜不会轻易认出他，他也认不出汉娜。

汉娜和Y.K.彼此走近，离着十五英尺远的时候，用惊喜的微笑互相打了个招呼。

"嗨！你是——汉娜吧？"

"嗨！——Y.K.——"

"你在这儿干什么呢？"

"你在这儿干什么呢？"

他们都笑了，这次会面他俩都很开心。汉娜的两个孩子很警觉，很好奇。

康纳尔加入了汉娜和凯特雅的行列，被介绍给妈妈的高个子、面带微笑、目光敏锐的朋友。康纳尔记不住凯恩斯这个名字——"凯恩斯先生"——孩子们永远记不住大人的名字，但他对Y.K.这个叫法印象深刻，汉娜看得出来。

他蹲下来，和孩子们脸对着脸，微笑地打着招呼，生怕他们认生，他重复着他们的名字，"康—纳尔"，"凯—特雅"——好像这些名字对他来说很特别——Y.K.把孩子们吸引住了。汉娜从未见过孩子们对任何陌生人，尤其是成年人这么快就有了亲近感。通常情况下，他们在一个成年陌生人面前会害羞、警觉，但Y.K.在几秒钟内就赢得了他们的信任。

康纳尔敬畏地问这是什么车。

"法拉利特斯塔罗萨。"一辆意大利跑车，Y.K.说。大功率发动机，轻轻松松一小时就能跑一百八十英里。

一百八！——汉娜听了很震惊。

"但我从来没有开那么快，"Y.K.告诉康纳尔，"有一次跑到一百二，深夜在州际公路上。"

汉娜想：Y.K.这辆豪车是借的？找谁借的？

看来他在底特律有朋友。有钱人。当然，当然！在认识汉娜以前就认识的。

　　Y.K.笑得很灿烂，汉娜以前可从没（怎么）见过，Y.K.站直了身子，似乎比她记忆中的要高，他握住汉娜的手，热情而有礼貌；孩子们已经习惯了看到男人和女人握手，这似乎没什么稀奇，他们不知道的是，男人（偷偷地）用拇指使劲划了一下女人的掌心，弄得汉娜膝盖都软了。

　　"孩子们真漂亮，贾勒特太太！但这并不奇怪。想想啊。"

　　他大胆地靠向汉娜，用嘴唇轻拂她的脸颊。仿佛这也是最自然不过的，不会引起孩子们的怀疑。

　　这对情人相互犹豫了一下，像电影里的定格，他们好像要更深情地接吻，但Y.K.缩了回去。那双厚眼皮的眼睛，微微带着血丝，充满了对她的激情和欲望。

　　汉娜有些不知所措。尽管在昨晚睡前对这次会面做了一些让自己快慰的设想，但现在还是有些超乎想象，无法控制了。

　　"这次——太让人惊喜了，在这里见到你……Y.K.。"

　　Y.K.笑了，汉娜说这个名字很别扭，如果这也算是个名字的话。不过他也没给她提供别的名字呀。

　　"在这儿能见到康纳尔、凯特雅，还有贾勒特太太，真是意外的惊喜。"见汉娜脸都红了，他又说道，"好漂亮的项链，汉娜！是传家宝吗？"

　　"是的——传家宝。"

　　如此看来，他还是注意到了！

　　一个好兆头。

419

"你看起来特别漂亮。但是,你必须知道。"又在她耳边低语道,"我美丽的 shiksa[1]。"

shiksa？汉娜不知道这是什么意思,从来没听过。或者,她听错了。

这是在电影里吗？汉娜没有剧本,必须即兴发挥。即使她以前经历过这样的情景,她也不记得是怎么应对的。她所希望的已经成为现实,但她不知道将会如何发展。

这不,他们已经在一起了,一起在公园里散步。在光天化日之下。

步行道年久失修,到处都是落叶和风暴留下的垃圾。空气中有一股新鲜的气味。他们说起话来,兴冲冲的,满是喜悦。就像熟人一样,在一个偶然的地方不期而遇。你还好吗？你也还好吧？

汉娜心中充满了宽慰和感激,她的情人没有让她失望,他来到了她和孩子们面前。她以前从未在户外,在任何自然环境中见过他。以前都是,在万丽大酒店。

大人们聊着天,兴奋的孩子们一会儿跑在前面,一会儿又跑回他们身边,沿着一条半英里长的小路,绕着一片布满猫尾草、芦苇和倒下的树木的沼泽地带。孩子们希望引起那个开着一辆闪闪发光的红色跑车的高个子男人的注意——神秘的"凯恩斯先生",他对妈妈的关注(汉娜自嘲地想)提高了妈妈在他们眼中的地位。

韦斯对她的冷漠影响到了孩子们,这让她很担心。她认为这是难以避免的。特别是康纳尔,他对妈妈已经不如以前那么尊重了。

尽管如此,汉娜还是为她的孩子们感到骄傲！漂亮的男孩,漂亮

---

[1] shiksa, 希伯来语, 意为『非犹太姑娘』, 往往用来指漂亮的非犹太女人。

Babysitter

的女孩。她多么希望，她的情人愿意做他们的继父。

孩子是母亲最好的自己。孩子是母亲的灵魂。

这个男人真的对汉娜说过，他们会有自己的孩子吗？他似乎这样许诺过吗？——一旦他和汉娜结合在一起。

在他们做爱的阵痛中，汉娜以为是这样的。她想再要一个孩子，四十岁还不算太老。

听见自己在笑，像个喝醉了的女人。真想挽住Y.K.的手臂。离得这么近，很想做出这种更随意、更亲密的举动。

他似乎也有同样的想法，当孩子们跑在前面时，Y.K.揽住汉娜。他伸开手捧住她的头，狠狠地吻了一下，吻得很痛，还把舌头塞进她的嘴里，一时间汉娜茫然无措，无法呼吸。

他放开她，汉娜差点失去平衡。性欲像潮水一样卷来，她感到软弱而无助。

"我一直很想你。怀念那个。"

"是的，我 —— 我也……我也想你了。"

风把一缕缕头发吹进汉娜的眼睛和嘴巴。长着黑色羽毛的鸟儿从离他们只有几英尺远的沼泽地里窜出来，就像传来了一阵欢呼声。

汉娜的心怦怦乱跳。男人双唇微启，笑眯眯地瞥眼看着她，眼神中充满一种强烈的爱抚的力量。

半英里可真长啊！汉娜的脚在漂亮而又荒唐的高跟鞋里隐隐作痛，（她看到）完美无瑕的黑色皮革已被打湿，肯定会留下污渍的。

围着沼泽走了一段路以后，Y.K.邀请他们去咖啡馆。当然，孩子们嚷嚷着说好的！

汉娜也非常高兴。喝杯饮料镇定一下，真是太好了。

咖啡馆里几乎空无一人，找个卡座坐在黏糊糊的乙烯基椅子上（妈妈和凯特雅坐在一边，Y.K. 和康纳尔在另一边），大人点饮料，孩子们吃冰淇淋，用纸杯装的双勺冰淇淋，一般来说，一天中的这个时候，晚餐前的几个小时，孩子们是禁止吃冰淇淋的。现在，他们兴奋地得知，妈妈的这位高大英俊的朋友，虽然在公园里似乎是偶然相遇，但在他夹克的深深的口袋里给他们准备了"礼物"：一只毛茸茸的玩具小白兔，长着一双闪亮的黑眼睛，是给凯特雅的 ——"她的名字叫雪球"；还有一个六英寸的沃特 F-8 十字军战斗机模型，Y.K. 说他在越南驾驶过，是送给康纳尔的。

两个孩子都对他们的礼物很满意。凯特雅的眼睛闪着泪光。康纳尔对结构复杂的飞机感到惊奇，他家里有玩具，包括飞机，但都是塑料的，不像这个由金属制成的模型，驾驶舱打开后会看到一个飞行员，戴着小小的目镜。康纳尔问这位从未见过面的妈妈的了不起的朋友：这架飞机能飞多快？你是怎么当上飞行员的？你投过炸弹吗？有多少颗？

汉娜听得入迷。她绝不会想到她的爱人曾以每小时一千英里的速度驾驶飞机 —— 真不知道，飞机还能达到这样的速度。也想象不到，他在两年的服役过程中竟然执行过一百一十二次任务。

她为自己的爱人参加了那场不受欢迎的战争感到痛苦。然而，与此同时，也为他感到无比自豪，他完全赢得了孩子们的信任。

Y.K. 向康纳尔展示了几个微型鱼雷形状的炸弹是如何从飞机底部发射出去的。康纳尔问 Y.K. 他投下的是什么炸弹，Y.K. 犹豫了一下才

422

Babysitter

说——"是会爆炸的炸弹。"

汉娜想,那是凝固汽油弹。他不想说出来。

汉娜感到一阵颤抖。那双厚眼皮的眼睛在她身上一扫,一种性占有的表情,给她的感觉就像两腿间被爱抚一样明显。

"但是战争是一件可怕的事情,"汉娜紧张地说,"即使是'赢家'——也有太多的损失。"

"没错!"——Y.K.对汉娜微笑着,有些困惑,"你知道什么叫损失吗,贾勒特太太?我指的是亲身经历。"

"我——我不知道——就是——真正的'损失'吧。但我知道战争是地狱。"

Y.K.笑了。汉娜·贾勒特宣称战争是地狱,这话他觉得特别有趣,让他很有感触。

Y.K.把女服务员叫到他们的座位前,这是一个四十来岁的女人,肩膀耷拉着,一直公然盯着他和汉娜,好像在评估他们,试图确定他们是不是夫妻,孩子是不是他们俩的。这个女人对Y.K.印象不错,但对汉娜很反感,只对着汉娜的无名指瞥了一眼,就不理她了。

没问汉娜,Y.K.就又点了两杯酒。太甜,太浓,咖啡馆的饮料菜单很有限。汉娜摇了摇头表示难喝,但Y.K.没理会。

当然(汉娜想)伊斯梅尔达离着五六英尺远就能注意到她主人身上的酒味。这是不可避免的。

酒糟透了,但汉娜觉得很高兴。酒能暖心!微微闪动的双唇一直在微笑。

感谢Y.K.这么认真地对康纳尔讲话。韦斯很少,或者说根本就不

423

会这样对儿子说话，除非在骂孩子的时候（而骂也很少见）。

很严肃地，Y.K. 说："没有什么比飞行更棒的了，康纳尔。没有什么能与之相比。第一次接受训练的时候，我立刻就感受到了这一点，那时我才十九岁。你也会感觉到的。你知道地上的人都在抬头看着你，但他们只是蚂蚁般大小。如果你低空越过，人们就会拼命地跑，趴到地上，好像那样就能活命似的。" Y.K. 笑了，露出湿漉漉的牙齿，"你掌握着他们的生杀大权。他们根本没有能力反抗。"

康纳尔笑了。孩子的笑声里，在咧开的小嘴那洁白湿润的牙齿上，带着一种野性。

在男人和男孩之间，有着一种相互理解的野性的眼神。汉娜看了，感到很兴奋，这两个人变得亲密起来，倒把她这个母亲甩在了一边。

康纳尔会喜欢他的。康纳尔不会想念他的父亲。

凯特雅也是。两个孩子都敬畏地凝视着这个高大英俊的男人，他则心领神会地冲他们微笑着。这个男人和爸爸很不一样，为什么，这是一个谜。他的眉毛又黑又重。眉骨突出，五官有棱有角。他说话似乎并不总是粗声大气的 —— 像是话里有话。他歪戴在头上的卡其帽子在餐厅里还没有摘下来，一副看上去缺乏人情味的军人形象。他脖子后面的头发剪得很短，但两鬓的头发却挺长。汉娜很激动，也有些不安，因为 Y.K. 对孩子们太坦诚相见了。

她觉察到一些不同之处：Y.K. 不像别的大人那样和孩子们开玩笑；他不像韦斯那样把他们当孩子看待。汉娜也跟韦斯一样，不知道对待孩子还有什么别的方法。

康纳尔问 Y.K. 他是否有一架飞机，Y.K. 说没有。

康纳尔问 Y.K. 他是否还会开飞机，Y.K. 说当然会开。

"不常开，但有时间的时候会的。我还带着乘客呢。"

康纳尔脸上流露出强烈的满足，同时也流露出警惕，甚至是恐惧的表情。

Y.K. 身体前倾，胳膊肘支在福米佳塑料压面桌子上。他觉得自己谈兴正浓，信心十足。孩子们的敬畏，就像女人对他着迷的眼神一样，对他来说都是一剂补药。他用自己的指尖碰了碰她的指尖。孩子们没有注意到：汉娜感到好像有一股电流穿过了她的身体。

然后，他又把手伸到桌子底下，手掌插到汉娜（穿裤子的）两腿之间，伸进去又立即掣回来，汉娜一惊，脸上泛起一阵红晕。

在他的脸上，赤裸裸的兽性欲望。我想干你，你知道吗。

汉娜茫然地望向别处。她的大脑一片空白，她试图把注意力集中在凯特雅问的问题上：他们能喝气泡水吗？

是的！"气泡水"—— 两瓶 —— Y.K. 向女服务员示意。

当孩子们全神贯注于他们的礼物时，汉娜压低声音向 Y.K. 讲述了最近在布卢姆菲尔德山发生的"可怕的事情"，离她家只有几英里。

"真的吗！"Y.K. 同情地点点头，但表情暧昧。

"就在今天早晨的报纸上 —— 你一定也看到了 —— 报道说伯纳德·鲁施昨天自杀了。他是布卢姆菲尔德山一对夫妇的儿子，这对夫妇十二天前在家中被谋杀。"

Y.K. 皱起眉头，是的，他听说过这件事。但他尽可能地避开底特律当地的新闻。

"你不知道这个名字 —— 鲁施？"

"也许在报纸、电视上看到过。他是通用汽车的高管,我知道。"

"那是老鲁施,是的。哈罗德·鲁施是韦斯的朋友,实际上……"

"真的吗!"Y.K.的态度平淡,无动于衷。

"我想你从来没有听说过伯纳德·鲁施吧 —— 我想?"

"我干吗要知道他?"他笑着问,好像汉娜的问题很天真。

在交流过程中,Y.K.瞥了一眼身旁的小男孩,见他正专注地摆弄着那架玩具飞机。

"了解这个家庭的人都很震惊,"汉娜说,"先是父母被杀,现在是伯纳德自杀。这一切似乎都令人难以置信。儿子伯纳德 —— 他曾经和父母住在一起。我只见过他一次,根本不认识他。"汉娜说得很快,很紧张。为什么她要跟情人讲这些他可能不感兴趣的事情呢?"你说你从来没见过他?"

"嗯,这些年来我在底特律遇到过很多人,"Y.K.说,那神情就像一个人在很有礼貌地回答一个愚蠢的问题,"但我遇到的大多数人对我来说都没有持久的意义,我也不会努力去记住他们的名字。"

"我能理解,"汉娜紧跟着说,"当然。只是 —— 对我们来说 —— 对我们中的一些人来说,读到今天早上报纸上的这条消息感到很震惊。据说还有一封遗书。"

"是吗!"—— Y.K.似乎没什么兴趣。

汉娜继续追问:"你确定不认识他 —— 没见过他? —— 伯纳德·鲁施?……我想我曾经在你住的酒店里见过他,在我去那儿找你的时候。"

Y.K.盯着汉娜看了一会儿,然后对她笑了笑。"你在开玩笑吧,亲爱的？你觉得你在酒店见过这个人吗？一次？去过万丽大酒店的人有成千上万哪！"

"但就在你房间外的走廊里呀！"汉娜犹豫了一下，不知道是否应该继续追问下去。尽管他有礼貌地微笑着，但看汉娜的眼神却有了敌意。

"我告诉过你，亲爱的汉娜——我不关注本地新闻。对任何一个我出差去的城市都是如此。没有什么比本地新闻更无聊的了，尤其是那些'丑闻'。不管怎样，这个叫'鲁施'的人——或是叫'鲁斯克'——显然承认谋杀了他的父母，对吗？所以每个人都应该感到松了一口气。"

汉娜茫然地看着他，Y.K.接着又说："所以你们——他们——还要担心，担心睡觉时被人谋杀吗？"Y.K.笑了，被自己逗乐了。

汉娜结结巴巴地问："他——认罪了？他认了吗？"

"这是你刚才说的。不是有遗书嘛。"

"遗书就是认罪？等于坦白吗？"

"还能是什么呢？"

"但还没有向公众公布遗书的内容。"汉娜慢慢地说，"至少我看到的消息是这么说的……"

Y.K.不耐烦地说："遗书能写些什么呢？如果发生了犯罪，那这个人写这张字条就是为了认罪，并承认他为此而自杀。不然他为什么要自杀，刚好就在这个时候？你等着瞧吧，警察也会把他和保姆联系起来的。"

汉娜感到不知所措。Y.K.说的竟然如此冷漠，这说的可是异乎寻常的大事啊。

汉娜试着回忆她在《自由新闻报》上读到的内容。遗书上面有供词吗？伯纳德真的承认谋杀了他的父母和管家吗？她不记得新闻里说过。还有——那个连环儿童杀手呢？如果伯纳德·鲁施竟然就是保姆，这种可能性尽管令人作呕，但也是存在的，甚至都不会让人感到多么意外。

厌倦了这个话题，Y.K.把注意力转向孩子们，孩子们也乐于得到他的关注。汉娜松了一口气，她已经觉察到情人对她提出的幼稚问题的厌烦。

Y.K.似乎是想逗逗孩子们，便问他们知不知道爸爸现在在哪里。

凯特雅似乎很困惑，但康纳尔欢快地说："在一座天一样高的大楼里。"

两个大人亲切地笑了："那叫摩天大厦。"

汉娜说，你说得对，也不对。爸爸的办公室在底特律市区费舍尔中心的一栋相对较高的大楼里，但它并没有天那么高。

那么，爸爸的父母，你们的祖父母住在哪里呀？Y.K.问孩子们。

同样，凯特雅还是不知道如何回答，但康纳尔知道："在格罗斯波因特。"

他们住在"大房子"里吗？Y.K.问，但那神情明明知道答案是肯定的。

康纳尔自豪地说，爷爷奶奶的房子"真的很大"，而且就在湖边，他们还有一个码头和一条船。

Y.K.问什么样的船？康纳尔说是一艘"白色的大船"，有"楼下"，还有小房间——"船舱"。

"一艘游艇？"——Y.K.给逗乐了，对着汉娜微微一笑。"你一定喜欢吧，汉娜。在底特律河上巡游。"

汉娜苦笑着，摇着头表示不，不怎么喜欢。她没有告诉 Y.K.，人家的邀请没多少是和她有关的。

Y.K. 把话题转向汉娜：除了凯特雅和康纳尔，老贾勒特还有几个孙子孙女？——都有多大了？大一点的孙辈们在哪里上大学？韦斯有几个"兄弟姐妹"，他们中有参与家族生意的吗？韦斯呢，他参与了吗？韦斯和他父亲走得近吗？

汉娜含糊其词、躲躲闪闪地做了回答。其中一些问题，Y.K. 以前问过她，当时他们躺在酒店的床上。汉娜说，她对公公的生意了解不多，但她知道他在底特律和密歇根州其他地方都拥有"房产"。

在她两腿之间，在她身体最脆弱、柔软的分叉处，一阵抚摸，像被人击打了一下似的突然袭来，脉搏狂乱，像小鸟的心跳一样，微弱地颤动着。他们之间的交流，Y.K. 隐晦的敌意，让汉娜不安，但也让她感到兴奋。

想和他单独在一起，就这个男人。远离这个地方，这间粗俗的咖啡馆，离开她和凯特雅坐的这黏糊糊、有裂缝的乙烯基座椅，还有他们面前黏糊糊的塑料贴面的桌子，离开装在廉价酒杯里的廉价酒，目光粗鲁的女服务员，离开像苍蝇嗡嗡叫一样吵吵嚷嚷让人发狂的孩子们。

她发狂似的算计着，即使在这里，在孤湖公园，他们是否也能找到一种独处的方式，做爱……在厕所里？他可以把她带进男厕所，然后（想个办法）把门堵住。

要快，要简便。不用脱衣服。

但是不行：男厕所太脏。想什么呢！汉娜感到一阵恶心。

Y.K. 都向她提了些什么问题？——她努力把心收回来，不，她不知道，或者她已经忘记了，她本想和韦斯核实，但忘记了，他的人寿保险是多少。还有他们的联名账户，投资。

汉娜说，她很少和韦斯讨论这些事情。

"真的吗！你一无所知，好像还感到挺骄傲似的。"

一无所知。汉娜一笑，心被刺伤了。

这是她在 Y.K. 眼里的定位，做人家的妻子，却对人家一无所知？

"女人认为无知是一种女性气质，" Y.K. 轻蔑地说，"这也许是对的。但不是最值得称道的。"

然后，见汉娜不高兴了，就又说："我母亲就是发现得太晚了，凡是关系到法律问题，对你不知道的东西你都是要付出代价的。"

还说："你可以查一下这些账户，汉娜 —— 假设它们是共同账户。而且在家里就可以查。"

他想知道韦斯有多少钱。这才是他关注的。

如果韦斯死了，我能得到多少。

汉娜喝干了第二杯酒。真难喝，却又无法抗拒。她脑袋里的血管在剧烈跳动，她感到一阵眩晕。

不过，看到咖啡馆里为数不多的几个顾客好奇地看着她和 Y.K.，以及座位上的两个孩子，汉娜还是很高兴。因为他们有吸引力？因为他们看起来很亲密？高个子男人头上戴的酷似一顶军帽，金发女人身穿时髦的仿麂皮夹克，脖子上挂着亮闪闪的粉红色珍珠，精心修剪的头发。可能是一对儿，但他们和孩子们是一家人吗？

不可能的。这个男人不太可能是那个金发女人的丈夫，不太可能是这些白皮肤孩子的父亲。不太可能是任何人的丈夫、父亲，（甚至是）继父。

Y.K. 脸上掠过一丝轻蔑的表情。他对汉娜的蔑视，是的，对她的孩子们的蔑视，没错。她都看到了。

她盯着腕上小巧的椭圆形表盘，但却没看时间。晚了吗？是的。汉娜是微醉，还是完全清醒？

在汉娜自己意识到之前，Y.K. 似乎就觉察到了汉娜的沮丧，他再次夸起了汉娜的珍珠项链。贾勒特太太纤细的脖子上戴着粉红色的珍珠，让 Y.K. 很感兴趣。

他很有风度，很绅士。他爱汉娜，热情周到。好像他知道他惹得汉娜不高兴了，他可能做得过分了。他顽皮地握着她的手，就像要告别一样——但不是，他只是要去柜台付费。

在那一瞬间，一股软绵绵的感觉流遍汉娜全身。想到 Y.K. 会离开这里，把她丢下。

孩子们并没有注意到他们的母亲，只管兴奋地、叽叽喳喳地谈论他们的礼物。汉娜想，该如何向韦斯解释这些礼物呢。

汉娜并没想朝 Y.K. 的方向看，但还是看到他在收银台和一个耷拉着肩膀、没精打采的女服务员开玩笑。他们又不认识，竟这么快就熟悉起来了，怪事！她感到很沮丧，却奇怪地兴奋起来。他真让她看不透，确实：就连他的名字也不知道呀。

她看到，Y.K. 和女服务员在不紧不慢地交换着淫荡的微笑，一种坦率的性同谋和相互认同的表情。Y.K. 回头看了汉娜一眼，露出轻松的微笑，带着王者般的镇定和自信，告诉她但我想要的是你，亲爱的。

只有你。我保证。"

汉娜迅速把目光移开,装没看见。

她浑身发抖,脸像被谁扇了一巴掌似的发烫。她没有回头看 Y.K. 和那个哈哈大笑的女服务员。

她匆匆离开了咖啡馆,带着孩子。汉娜想,Y.K. 会担心她是否因此就要和他分手了。

好像已近黄昏,十一月的天空变得像粗布一样不再舒缓明澈。一阵风吹来,树叶在脚下乱飞。汉娜瞪大眼睛,那些是甲虫。

她本可以离开。本可以带着孩子就这样走了。开车离去,头都不回,不过她没这么做:她在等着 Y.K. 从咖啡馆出来,这件事,她会记住的。

汉娜没说话,心不在焉地和 Y.K. 并排走着,孩子们紧跟在后面,朝停车场的方向走去。廉价的葡萄酒有些上头,她穿着紧紧箍在脚上的菲拉格慕高跟鞋,小心地移动着脚步。她想 Y.K. 是否背着她嘲笑过自己的高跟鞋。还有他是否原谅了她,原谅了她愚蠢的虚荣心。走到半路康纳尔突然想去洗手间!——这孩子就这样,放着刚刚的厕所不去,现在却嚷嚷着非要去,也怪刚才妈妈没问,当然孩子也就没想到,这意味着汉娜马上就得带他到附近的厕所去,厕所破破烂烂,水泥墙上满是丑陋的日光荧光涂鸦,一股恶臭传来,让她恶心,让她害怕。

直到现在,她一直是一个尽职尽责的妈妈。这一点的确给她的情人留下了深刻的印象。但现在,她却气急败坏地喊道:"哦,康纳尔!你刚才在咖啡馆里干什么去了……"

"我刚才不想去,"康纳尔不服气地说,"可我现在需要去。"

Babysitter

Y.K. 说愿意带康纳尔去男厕所，离得不远。汉娜可以带凯特雅先上车，在出口处等他们。

当然：这合情合理。他带男孩去。

但汉娜紧张地一笑，她要带康纳尔……在公共场合她经常这样做，带他去女厕所。

"但是你要带男孩去女洗手间，汉娜，而不是男洗手间。你说他已经七岁了。他应该去男厕所，而不是女厕所呀。"

Y.K. 竟然当着孩子们的面，这么严厉地教训她！汉娜感到一阵激动和沮丧。她抓住康纳尔的手，紧紧地抓住他。

"不，真的，"汉娜表示反对，她笑笑，尴尬地笑笑，好像 Y.K. 送给她一份厚礼，她无法接受，"当然是我带他去。"

康纳尔把手从妈妈的手里抽出来，还朝妈妈的手拍了一下。

"我想跟他一起去。"

汉娜惊讶不已，对儿子的背叛毫无准备，汉娜说不出话来，只好看着 Y.K. 拉住康纳尔的手，就好像这是最自然、最熟悉不过的了：把她儿子白白的小手握在他那又粗又壮的大手里。康纳尔立刻变得很乖，他没有像对待汉娜那样把手抽回去，更没有粗鲁地打他的手。

汉娜还没反应过来，Y.K. 就领着康纳尔穿过一片草地，来到不远处的水泥砌块厕所。汉娜盯着他们的背影，感到一阵不安和恐惧。

自打汉娜进了公园，就注意到总有男人进入男厕所。虽然公园游客很少，但进男厕所的人似乎却不少。一个身材魁梧的男人，头戴羊毛帽，低低地压在额头上，脖颈上露出一圈橘红色的卷毛。一个瘦削的、满脸粉刺的十几岁男孩，穿着一件军服……

433

汉娜虚弱地在 Y.K. 和康纳尔后面喊道 —— "等一等……"

Y.K. 和康纳尔对汉娜毫不在意。那个戴着卡其帽的高个子、宽肩膀男人,那个手拿轰炸机模型的小男孩。他们的手紧紧握在一起,这显示出一种什么关系? 他们在说话吗? —— 他们到底在说些什么?

汉娜茫然地盯着他们,开始惊慌起来。

恐慌像火苗一样舔舐着她。突然,她吓坏了。

追在 Y.K. 和康纳尔后面,喊着他们,哀求道:"不! 等等! 康纳尔,回来……"

她一时间绝望了,鞋子夹脚,她跑得磕磕绊绊,而这时 Y.K. 和她的儿子已消失在男厕所的入口处。

"回来! 回来! 停下!"

一个中年男子从厕所里走出来,一头卷曲的白发在他的脸周围围成一圈,脸像服用了药物一样又红又肿,他整了整裤子,惊讶地盯着汉娜。

汉娜从鬈发男人身边挤过去,但在厕所门口犹豫了,她已经闻到里面的恶臭。"康纳尔! 出来! 到妈妈这儿来!" —— 她在号叫,简直都不像人声了。

Y.K. 出来了,带着康纳尔,俩人都难以置信地盯着汉娜,她的行为太奇怪了。但恐惧已经把汉娜压垮,她本能地一把拉住儿子的小手,硬是把个还想挣脱的男孩揽在怀里,强行把他从厕所门口拖出来。

"我 —— 我不想让他被人带进这个地方……我要带他回家。康纳尔,跟妈妈走……"

汉娜紧紧地搂住了康纳尔,像铁钳一样。孩子想挣脱,但拗不过

434　　　　　　　　　　　　　　　　　　　　　　Babysitter

妈妈，Y.K. 在一旁看着，既惊讶又轻蔑。

汉娜又抓起凯特雅的手，拉着两个孩子跟跟跄跄地跑向五十英尺外的停车场，她的车就停在那里。两个孩子都在哭，似乎被他们发了疯似的母亲吓坏了。

情人被汉娜这般的羞辱，她可不能再回头看他。Y.K. 站在步行道上，一言不发，一动不动，气得想喊都喊不出声了。

汉娜安排孩子们坐在别克车的后座上。"哭什么哭！别哭了！" —— 她对着孩子们尖叫。这个妈妈完全失去了镇静，完全控制不住自己了。她把钥匙插进点火孔，顾不得回头看 Y.K. 一眼，发疯似的逃离孤湖，只想快快回家。

当汉娜驶离公园出口时，孩子们仍在后座上继续哭闹。她更火了，脑袋里的血管怦怦乱跳。一时犹豫是不是应该左拐 —— 是的，往左拐 —— 上山核桃林路。康纳尔正坐在汉娜正后方，用脚踢着椅背，嘴里喊着他恨恨恨妈妈。

脸色苍白的凯特雅也惊恐地尖叫着，她从来没有见过一个成年人像妈妈这样情绪失控。

"住嘴！别吵了！你们是我的孩子，不是他的。必须照我说的做。"

由于害怕她，孩子们变得安静了。汉娜不忍从后视镜里看到他们的哭丧脸。待她的惊恐发作消退时，汉娜已经到了熟悉的地界 —— 山核桃林路与拉舍路交口，可进入布卢姆菲尔德山，距离摇篮岩大街的家也就二十分钟路程 —— 她恢复了镇静，或者差不多恢复了。

你这个傻瓜！你现在失去他了。

你这是做了些什么！—— 他再也不会爱你。

435

一块石头

然而，第二天早晨电话铃响了。

时间卡得正合适：韦斯肯定不在家，孩子们也肯定去上学了。

不想让伊斯梅尔达在楼下接电话，然后再传口信给她，汉娜慌忙跑下去拿起了听筒。

"喂？你好？"——她的声音轻得像羽毛，还有些迟疑。

好一会儿，他没吱声。她听见了他均匀的呼吸声，知道就是他。

她又一次看到这个男人脸上那不信任的神情，还有像火焰一样跳动的怒气。

还有，当她在臭烘烘的男厕所门口把康纳尔一把拉过来的时候，他那一脸的不屑。

在漫漫长夜里回想这一幕幕。吃了一片安眠药还是睡不着，又害怕紧接着吃第二粒不好，而这时韦斯睡在床的另一边，根本没有注意到她在煎熬。

努力让自己冷静下来。试着厘清思绪 —— 会造成什么伤害？可能什么都不会发生，他永远不会伤害康纳尔的。

"汉娜？"——声音低沉，但不像她想象的那样生气，而是试探性的、询问的语气。

汉娜回答，声音模糊、虚弱："哦……"

她的情人没生她的气，她松了口气。听起来他并没有生她的气。她自己也试图理解当时为什么那么恐慌，但还是想不明白。

康纳尔不可能受到伤害。Y.K. 只是带他进了厕所，汉娜就在门口等着，什么也逃不过她的眼睛……

汉娜是担心 Y.K. 就是保姆吗？这就是她恐慌的原因吗？

Y.K. 的语气和蔼而有分寸。他当然没有生她的气，尽管他承认他对她前一天的行为感到"震惊"——"困惑"。她（明显地）不信任他，而且当着孩子们的面，她不是非常想让他见到孩子们吗，他想不明白。

"我们需要谈谈，汉娜。就今天。"

不是保姆。这个人不是保姆。你这是怎么啦！

汉娜颤抖得很厉害。她真的有过这样的想法吗，哪怕只是一瞬间，认为 Y.K. 就是保姆？那怎么可能！

"我们的未来将取决于能否化解这次可怕的误会——这次对我的侮辱。我们彼此的爱……"

汉娜想：或许伯纳德·鲁施才是保姆。而她的情人根本不是。

事情太复杂，汉娜厘也厘不清。她的生活就像一道狭窄的河床，现在突然洪水泛滥，溢出了河岸。

回忆起她的生活曾经是那么平静，那么有序，那么可预见。她把桌子上的日历与生活本身混为一谈：似乎每个日子只是一个空白的矩形，一个等待被填满的空格。

生活就是一个个的日程安排：日复一日，平静地进行着。

日子一直在她的掌控之中。生活在市郊自以为豪的温暖蜂巢里，填充着一个个的空格。

437

至于家庭生活：那是蜂巢之中的蜂巢，其中的妻子和母亲安全无虞、锦衣玉食。

汉娜想，她现在已经失去了那种感觉。那种平静，那种把控。

现在情人进入了她的生活日历，打破了她单调的蜂巢式生活秩序。还极有可能摧毁她的家庭，她必须离开他。

尽管汉娜心里非常害怕，她还是保持着她的教养，客客气气地回答道：

"今天？——我真想去见你，但我不能……今天下午我有两项安排。"

安抚的语调中透着深深的内疚。真是怪事：以前汉娜一想到要和情人幽会，就会兴奋得浑身无力，而现在她却害怕再见到那个男人。

他会生她的气，她想。一旦只有他们两个在一起的时候。

他会惩罚她。他会伤害她，重重地伤害。她还记得，那次在镜子里照见自己满是瘀伤的脖子和肩膀……

但 Y.K. 说想她。他度过了一个"糟糕的夜晚"。公园里发生的事让他"莫名其妙"。他说，他只能认为，汉娜在他们见面之前就有什么心烦的事，而那事与他无关。

"我想是你在报纸上看到了什么吧。肯定是这样。你认识的人，你的邻居，那些人都和我无关。"他停了一下，"还有那第二杯酒——我就不该为你点的，那一杯对你产生了明显的影响。"

Y.K. 非常通情达理，宽容大度。为汉娜的粗鲁行为，他倒自责起来。

他停顿了一下，给汉娜留够回答的时间。汉娜不情愿地低声说了声是的。

汉娜想——绝不能再见到他了。也别让孩子们靠近他。

当然，汉娜并不相信 Y.K. 会伤害她的孩子。她（决然）不相信 Y.K. 是保姆。

然而，Y.K. 是保姆的可能性还是有的。Y.K. 就是保姆的可能性就像在桌子上轻轻翻动一张牌，很难预料。你看看 Y.K. 抓住康纳尔的手，拽着他沿走道朝那间臭厕所走去的样子：Y.K. 歪着头，孩子很信任地仰着头，两个人（一个成年男性，一个男孩）就像同谋一样亲密，相互说着什么，而孩子的母亲却听不清楚。

母亲被排除在外，甚至无法猜测 Y.K. 和康纳尔会对彼此说什么。那一刻，她不由得就害怕起来，她对孩子的拥有已无法保证：孩子轻而易举地就可以从她身边被夺走，而孩子们又是多么（有可能）愿意离开她。

直到现在她才想到，保姆绑架的孩子们可能就是受了他的引诱才跟他一起去的。也许根本用不着胁迫。

"汉娜，亲爱的？——你还在吗？"

"是的——当然在。我——我——我还在。"

"在哪儿，确切地说在哪儿？"

"在厨房。但我不是一个人，伊斯梅尔达——也在家……"

事实上，汉娜还在楼上的卧室里。都十一点一刻了，她还没穿衣服，没沐浴。这一夜大部分时间都是醒着的，弄得无精打采，焦虑重重。等 Y.K. 的这个电话，已经好几个小时了——或许，永远也等不来。

在公园里，她无可挽回地让他难堪了。显然，他永远不会原谅她。她知道，他不是那种轻易原谅别人的人。

不知道如果他没给她打这个电话，她是否会崩溃。也许会深深地

439

感到一种解脱。

Y.K.的声音听起来有些迟疑，甚至有些伤感，就像一个人在一条路上踽踽而行，本以为是轻车熟路，结果却让他大吃一惊："你的声音听起来不像你自己，汉娜。一定是出了什么事。"

汉娜马上反驳道："没事。没有。"

"你昨天的表现，毫无缘由地就吓成那样……"

汉娜意识到，Y.K.在等她道歉。但她无法说出那句话。

我很抱歉。

我没什么要道歉的。

我当时控制不了自己，今后也还会那么做。

我必须保护我的孩子不受你伤害。

Y.K.说他想见她，他很想她。他开始絮絮叨叨，重复地说着同样的话，听起来有点精神错乱似的。他很生汉娜的气，但又决意不显露出来。

再次告诉她，他昨晚"彻夜难眠"。希望她为此道歉。

汉娜说是的，她也度过了一个"难眠的夜晚"。

他坚持说他爱她。他不想失去她。

她为什么那样做，硬生生把康纳尔从他身边拽走 —— 他想知道为什么。

汉娜答不上来。仿佛看到了情人眼中的愤怒。那厚重的眼皮，那捕食者的眼睛，欲火中烧，冒出青光。

"你知道我爱你，汉娜。你已经深深印在我心里，你救了我的命……"

这些话！让人昏昏然。汉娜擦去眼泪，她只能相信。

他让她感动了……不。

他坚持说，他们必须尽快见面。如果不是今天，就是明天。如果她不能去底特律的酒店，他就到远山来。或者在中间的某个地方，一个私密的地方。他可以安排。

不！——汉娜慌了。不能。

今天不行，明天也不行。不可能的。

她口干舌燥，她的声音几乎听不到。觉得他的手似乎紧紧掐住了她的喉咙。

"汉娜？你这是在说些什么？"——Y.K.困惑，犹豫。

"我——我——我想我不能……这个星期。"

"为什么不呢？"然后又说，"孩子们不喜欢他们的礼物吗？我看他们是喜欢的。"

"他们喜欢，"汉娜承认，"是的。谢谢你。"

"多么漂亮的孩子。"Y.K.停顿了一下，然后又补充道——汉娜知道他就会这么说，"但这并不奇怪，因为他们的母亲是个漂亮的女人。"

美丽的女人。汉娜想象着Y.K.说这话的时候那歪着嘴嘲讽的样子。

但还是说了声谢谢，尽管说得有气无力。阿谀奉承也不失成为一种胁迫手段，迫使你不得不说声谢谢。

Y.K.重复说，他就在酒店。马上要吃商务午餐，但三点以后就可以见她。

"我刚说了，我不能！"——汉娜恳求道，"整个下午我都有安排。"

Y.K.开始陷入困境，一位国际象棋大师被一位业余棋手击败了。

441

下一步怎么走，他也拿不准，他必须非常小心。仍然是和颜悦色的，不责备，也不批评。他平静地说："嗯。打电话给我，汉娜，当你感觉恢复常态的时候。"

汉娜低声说好的。

"因为我爱你，你知道的。我想和你做爱。"

汉娜低声说好的。她感到头晕，心神不定。

然后，她突然激动起来："如果你爱我，那就应该让我把我们的事告诉韦斯。就应该希望我们的关系是公开的、真诚的。"

突然，汉娜竟说出了本不想说的老套话。她的声音像个孩子，受伤的孩子。他伤害了她，责任在他。

"我想我已经解释过了，亲爱的。我们不能 —— 现在还不能。"

"是的，你说过。但你并没有解释。"

"汉娜，我解释了。"

就像放在汉娜手掌上的一块石头，一种实实在在的东西，一种可以抓住的东西，一种可以用来责备他的东西。

"不行。我不能再这样下去了。这是不诚实的，让人筋疲力尽。再见！"

汉娜挂了电话。

令人难以置信的是，汉娜竟然挂了他的电话。

她差点因自己的胆大妄为昏过去。但她很高兴。她断绝了联系，不再和他说话了。

汉娜想 —— 他那么高傲，是不会再给我打电话的。这一下一切都结束了。

情人。跟踪者。

但是,他还是来电话了。铃声响了一次又一次,每次都是一种谴责。

你也不想这么做,汉娜。

这么做不对,汉娜。

你知道我爱你,汉娜。

你知道你爱我,汉娜。

我们需要谈一谈,汉娜。

我们需要把你从非常严重的错误里挽救出来,汉娜。

* * *

吩咐伊斯梅尔达不要接电话,就让它响。而且要把语音留言关掉。

没想到伊斯梅尔达什么也没说就答应了——"好的,贾勒特夫人。"

仆人(小心谨慎)的行为方式:雇员不向雇主询问为什么要这么做。

汉娜也不想对她做什么解释。

她都知道的!明摆着,她怎么会不知道呢。

我一走她立马就清扫房间。她能在我身上闻出他的气味。

但是,夜深时分伊斯梅尔达是不是偷听了她和情人的电话,就在

443

前不久？——这是汉娜不愿意多想的一种可能。

她一直都很小心。要等韦斯睡了，家里人都睡了。这一点她有把握。

我这是疯了吗！汉娜被自己不顾后果的鲁莽行为弄得神魂颠倒，无法理解怎么会做出这样的事来。

在实在没有办法的情况下，就在一天中他可能来电话的时间离开家。她还可以安排更换电话号码，但如何向韦斯解释呢？她没法解释。

说什么呢。她想不出来。

恍恍惚惚中，她一直在责怪着自己。连自己都讨厌自己。白天无法集中精力，晚上无法入睡，想着给万丽大酒店的 Y.K. 留个信息，怎么措辞，找个什么理由，因为她不敢去当面跟 Y.K. 讲，害怕再听到他的声音。

请原谅我！我很抱歉……

我犯了一个错误。我求你别再来烦我。

汉娜觉得，任何言语都无法安抚一个被冒犯的情人。她不能告诉他，是的，她还爱着他，但是不行，她不能再见他了。

她自己也弄不明白，为什么就不能再见他了。

她好像也知道，从此以后 Y.K. 就不再是一个温柔的情人了。她又一次看到他那张委屈的脸，沉重的眼睑后面充满了对反叛者的愤怒：她竟当着他的面硬生生把康纳尔从他手里夺走。

在孤湖公园，他走路也不一瘸一拐了。他腿里有弹片 —— 那到底是不是真的呀？

她曾经还想象着，自己如何在他膝盖手术后，照顾他恢复身体。他会多么需要她，而她又会多么心甘情愿地照顾他。

她在他面前感到多么无助啊。指南针的指针转个不停。不知所措，没了主心骨。他的手握着她的手，他的触摸。他嘴对嘴地吮吸着她肺里的氧气。

我不爱你，我怕你。

放过我吧！求你了。

忧心忡忡、精神恍惚地开车进城，她看到，或者说，她以为看到，有一辆车跟在她后面，离着大约半个街区的距离。

（当然）不是闪闪发光的红色法拉利，而是一辆不那么引人注目的美式汽车，深灰色的车身，有色玻璃车窗，模糊了司机的面孔。

如果汉娜加速，这辆车也跟着加速；如果汉娜减速，那车就会慢下来。如果汉娜在路口不打信号灯就猛地转弯，那车就会继续冲过十字路口，但过一个或两个街区后还会跟上来。

开车送孩子上学，接孩子放学。汉娜决心让人们记住她是一位好母亲。

"妈咪？"——康纳尔生气了，因为汉娜好像没怎么关注他。

不知道康纳尔问了她什么，也不知道凯特雅在叨咕什么。

因为汉娜从后视镜里看到，一直有一辆轿车幻影般地跟在后面；然而，她在侧后视镜里却看不到它。

她的心倒是很平静，她想，只要她和孩子们在一起，只要她不是一个人，那人就不敢追上来把她别住，强迫她下车。那人就会保持着一定的距离。

汉娜拐进学校区域的时候，轿车并没跟上来。但当汉娜返回路上时，那辆轿车就又出现在不远处，等着跟她回家，不紧不慢，咬死跟定，就像一条光滑的食肉鱼一样。

我知道你爱我，汉娜。

我们需要谈谈。

我要帮你避免犯下大错，亲爱的。

以目前的情况，如果汉娜说我要报警，有个男人在跟踪我，他已经给家里打过很多次电话，他还跟踪我的车，人家会问你知道这个男人的身份吗，贾勒特太太？

没话可说。她不能。

如果她恳求说我害怕他，我要让他住手，别再来烦我，我害怕他会伤害我的孩子或者我本人，人家会说那他威胁过你吗，贾勒特太太？他到底是怎么威胁你的？

几句话就会把她噎住，会让她窒息的。

孩子们不喜欢他们的礼物吗？我以为他们是喜欢的。

这些感伤的话，汉娜听到了，一次又一次地听到了。她的心几乎软了下来。

凯特雅很喜欢她那只长着软软白毛的小兔子雪球，它每天晚上都和她一起睡觉，紧紧挨着它，听妈妈给她读一本最喜欢的书哄她入睡；康纳尔玩着他的微型沃特 F-8 战斗机模型，嘴里发出战斗机俯冲和炸弹爆炸的声音，汉娜隔着几个房间都能听到。

让她稍稍感到有点安慰的是：凯特雅还有很多毛绒玩具，康纳尔也有很多昂贵的玩具 —— 有汽车、飞机，还有宇宙飞船。

她担心的是，孩子们会让爸爸看他们的新礼物，或者，爸爸会注意到这些礼物，不过这不大可能……实际上，这些都不会发生，韦斯只是出于礼貌才假装对孩子们的玩具感兴趣，即使是他本该帮助汉娜挑选的那些作为生日礼物或圣诞节礼物的玩具。

只有一次，凯特雅问了一句"那个给我雪球的好人"会不会来看我们，汉娜说不，可能不会，他住在另一个城市。

一定要小心，不要以任何名字提到 Y.K. 这个人，因为孩子们毫无疑问已经把他的名字忘了。

对康纳尔可能提出的问题，汉娜做好了心理准备，但奇怪的是，康纳尔什么也没有问。

对康纳尔来说，想起 Y.K. 就会想起妈妈在孤湖公园男厕门口的可耻行为。她又拉又拽地强行把孩子拖走，着实把孩子吓到了，伤到了。

妈咪！我恨你。

很明显，在他所有昂贵的玩具中，康纳尔特别喜欢那架微型战斗机，（也许）他并不认为它只是一个玩具。

也许是护身符？是一个承诺？

"米哈伊尔"

妈的，就是！绝不能对鹰眼说不。

他给你打电话了，就赶紧去。不管要执行什么紧急任务，你都不

447

能说不。

用枪崩一个人的脑袋,他真希望当时说的是不。

就像穿越到了一个新地方,不过你永远也回不到原来的地方了。

但是:他也有点为自己感到骄傲,他被吓得屁滚尿流,但他没把事情搞砸。

杀人是什么感觉?

是不是 —— 怪怪的?

就像你看牙医时下巴给麻醉了,就是那种感觉 —— 也没什么。

你知道内心有痛苦,但你感觉不到。

好吧,很性感很酷。像朋克摇滚巨星席德·维瑟斯一样的酷。

他在圈子里的名字改成了米哈伊尔。他说话带着口音,就像嘴里含着鹅卵石一样。在吸食可卡因后的迷乱中,他把大部分头发都剪掉了,别人再也认不出他。

完成那次紧急任务之后的十二个日日夜夜,他都是靠吸食大量的可卡因过活。在西沃伦一间封闭的房间里,他警觉地瞪着充满血丝的眼睛,坐在一把椅子上"睡觉"。他再也不能像一只脱了壳的乌龟那样仰面朝天、舒舒服服地躺着了。怎么也闭不上眼睛。

等着警察敲他的门。或者,开枪把门射穿。

他花钱请朋友把他的头发染成白金色,像妓女一样。他头上长出又高又尖的硬毛,就像一个个小犄角。

不管他以前是什么样子,(褐色的)马尾辫散落在他的肩头,那种样子已不复存在。

他喜欢朋克摇滚。性手枪乐队的朋克摇滚。他在想,认识马尾辫的人都认不出米哈伊尔了。但愿。

尽管朋克音乐就像海洛因一样,他一直害怕的东西。

但这是一种很酷的死法:海洛因。闭上眼睛,打个盹,再也醒不过来:吸毒过量。

海洛因不能帮你睡觉。海洛因就像四周都是白晃晃的墙壁里的一把嗡嗡叫的小圆锯,而你在墙壁间弹来跳去。

海洛因能让你的大脑和心脏崩溃,但你会像鹰一样高飞,而不是像断背蛇一样爬行。

天哪!——鹰眼一见这情景,就从牙缝里挤出了一声口哨。

(这个浑蛋可从不会感到惊讶。)

还把他的诨名改成"米哈伊尔"——搞他妈什么鬼,麦奇·卡舍尔不是早就死了。

麦奇·卡舍尔?他不是那个死去的孩子吗?

保姆的第一个受害者?

……他的眼皮开始合拢,睡不着,但也不能保持清醒,不能完全清醒。在鹰眼第二次派他去布卢姆菲尔德,加急完成一项涉及鹰眼的老朋友R＿先生的任务后的十二个日日夜夜。那把沉重的格洛克左轮手枪又回到了他的手中,手指扣在了扳机上。

不要这样干。你现在还可以罢手。

就像时间停止了,就像你用手指按住了时钟上的秒针。那种停滞状态。

但马尾辫与这个决定无关。事实上,没有任何决定,但是扳机上的手指抽搐了一下,格洛克手枪就发射了。就在一秒钟的时间里,鲁施弯腰捡起掉在地上的信封,哼了一声,喘着气,有一股威士忌的味道,还有一股滑石粉盖在没洗过的腋窝上的臭味,显然是信任马尾辫的,一看到是马尾辫站在门口,而不是一个陌生人,他松了一口气,他处于一种脆弱的情感状态,已沦为孤儿 ——(鲁施夫妇的死亡已开始被称为"暴徒袭击")—— 他信任这个以前叫麦奇·卡舍尔的马尾辫,他从来没奸污过他,那是因为教会里总是有更漂亮的男孩,皮肤更光滑,屁股更光滑,他们不会像皮肤粗糙的麦奇·卡舍尔那样带来麻烦。

因此,当鲁施弯腰拿起那个厚重的马尼拉信封时,他相信里面装着最后一批底片和磁带,这些底片将他与一些未成年男孩联系在一起,其中包括一两个已经不在人世的男孩。枪响了,一颗子弹击中了他的头部,击碎他右太阳穴的骨头;尽管装了消音器,但声音还是很大,马尾辫感觉被谁踢了一下,推了一下,像个受惊的女孩儿一样哎呀一声直往后退(幸亏没有人看见),记得松开握枪的手,让那把沉重的家伙自己掉下去,真该死,正落在马尾辫的右脚上,虽然有厚厚的橡胶靴保护,但仍然被砸得生疼。

落到地上的速度比那个(死)人还要快。

死啦,是因为他不可能不死。但并不是像你想象的那样,子弹紧贴着大脑射入,伴随着辛辣的火药气味,人瞬间就会毙命。

450

Babysitter

＊　＊　＊

　　这次鹰眼打电话给他，是为了紧急执行一项简单的任务，需要准确无误。

　　去远山给"贾勒特太太"送"花篮"。

　　米哈伊尔听着，搞不懂都说了些什么。上次鹰眼派他去郊区一枪爆了一个男人的头，在那之前，他还运走过被这同一个变态男人蒙上眼睛、塞住嘴的一个孩子，现在又派他去送花？

　　米哈伊尔惊呆了，没有立刻回答，鹰眼厉声说，还记得她吗？——那个你开车送回家的金发女人，她当时醉得连自己开车回家的力气都没有。

　　她。米哈伊尔感到一阵恐慌。

　　心跳加速，就像一把钥匙插进了打火孔，马达启动了，但还没有行驶。

　　他吸了太多可卡因，把时间都忘了。不同的时期都混淆在了一起。已去世很久的母亲，奇怪地出现在痛苦的梦境中，接着J＿太太双手抱住了他，两个人怎么一块痛哭起来，上帝才知道。

　　抱着那可怜的孩子，用铁丝捆着，蒙着眼睛，塞着嘴，裹着张什么毯子 —— 天哪！

　　但扣动扳机的那根手指，居然是他的手指。

　　在整个宇宙中 —— 他的！

　　如果隔着他钉了一块防水油布的那扇孤零零的窗户，听听西沃伦街上的车辆声，就能分辨出白天／夜晚／白天。早上和傍晚，车辆的噪声就瀑布一样，到了夜里噪声低下来，像耳朵里怦怦的血流声。这样他就能知道是什么时间了：就像你一动不动地仰卧在河床上，溪水流过来，有时湍急，有时缓慢，流过石头，越过你的身体，流向另一个地方。

一个你看不见的地方，你对那里一无所知，就像你不知道小溪从哪里开始一样。

感觉有一只手——轻轻地，但带着坚定和力量的承诺——放在他的肩膀上，又滑到他的脖颈上。孩子？睁开你的眼睛。

眼睛突然睁开。麦肯齐神父吗？喂？

你在听吗？——鹰眼听起来很不耐烦。

是的！——当然。

马尾辫把听筒紧紧按在耳朵上听鹰眼继续说。就像一些信息可能会从听筒和耳朵之间溢出去，生怕自己听漏了。

鹰眼的指示：早上九点半开上火鸟，到万丽大酒店停车场入口，鹰眼将等在路边，将一张字条放在一只密封的信封里交给他，不要打开，继续驱车沿伍德沃得向北到六里路的三叶草花店，领取鹰眼购买的"花篮"，装入火鸟后备厢，注意不要翻倒（因为花瓶里有水），把信封放进玻璃纸包装袋里，然后开车上洛奇高速公路，在远山镇出口下高速，再到摇篮岩大街96号，按门铃，等待开门。

如果管家来开门，告诉她这是一件特殊的快递，必须要"贾勒特太太"签收。

如果管家说贾勒特太太不在家，那就坚持说没有签名你不能把花留下。

米哈伊尔听着,满腹狐疑。就这些?

还以为鹰眼会告诉他怎么紧急处理这个女人呢。但不,显然不是:就是送花。

米哈伊尔弄不清,鹰眼是否知道派他去鲁施家那天,他还去了这个女人家。他怀疑那个女人是不是把那天他们之间发生的事都告诉鹰眼了,但如果她都说了,天哪!——马尾辫小命就没了……

嗯,也许不会杀他。鹰眼喜欢他,他敢肯定。

就像个儿子? 或某个年轻的亲戚。米哈伊尔是这么认为的。

(也许鹰眼是俄罗斯人? 米哈伊尔觉得他们有一些共同之处。)

鹰眼提醒米哈伊尔要穿得像个送货员。别穿制服,不能引起别人注意。一定用棒球帽盖住那朋克风格的金发,那隔着半个街区都扎眼。

米哈伊尔喃喃地说是,尽管鹰眼说起他奇异的新发型语气十分轻蔑。

他认为我是同性恋吗? 朋克是反同性恋的。

鹰眼要求米哈伊尔重复他的指令,他重复了一遍,说得八九不离十,因为(即使在状态不佳的情况下)米哈伊尔仍是可以信任的人。他可不像从圣文森特教堂出来的那些浑蛋小子,他可不是白给的。他知道,要是一提到摇篮岩大街的地址就迟疑,那会让鹰眼起疑心的。

鹰眼让他看在上帝的分上把地址写下来:摇篮岩大街96号。

鹰眼告诫他:只送花,不说话,然后离开,走掉。

当鹰眼挂断电话的时候,我感觉自己像个被放飞的气球。米哈伊尔飞起来,撞到了天花板上。

十二天不刮胡子,也几乎不洗澡,浑身发臭,发痒,特别是裆部和腋窝（可能是虱子？）（他以前有虱子，天哪！），可现在还他妈感觉挺好，一把安眠酮，倒了一个整夜，然后早早起床，洗个澡，刮掉遮住半张脸的胡楂子，他喜欢他的新模样，又性感又酷的"米哈伊尔"，留着一绺绺金色的头发，又硬又尖，后脖颈和两边剃平，露出乌黑的发根，就像复兴广场上那些时髦的妓女那样，看起来很是优雅，足以混迹于像她那样真正优雅的阔太之中。

想着那个女人，又梦想着飞了起来撞到了天花板上：她。

密　使

你已经深深印在我心里。

然而汉娜注意到，她的情人不再打电话了。具体说是（十一月中旬）哪天早晨停的，她也搞不清。

显然，Y.K. 的高傲压倒了对她的愤怒。他不得不接受这样的现实：汉娜是不会接他的电话的；而他也不会在韦斯可能在家的时候打电话。

汉娜为此很感激 Y.K.。他从来不想让韦斯知道自己和汉娜的事，她的婚姻没有被她自己的鲁莽毁掉，这要感谢 Y.K.。

"这么说，他确实是爱我的。他不想伤害我。"

还有："他知道我软弱，怕事。下不了离婚的决心。我是一个母亲。"

（尽管也在想，我这个脆弱的躯壳会变成什么样，当我这个妈妈离

Babysitter

开了:也就是当孩子们不再需要我的时候。)

汉娜最近发现,当她开车进城或去孩子们的学校的时候,那辆深灰色的轿车已不再跟踪:那辆像食肉鱼一样光溜溜、静悄悄的轿车。深色挡风玻璃模糊了司机的脸。每次在十字路口停车,警觉地盯向侧后视镜,似乎没有车跟在后面,终于,有一天,后视镜里也看不到那辆车了。

"这么说,结束了? 一切都过去了。"

她松了一口气! 她不是失望,而是如释重负,如释重负。

她的生命毫发无损地恢复了。

* * *

(她毫发无损地恢复了生命,但马琳·雷迪克就没那么幸运了。)

(汉娜一直不想问。汉娜当然想问了!)

(她们有一些共同的朋友,她也很随意地询问过她们,据说马琳近几个月行为古怪,然后就 —— 忽然一下子 —— 消失了……)

(她先是从她和她丈夫的共同账户中取出了六十万美元现金,然后消失了。)

"凯特雅! 你这只漂亮的小兔子是新的吗?"

这个当父亲的对孩子的生活几乎完全缺乏好奇心,但差不多每周都有一次,他也觉得有必要装装样子,当一回真正关心孩子的父亲。于是那天晚上,看到凯特雅抱着她毛茸茸的小白兔,韦斯便这么问了一句。

汉娜听着。孩子回答说是,她大气都不敢出一口。

"那小兔子叫什么名字呀?"

"雪球。"

"是谁给你的呢,凯特雅?"

几乎听不见的低语 —— 不知道。

汉娜在旁边听着,让自己松了口气。

当然,凯特雅早把 Y.K. 的名字忘了,如果她曾经还知道的话。她因为忘记大人的名字而感到不好意思,就像在她这个年纪把床尿湿了一样,她毕竟只有四岁零一个月大。

康纳尔有这么多的玩具,都差不多,韦斯根本就没注意到那架沃特 F-8 十字军战斗机模型。

那天早上,门铃响了。

听着伊斯梅尔达去开门。可能是送货的吧。贾勒特家重新恢复了平静,早晨的焦虑明显减少,因为电话也像以前一样可以接听。骚扰电话的威胁似乎已经过去了。

如释重负!汉娜再也不需要为一些尴尬的事情向伊斯梅尔达解释,也不需要请求韦斯把他们的电话号码换掉。

今天,正常的生活有所恢复:在布卢姆菲尔德山乡村俱乐部的读写之友筹款活动,汉娜将和两个女性朋友一起参加,她已经有一段时间没有见过她们,(她担心)自从齐基尔·琼斯事件后,她们就不理她了……

你认为她真的被 —— 强奸了吗？一个黑人干的？

如果是真的，她胆子可是够大了。

太 —— 什么了！

楼下前门传来一个粗哑的男性声音，还有伊斯梅尔达几乎听不见的回答，然后又是那个男性的声音 —— 没错，好像是说贾勒特太太。

伊斯梅尔达冲着楼上叫汉娜，这是一份快递，需要她签名。

汉娜走下楼梯，看到门厅地板上一个柳条篮子里放着许多鲜花；用玻璃纸包裹着二十几朵美丽的玫瑰 —— 深红色的、粉色的、奶油色的、黄色的。送给她的吗？

汉娜已经很久没有这样的惊喜了。

她想 —— 但这是我的生日吗？是什么日子？

又想 —— 因为他爱我。他要放过我了。

奇怪的是，送货员走进了门厅，而不是待在门廊上。他没有让汉娜在收据上签字，而是递给她一个信封，上面是用活版印上去的几个字 —— **贾勒特太太**。

不是个送货的男人，更像是个高高瘦瘦、毛手毛脚的高傲男孩。他身穿黑色皮夹克、牛仔裤，系着银扣腰带，他摘下棒球帽，似乎是为了展示一头漂白的朋克式发型，头两侧剃得光秃秃的。

汉娜的心被撞击了一下，她认出了这个人：那个扎着马尾辫的男孩，他的名字叫麦奇。

Y.K. 的密使。跑到她家里来了。

男孩很兴奋，有点冒冒失失的，脸涨得通红。有色飞行员眼镜后面，两只眼睛像煤一样黑。他呼吸急促，双手直抖。他的皮肤散发着

457

热气,他刚刚吸食了毒品,很可能是可卡因:厚颜无耻地对汉娜笑笑,嘴角紧张地抽搐着,紧张的笑容随着他失去镇定而消失了。

"给你的,夫人 —— 贾勒特夫一人……"

他又笑了,尴尬的笑。他把信封递给汉娜,汉娜一惊,手指打战,信封掉到了门厅的地板上,送货员迅速转身,慌忙离去。

"伊斯梅尔达!关门。"

门关了。即使伊斯梅尔达对汉娜的慌乱和那个金发送货员的奇怪行为感到惊讶,她也会小心翼翼地不露出任何迹象。像任何一个雇员一样,她学会了不看、不推断,不露出看出了什么或推断出了什么的样子,不做任何可能影响她工作的事情。

汉娜脑袋里热血直往上冲,耳朵嗡嗡作响。好一会儿,她简直无法思考 —— 马尾辫男孩麦奇又回来了。又来到了这所房子里。

她几乎把他忘了。这几个星期以来,马尾辫的事她已经不再考虑。除了偶尔路过电视间,看到那张皮沙发。还有点惊魂未定,但同时也觉得很有趣。因为那张沙发,这整个房间,看起来 —— 都很正常。漂亮的家具,漂亮的淡绿色地毯。没有(显眼的)污渍。几个星期、几个月前,汉娜和一个比自己年轻许多的陌生人在沙发上发生的事情,看上去根本不可能真的发生过……

至于那个保姆。和保姆有没有什么关联。

在这房子里! 他。

汉娜浑身一颤。不可能的。

透过门厅的窗户,看到车道上有一辆车 —— 不是运货的货车 —— 疾驰而去,颠簸着,非常快。尽管事发突然,但她头脑还足

Babysitter

够清醒，确定这不是在后视镜里看到，或她想象中看到的那辆深灰色轿车……

"夫人？我把花拿进去吧。"

伊斯梅尔达费了好大劲才提起装满玫瑰的柳条篮子，把它拖到厨房。汉娜当然会帮助她，但她顾不上这些花，因为她看见手里的信封上写着：回信地址，万丽大酒店，复兴广场，密歇根州底特律。

汉娜不慌不忙，甚至是镇定自若地打开信封，就像一个人打开一份很可能被判死刑的医疗报告一样，她抽出一张雅致的万丽大酒店信纸，展开来，上面用生硬的大写字母写着一条难解的信息：

> **亲爱的——
> 你真的不想犯这个错误，对吧。
> Y. K.**

送货员

一个被宠坏了的阔太婊子，你他妈关心她干什么！

干了她。把他们都干了。

紧急处理。快进快出，送货小子。

不要回头看。

底　片

很奇怪的东西，韦斯这么叫它。

那天在他的办公室里，他收到了一封挂号信，里面只有一件东西：一张8乘11的照片底片。

"没有回信地址。没有解释。不管拍的是什么，都太黑了，看不清。"

汉娜不安地笑了。韦斯从马尼拉信封里取出了个什么东西，她没兴趣看。

一种恐惧的感觉，像黑色的胆汁，从嗓子眼里直往上冲。

"这完全是个谜！我把它拿给办公室里的人看，在运动俱乐部，在吃午饭的时候，没人能看出来这是个什么。而这并不是误投，就是寄给'W.贾勒特'的。我只能签收。"

汉娜别无选择，只能拿过韦斯拿给她看的那张黑乎乎的照片底片仔细查看。

一开始他以为是X光片，韦斯说，有一片模模糊糊的轮廓，看那形状可能是肺……底片几乎完全是黑色的，就像四处飞溅的墨鱼汁。或者是一幅黑色的画作被故意涂抹成漆黑的一团。

汉娜拿起底片对着灯光，仔细查看。

起初，什么也看不出来。然后，尽管眼睛仍无法看清，但她的脑海里却渐渐浮现出一个画面：一团黑乎乎的东西下面，现出了一个模糊的水平空间，像是一个平台，或者一张床；如果是一张床的话，那上面的东西就应该是被褥，皱皱巴巴，像大地上的裂缝；床上还有一个形似人体的东西，躺在那儿，可能是人体模型，可能是女性，赤裸着，四肢摊开；（好在）脸隐藏在黑暗中，不过有那么一丝几乎看不出来的微光，还是能显示出一张咧开的大嘴……

就是你，汉娜。赤身裸体躺在酒店的床上。

汉娜惊呆了。只是勉勉强强地，算是保持了镇静。

床上的人影，古怪地伸展着的四肢，那张脸——在汉娜看来是清楚无误的；然而，对另一个人，比如韦斯，来说，他根本无法预感到这模模糊糊的影像到底是什么，那似乎只是一团黑色的旋涡，中间夹杂着一些颜色较浅的幽灵似的形状，就是一张拍坏了的照片。

汉娜怀着一种不祥的心情猜测，这意味着，这只是同时从大约十英尺远的地方拍摄的一系列照片中的一张。昏暗的房间，凌乱不堪的床，一个光着身子的女人，人事不省……

光线只要稍微强那么一点点，这些形象就会很清楚。裸露无余的女性身体。还有那张脸。

"汉娜，你拿倒了，"韦斯觉得好笑，因为韦斯经常被他那缺乏想象力的妻子逗乐；从她手里接过底片，灵巧地把它正过来，"你看，如果这样拿，它更像是一张X光片，但午餐时有几个人认为这可能是一张海洋照片，在海底拍摄的，据说海洋深处都是漆黑一团，除了一些能发光的生物……"

汉娜努力朝韦斯指的地方看了看。什么也看不出来，她眼里噙满了泪水。

461

这是一种最浅薄的救赎，韦斯（显然）看不到在汉娜看来是如此明显的东西。他给其他人看过，但他们都没看出来。

"……某种深海鱼类，章鱼……奇怪的是，我觉得这些鱼是瞎子，然而……"

那个女人摊开四肢躺在床上，而自己还浑然不知：那就是汉娜。腿被嘲弄般地劈开，肉感的大腿，全身裸露，松弛的皮肤，腹部，阴毛，阴部，模模糊糊，污渍斑斑。

女性的身体，赤裸裸的白色，污秽不堪。它的核心是一张永远无法满足的饥饿的嘴。

汉娜知道，其他那些拍摄这同一场景的照片就不会这么模糊不清了。

他给她下药了吗？他给她拍了多少张照片？房间里还有其他人吗？那个扎马尾辫的男孩？

汉娜伤心欲绝，羞愧难当。然而，你盼望什么呢，以为他会爱你吗？

他在她脸上压了个枕头，玩让她窒息的游戏。她已经很久没有想起那次耻辱了。是失忆症保护了她。

当然，Y.K.一直瞧不起她。

她知道，汉娜当然知道。他对她说爱她，可那厚重的眼皮里却闪着轻蔑的光。

她吩咐伊斯梅尔达把他送来的花拿走。那天，在送货后不久，正当伊斯梅尔达把玫瑰分成三束，装在三个花瓶里——因为那么多漂亮的玫瑰花都放在一只笨重的柳条篮子里太挤了——汉娜走进厨房，站到伊斯梅尔达跟前，用颤抖的声音告诉她，把花儿都扔掉！扔进垃圾桶里！汉娜眼睛瞪得老大，就像吸了毒品似的。她脸色苍白吓人，伊斯梅尔达盯着她，呆在了那儿。

不过，伊斯梅尔达已经是心领神会。此时此刻，她是绝对不需要狂躁的雇主再重复她的指令的。

永远不要质疑雇主的指令。不管多么出乎预料。

尽管事后汉娜会猜疑：伊斯梅尔达是把漂亮的玫瑰扔掉了呢，还是她偷偷拿到楼上，放在了自己的房间里？

如果真是这样，汉娜会很生气。但汉娜绝对不会问。

真想跑到一个地方躲起来，蒙上眼睛，因为她的眼睛已经看到了太多太多。找个安全的地方，一个韦斯不太可能进去的房间，像胎儿一样蜷缩在地板上，像被人踩了一脚的蠕虫，缩起身体，保护着它那可鄙的生命。

但是你不能这么做！你会连眼睛都闭不上的。

演完这场戏，熬过去。

她的婚姻是如此，或者说她成年后的大部分生活也是如此：演完这场戏，熬过去。

她摇着头，好像被难住了，困惑了，但对她来说，因为她是远山的居民，经常参加画廊和博物馆的开幕式，这幅底片完全可以看成一件艺术品——"抽象表现主义。罗斯科[1]？波洛克[2]……"

1 罗斯科全名马克·罗斯科，二十世纪美国抽象派画家。他最初的艺术是现实主义的，后尝试过表现主义、超现实主义的方法。以后，他逐渐抛弃具体的形式；于二十世纪四十年代末形成了自己完全抽象的色域绘画风格。

2 波洛克全名杰克逊·波洛克，二十世纪美国抽象表现主义绘画大师，其创作不作事先规划，作画没有固定位置，喜欢在画布四周随意走动，以反复的无意识的动作画成复杂难辨、线条错乱的网，人称"行动绘画"。

463

汉娜把底片横过来：现在它更像是一件艺术品。躺在床上的那个女人消失了，连汉娜都辨不出了。韦斯又看看底片，说是的，这可能是一幅抽象画，但为什么会寄给他呢？

"也许它来自费舍尔中心的一间画廊。就是展示前卫艺术的那个，比如安迪·沃霍尔[1]、艾德·莱因哈特[2]……"

但它更像是德·库宁[3]的作品，汉娜应该在这么想。长着大牙齿的女性食尸鬼透过一层又一层苍白的颜料在咧嘴大笑。

"是的，我也想到了这一点。"——韦斯挪用了汉娜的解释，就像接球手举起戴着手套的手去接一只否则就会从头顶飞过的球一样轻松——"只是没有回信地址。底片装在一个普通的马尼拉纸信封里。如果是某种展览广告，就会有公告，但没有。"

"哦，还能是什么呢？你确定没有吗？"——汉娜特意又打开信封看了看，确实是空的。

家中的主妇，母亲。在这个角色中，汉娜敏捷、灵巧、能干、认真。

1 安迪·沃霍尔是二十世纪美国的一位重要的艺术家和画家。他以其对流行文化、消费主义和大众媒体的揭示而闻名。他最为人所知的是他的『波普艺术』风格，其中包括他经典的马里色块头像和著名的西洋肖像系列。

2 艾德·莱因哈特是二十世纪美国抽象表现主义的画家。莱因哈特的作品主要集中在黑色绘画系列上，这些作品以细微的色彩变化和抽象几何形式为特点。

3 威廉·德·库宁是荷兰籍美国画家，抽象表现主义的灵魂人物，新行动画派大师。德·库宁笔下的女人，线条粗放，五官、姿态夸张。完整的形体被分解所取代，人体和背景相互融合，没有明确的界限和秩序，在抽象的表现手法中又带有明显的具体形象。

Babysitter

她是丈夫的帮手，孩子们的榜样，而不是一个遭情人狠心揭露，强忍一阵阵头痛和恶心，身心俱疲的女人。

康纳尔一直吵着要看爸爸带回家的东西，但结果令人失望，没有他能认出的鲨鱼或巨型乌贼。凯特雅也看不出底片上是什么东西。

"伊斯梅尔达？——你也来看一看。"

伊斯梅尔达正在厨房里忙（孩子们晚餐后收拾碗碟，为一会儿大人的晚餐做准备）——但是韦斯坚持要把底片给她看看，她只是瞥了一眼，便迅速地把目光移开，尴尬地笑笑，以为平时就爱和她开玩笑的贾勒特先生又在逗她，这让她很不舒服，而且这也不是开玩笑的时候。

她没朝汉娜这边看。不想看汉娜的眼睛。

这就是勒索。我怎么就没想到呢。

我怎么能这么傻呢……

汉娜惊呆了，揭露得如此直白，如此清晰。

彻夜不眠。身上就像有许多红蚂蚁爬来爬去。

她恨自己，怎么竟以为Y.K.是爱她的。爱她！

沉浸在那种妄想中，竟然有一种说不出的幸福。她真的相信了。但她怎么可能就相信了呢？

汉娜明白，Y.K.现在占了上风。她不能一味拒绝见这个男人，拒绝接他的电话。她得给他打电话。

一想到Y.K.手里可能还有更糟糕、更下流的底片，汉娜吓坏了。她无须怀疑，他肯定录下了与她发生性关系的情景，而且把他自己的影像抹去了……

这将意味着她婚姻的崩溃。韦斯会赢得孩子的监护权。

全远山镇的人都会知道，并且瞧不起她。

她想：他给她下药了吗？她和他一起喝过酒。他把酒倒进了她的杯子里。每一次，她都会失去自我控制，不知道时间过了多久，就像被困在梦里。

但她确实记得在猪圈般的床上醒来，赤身裸体，昏昏沉沉，就像一只没有脊椎的海洋生物，被剥去了外壳，任由捕食者撕咬。

还不如让他当时就把自己杀了。毁尸灭迹。那捂在她脸上的枕头，那紧紧掐住她喉咙的大手。这个她所知甚少的男人给她带来的快乐，与最折磨人的痛苦毫无二致，她内心的一部分是讨厌他的，但她一直被他给她的感觉所困扰，鬼迷心窍了。

汉娜被抹去了，彻底地。那是她最深切的愿望吗 —— 不复存在？

即使是现在，她对 Y.K. 也还有一种带着绝望的渴望。如果他在这里。如果他把身体压在她身上，强行进入她的身体，嘲笑她的痛苦。

你喜欢这样。你知道你喜欢这样做。

但是不！汉娜对自己的通奸行为感到震惊，如此地不顾后果。

她对自己的身体感到震惊，是她的身体出卖了她。因为汉娜的身体并不代表她。

一个解决办法是：死亡。

……她看到自己像幽灵一样从床头柜抽屉里取出枪，悄无声息，连睡在身边的韦斯都没被惊动，在她生命中最勇敢、最无私的沉静中，用枪管顶着自己的脑袋，抵住右太阳穴上颤抖的蓝色静脉，像个孩子一样，闭上眼睛，鼓足力气扣动了扳机……

她的眼睛猛地睁开，她刚才睡着了。她想：凯特雅和康纳尔怎么办？如果他们的母亲自杀，他们的生活就毁了，尤其是她这样的死法——鲜血、脑浆、骨头碎片飞溅到墙上，一片狼藉，令人毛骨悚然。

宁可蒙冤受屈，名誉扫地，失去孩子，也不愿孩子们的生活因母亲而毁掉。

与其毁了孩子们的生活，还不如让她丈夫和整个远山都看不起她。

漫漫长夜，大床上韦斯就睡在她身边，背对着她，但仿佛是在另一个维度，另一个星系那样遥远。汉娜的思绪像轮胎在泥里打转。不管怎么转，也无法前进，而她已经精疲力竭。

黎明时分，她悄悄下床，走下楼梯，房子里还很暗。她想再看看那个奇怪的东西，那张神秘的底片。昨天晚上，韦斯看烦了，看得无聊了，便扔在了厨房的柜子上。

房子还在沉睡中，静得有些不自然，汉娜又一次查看了底片，希望发现自己弄错了，在那些黑色的旋涡和污渍中并没有隐藏着什么幽灵般的身影，但是，千真万确，那个污秽不堪的女性身体的轮廓立刻跃入她的眼帘，自己没有弄错。

真是个大笑话！但也太丑陋了，这是对性的肮脏和愚蠢的大揭示。

她的心跳微弱，似乎要停止。啊，真是个傻瓜！然而，也还有那种（失去的）幸福感。

因为不可否认的是：Y.K.欺骗了汉娜，试图利用她，勒索她，却使她欣喜若狂。给了她一个存在于世上的理由。

这是她永远无法与他人分享的终极的、无法言说的耻辱。尽管她现在对她的情人已有所了解，但当她回忆起他的时候，还是有一种病态的、沉沦的无助感,这是她情感生活中最深刻的经历。

现在,她必须找到另一个活下去的理由。继续生活。一项使命。为了救她自己和孩子们。去救已经不爱她的丈夫的命。

她带着底片上楼去了。仿佛那是一份珍贵的文件。幸运的是,韦斯对它失去了兴趣,不会再想起它,他很可能已经把它忘记了,就好像已经把它漫不经心地丢进了垃圾桶。

* * *

电话铃声在那一端响了,空荡荡的房子里。

汉娜非常害怕,抓着听筒紧紧贴在耳朵上。

将近中午的时候。汉娜(庆幸地,短暂地)一个人待在家里。没人偷听!伊斯梅尔达去购物了,最早也要九十分钟后才会回来。

当铃声似乎要停止,自动录音即将启动时,电话被粗鲁地接起来:"喂?"

汉娜吸了口气,想说话,但说不出来。她听到自己在努力忍住哭泣,哽咽着。

"是你吗?贾勒特太太?"

令她惊讶的是,Y.K.声音听起来带着困惑、讥讽,而不是汉娜所担心的那样满腔怒气。

贾勒特太太几个字说得俏皮、揶揄。

他告诉她,她打电话给他是件好事,她最好不要再试图把他从她的生活中剔除。

"你知道那是个多大的错误吗，汉娜？知道吗？"

"我——我不知道……"

"不，你知道。你已经看到了。这就是我能为你丈夫提供的东西。如果你不信，我就再给他寄一张底片，这回让他看得清楚些。"

汉娜无奈地听着。她应该乞求 Y.K. 的宽恕，但她不会。

"我明天想见你。这个没商量。如果你有'安排'，那就取消它。我要第一期付款。比方说不到一万美元。九千九百九十九。这对贾勒特家来说是小钱。我们就从此起步。我们看看它会如何运作。结婚也不是不可能。我们看吧。"

九千九百九十九美元？婚姻？汉娜听了吓了一跳。

他用困惑的声音指示她：第二天四点到酒店房间来，带现金，差一元一万美元，要百元大钞。

他补充说，他不要一万美元，是因为如果从储蓄账户中取出一万美元，银行必须向联邦调查局报告。但是她可以取出九千九百九十九美元。没有问题。

但是她不能，汉娜说。韦斯会知道的……

"那就不是我的问题了，"Y.K. 说，"想办法。"

汉娜抗议道：他这是在勒索！

Y.K. 笑了。"随你怎么说，亲爱的。可能是吧，是你欠我的。"

汉娜哭泣着，感到无助。

Y.K. 说："我现在要挂了。"

令人难以置信的是，电话立即断了。汉娜打回去，只听电话铃响，没人接。

折磨她，直到电话响了五六声才接，拿起话筒，嘲弄地沉默着。

汉娜哀怨地问，她怎么能给他一万美元现金，却不让韦斯知道……月底，银行给他寄账单时，他就知道了。

"去他妈的，"Y.K. 说，"你自己有钱。"

汉娜拼命想着：她有自己的钱吗？有投资？

和韦斯共同投资，但不是她自己的。她清楚。

"把珍珠卖了。"

珍珠？

"把珍珠卖了，你那天炫耀的粉色珍珠。把钱给我。"

汉娜结结巴巴地说，她不知道到哪儿去卖。

Y.K. 给了她一个格雷休特大街的地址。在市中心。告诉她直接去那里。他会打电话给珠宝商，说她明天早上到。他会收取佣金 ——"这些珍珠值多少钱，他会给你一半。"

她怎么能卖掉外祖母留下来的珍珠！—— 汉娜抗议，但 Y.K. 笑着说，她当然可以卖掉珍珠，她可以卖掉她拥有的任何东西，如果有人愿意买的话。只要她带着差一元一万美元的现金给他就行了。

要不然，Y.K. 狠狠地问，她那天戴着珍珠项链给他看，是什么意思？

汉娜试着回忆。为什么她要戴着外祖母的粉色珍珠项链去孤湖公园见她的情人……

为了让自己在你面前显得更漂亮。为了让你更爱我。

Y.K. 嘲讽道："你戴珍珠是为我，亲爱的。你想让我要你的珍珠，因为珍珠就是你。所以现在我想要了。卖了吧。"

汉娜试图解释一下，那珍珠不是真的，只是养殖珍珠，她也不知道能值多少钱……

"那就去看看吧。这取决于你。"他补充说,"我看质量不错。一副珍珠项链可以卖三万或更多,要看情况。"

三万!汉娜觉得这根本不可能。

但是听起来,Y.K.已经不愿再谈论这个话题了,只是让汉娜自己去办。他只要钱。明天四点。他就挂了。

汉娜喊道:"等等! 别挂电话……"

她恳求道:让她把珍珠给他带去,他可以拥有它们。她就把项链给他了。

Y.K.说:"不! 我他妈不要珍珠,我要钱。第一期付款。一万算是很划算的了。如果错过了期限,后天就涨到一万五。我没有所有权证明,我不能卖珍珠。卖不卖就看你了。卖你的项链我还得他妈地按手印,你可以报警说我偷了你的项链。"

Y.K.越说越恼火,先前嘲讽的语气像面具一样消失了。他告诉汉娜,她也应该考虑一下他们一直在制订的计划。也许她忘记了,可他没有。

她把孩子们带到了他面前。她想让他见见她的孩子,她向他夸耀她漂亮的孩子,天哪!——她希望他能接受她的孩子。

所以现在,他真想接受她的孩子。

但更紧迫的是:汉娜需要考虑增加她丈夫的人寿保险。她需要韦斯的签名,没有他的签名不行。如果她能提供一些样本的话,他也许能模仿他签字。

所以当她明天带着一万美元来酒店时,应该带上人寿保险单。以

471

便他仔细查看一下。不管这个保单是多少，比如说五十万，她必须提出一个合理的理由增加保险金额。八十万，这是第一步。

汉娜吓得说不出话来。Y.K. 笑着说："不。这是第二步，亲爱的。第一步是珍珠。"

汉娜不由自主地抽泣起来。告诉他她爱他。她爱过他，相信过他……

"天哪！"—— Y.K. 笑着说，"你真傻到家了，居然以为我爱过你。"他告诉她，他根本不在乎女人，就算爱过，也不太可能是她。

"可是 —— 我相信你…… 我爱你。"

一个哀怨可怜的声音：汉娜失去了控制，失去了尊严，哭得像个孩子，心碎，无望。

在她背叛他之前就应该想到这一点，Y.K. 轻蔑地说 —— "那是个错误。"

汉娜听到拨号音，他第二次挂断了电话。

辛克珠宝行 — 地产与贷款

自己的运气要靠自己创造。那可不是放在银盘中递到你手上的，孩子们。

搞笑老爸笑了，眨眨眼。他的声音是一种爱抚，像融化的冰在你的衣服里面涓涓流淌，没有人能看到。

上午晚些时候，汉娜开车来到底特律老城，寻找休伦附近格雷休特大街2997号一家叫"辛克珠宝行 — 地产与贷款"的商号。

格雷休特大街上很难找到停车位。底特律的这一地区，位于旧城区东侧，老旧，破败，汉娜不熟悉，她只好绕着街区打转，重新改道进入狭窄的单行路，又遭双停的送货卡车挡路。汉娜在十字路口等了很长一段时间的红灯，她紧张地把所有车门都锁上，她这辆闪闪发光的白色别克里维埃拉轿车太扎眼，哪怕只是一闪而过。

这里靠近东方市场，宛若到了国外。非裔美国人的底特律与东亚人的底特律彼此相邻。汉娜匆匆地沿格雷休特大街走着，看到行人都是皮肤黑黑的，估计是印度人、巴基斯坦人或黎巴嫩人，不时听到他们讲话，但分不清讲的是什么。

她变成了隐形人：几乎没有人会看到她。因为这些人从汉娜的肤色就知道，汉娜不是他们的熟人，也不可能对他们有什么影响。

的确，有些男人会随便瞅上她两眼。她害怕看到轻蔑的目光，不过没有，都是一张张拘谨、冷漠的面孔。

但他们为什么这么不在乎她呢？汉娜穿得很漂亮：因为美是一个人的盔甲。黑色羊绒大衣，新的蜥蜴皮皮鞋，头上围着一条迪奥丝巾，防止头发被风吹乱。

可是为什么贾勒特太太会出现在休伦的格雷休特大街上呢？在一天中的那个时间？

不是她死的地方，而是发现尸体的地方。这是一个谜。

辛克珠宝行是休伦附近格雷休特大街上为数不多的仍在营业的商家之一；这是一家比汉娜想象的要小得多的商铺，戒备森严，前窗上

473

有一道铁栅栏，门上也有一道类似的栅栏，好像是锁着的。

汉娜使劲拉着门。她快要哭了，她已经走到了这一步。

"喂？有人吗？" —— 她的声音中满是哀怨和无奈。

往里看，都是阴影，像洞穴一样。屋子后面，有一盏灯，但看不见人。

前面橱窗里摆着闪闪发光的商品，像廉价的小饰品那样堆在一起 —— 珠宝、手表、银盘、奖杯。双串白珍珠……汉娜感到一阵绝望和无助。

她本可以轻而易举地挽救自己。但是她偏偏是那么鬼迷心窍、利害不辨！

汉娜记得 Y.K. 说过，他会代她给珠宝商打电话。这一点他肯定说到做到，因为他想要她的钱……

汉娜正要灰心丧气地转身离开，却看到一个身影幽灵般从昏暗的室内冒出来：一个粗大的银莲花状的形体，肥硕的躯干，胖胖的长脸，戴着舞台上滑稽小丑戴的那种眼镜，镜片后面的两只眼睛像反光镜一样呆板地瞪着。一根手指，一只手，像没长在身体上一样飘浮着，不耐烦地指指点点，好像在向她示意 —— 示意什么，她弄不明白。

直到此时，汉娜才注意到门旁有个小牌子：**请按铃进入**。

汉娜不好意思地按响了门铃。

一阵嗡嗡声，咔嗒一下，门开了。不过，门很重，汉娜几乎拉不开。

没有人来招呼她。戴小丑眼镜的人也不见了。太无礼了！汉娜走进昏暗的店堂。

这家珠宝店和汉娜想象的不一样。事实上，这也是一家典当行，

Babysitter

或者说主要是一家典当行。店内杂乱无章，谈不上雅致，甚至连干净都说不上。有很多陈列柜，奇怪地摆成直角状，就像仓库里一样。柜子表面布满了灰尘。油毡地板，她光滑的高跟鞋踩在上面，黏黏的。

铁皮天花板上高高吊着几盏荧光灯。除了一扇加了护栏的前窗，便没有其他的窗户，暗黄色的阳光透过前窗照进来。空气污浊，弥漫着烟气、灰尘和悲伤。

一个错误。现在还不算太晚：转身离开吧。

但汉娜已经找到这里，已无回头路。

"贾勒特太太。"——有人叫出了自己的名字。不是询问的口气，而是一种平淡、漫不经心、声音沙哑的陈述。

看来，Y.K.确实以她的名义打过电话！这里的人至少是知道她的名字的。

汉娜心存感激地走向玻璃桌面的柜台，柜台后面就是那个戴着小丑眼镜的女人，一张胖胖的雪貂脸，坐在凳子上，手里拿着香烟。

汉娜傻乎乎地笑了。她没有想到会是一个女人接待她。

"让我看看你有什么。"

没有问候的微笑。没有寒暄。沙哑的烟嗓儿。

汉娜很难为情，很不情愿，就像一个人在冷漠的陌生人面前脱衣服一样，她从一个柔软的布袋里取出珍珠项链，摊开放在玻璃柜台上，柜台上布满划痕，就像经常使用的滑冰场的冰面。

多漂亮的项链啊！——汉娜感到一阵内疚和悲伤，她如今不得不卖掉它。

这是她逝去的青春岁月的珍贵纪念。虽然（事实上）汉娜在过去的

475

二十年里很少想到这条项链。

戴着小丑眼镜的女人咕哝了一声,算是表现出那么一点点兴趣,远远不是赞赏或热情。汉娜忙急着解释说:这些是她外祖母留给她的古董级的珍珠……

古董!外祖母!汉娜似乎能听到 Y.K. 的嘲笑声。

女人皱着眉头审视着珍珠。汉娜很担心,那个女人摆弄珍珠的手法太粗暴了。

在她胳膊肘旁边的塑料烟灰缸里,一段烟屁股还冒着烟,呛得汉娜眼泪直流。

"请出示带照片的身份证件。"

汉娜拿出一张密歇根驾照和一张她几年前的照片。女人看看照片,又抬头看看汉娜,又看看照片,好像很怀疑。

汉娜紧张地笑着。"我目前心理压力很大,看起来都不像我自己……"

停顿了一下。汉娜还等着女人能同情地回应一句,不料她只是说:"手指。按这里。"

女人开始粗鲁地取汉娜的指纹,先是把每个指头都在一个印台上按一下,然后又用惊人的力量把她的指头按在坚硬的白纸上。

"但这些是我自己的珍珠,"汉娜抗议道,"你认为是我偷的吗?这是我外祖母的。"

"这是法律。"

汉娜惊愕地盯着自己沾满墨迹的手指。戴着小丑眼镜的女人把一盒纸巾朝她这边推了推。

女人没做任何解释,劈手拿起汉娜的项链,走到商店深处的一张工作台前，交给一个身材魁梧的人，那大概就是估价师了。

店里一片昏暗，但工作台上聚拢着一盏弯颈灯的强光。

一个胖胖的老人：辛克本人？

汉娜奇怪，为什么这个人连朝她这边看一眼都不看呢？为什么他和那个女人都那么冷漠，那么粗鲁。毕竟汉娜跑了这么远的路。

在远山镇，汉娜是不会被如此冷漠地对待的。在一英里外的复兴广场，在任何一家精品店，在万丽大酒店，汉娜·贾勒特都会受到尊重。

时髦的羊绒外衣里，她已经开始出汗了。她偷眼看着估价师，不想流露出焦虑的情绪。他们会用假珍珠代替我的珍珠。你要是傻乎乎的，他们就会这么做。

汉娜一直在用纸巾擦拭她满是墨迹的手，但效果不大。她怕把墨迹沾到衣服上，看上去就像是一层污垢似的。她强迫自己正常呼吸。她的眼睛充血、怕光，因为她哭了好几个小时，一夜没合眼，再加上眼前烟灰缸里那支香烟的烟雾。

她一直试图微笑，脸都疼了。

她一辈子都在微笑，没人在乎她。这些陌生人看不出来汉娜的心已经碎了吗？

还以为我真的爱过你，你傻透了。

他的声音，充满鄙夷、轻蔑。

他从来就没爱过她，他只是欺骗和利用她。他强加给她的那种残忍的性侵犯，一心求爱的汉娜竟以为那就是爱。

汉娜明白，即使是他较温和的做爱方式也是假装的。那些亲吻。捧住她的脸的那双手……

你已经深深印在我心里，汉娜。

然而：即使现在来到了他指定的辛克珠宝店，让人家奚落、羞辱，汉娜也仍然在想，他对我是认真的！至少有一部分是认真的。

是的，她敢肯定，她这样回忆着。Y.K.真的很想要她，她没弄错 —— 肯定没错。

男人的性欲伪造不了，假不了。男人强烈的性快感，那种震颤，她是目睹的，好像那就是自己的感觉。

即使是现在，一丝希望的脉搏仍在跳动。因为Y.K.肯定想要她。她想象着他双手捧着她的脸，严肃地向她保证 —— 我当然不是那个意思，亲爱的。我是在考验你。

还有她的孩子们：他说他们很漂亮，他说他想成为他们的父亲。

汉娜想，Y.K.不可能不爱他们。他似乎没有自己的孩子。她看到了他看康纳尔和凯特雅的眼神。就像他看她的眼神一样，好多次了。

你怎么能怀疑我，汉娜？你要知道我一直爱着你。

她确信，他爱她胜过爱马琳·雷迪克。他渴望她。

如果她按他的要求把钱给他。在公园臭烘烘的男厕门口，她强行把康纳尔从他身边拽走，是伤了他的心，这一次是给汉娜一个弥补的机会。他可能不会接受这笔钱。一万美元对他来说不算什么！就是一个象征，一个姿态。身处困境的动物会把脖子干脆伸给对方，希望捕食者别把它撕个粉碎。

他会对她笑，吻她，叫她亲爱的。他会把她带到靠窗小桌前，玻璃桌面上一瓶红酒正等着他们。他要把她领到另一个房间，一间卧室 —— 一个俩人和好如初的地方。

几面镜子，镶着锌边。一个橱柜上摆着一只希腊古瓮仿制品，里面放着铜质的花朵和树枝。

然而：汉娜很害怕，她的丈夫也许会被谋杀。

克里斯蒂娜和哈罗德·鲁施夫妇是为了钱被杀的，韦斯·贾勒特也会被杀。

我和你丈夫见面的时机成熟时，会安排的。

汉娜越来越心神不安地看着店堂深处那个估价师在强烈的白光下审视着珍珠项链。他年事已高，胖胖的，头圆圆的，光光的。脖子消失在一叠叠的肥肉中。他透过一副眼镜温柔地凝视着项链，神情专注，凝重的脸色带上了一丝柔和。汉娜想，这个专业的估价师会尊重她的。

估价师旁边有一个木质古董鸟笼，放在一个底座上，雕刻精美，金银丝装饰，是维多利亚时代的风格。笼子里有几只小鸟——是金丝雀？——不断扑棱着翅膀。汉娜意识到，她刚才听到的就是这些小鸟的叫声，而她还以为是收音机里的音乐呢。有一些白色的东西，在估价师脚边的地板上烦躁不安地跑来跑去，有的还爬到他粗壮的大腿上……小白鼠？宠物鼠？汉娜难以置信地瞪大眼睛。但看估价师的样子，好像没有什么不正常的，那个戴小丑眼镜的女人也重新敲上计算器了。

"贾勒特太太？"——估价师抬起阴沉的大脑袋，也没正眼看汉娜就说，"请到我这儿来。"

请。荒唐的是，汉娜对别人如此客气地称呼自己，竟感到十分感激。

但汉娜发现，要走到估价师身边去并不是那么容易。收银台上那个女人也没帮忙的意思，汉娜不得不绕过柜台的尽头，沿着陈列柜之间的狭窄过道，来到最后面的鉴定师工作台。这里有一排排敞开的架子，上面堆满贴有标签的珠宝，一排上了锁的文件柜，在估价师正后方的墙上还有一个保险箱。

汉娜跌跌撞撞的脚步，惊动了金丝雀——黄的、米色的、红橙色的——它们在笼子里飞来飞去，发出轻微的尖叫声。而那些白鼠，至少有十几只，漂亮而光滑的皮毛，红肿的眼睛，抽动的鼻孔，还有光溜溜的粉红色尾巴，正饶有兴趣地朝汉娜眨着眼睛。

你认得我们吗？猜猜看！

汉娜颤抖着，笑了起来。一种怪异的感觉笼罩着她，就像有什么启示即将降临，就像有一朵金属花在她的大脑中开放。

"嘘！嘘！老实点！"——估价师训斥着那些叽喳乱叫的鸟儿和好奇的老鼠，"我们来客户了。"

汉娜感到有了希望。她想，估价师一定很欣赏她的古董项链；可以肯定地说，并不是所有光顾辛克珠宝行的人都可以进入这个私人区域的。

走近了，汉娜发现估价师是一个六十多岁的有魅力的男人，尽管身体肥胖，光光的脑壳凹凸不平，皮肤上长满老人斑。说真的，他让她想起了她善良的治疗师 T__。

他眼睛很小，但在厚厚的双光镜片后面仍闪烁着银光；他下巴厚重，刮得很干净，指甲特别大，也非常干净。他穿着一件时髦的马德拉斯马甲，汉娜怀疑他是不是在街对面的东方市场买的。（或者，不是：他有家庭，一个尽心的女儿送给他的，作为给一个很难取悦的男人的生日礼物，因为他什么都有，比任何人都富有，到辛克珠宝行的宝库中拿就是了。）他没穿外套，只穿了一件白色长袖棉质衬衫，领子是浆

480

Babysitter

1 全名巴鲁克·德·斯宾诺莎，十七世纪荷兰哲学家，西方哲学重要的人物之一。

过的。袖扣是缟玛瑙的。鉴定人以一种奇特而亲密的方式审视着她的珍珠，把项链从厚厚的嘴唇上滑过，缓慢地，细细品味。这时，一只懒洋洋地躺在他腿上的皮毛光滑的小白鼠站了起来，把爪子放在桌面上，顽皮地盯着汉娜。

那双红肿的眼睛！那抽动的鼻子，闻着她的气味。

汉娜感到她脖颈上的头发在颤动，仿佛神奇地意识到了什么；但这种神秘的感觉马上又消失了。

终于，估价师用舌头舔了舔项链，汉娜觉得，他的舌头真大，湿湿乎乎的，像个小动物。

"哦！"——汉娜不由自主地叫了一声；就好像受到了轻微的电击。

"欸，亲爱的！贾勒特太太！你看，你现在来找我，来得太晚了。"

"你这是什么意思？"老人从双光眼镜上方用银晃晃的目光盯着她，汉娜很紧张。

"你慢待这些珍珠了，亲爱的。珍珠需要经常佩戴。你应该知道，珍珠需要人类的温暖和亲近，来保持它们的美丽。它们的存在。哲学家斯宾诺莎[1]说过，'万物皆欲坚持它们的存在。'珍珠不是钻石，亲爱的。如果不去管它们，它们就会失去信心，失去希望。像我们所有人一样，它们变得脆弱，开始死亡。"

汉娜羞愧地站在那里，悔恨不已。然而，她仍然抱有一线希望，那就是珍珠还是有价值的。

"我意识到它们不是'天然'珍珠。我意识到它们只是'养殖珍珠'……"

估价师对她笑笑，但并不是不友好。令汉娜惊讶的是，他告诉她，珍珠不是人工养殖的，而是天然的——"但是，你看，它们已经开始

481

失去光泽了。它们已开始失去希望。它们正处于衰落的开端,就像出了问题的爱情。"

汉娜吃了一惊:天然珍珠? 她的外祖母拥有并留给她一条天然珍珠项链?

"贾勒特太太,你为什么不常戴这些珍珠呢? 你认为它们不时髦,'老'吗?"

汉娜努力回忆着。她不知道。她有那么多项链,那么多对耳环、手镯,大多数都是新买的,时髦而昂贵的人造珠宝,对这条古董项链她从来没有多想过。

"它们不'时髦'——不'性感'。是这样吗?"

汉娜感到脸发热,尴尬。这位一把年纪的绅士真的说出了"性感"这个词吗? 在谈论她外祖母的珍珠时说的?

他又补充道:"还有一个小钻石搭扣。非常有品位。"

"我——我——是的,但是我不知道这钻石是不是真的……"

"是的,是钻石。但是非常小:只有四分之一克拉。"

汉娜意识到估价师带着一种令人不安的熟悉感注视着她,就像一个年长的亲戚。她仍然希望,如果他喜欢她,看上去像是真的喜欢,他会给这条项链出个好价钱。

她冲动地问:"辛克先生,你是 Y.K. 的朋友吗?"

"'辛克'——可是谁是'辛克先生'呢?"

"你不是辛克先生吗?"

"不是的,亲爱的。我不是。我是莫里斯·辛克的忠实老员工,但说实话,我已经很久没见过莫里斯·辛克了,我也没有和他说过话。

他住在格罗斯波因特，就在湖畔一座阔气的老庄园里。他在底特律及附近拥有许多家珠宝店和当铺。他通过中间人与他的员工沟通——如果他真的还活着的话。现在可能是'辛克'的儿子和继承人。"估价师停顿了一下，用胳膊肘推开一只在他胳膊下面撒娇般拱来拱去的白鼠，"我从来没有听说过——你说什么来着，'Y.K.'？"

"但我还以为他打电话给你了。Y.K.，我想他的名字是亚克尔·凯恩斯（Yaakel Keinz）。他没打电话来吗？说我要来？"汉娜尽量不让自己听起来沮丧和失望。

"是吗？我不熟悉这个名字。亚克尔·凯恩斯？"

估价师怀疑地念出了这个名字，带着强烈的外国音调。汉娜感到一阵眩晕，脚下黏糊糊的油毡地板似乎在倾斜。

"他——他是个商人。他每隔几周就来底特律出差……"汉娜的声音低下来，很微弱。

"他不是黑皮肤的希伯来以色列人吧？"估价师显得有些惊慌。

"他——他是美国人，他出生在美国。"

"我对此表示怀疑，亲爱的。你知道，他们是反犹太主义者。他们不是犹太人。"

估价师动了动他厚厚的嘴唇，表示不赞成。汉娜搞不懂他在说什么。

"他不黑。他的肤色——不是——不是黑……"

"当然不是。不是明显的黑。"然后，又若有所思地说，"亚克尔·凯恩斯这个名字，我相信是个希伯来名字。但这可能是盗用的名字。这个人可能是个俄国特工——一个当代无政府主义者——一个搞破坏的人。"

汉娜摇了摇头，很困惑。她根本不知道估价师在说什么。

她竟不知道她的情人是谁 —— 她认为是她的情人的那个男人。

她也不知道自己为什么会在这个阴沉沉的冬日上午，来到这个空气不流通的地窖般的地方，也几乎不知道她现在身在何处。

"这些人会夺人性命，亲爱的。他们的战术很残忍。他们潜入"正常"人的生活，并从内部掏空他们。这些是针对美国人 —— 美国'白人' —— 的最阴险的恐怖袭击，但还没有被人们识破……"

看到汉娜既困惑又害怕，估价师就放弃了这个话题。

他告诉汉娜，她的珍珠确实是天然的南海珍珠，但保养不当，搭扣上镶的也确实是小钻石。

"七千，现金。"

七千！汉娜崩溃了。这是否意味着珍珠项链只值大约一万四千美元？

汉娜抗议道："但是 —— 如果这些珍珠是真的 ——"

"你怠慢了它们，亲爱的。也许你浅薄无知，也许珍珠被遗忘在抽屉里，多年没戴。然后，你的生活中发生了一些事情，一些让你对生活产生怀疑的事情，于是你回头寻求帮助，你'伸手'去寻求一些对你来说已经失去的东西，你认为理所当然的东西。这串珍珠是你外祖母给你的？那么 —— 你看 —— 你没理解你的外祖母。珍珠的转售价值并不高，不像钻石。你有钻石想卖吗？项链、耳环？戒指？"目光敏锐的估价师坦率地看着汉娜的手指。

汉娜被估价师的话打动了，在她看来，这些话是友好中带着指责，亲切中带着责备。她以为可以作为朋友……

没时间再去别的地方做第二次评估了。汉娜心绪烦躁，害怕在城里开车。而且她不敢把珠宝拿到远山附近的估价师那里去,那样消息就可能会传到熟人的耳朵里。

汉娜觉得不可能把戒指也卖掉。韦斯会注意到的。

(韦斯会注意到吗? 她可以把订婚戒指卖掉,那可是一颗好几克拉的大钻石;她可以把它换成锆石,甚至是水钻戒指,也许就在这家店里换,而韦斯永远不会注意到。)

"亲爱的,出价是七千元现金。要么接受,要么放弃。"

工作台上的几只小白鼠正无礼地打量着汉娜。她感到一种痒痒的感觉 —— 一只皮肤暖暖的小白鼠正用它锋利的牙齿咬着她的脚踝,好像在戏弄她。"嗷!" —— 汉娜踢了它一脚,吓得不轻。

估价师笑了,但警告说:"亲爱的,不要激怒它们:它们可能看起来很温顺,也很迷人,但它们是野生动物,会咬人的。"

汉娜检查了一下自己的脚踝:尼龙丝袜上有一个小小的破口,但皮肤好像没事。

"七千,亲爱的。但再过两分钟,就变成六千了。"

汉娜的本意是想说不,谢谢。相反,她却听到自己说好的。

"同意啦? —— 七千,现金?"

洞穴般的店铺里热得有些异常,尽管估价师和戴小丑眼镜的女人似乎都没有注意到。就仿佛近处有一颗跳动的心脏,像火炉一样热……

"非常明智,亲爱的。对你这样一个慢待了手上的珍宝的人来说。"

汉娜痛苦地揉着开始发痒的脚踝。粉红色眼睛的白老鼠警觉而急切地看着她,似乎害怕她报复。

就在肥胖的估价师在他的转椅上转身打开墙上的保险箱,要为汉娜数钱的时候,她听到自己在抗议 ——"等等,不行。"

她告诉估价师,她改变主意了。这完全是个错误。

突然,她不顾一切地想要回项链,就像她那天不顾一切地追上 Y.K. 和康纳尔,在公园男厕所门口抓住康纳尔的手,把他拉到怀里一样。

估价师没像 Y.K. 那么生气,但也不觉得好笑。

他毕竟是个绅士:"你确定吗,亲爱的? 如果你拿着项链离开这里,然后改变主意再回来,价格就要跌一千五百美元。"

他在嘲笑她,汉娜想。她从估价师手中拿过,几乎就是抢过项链,塞进手提包里。她把放在收银台上的小布袋丢在那儿,也许是忘记了。

"请放我出去。请把门打开。放我出去。"

汉娜好不容易才走到杂乱的店堂的前门。只能勉强看到透过装着铁栅栏的前窗投进来的一点阳光,窗外就是格雷休特大街。

汉娜疯狂地推着门。锁上了,推不动,然后,咔嗒一声! 锁开了,大概是那个戴小丑眼镜的女人开的。

啊,来到大街上了! —— 格雷休特大街冷风飕飕,空气已经变得寒冷,充满敌意,还有一种矿物的气味。微微发着白光的太阳像一颗勉强跳动的心脏,怒视着一切。

"出售"

汉娜沿着约翰·C.洛奇高速公路开车回远山的家,她就像在做梦,而且害怕醒来。

她开得很慢，因为河上吹来的风把闪闪发光的白色轿车吹得直晃。

她行驶在靠右的车道上，开得很慢，因为太累了。

死神把车窗打得咯咯作响。但是精明的汉娜把所有的车门都锁上了……

开得很慢，开得很小心，因为她必须想一想剩下来的日子该如何度过。

我很抱歉，我不能卖掉我外祖母的珍珠。我没钱给你。

请原谅我！请不要因为我爱你而惩罚我。

像湍急的水流一样，车辆不断地从白色轿车左侧超过去。司机们按着喇叭，对汉娜缓慢的车速表示不满。

我是个受伤的人，请不要再伤害我了。

她飞速思考着，无法专注地开车。谢天谢地，她毕竟没有卖掉外祖母的珍珠。

天然珍珠！南海珍珠。汉娜很惭愧，她低估了外祖母送给她的礼物，她对外祖母的爱不够深。

当时太年轻，太自恋，所以并没有意识到。

从远山银行取九千九百美元，最后的一百，她自掏腰包。不过，这太冒险了，提取九千九百九十九美元，可不是个好主意。

而且：她还得要现钞，大面额：一百美元一张的。

没办法，不然 Y.K. 就会毁掉她。

（但是银行会允许从联名账户中提取这么多钱吗？当汉娜傻傻地站在出纳窗口等待时，他们会打电话给韦斯吗？）

乞求那个人的宽恕是徒劳的。事实上，Y.K.是一名恐怖分子，他嘲笑汉娜的痛苦。

汉娜正在接近底特律市区边界的八里路。大概去远山的路已经走了一半。一股绝望的浪潮吞没了她，她不知道该怎么做才能拯救自己和孩子们。

自杀。一了百了。

但不行，杀了他。

想到这里她感到十分无助。汉娜谁也杀不了，汉娜连自杀都不敢。

意外死亡，在高速公路上。

谁都不怪，她是无辜的。

一阵强风使汽车摇晃起来。汉娜很容易失去对汽车的控制，撞到水泥墙上……

但不，这不会发生。汉娜在右侧车道上把稳方向（慢慢）行驶，像个残疾人那样。

她的自我惩罚是：继续活下去。做她自己。

她突然担心起来：她是不是把珍珠项链落在店里了？她记不清了。

她是否从估价师那儿拿了项链，放进了手提包里？不管汉娜怎么想，她都记不起来了。

她的脚踝发痒，有刺痛的感觉。这个她还记得，是那该死的小白鼠用尖利的牙齿咬她来着。

"哦，天哪。不能够呀。"

她把珍珠项链落在店里了 —— 外祖母的珍珠。一种病态的失落感笼罩着她。

如果她现在回到辛克珠宝行，如果她是把项链落在那儿了，如果她又一次地改变了主意，想卖掉项链——那价格会降到多低呀？

　　她把汽车猛地刹住，停在高速公路的路肩上。这一步很危险，很鲁莽，汉娜没想到应该设置警示信号。一辆辆汽车从她身边冲过去，不耐烦地鸣响着喇叭。

　　这些汉娜几乎都没意识到。她突然感到一阵绝望。她的脑子全乱了。她的记忆像镜子一样被打得粉碎。她翻遍了手提包，找不到珍珠，干脆把该死的手提包倒过来，把里面的东西一股脑倒在座位上——钱包、纸巾、梳子、小梳子、票根、圆珠笔，一管口红掉到地面上，滚到座位下面⋯⋯汉娜举起手提包盯着里面看，眼里充满了沮丧和悲伤的泪水；她还是把那些珍贵的珍珠丢了，要不就是被人偷走了。她更用力地摇晃着手提包，直到啪嗒一声项链竟然掉了出来，因为它当然一直就在里面。

　　她真粗心，当时只是把项链随便往手提包里一塞，没放好！一条价值数千美元的项链，那是唯一一个爱过她的人送给她的，可汉娜几乎已经把这个人忘了。

　　估价师看透了汉娜的灵魂，就像 T_医生看透了她的灵魂一样：浅薄。她回忆往事，羞愧难当。

　　不过项链还在，就在这里！珍珠不再温暖，而变得冰凉。总算松了一口气！

　　回想起刚才估价师竟将珍珠从他厚实的嘴唇上滑过，还用他那硕大的舌头舔着它们。

　　至少，汉娜的恐慌总算平息下来。就像潮水退去一样带走了汉娜

489

的力量，她连眼睛几乎都睁不开了。

太累了！筋疲力尽了。好像全身都被麻醉了一样。

她笨手笨脚地把包括珍珠在内的大部分东西都放回手提包里，然后坐在方向盘后面迷迷糊糊地睡着了，像抱着婴儿一样把手提包揽在怀里。

* * *

"女士！"——汉娜身边的窗户上响起一阵尖锐的敲击声。

她的头歪在肩膀上，嘴巴张着，下巴上挂着一缕口水。

汉娜立刻被吵醒了，尴尬。一名穿制服的底特律警察正在敲打车窗，命令她把窗户放下来。

汉娜连忙照办。警官问，你病了吗？是睡着了吗？他对她皱着眉头。汉娜对他没什么吸引力。警官瞥了一眼汽车的后部，好像怕有人藏在那里。他那棱角分明的脸大部分都给墨镜遮住，汉娜看不见他的眼睛。

汉娜道歉：她太累了，她最近身体不好，睡不好觉，她以为最明智的做法也只能是把车停在高速公路边上，而不是在开车时睡着。

解释得合情合理，但警官仍然不相信。他可能比汉娜小十岁，这令人难堪；他要求看她的驾照和车辆注册证，这又让她很沮丧。"你喝酒了吗，夫人？"——他的声音有些不大客气。

汉娜坚持说没有。这是实话，汉娜确实没有喝酒，她的呼吸中没有酒精的气味，这是她的救赎。

"你是否一直在使用管制药物？"

"什么？不。我没有。"

她内疚地想，也许是有的，她的血液中很可能有安眠药巴比妥残留，但肯定不足以影响她的行为，那是睡觉前的事了。而且那是处方药，她可以证明是合法的……

警察检查了驾照的覆膜卡片，看看照片，看看汉娜紧张的脸，再看看照片，那表情——是怀疑？或许是遗憾？

汉娜紧张地笑着说："我最近一直压力很大，看起来都不像我自己了……"

"你的状况能开车吗？要不要打911？"

"不——不要！我的意思是，是的，我可以开车……"

"你头晕吗？你气短吗？你能正常呼吸吗？"

"我当然能呼吸！我很困，但我现在完全清醒了，我完全有能力开车回家。"当警察仔细检查车辆注册证时，汉娜有些恼火。"我违反法律了吗，警官？这违反法律吗，如果你正在开车，突然感到很累……"

汉娜担心警察会搜查她的车，发现一些她完全不知情的犯罪证据。如果搜查她的手提包，发现珍珠项链胡乱塞在那里，就好像是从商店里顺出来的……

相反，警察只是粗略地检查了一下别克汽车的软垫后座，上面有一个儿童安全座椅，还有一些无害的儿童用品，比如连指手套和一件夹克。突然对汉娜失去了兴趣，厌倦了这位郊区妈妈，也没再去搜查后备厢。

"好的，夫人。保持清醒，小心驾驶。"

汉娜感到自责,她一直等到巡逻车开走,才小心翼翼地驶上高速公路。她的心怦怦直跳,好像刚刚死里逃生似的。

如果她现在拿着韦斯的左轮手枪,那又怎么样!如果警察要求看她的手提包。

重新来到高速公路上,汉娜发现车辆增加了。这是晚高峰啦?看起来时间比汉娜预期的要晚。她睡了多久?几个小时吗?

太阳已经开始在冬季的天空中沉下去,冻雨的小颗粒打在挡风玻璃上,像吐出的口水一样。

想看看手表。至少得有四点了吧。

孩子们该放学回家了。伊斯梅尔达会把他们接回来。平安到家。下午小睡。

汉娜开得很慢,就像一个受了伤的人在开车。

警官对她不感兴趣。连一点兴趣都没有,而几乎所有男人总是对汉娜感兴趣的。要么就是他讨厌她。

远山镇的地址可能惹恼了他。汉娜没有顺从地对他微笑,他也许因此生气了。

尽管汉娜可能对他笑过,只是她自己并未觉察到。

因为她的脸在痛。她的嘴。

请放过我吧。原谅我。

她恳求 Y.K. 原谅她。不要毁了她的生活。

不要毁了她孩子们的生活,他们不知道母亲的奸情。不要杀死她丈夫。

尽管看起来很有可能,汉娜想。不可避免:韦斯会死。

先是韦斯，然后是汉娜。如果/当她和 Y.K. 结婚。因为这似乎可以肯定，如果这是 Y.K. 的愿望，那他们就得结婚。

和马琳·雷迪克一样，汉娜也会消失。

汉娜今天下午和 Y.K. 在他的酒店套房会面了吗？她似乎记得自己在电梯的玻璃箱子里向上升去。

她的身体因那双无情的大手和粗暴而贪婪的嘴而疼痛。

她的身体因悲伤而沉重。她的身体在哭泣。

鲜血从她两腿之间流出，那里，他把手指狠狠插入了她身体的深处。

精液从受伤的阴道中流出来，凉凉的，凝结起来就像毒液。

你不知道吗？精液就是一种毒液。

汉娜觉得很奇怪。坐在方向盘后面就睡着了，头歪在肩膀上，脖子扭得生疼，眼睛看东西也模糊了。她觉得好像有人在拍她，打她。她疼得直哭，可是越哭就越打，越疼。她的皮肤火辣辣的。有毒微生物涌入她的血液，她的右脚踝又痒又痛。

不过她正在回家的路上。离开了这么久。一想到就要到家了，她简直高兴得要哭。

阴冷的十一月已经过去，现在是十二月了。圣诞颂歌已经在商店和公共场所播放。在万丽大酒店电梯的玻璃轿厢里，响起高音调的"铃儿响叮当"乐曲。圣诞假期将是贾勒特一家抚平和弥补情感裂痕的时间。

每当韦斯按时回家吃晚饭时，汉娜当然会和韦斯共进晚餐。而如果韦斯回不来，汉娜就会和孩子们早早地吃晚饭。即使知道韦斯会回来，汉娜也经常和孩子们一起坐在餐桌旁，品味着一杯葡萄酒。

和孩子们一起吃晚餐是一种快乐。

493

那种快乐无法用言语表达，汉娜下辈子也还会记得：看着孩子们吃晚饭，听他们谈论在学校的一天。

事实上，孩子们说了些什么几个小时后就记不得了，然而，对妈妈来说，没有什么比听孩子们闲聊更珍贵的了。

已成往事，都过去了。哦，上帝保佑汉娜！

妈妈和伊斯梅尔达在厨房做饭。她隔着一段距离看着他们，也许是透过厨房门。肉卷是孩子们的最爱：在375度的烤箱里烤的高质量碎牛肉。涂满番茄酱，烤好了会形成一层美味的外壳。

汉娜觉得她口水直流，她已经很久没吃了。

已近黄昏。这一天过得有时慢得出奇，有时又特别快。汉娜几乎记不得大风中在格雷休特大街上找停车场的事了。别克里维埃拉大得离谱，实用性远不如经济型的福特平托。

锁着的门，刺耳的开门声。她的名字从洞穴般的黑暗中传出来：贾勒特太太……

他们知道你的名字，这也让你感到宽慰了吗？你的名字已经被记录下来了。

高速公路旁的灯开始亮起来。迎面驶来的车辆的前灯。

她开得很慢，倍加小心。她的头感觉很沉重，好像有太多奇怪的想法挤在里面。就像辛克珠宝行杂乱的橱窗一样，那里面的珠宝即便漂亮也是廉价的小玩意儿。

她的脚踝一阵刺痛，就在薄薄的尼龙长袜被咬破的地方。她两腿之间也在一跳一跳地痛，那是那片薄薄的膜被撕裂了。

他把手指伸进了她的身体。作为分手的纪念。

"你喜欢这样。"——他弄得她尖叫连连，又厌恶她的尖叫。

沿着灰树路行驶，右转进入摇篮岩大街。远山镇是一个迷宫般的住宅区，许多树木都保持着原貌，在树木间行驶很容易迷失方向。但即使让汉娜绕一下路，她也不会迷失方向，她方向感很强。只须一分钟，她就又回到摇篮岩大街了。

她很想找吉尔·海登谈谈，告诫她要多加小心。或者她更希望吉尔·海登能告诫她。

朋友，曾经是。姐妹朋友。汉娜的心很痛，她非常想念她的姐妹朋友。

然后意识到，她已经到家了。这么快。

但很奇怪：前草坪上立着一个**出售**的标志。什么意思？

房子里没有灯光。每扇窗户都是黑的。这怎么可能，伊斯梅尔达和孩子们肯定都在家呀。

楼下的几个房间应该亮着灯。厨房，电视室。

但是怎么出现了这个出售的标志！肯定弄错了。

（韦斯没告诉汉娜就要把房子卖出去吗？这是允许的吗？据汉娜所知，她可是摇篮岩大街96号房产的共同所有人。）

汉娜的感觉中，惊奇多于惊恐，她把别克轿车开进车道，这里的环境对她来说既熟悉又不熟悉。冻雨结成了一颗颗的冰粒，前草坪上盖了一层霜。细嫩的草茬，脚一踩好像要碎了，像玻璃一样。

还有一件事也不对劲：那天早上汉娜离开家的时候，她是让车库门开着的，但是有人在这段时间里把它关上了。汉娜可以用遥控器打开车库的拉门，但这个由电池供电的小玩意儿她从来都不会用，为此还常遭韦斯的责备和嘲笑:"像这样,汉娜!"——他从她手中拿过遥控器,做给她看,车库门隆隆响着,一会儿拉上去,一会儿又降下来,很容易操作。

无论如何,汉娜也找不到那个该死的遥控器了。它不是常放在司机座位旁边的口袋里吗。

肯定是伊斯梅尔达关上了车库的门。是为了讨好韦斯,因为韦斯常为汉娜不关门而生气。

但对伊斯梅尔达来说,在雇主贾勒特夫人(还)没回家的时候就关上车库门,应该是不正常的。的确,伊斯梅尔达这样做是不合适的。

风已经停息,连树梢也不动了。一切都变得非常安静。

汉娜感到一丝的希望 —— 最好时间也停下来吧。别把我落下。

虽然她可以清楚地看到房子里一片漆黑,厨房里似乎也没人,但汉娜还是来到房子的侧门,这里通往厨房,如果门是锁着的,她想打开它,她试图把钥匙插进锁孔,但插不进去。

汉娜试了几次。这把老钥匙竟连锁孔都插不进去了。

"喂?伊斯梅尔达?你在哪儿?"——她敲着门。

他们都在房子后面的房间里吗?或者 —— 在楼上?孩子们在睡觉!—— 可能就是这样。

汉娜开始感到不安,尽管她一部分头脑还保持着冷静 —— 这太荒唐了,怎么会这样。只有一个最显而易见的解释。

难道韦斯发现了她和 Y.K. 的私情,把门锁都换了吗?

汉娜试图透过厨房门往里看,但屋子里很暗,看不清。

她按了下门铃,敲了敲门。现在她皱巴巴的羊绒外衣里已是大汗你已经深深印在我心里。

今天，将做出一个决定。

淋漓。迪奥丝巾从她头上滑落，不见了。这怎么可能，她几个小时前才离开这所房子，怎么现在看上去却空无一人了……

她再到前门去看。前门不常有人走，不太亲密的来访者才会敲前门；熟悉一些的人一般走侧门，直接就走进明亮舒适的厨房。

汉娜穿过门前的草坪，雪粒都结成了薄薄的一层，鞋后跟一下便陷进去。她按了按前门门铃，又去敲那扇沉重的橡木门，敲得指关节都疼了。她透过前门旁边狭窄的垂直窗户往里看，但什么也看不见。

"伊斯梅尔达？我是汉娜——贾勒特夫人……你在哪里？发生了什么？快让我进去。"

没有回应。屋子里一片沉默。汉娜犹豫不决地站着，无助地哭起来。

她可以破窗而入吗？但是警报器会响的……

这是韦斯干的，汉娜疯狂地想。韦斯偷走了她的房子，还有两个孩子。果然：（精明的）丈夫比（轻信的）妻子要技高一筹。

Y.K.不是警告过汉娜吗：别让你丈夫知道我们的事。不要让他迈出第一步。不要让他先动手。

丈夫可能成为一个复仇心很强的对手。

房子里一片漆黑，汉娜站在屋前的门廊上，一动也不动，仿佛瘫痪了。她不知道该做些什么，甚至都不知道该想些什么，她看见车道上的车灯越来越近，是一个邻居在黄昏回家来了。

摇篮岩大街上的房屋分散地坐落在一块三英亩的土地上，设计独具匠心，你不论从贾勒特家哪扇窗户向外看，都不会看到邻居家的房子。所以即使做了几年邻居，也不一定知道邻居的名字和长相。

当邻居停下车去取邮箱里的邮件时，汉娜急忙穿过前面的草坪和他说话。

"对不起，你好？我 —— 我住在这里……我想你认识我。"但这个陌生人疑惑地盯着汉娜，似乎并不认识她，汉娜努力让自己的声音保持平静，说："住在这所房子里的那一家发生了什么事，你知道吗？我看到房子在出售。"

邻居是个中年人，彬彬有礼，头发修剪得和韦斯的头发一样短，他告诉汉娜，是的，房子正在出售，已经有一段时间了："我想这家人搬走了 —— 父亲和两个年幼的孩子。"

"搬走了 —— 去了哪里？那孩子的母亲呢？"

"没有母亲。我想 —— 人们说 —— 她失踪了。"

"'失踪了'！那 —— 去哪儿了？"

邻居把他的信从邮箱里拿出来，若有所思地关上了箱子。很明显，他不知道汉娜是谁，但钻进车里沿着车道开车回家前，还是有礼貌地说：

"我想起来了，还有一个管家 —— 跟父亲和孩子们在一起。来自危地马拉，或者菲律宾 —— 或者类似的地方。我们的管家可能知道她的名字。"

"救救我，神父"

"救救我，神父。因为我有罪。"

不是玩笑。他需要一位牧师。需要忏悔。在他的心脏爆裂之前，他跪在地上，像狗一样死去，然后下地狱。

当他需要她的时候，那个女人并没有向他伸出援手，她仍然觉得受了他的伤害，伤得不轻。

给她送花的时候，还以为她能看出这事有点异常。他也有点异常。不能假装说不存在感应这个东西。正如人们所说，感应就是一种特殊的关联。

他在她无助的时候帮助过她，当鹰眼急于要把她送走的时候，是他开着她的车把她从酒店送回家的。天啊，他看见J__太太像个荡妇一样光着身子仰面躺着。即使她家里的人也没见过她这副模样。但他宽宏大量。

J__太太和其他许多人一样是鹰眼的受害者。信任是那个冷酷的浑蛋用来诱捕他们的诱饵。

那次，他到过她豪华的家宅，是不请自来，她一开始有点惊讶 ——（看她脸上的表情！）—— 但还是让他进去了，没有报警，还给他吃了丰盛的一餐，请他喝了酒。而且跟他一起喝。

她很关心他。她爱他。

他是这么认为的。但后来那次，他把那篮子该死的花送去的时候，她竟不认识他了。盯着他看，就像 —— 就像……他对她来说什么都不是似的。就是他妈的一个送货员送来了他妈的一篮子该死的鲜花而已。

他可是杀了一个人哪！我的天！

这件事永远改变了你的内心。

当然，米哈伊尔看起来和马尾辫很不一样，他想是这样的。他的变化让她感到吃惊了。性感的朋克式金发，远山镇没这种打扮。当她

501

意识到眼前并不是朋克摇滚巨星席德·维瑟斯,而是他的时候,那脸上的表情。

他送完了花,开车沿着伍德沃得大街向南行驶。心跳像疯了一样。

他救过一个孩子,同时也杀过一个人。他把孩子从他后来杀死的变态狂手里救了出来。

她如果知道了,她会非常害怕他,但也会尊重他。

他要怎么告诉她才好?他绝不会伤害她。

晚上睡不着,翻来覆去地思考。

马尾辫没了,他把头发剪掉了。没有麦奇了。他们是失败者,他现在是米哈伊尔,性感帅气。J__太太注意到了这一点,她的眼神像液体一样在他身上流动着。

如果女佣不在家。如果是J__太太自己开的门。

哦。天哪。是你吗 —— 麦奇?

那事情的发展就会不一样了,米哈伊尔笑着想。

吸食可卡因后:鼻孔感觉像羊皮纸。一缕又热又干的像金属丝一样的东西从鼻子直冲大脑。感觉很爽,但感到鼻孔里有一股细流,像是从头骨深处流出来的。用手背抹了一下,鼻子里流出鲜红的动脉血。

那天送完花后,他沿着伍德沃得大街驱车向南回到了底特律。当然,这意味着他必须在每个该死的红灯前停下来,但这也免得他在亢奋的状态下在高速上开快车。最好避开那些开着十八轮大卡的司机,他们就愿意找你这个开火鸟车的金发朋克小子斗斗气,吓你个魂飞魄散,也许还真能得逞。

这也意味着要途经圣文森特教堂。包括教堂和传教会。风化了的

502

Babysitter

红砖像挂着一条条泪痕。

当负罪感如此强烈的时候,他必须向牧师忏悔。

可能是底特律任何一位牧师,任何不认识他的牧师。这就是忏悔室的特别之处,你只要等着,轮到你就可以进去了。

就好像,你已经不是你。而牧师也不再是他本人。

但米哈伊尔知道,牧师会叫警察来抓他。听他坦白,假装他能保守秘密,但一旦有机会,那浑蛋就会报警。

肯定经常发生,谋杀之城底特律多的是谋杀案。

但是(他在想)麦肯齐神父会同情他的。

麦肯齐神父是他的朋友,他绝不会出卖他。

另外,麦肯齐神父会喜欢他性感的朋克外貌。

"保佑我,神父。因为我犯了罪。"——米哈伊尔练着大声说出这句话,他已经好久没这么说过了。

麦肯齐神父操着他天鹅绒般柔软的声音,这是忏悔室里的声音,让你感觉到对方虽近在咫尺,但看不到他的脸,因此不会感到羞耻,他会说:"离你上次忏悔有多久了,我的孩子?"

想到他或许可以说不。

只是:你不能对鹰眼说不。

告诉米哈伊尔要他去酒店,在套间,届时一个女人会带一笔钱来,这是分期付款的第一期,以后还有无数期。一万起步,但只是起步。

鹰眼说她会卖一些珠宝。他警告过她,不要从银行取一万美元,否则银行会向联邦调查局报告。他希望她真的听进去了。

米哈伊尔认真地听着，从不对鹰眼告诉他的任何事情发表任何评论。

他很不安，鹰眼对他透露的情况比以前要多，付给他的钱也更多。他曾经派米哈伊尔去干掉伯纳德·鲁施。

至少这一切都消停下来了。鹰眼不再提起鲁施。报纸和电视上都有新闻，但鹰眼不感兴趣。妈的，地方新闻跟他有他妈什么关系？

米哈伊尔倒是看了不少新闻消息，知道警方认为鲁施是自杀，而鲁施就是保姆。所以人们都认为 —— 那个恶魔死了。

大家的共识似乎是：鲁施杀了他的父母和管家。

不过仍然有人认为这是一起"暴民袭击案" —— 与伯纳德·鲁施并无关系。

米哈伊尔想知道麦肯齐神父对这些事情的看法。

或许鹰眼向他吐露过什么，考虑到他们以前的关系。

"你待在后面，待在卧室里，"鹰眼告诉米哈伊尔，"你不会看到那个女人，她也不会看到你，除非出了什么差错。除非她像上次那样精神崩溃，变得歇斯底里，需要加以控制。"

就是说，有可能米哈伊尔又得开车送她回家，就像上次一样。我的天哪！

"我们想让她活下去，有正常的行为能力。在她身上已经投入了很多，还有她丈夫和她的家人。"

米哈伊尔脸上的表情很好笑，那是一种病态的兴奋，就像一只狗盯着一块块带血的鲜肉，他就要疯狂地饱餐一顿，尽管（狗知道）代价是他要把他的内脏都吐出来。

鹰眼开玩笑说："至少你知道那个女人住在哪里，毫不费力就能找

Babysitter

到她的家。"

米哈伊尔畏缩了一下，想笑出声来。但一点都不好笑。

鹰眼一点都不好笑。

在鹰眼的心中，只有邪恶。

"我们可能会结婚。很快。如果能扫清道路。也许又要你帮我去紧急处理一下。"

米哈伊尔唯一能做到的，就是吸食毒品。

飘飘然像半空的风筝，不安地等待着麦肯齐神父。星期五，傍晚，圣文森特教堂。

实际上有两个牧师在听忏悔。米哈伊尔在麦肯齐神父那儿等候。

"我犯了大罪，神父。"

米哈伊尔声音嘶哑，几乎听不见。神父隔着铁栅栏严肃地低头听着。

"……杀了一个人，神父。我开枪打死了他。我——我朝他的头开了一枪……"

但麦肯齐神父现在有些耳背。他把手拢在耳朵上，往铁栅栏上靠了靠，离他更近些。他好像比米哈伊尔记忆中更胖了，他的脸，曾经刮得溜光，英俊得像旧时的电影明星，现在变得红润，臃肿。

他肯定有六十多岁。一夜之间，老了。

"孩子，再说清楚一点。"

讲清楚？天哪！——附近的长椅上坐着人，等着进入忏悔室。显然，米哈伊尔说的什么，麦肯齐神父一个字也没听清，还有，他一头耀眼的金发，神父隔着栅栏也没认出他是谁。

米哈伊尔把嘴贴在栅栏上。他又说了一遍，就像被人掐住脖子似的，哑着嗓子恳求道："我 —— 我杀了一个人，神父。你还记得 —— R__先生……"

"嗯？你说什么？什么爱钱绅[1]——？"

牧师仍然把头靠在栅栏上，看样子还挺费劲。他身体肥胖，吃力地喘着粗气。脖子上的肉压在浆过的白领上，挤出了一道肉褶。

米哈伊尔突然发怒了。

"他是你的朋友，神父。你想想：R__先生。他有钱。他给你带了一瓶爱尔兰威士忌，我们一起喝了。"

米哈伊尔的声音变得更大，更粗。附近长椅上的忏悔者肯定听到了，麦肯齐神父[2]也很可能听清了，因为神父弓着身子呆住，一言不发，像是吓得不轻。

米哈伊尔记得在教会的时候有个男孩告诉他，"麦克神父"高潮的时候会发出一种抽泣的声音，就像一只兔子被人掐住了脖子。那声音真恶心，让你想吐。你真的会吐得稀里哗啦。

那时他还叫麦奇，这些都是头一次听说。不过，"麦克神父"从来没有碰过他。

他把头埋在一个男孩的脖子上，脸热得发烫，嘴里喘着粗气，把脸都弄湿了，样子令人不适。到头来神父很是尴尬，尽失一个牧师的尊严。

一个牧师呀！我的天。

那些事，米哈伊尔记不太清了。就像在人行道上看到的一个什么

1 英语中 Mr. R（R 先生）和 Miser Earl（守财奴伯爵）发音相似，此处为与"R先生"汉语发音相近，译为"爱钱绅"。

2 后文也称"麦克神父"。

Babysitter

东西的碎片，他踢来踢去，开始出现了一幅图画。

想想看，你只是个孩子，你不知道如何理解那些高声傻笑的成年人。你以为一个成年人不会表现出那种情绪。

一个牧师，穿着牧师的黑衣，独特无双 —— 长长的黑色长袍一直拖到脚踝……看着麦肯齐神父穿过人行道，从教堂到宿舍。看着他大步走过走廊 —— 一个男人。

现在回想起来，米哈伊尔觉得自己肚子上被狠狠地打了一拳。他真想大哭一场，他的青春失去了太多，永远也找不回来了。

他爱过他。天哪！还是承认吧。

在栅栏的另一边，麦肯齐神父呼吸急促，就像一个跑得很吃力的人发出来的声音。眯起眼睛透过栅栏看着米哈伊尔，让这个忏悔者感到很吃惊，因为这有失牧师的礼仪。

那双眼睛闪闪发光，这是忏悔时从未见过的眼神。

麦奇！我的上帝！是你吗？你都做了什么！你……

米哈伊尔低声说我不是故意的，神父！我是被迫这么做的，我别无选择。

像个有罪的孩子。强忍泪水。

你说你别无选择是什么意思？你 —— 你在说些什么？

他让我做的。你知道……

米哈伊尔想不起那个名字了。任何名字也想不起了。他从来没对麦肯齐神父称这个人为"鹰眼"……

我的孩子，你必须要来看我了。你犯了大罪。这是一件可怕的事情。

他从未见过牧师如此震惊。从来没听过他说话这么结结巴巴，声

507

音这么低沉。

他受不了了。不能再待下去了。米哈伊尔跌跌撞撞地走出忏悔室,疯狂地眨着眼睛。

这他妈的教堂?他是在教堂里吗?在旁边的长椅上,那么多陌生人正等着接替他在忏悔室的位置,他们直勾勾地盯着他。

朋克金发男孩,一脸怒气,眼睛反光。他的心怦怦直跳,不得不用手掌压在胸前。

天啊,他打开忏悔室的门,没关上。这又是一件你不该做的事。

不过,麦肯齐神父没有立刻走出忏悔室,他还待在里面。他还没惊诧到要跟在米哈伊尔后面走出忏悔室的地步,米哈伊尔认为这倒是个好迹象。

来到外面寒冷的空气里,米哈伊尔开始冷静下来。冒着这么大的风险,向麦肯齐神父忏悔,真是太疯狂了,但是,去见他妈的鬼吧,也许老头子什么都没听清楚,不会报警的。

他真不该来见麦肯齐神父啊。这种傻事可不能再干了!最好的办法是回西沃伦,然后睡上一觉。他存着一些巴比妥酸盐,足以把他像熄灯一样熄灭。

就怕麦肯齐打电话给鹰眼,那米哈伊尔就会有麻烦了。

可以肯定,麦肯齐是会给鹰眼打电话的。你犯了个错误,笨蛋。
一个接一个的错误,你这个浑蛋。我的上帝啊!
由于他的罪没有得到宽恕,忏悔是无效的。

Babysitter

牧师本可以私下听他忏悔。那是你可以做的事。

在牧师的私人住所里，他的罪也可以得到宽恕。

或者就该杀死这个该死的老变态牧师，他十年前就想这么做了。

我可怜的流浪儿，你受苦了。

他回忆起，他们曾经单独待在一起：那个房间，那房间里的（种种）气味。

百叶窗拉得严严实实，厚重的天鹅绒帷幔。沉重的红木家具。床上方悬挂着象牙雕刻的十字架，门道里摆放着象牙圣水池。

调皮捣蛋。一个坏男孩。必须受到惩罚。

威士忌？—— 对，他们要用到它。

麦肯齐神父从橱柜里取出一个瓶子，将里面甜甜的琥珀色液体倒进脏兮兮的雕花玻璃高脚杯。

米哈伊尔还记得那个难以发音的名字 —— 拉弗格。从没在别的地方见过。精选单一麦芽。苏格兰威士忌。

牧师卧室里柔和的灯光。浅米色的灯罩，麦克神父还在上面围上一条玫瑰色的轻羊毛围巾。米哈伊尔还记得。

玫瑰色笼罩着一切。窄窄的惨白的脸庞，性感的布满胡楂的下巴。当然，麦克神父可能会尖酸刻薄，冷酷无情，但也会温柔，也会逗趣。我调皮捣蛋的孩子，你该受到怎样的惩罚呢？

这要看神父的心情，你可不要想着去试探他。

但在那个时候，你不要试图试探任何一位神父，或任何一个成年人。成人是一个陌生的国度，那里说着不同的语言。

1

二十世纪上半叶德裔美国影星,常被称为"好莱坞之王"。他粗犷的外表、迷人的魅力和独特的小胡子使他成为当时最受欢迎的男主角。

一起跪在地毯上。在床的同一侧,肩膀挨着肩膀。

神父清瘦而英俊。而且很年轻,很有可能成为教会主任。

那些同性恋老手,像母鸡扇动着翅膀一样一阵的兴奋忙乱。都说麦肯齐神父长得像克拉克·盖博[1],那时候的麦奇知道他是谁吗?

不知道。或许是某个好莱坞明星吧,管他呢。以前的事谁在乎,现在是1977年。

但现在,一切都糟透了。麦克神父不仅老了,不仅头发稀疏灰白,而且腰身胖了二十磅,他还有点不对劲,他的左手在颤抖,他想掩饰,不让米哈伊尔注意到。天哪!

再说米哈伊尔,前几天他在卡斯街遇到的一个人告诉他,"麦克神父"患有帕金森综合征。

帕金森综合征? —— 那是什么鬼东西?

某种麻痹症,比如小儿麻痹症。很可能,他最终会坐上轮椅。

米哈伊尔笑了,这太荒唐了。"麦克神父"可不是那种坐轮椅的人。

跪在他身边,假装没有注意到他在颤抖。他闭上了眼睛。就像几年前一样,他有一种想要杀死神父的冲动,但同时又想一头扎进他怀里哭泣。

神父的手臂,包在牧师长袍的黑色袖子里,能给人很多安慰……令人惊讶的是,麦克神父虽然清瘦,但手臂肌肉发达,很强壮。对于一个穿着黑色长袍的牧师来说,如此强壮真是令人难以置信。

好吧,孩子。告诉我你做了什么,或者你认为你做了什么。

Babysitter

不是他做了什么！米哈伊尔试图解释。

是他被强迫做了什么……

麦肯齐神父为什么不问是被谁强迫的呢？

米哈伊尔呼吸困难，喘不过气来。神父把一只手放在他的手上。

孩子，这太可怕了。不管是什么。但你知道，眼泪是抹不掉罪过的。

那么轻柔的声音，米哈伊尔记起来了。如果他闭上眼睛，神父麦肯齐就还是原来的那个神父，你可以期待一个惊喜，一个奖励。只是你不能自己要求。

米哈伊尔不知道牧师们是否已经不再穿长袍了。也许就像拉丁弥撒，米哈伊尔记不清了，但你能从怀念那种弥撒的（年纪大点的）人那里听到有关情景。

麦肯齐神父刚刚在教堂听完忏悔，但似乎只穿了一条黑色裤子，一件紧绷在大肚子上的黑色衬衫，而不是他参加弥撒时穿的长袍。浆过的白领。还有那双闪亮的黑色皮鞋，他曾经为牧师们擦过皮鞋，当时的麦奇·卡舍尔还为能被选出来承担如此亲密的任务而感到荒谬的自豪呢。

他们为他提供黑猫牌鞋油和刷子。麦奇把鞋子拿来，直干到手上和指甲缝里沾满了黑色的鞋油（现在想起来还挺得意），好长时间都洗不干净。

不知道：麦肯齐神父也记得吗？他声音里那种柔和的沙哑。

眼泪无法挽回你的所为，孩子。眼泪不过是自怜。

我们的救世主在十字架上，孩子。他没有沉溺于自怜。

他曾经看起来像个电影明星，但现在不是了。眼睛下面的皮肤松弛起皱，耳朵和鼻孔里长出一簇簇的毛发，鼻孔看起来更大了，好像你可以通过鼻孔看进他的脑袋里去。而且有一种老人的气味，除臭剂被汗水打湿了，干了，又湿了。还有床上用品，需要换洗了。

至少床铺得还挺整洁。米哈伊尔记得。房间很整洁。百叶窗上挂着栗色的天鹅绒窗帘，衣柜里挂着深色衣服，衣柜门后面的鞋袋里整齐地放着鞋子。因为麦克神父比其他牧师有更多双鞋子，质量更好的鞋子。因为（据说）麦肯齐家很有钱。

一面镜子，映照出一只十字架，像是被强光照着，其他物体都黯然无光。雕刻的象牙饰品在暗淡的玫瑰色灯光下闪着光。天花板上雕刻的线脚，呈牡蛎白色，就像圣人头上的光环。

公寓里有个管家，米哈伊尔不知道是不是还是那同一个管家。拉斯基太太。波兰人？不会说英语，但最崇拜牧师和麦肯齐神父。

他们都崇拜麦克神父，也都害怕麦克神父。

米哈伊尔拿起脏兮兮的杯子，喝了一大口美妙的苏格兰威士忌。酒力立刻冲向他的大脑。

是的，他一枪打死了R__先生。头部，大脑。可那不是他的主意，他当时害怕得要死。

他给了他一把枪。要丢在现场，警察会认为那浑蛋是自杀。

麦肯齐神父严肃地听着。米哈伊尔记得，麦肯齐神父其实并不是很惊讶。他低着头，脖子上的肥肉挤在衣领上，米哈伊尔看了很是反感，他想看的是神父曾经的样子，而不是他的现在。麦克神父手里紧握着一杯甜甜的琥珀色液体。

米哈伊尔记得：麦克神父并没问他，是谁派他去朝 R__ 先生的脑袋开枪的。

也没有问他为什么非要杀死 R__ 先生。

麦肯齐神父注意到的是，米哈伊尔染成金色的头发，朋克风格的爹毛。肯定比他妈的马尾辫性感多了。

米哈伊尔告诉他：他不再是麦奇，他现在叫米哈伊尔。

神父没说话。他思考着，把威士忌含在嘴里品了一品，然后咽下去。神父的脑子就像个筛子，有些东西筛下去，那是无关紧要的东西。而留下来的可就重要了。

米哈伊尔看到了神父从眼角射出来的审视的目光，也感到很熟悉。

感觉一股性冲动，在腹股沟。一个戴着白色牧师领的成年人的斜视的目光……

米哈伊尔解释说：他不得不剪掉头发并染色。他不得不改变他的外表，他的名字。

以防他被人发现。在监控录像上。

嗯，麦肯齐神父叹了口气。

米哈伊尔等着牧师继续说，但仅此而已：好了。

然后，他把手放在米哈伊尔紧握的手上。喝了一口威士忌后说：我的孩子，我要为我们俩祈祷。还有伯纳德。愿上帝宽恕他。

他！——那个浑蛋。不要为他祈祷，神父。

米哈伊尔很受伤，很委屈。他感到一阵嫉妒，老毛病了，他一直无法摆脱。

用稚嫩、年轻的声音告诉神父：我早就应该杀了那个畜生。浑蛋。

513

你应该派我去。我愿为你效力，神父。在米歇尔之后。你为什么不派我去！

我的孩子，不。不要回头看。

威士忌使两个人都暖和起来。热乎乎的，就像天空中要落下去的太阳。伍德沃得大街上，傍晚的交通。像一条河，缓缓地流淌。也许应该睡一会儿：在麦克神父的怀里。天啊，他真想啊，太累了。

麦克神父做了他有时会做的动作，用手捂住脸，好像他的祈祷太动情了，让他心痛。米哈伊尔只能看到他好看的、像女人一样的嘴唇在动。

上帝宽恕我们的罪过。神啊，我们在为你效力。上帝请指示我们。上帝啊，我们是你手中的空器皿。阿门。

米哈伊尔的臂弯里有什么东西被拿走了，从他身上拿掉的负担就像一块巨石，太重了，快把他的脊椎压断了。

哦，上帝：这是快感。就像男人手指的第一次抚摸，在他的腹股沟。穿过他的裤子。他想把手指推开，他确实推开了，你推开了，但你没有，或者是后来你喝了那种奇妙的威士忌，事情自然就发生了，不是你的错，上帝会理解的。

事情就是这样，麦肯齐神父多年前就告诉过他。生活中其他的事情都不重要，生活的全部就是 —— 你遇到了谁……

米哈伊尔仍然感到又惊又喜，他不由笑了，神父没有问更多的问题。似乎有可能，麦肯齐神父已经从另外的渠道知道了他需要知道的关于 R＿先生的一切。

还有他？——我也应该杀了他吗？

这个问题悬在了空中，没有答案。麦肯齐神父不用问米哈伊尔，这个他指的是谁。

他没说可以，也没说不可以。

米哈伊尔想——如果我被允许杀死 R__先生，那我也会被允许杀死鹰眼。

明天在酒店套房。他就动手！在 J__太太拿钱来之前。

有钱也罢，没钱也罢。让 J__太太按门铃吧，没人回应。

如果没有回应，她就会走开。像个梦游者，不知所措。没有线索显示发生了什么。她不会去告知前台。

如果米哈伊尔得到许可，看起来他似乎真的得到了。他会怎么做呢？用重物把他脑袋敲碎，就用酒店卧室里的那个罐子。不用刀，那会弄得一塌糊涂。血可能会透过地毯，透过地板，从楼下房间的天花板上滴下来。

轻轻松松他就干了，悄悄地走到鹰眼后面。等那浑蛋拿起电话。把罐子用力砸下去，一下就可以把头骨击碎，这个冷酷的浑蛋就会像死狗一样倒在地上。连叫一声都来不及。

这是快事：做你能做的事，你生在人世干什么。拯救无辜者。

米哈伊尔试图站起来，但双膝发软。他的脸上满是泪痕，他一直在像小孩子一样哭泣，自己却没意识到。

本来打算马上就离开的，但却在麦克神父的鼓励下爬上了床。他记得那几个枕头——里面填的是鹅绒——鼓鼓地像快要炸裂的香

515

肠。他从来没见过这么豪华的枕头。

米哈伊尔不知道这到底是怎么发生的。只是，爬到了牧师的床上，这床一个人睡可太大了。他静静地躺在厚厚的床罩上，听见自己的呼吸急促起来。

麦肯齐神父没说话，但能听到他的呼吸声，他默默地解开米哈伊尔（被水打湿）的跑鞋，轻轻地从米哈伊尔的脚上脱下来，整齐地并排放在地毯上。米哈伊尔总是为他的脚感到尴尬，因为就像他的手一样，他的脚比大多数人也要小，他的鸡巴也小。但那只是一开始的时候。

麦肯齐神父总是这样 —— 出乎你的意料。他会跪在你面前，但他也会狠狠抽你的脸，打得你直流眼泪。他可以和你一起哭泣，心软下来。他可以把你的脚捧在手里，他可以亲吻你的脚。

用他的眼泪为被诅咒的人洗脚，我们的救世主也许能做到。我必赐福给你们，包括你们当中最卑微的人。

不，就是要赐福给你们当中最卑微的人。

他爬到米哈伊尔身旁，床垫里的弹簧在这位中年牧师的重压下吱吱作响。因为他的胸部都是肉，大腿和肚子也是。脖子上的肉挤在硬领里鼓起一个肉褶。麦克神父厚厚的枕头总是很独特，而麦奇和其他男孩的床上只有便宜的泡沫橡胶平枕头。从来没见过这么精美的红木雕刻的床头板，肯定是他自己让人做好专门为传教会运来的。

慢慢舒展开他的手臂，搂在米哈伊尔的腰上。起初只是试探，然后便用力从背后抱住米哈伊尔。神父的脸，温暖的呼吸，让你舒服，让你安静，神父的脸靠在米哈伊尔脖子后面，弄得他毛发直竖，十分愉悦。

幸好没看到那张脸。凑近了看那张脸会让人困惑。

米哈伊尔猜测，这对麦克神父来说也是一种慰藉。米哈伊尔将那只颤抖的手使劲按在自己胸口上，这样手也就不抖了。米哈伊尔觉得，这样神父就能感觉到他的心跳了。

多么奇怪呀！生活就是这样，他早就准备好要把这该死的变态杀了，把他们都杀了。就在这个房间里，用他的两只手，勒死这个人，把他的头往墙上撞，用膝盖顶住这个浑蛋的气管，这样拉斯基太太早上就会发现他躺在地板上，嘴巴张着，她会尖叫着求救，但这一切并没发生，不是今天，明天，米哈伊尔发誓他会伸张正义，但不是今天，现在有点困，可能有点醉了。

那轻柔的声音。就像米哈伊尔记忆中的那样给人慰藉。还和过去一样。

我的孩子，你在这里很安全。你和我在一起很安全。

上帝在黑暗中是看不见的，孩子。你记住。

请勿打扰

酒店大楼第六十一层，他在等她。

电梯里就她一个人，一只造型优美的玻璃箱子，迅速无声地向中庭顶部升去，如同进入虚空。

身下，人来人往的酒店大堂直往下沉，像迅速淡去的梦。身旁，宽敞的楼层和一排排栏杆呼呼地往下飞。

这是时髦的新式升降方式，和她孩提时代又大又慢又笨的老电梯截然不同。

老电梯里通常有穿制服、戴手套的操作员，而现在的电梯，你要自己操作。

电梯里还存留着一股淡淡的气味，是雪茄吗？

时间是1977年12月，私人酒店的公共区域还没禁止吸烟。

她感到一阵眩晕、恶心。香烟的气味如同记忆一样，淡淡的。她闭上眼，定定神。

她时髦的意大利手提皮包，不是挎在右手腕上，而是用右胳膊夹着，左手托着，看得出，这包比平时重了许多。

但不管包怎么拿着，那闪亮的标签一定是冲外的 —— 普拉达。

出于本能，下意识地，即便在今天虚荣心还是显示出来 —— 普拉达。

一个大提包，也许大到可以塞满一万美元大面额纸钞。

他给她开门时，肯定会这么想。

在六十一层，玻璃箱子停下来，吱呀一声，还轻轻颠了一下。玻璃门打开了，她只能选择走出电梯。一些不可逆转的事情早就定了，她没有选择。

用胳膊紧紧夹着腋下（又沉又笨）的手提包。她就没有别的选择了吗？

转身回去还来得及。

现在就走，没人会知道。

但她的情人会知道的。他在等她。一万美元。

如果她晚一天，就涨到一万五千……

绝望，汉娜心里明白。汉娜哪能不知道，他已经把她像老鼠一样困在了迷宫里。

无论老鼠如何东突西窜，都没有办法走出迷宫。

除非老鼠死，或者迷宫制造者死，别无出路。

在这排电梯对面，透过平板玻璃窗正好俯视河岸、河水和一个白晃晃的太阳。在远远的下方，是缩小了尺寸的伍德沃得大街，无声的来来往往的车辆。

那天早上九点，她去了远山银行，等着见出纳员。她衣着美丽无瑕，衣服里却流着汗。她已经写好了取款单，要交给出纳员一个可笑的数字：九千九百九十九美元。

如果她一定要说话的话，她那麻木的嘴唇已经准备好了一句我想从这个账户中取出……

在那位（友好的女性）出纳面前，她呆呆地站着，紧张得说不出话。最后转身，逃离了银行。

不行啊！她确信银行会给韦斯打电话的。

没有选择。他让她别无选择。

在她的普拉达手提包里，是那把史密斯威森马格南手枪。总是比看上去要重得多。

她小心翼翼地把枪从床头柜的抽屉里拿出来，手指冰冷、僵硬。惊恐中她也许会把枪掉到地上，那枪就会走火，造成不熟悉枪支、鲁莽而愚笨的人们常会搞出来的"枪支事故"。但汉娜别无选择。

不知道她怎么才能从手提袋中拔出左轮手枪，在他的酒店套房里。她怎么敢举枪把枪管对准他。

她觉得她干不了。在最后一刻，她会晕倒，她会失败的。

要是射偏了呢？要是他把左轮手枪从她手里夺走。

他会用枪打她。他会打，把她的脸打得血迹斑斑，伤痕累累。

他会用手指掐住她的脖子……

你真蠢，竟以为我爱过你。

你真蠢，竟以为你能杀了我。

她的生活变成了一场梦。闪闪烁烁，像白墙上反射的阳光。是海市蜃楼，它将消失。然而，它还会再来。

然而，不管它发生了多少次，它从来都（仍旧）不是不可能的。

穿着细高跟鞋，像个梦游者似的沿着没有窗户的过道缓慢而小心地走着。细高跟，简直是美的诅咒。6133，6149，6160……数字慢慢上升，汉娜感到一阵轻松，她永远不会走到**6183**。

淡淡的香烟味道，她头发里有，鼻孔里也有，刺激得她有些恶心。这感觉很遥远，只是时光的残留，只是记忆。

搞笑老爸。深深埋藏在她的骨髓里。

精心挑选的一套服装，白色亚麻布料总是那么雅致，丝绸衬衫，脖子上的红色迪奥丝绸围巾，就像（风华正茂的）奥黛丽·赫本在《罗马假日》中戴的围巾。

一双优雅但不太实用的高跟鞋，圣罗兰小山羊皮深深陷进地毯里。如果她必须转身跑掉，仓皇逃命，紧箍在脚上的鞋子和地毯就会成为障碍。

又梦见她曾经是个孩子的时候，她跑呀跑，脚陷进了什么东西里，像沙子，好像很软，但并不柔软。

总也跑不远。每次跑都是这样。

每次，他的身影都出现在身后。爸爸粗大的双手就要抓住她，拦腰抱起来……

走近6183，她开始发抖。

她的脖颈枕在一张冷冰冰的不锈钢台子上，下面是个排水管。她的眼睛睁得大大的，但什么都不看。只有你不在看的时候，才能看到一切。

然而，她还是坚持往前走着。在圣罗兰高跟鞋的记忆里时间还是1977年12月，她还不是最后一次进入这个房间。她下决心一定要探个究竟。

门框的铜牌上写着6183，每次都是6183。

她按响了门铃。她听着。

她的心怦怦直跳，又按了一次门铃。听着。

没有人回应，什么也没有。又按了按门铃，还犹豫着敲了两下。

然而，还是没有人。但他一直在等她的呀，汉娜想。

她纳闷，付款日期是不是向后推迟了呢？他不回应，也许已经走了。

他已决定怜悯她，原谅她，放过她……

他已经决定还是爱她的，他不忍心伤害她。但他对她很生气，他们吵了一架。他会联系她的。

是这扇门吗？汉娜又看了一下，是的：6183。门把手上还挂着个牌子，黑色漆面上有几个银色的字，她已经非常熟悉了——

**尊重隐私！
请勿打扰**

译后记

乔伊斯·卡罗尔·欧茨是当代美国重要作家，曾多次获得诺贝尔文学奖提名。著述除长篇小说外还有大量短篇小说、诗歌、散文等。仅就长篇而言，自1964年出版第一部长篇《战栗着倒下》(*With Shuddering Fall*)以来，她一直以平均每年一部还要略强的速度推出新作，令人叹为观止。

《6183，请勿打扰》出版于2022年。故事发生的背景是1977年的底特律，而十年前的1967年7月，那里发生过举世震惊的"底特律大暴乱"——一场以种族偏见为诱因的社会生活大震荡。小说的情节取材于真实历史事件：一桩绑架和杀害两名男童和两名女童，并将尸体于公共场所"展示"的连环谋杀案。杀手被称为"保姆"或"奥克兰县儿童杀手"，警方调查了包括一名富豪子弟（后自杀）在内的嫌疑人，疑点指向一个性虐儿童犯罪团伙，但一直未能破案。

小说的主人公汉娜·贾勒特是底特律市郊富人区的家庭主妇，丈夫有钱有势，膝下一儿一女。但表面上名牌裹身、容貌光鲜、热衷公益的白人贵妇，却越来越为日趋冷淡的夫妻情感、单调的家庭生活和富豪圈虚浮的生活模式所困扰。一次募捐会上，一个陌生男人"指尖的轻轻一触",竟鬼使神差般将她诱入情感圈套。

带着深深的负罪感,汉娜在忠于家庭和寻觅"真情"两者之间,徘徊犹豫,彷徨不决。但除去情人自己透露出的姓名首字母 Y.K. 之外,汉娜对其一无所知。第二次幽会时,她出于好奇偷看了 Y.K. 的护照,于是招来 Y.K. 惩罚性的非人性虐待,身心备受摧残,几近窒息而死,后被 Y.K. 的马仔马尾辫送回家中。丈夫发现汉娜遍体鳞伤,追问原因。为掩盖在万丽大酒店的婚外情,汉娜神志迷乱中编造了在万豪酒店从楼梯上跌落的谎言,而一张从她的手提包中掉落的泊车凭证,使她的丈夫韦斯确信,奸污自己妻子的就是万豪酒店的黑人泊车员。泊车员遭警方围捕,试图逃离时被射杀。

泊车员冤案后,汉娜有所警醒,甚至决意离开 Y.K.。为了转移和淡化自己的负罪感,她去一所儿童癌症中心担任志愿者,帮小患者们减轻痛苦。这时,她居住的远山富人区竟也出现了儿童绑架案,而受 Y.K.(马尾辫称之为鹰眼)之命前去处理男孩"尸体"的马尾辫,公然顺道闯入汉娜家中,侵扰达数小时。让汉娜感到庆幸的是,当时家中无人,也没有留下任何痕迹。

汉娜自以为可以摆脱 Y.K.,但被珠宝店估价师疑为"潜入'真实'人的生活,并从内部掏空他们",对美国白人进行"最阴险的恐怖袭击"的 Y.K.,岂肯放过嘴中肥肉。他接下来死缠烂打、言辞诱惑的策略,促成又一次的约会,从而将汉娜深深纳入了他编织的圈套。汉娜甚至觉得婚外情为自己披上了一副应对冷漠婚姻的铠甲,并为此而扬扬得意。

但此时,富人区一位通用汽车公司高管和夫人在家中惨遭杀害。更离奇的是,老夫妇的独子不久也"自杀"身亡,且遗书中似乎表露了对杀害双亲的忏悔。一时富人区迷雾笼罩，人人惶惶不安，汉娜的丈夫购置了史密斯威森马格南手枪，随时准备自卫。就在携儿女与情人在孤湖会面，憧憬起重组家庭、开始新生的前景的时候，汉娜内心的恐惧突然被触发，她歇斯底里般地和情人发生了冲突。这使她又一次地决意摆脱情人的困扰。但 Y.K. 接下来实施了一系列策略 —— 跟踪、骚扰、恫吓，步步紧逼，直至最后一招的金钱勒索使汉娜精神完全崩溃。在驾车从珠宝店返回的路上，她精神恍惚，幻觉中看到自己的家门外已经竖起"出售"的招牌，丈夫和孩子已弃她而去。被逼入绝境的汉娜，去酒店向 Y.K. 交纳第一笔"分期付款"，但她的手袋中装的不是美钞，而是那把史密斯威森马格南手枪……

小说的另一条主线是发生在市郊白人居住区的儿童绑架案，以及与此相关的杀人案。八名儿童先后被绑架，除最后一名外均被虐待致死，但警方迟迟未能锁定凶手，媒体遂将凶手称为"保姆"——一个带有黑色幽默色彩的绰号。"保姆"是一个残忍至极的变态杀手。他对绑架的儿童，先是折磨、性虐，再用铁丝反复勒孩子颈部，直至死亡。最后，"保姆"会将赤裸的遗体清洗干净，置于公共场合加以"展示"，还配上"美丽"的裸体照片 —— 就像旧时英国为夭折儿童遗体拍摄的"沉睡的儿童"的照片。

和儿童绑架案相关的是通用汽车公司高管夫妇被杀和其独子伯纳德·鲁施随后的"自杀"案。伯纳德的"自杀"，实际上是鹰眼导演、马尾辫实施的一场谋杀。自杀现场和死者遗书均按鹰眼指示伪造。遗书措辞含混，误导视听，使警方和公众倾向于相信，此人杀害双亲后畏罪自杀，他正是久久没能破案的儿童连环绑架案的真凶"保姆"。

小说中，以上两条主线相互交叠，互衬互托，构成一幅错综复杂、悬念迭生、触目惊心的美国现实社会生活场景：汽车之城、谋杀之城的种种社会顽疾 —— 家庭、婚姻危机四伏，教会、黑恶势力沆瀣一气，性虐、吸毒、绑架、谋杀屡见不鲜，社会分裂、种族偏见、司法不公已成常态。"保姆"案并非人性恶的孤立偶现，而是社会道德堕落、阶级割裂、教会纵容、恶势力勾结，共同酿造的恶果。

作者运用意识流叙事手法展现人物的思想活动和心理变化，时空交错，信息跳跃，不厌其烦地探察人物内心，将人物的思想、情感和行为相互交织，构成一幅幅令人惊叹的心理画面。

汉娜作为妻子和母亲，明知情人阴险、邪恶，私情危害家庭，却屡屡莫名其妙地落入圈套。她从第一次和情人约会开始，便不断告诫自己"只此一次"，而在遭受了 Y.K. 非人的性虐，对其阴暗人性有所感悟的情况下，仍旧自欺欺人地以为 Y.K. 并无伤害她的意图。她以为生活中自己处处被动，但实际上，她把握着那么多选择的自由，绝不是什么"被命运驱使"。

街头混混马尾辫（后称米哈伊尔），一方面甘为鹰眼充当打手和帮凶，坏事做尽，另一方面又对恶人、恶行不乏义愤之情，发誓除恶。他因替鹰眼杀人，向神父做忏悔，但他明白神父对已发生的一切都是知情的。他真想勒死他，"把他的头往墙上撞，用膝盖顶住这个浑蛋的气管"，但是，神父那轻柔的声音，一句"我的孩子，你在这里很安全"，还是给了他无限的慰藉。

小说首尾有两个标题相同（都是"请勿打扰"），内容也几乎相同的章节，使全书的叙事形成了一个从1977年12月开始又回到1977年

12月的闭路循环。这类似于电影里时间循环的拍摄技巧。这种叙事手法，意在增强悬疑感，揭示人物内心对自身命运的彷徨和迷茫。

小说叙事视角多变，第三人称叙事基调中，不时出现第一人称，以及大段的第一人称内心独白。关于保姆绑架和虐待儿童的细节，更是以受害儿童灵魂独白的形式进行揭示，读来令人心灵震颤、毛骨悚然。

在语句层面，作者突破主谓宾、主从复合等句构常态，运用了大量无动词句和不完整结构，如：单个或多个名词短语构成的句子、动词-ing短语自立成句、略去主句的从句等。这种句构特点，由于汉语行文主意合，汉译时会不知不觉中有所淡化。译文在汉语行文规范允许的情况下，尽量仿照英语句构，保留文字推进的力度、顿挫感，以求阅读的紧迫感和兴奋感。

英语原文排版运用了大量的斜体，包括单个的词语，或简短的几句话，更包括整个的章节。这种字体或用于强化信息，或作为心理活动、内心独白的载体，形成视觉上的凸显和冲击。汉译排版以华文楷体与之相对，以求达到类似的阅读效果。

欧茨在谈到她的写作动机时说道："我们写作时怀有这样的期望：作品将能向读者展示出这个世界上与读者的体验截然不同的一些领域……这是一种'教育性'本能——希望不是'说教性的'。"愿这个译本能有助于作者实现她的期望，让中国读者从中获得对美国社会更多的了解，进行更深刻的思考。